Rode rozen

Stan Lauryssens

Rode rozen

Manteau
THRILLER

Info en reacties:
www.stanlauryssens.com

© 2004 Uitgeverij Manteau / Standaard Uitgeverij nv
en Arendsoog Ltd.
Standaard Uitgeverij nv, Belgiëlei 147a, B-2018 Antwerpen
www.manteau.be
info@manteau.be

Eerste druk september 2004

Omslagontwerp Wil Immink
ISBN 90 223 1847 8
D 2004/0034/ 320
NUR 330

Bloed zoekt bloed, zei Macbeth.

SHAKESPEARE

Het meisje lag aan de rand van de vijver, half verborgen onder overhangend gras, met haar gelaat in de modder. Zij had wit haar en was gekleed in een lange witte jurk, zodat zij op een zeemeermin leek in plaats van op een rottend lijk. Onder de jurk droeg zij een roze babydoll van satijn, zoals filmsterren vroeger. Haar vingernagels waren blauw geverfd en zij had ringen en piercings in allebei haar oren. Nergens een spoor van bloed. De oogleden waren weggevreten door ratten en andere knaagdieren en in de holte van haar mond buitelden kevers en bloedzuigers over elkaar heen. Naast het lichaam lagen drugsspuiten en halflege verpakkingen van Prozac en Valium en overal in de buurt, tussen de wilde struiken en dode takken, slingerden lege blikjes König en Cara Pils.

'Is zij dood?' vroeg een jogger.

'Dood als een pier,' zei de parkwachter.

Er waaide een bittere wind en de schaduw van een vleermuis gleed over het water. In het midden van het park stond een prachtig kasteel en achter de vijver lag een mals grasperk met aan het eind ervan, op een sokkel, een groot beeld van kalksteen met gigantische handen en een massief hoofd dat sierlijk en traag opdoemde uit de laaghangende mist. De regen viel schuiner dan de vorige dagen, en voelde kouder aan. *Wie deze weg gebruikt, doet het uitsluitend op eigen risico* stond in onhandige letters op een bord tussen de bomen.

Negen uur in de ochtend. Een ziekenwagen met blauw zwaailicht reed met hoge snelheid door de plassen. Op de hoek van de Anselmostraat en de Britselei stopte een tram met het schurend geluid van metaal op metaal. De commissaris parkeerde zijn dienstauto tussen de natte platanen. Hij trok zijn regenjas over zijn hoofd en slingerend met zijn oude schoolboekentas haastte hij zich naar het gerechtshof. Advocaten in zwarte toga liepen driftig heen en weer, met onder iedere arm een dossier. De bejaarde bode aan de infobalie was piekfijn afgeborsteld, met een stijf hemd onder een geruit colbertjasje. Om door een ringetje te halen, dacht de commissaris. Aan het eind van de wandelzaal stapte hij in de bezoekerslift en drukte op de knop naar de tweede verdieping. Telefoons zoemden en rinkelden. Een speurder van de zedenbrigade slenterde door de gang. In zijn verhoorkamer schudde de commissaris het water van zijn regenjas en hing de versleten Burberry over de houten kapstok. Op de lijst boven zijn deur had hij een kartonnetje gezet met de tekst *Verboden te roken*. Een patser had een vette streep getrokken door het woord *roken* en er *rukken* van gemaakt. *Verboden te rukken*. De commissaris fronste zijn wenkbrauwen en glimlachte. Hij knipte zijn leeslamp aan en keek naar buiten. De kaaswinkel had voorgoed de rolluiken neergelaten. Het veilinghuis bij de bushalte werd omgebouwd tot een kleine supermarkt en de Churchill Pub stond te huur of te koop. Alles verandert, dacht de commissaris, en toch blijft alles hetzelfde. De regen trok grillige slangetjes over het raam. Hij zuchtte en liet zich op een stoel vallen. Zijn oude metalen bureau lag bedolven onder nieuwe dossiers die wachtten op een spoedige afhandeling.

In de deuropening bladerde Peeters in de *Playboy*. 'Weet je wie ik zou willen knippen, chef?' vroeg hij.

'Laat me met rust,' gromde de commissaris. 'Ik verzuip in papierwerk.'

'Knippen? Wat bedoel je met knippen?' riep de telefoonwacht vanuit zijn glazen kooi en zijn ogen flikkerden van plezier.

'In de kont knijpen,' zei Peeters. 'Neuken. Vogelen. Rampetampen.'

'Julia Roberts!'

'Nee.'

'Brigitte Bardot?'

'Ook niet.'

'Nicole Kidman!'

'Nee-ee.'

'Wacht, wacht, ik weet het: Tanja Kloek!'

'Nee.'

'Wie dan wel?'

'Pamela Anderson,' zei Peeters en hij lachte zijn grauwe tanden bloot. Hij had zich een paar winterlaarzen gekocht, met dikke zolen, en een zwartleren hoedje. De speurder kon zich waarschijnlijk niet herinneren wanneer hij voor het laatst in bad was geweest, maar zijn winterlaarzen waren netjes gepoetst en hij was zelfs naar de kapper geweest. Zijn haar lag in de plooi en was in een zijstreep gekamd. Achter zijn linkeroor stak een half opgerookt sigaretje. Onder zijn blauwe anorak droeg hij een wit hemd van nylon, met het bovenste knoopje gesloten.

De commissaris gaf zijn papierschaar aan Peeters.

'Wat doe ik met een schaar, chef?'

'Je wil Pamela Anderson knippen? Je kan haar uitknippen, da's een goed begin.'

De commissaris wilde alleen zijn met zijn gedachten. Hij had geen zin om te praten en verdiepte zich in een dossier van de perswoordvoerder van het parket. Er zaten twee A4-tjes in met het beknopt verslag van de nachtelijke gebeurtenissen in de stad waarover proces-verbaal was opgemaakt. *Kosovo met gestolen kasregister opgepakt in de Gasstraat. Afgewezen echtgenoot bindt zoontje met touw aan zijn lichaam en springt in kanaal. In de Tulpstraat giet een Joegoslaaf benzine in een kachel. Algerijn opgepakt met cocaïne.* Tulpstraat, Gasstraat. Mooie namen, dacht de commissaris, spijtig dat je er struikelt over de drugsspuiten. *Poging tot verkrachting in voetgangerstunnel.* De commissaris wreef in zijn ogen en legde het dossier opzij.

'Prullen, chef?' vroeg Peeters en hij prikte de heteluchtballonnen van Pamela Anderson in het glazen hok van de telefoonwacht, naast een robotfoto van 'de reus' van de Bende van Nijvel, op geel papier, die door de Algemene Nationale Gegevensbank was verspreid naar alle politiediensten in het land.

De commissaris keek op zijn horloge. 'Klaar voor de begrafenis?'

'Met loden benen, chef.'

'Ik zie er ook tegenop, maar als het moet, dan moet het,' zuchtte de commissaris.

'Da's het leven, chef. 't Leven en de dood. Met niets draaien wij de lekkerste paté, zoals ze bij ons in de Vlaanders zeggen.' Het hemd van Peeters was geel uitgeslagen, alsof het als een spons de verschaalde lucht van oude urine had opgezogen uit de muffe gangen van het gerechtshof.

'Waar blijven mijn speurders?'

'De mannen komen rechtstreeks naar het Schoonselhof, chef.'

Alle begin is moeilijk, dacht de commissaris en hij zette zijn schouder onder de zware doodskist die hij met twee handen in evenwicht hield. Het was kil in het dodenhuis. Traag stapten de dragers langs hagen en zerken naar een open graf in de rechterbenedenhoek van het Schoonsel- hof. Er hing een geur van zwavel over de begraafplaats en de hemel had de kleur van oud roest. De mist werd steeds dikker. Zou hij met zijn schoenen in de kist liggen, zoals de Italianen? vroeg de commissaris zich af. Toen hij nog leefde, had Lodewyckx een voorliefde voor ruige stappers met spekzolen. Misschien was het daarom dat de kist zo zwaar woog.

Er viel een zachte stippelregen, die niet onaangenaam was.

Echt begrafenisweer, dacht de commissaris.

Peeters liep aan de andere kant en Desmet en Deridder droegen de staart van de doodskist. Wankelend onder het dood gewicht schuifelden de speurders van de moordbri- gade langs oude, verzakte zerken met betonnen palmtak- ken en laurierkransen van geglazuurd aardewerk, waarop de administratie van de begraafplaats een sticker had ge- kleefd met de tekst AKTE VAN VERWAARLOZING. Op vele graven groeide klimop als universeel symbool van onster- felijkheid.

I'm singin', singin' in—the rain, neuriede Peeters.

'Shhht!' siste Desmet.

Toen hij nog leefde, was Lodewyckx een echte zondaar, dacht de commissaris. Hij zat altijd achter de wijven en een vos verleert zijn streken niet. Let op mijn woorden, zodra hij in zijn kuil zakt, sleurt de duivel hem de diepe- rik in, rechtstreeks naar de hel, met kist en al. De com- missaris kon een glimlachje niet onderdrukken. Nee, het zal niet nodig zijn om te bidden voor zijn zielenrust, bedacht hij monter. Zijn vingers tintelden en hij staarde naar de wolken die dicht tegen de aarde kleefden.

Tata—tatata—tata—ta.
Singin' in—the rain.
De begraafplaats werd doorkruist door brede grachten voor de ontwatering van het domein en overal waren diepe kuilen gegraven en lagen grote hopen vers zand. De wind speelde in de cipressen en op de grasperken scharrelden zwarte spechten die op kraaien leken. Regendruppels hingen als parels aan de bomen. Het was een sobere en eenvoudige optocht, zonder trommels, zonder trompetten. De speurders en enkele flikken van de mobiele brigade droegen een zwarte rouwband. Gezond kan dat toch niet zijn, zo'n hoop lijken zo dicht bij de stad, dacht de commissaris. In vroeger tijden werden vuren aangestoken op de kerkhoven, om de gassen uit de graven te verbranden en de lucht te zuiveren. De Griekse wijsgeer Aristoteles verkondigde zelfs dat wolken niet anders zijn dan de uitwasemingen van de aarde en de gassen van de doden, want als de grond begon te beven en een vulkaan kwam tot uitbarsting, dan stegen er ineens geen wolken meer op.

Maar als je hier ligt, dacht hij, heb je wél geluk.

Je buren zijn tenminste rustige mensen.

Peeters niesde en de kist gleed bijna van zijn schouder.

Er stond een halve meter brak water in de rechthoekige grafkuil.

Ik hoop dat Lodewyckx kan zwemmen, dacht de commissaris.

Zijn voeten voelden voos aan. Hij had de nagels van zijn kleine teen te kort afgeknipt en een knagende pijn trok langs zijn hielen en zijn enkels naar zijn heupen.

Als de pijn aan mijn hart komt, dacht de commissaris, dan ben ik er geweest en stoppen ze mij onder een verzakte zerk, of in zo'n wanstaltig mausoleum dat meer op een kerker in een middeleeuwse gevangenis lijkt dan op een moderne grafkelder.

De dragers lieten de kist in het graf zakken en stoften hun handen af. Een vrijmetselaar legde witte bloemen op het geverniste deksel. Hij was in ceremoniekleding en droeg witte handschoenen. De commissaris boog het hoofd en pinkte een traan weg. Hij had zoveel bloed en zoveel doden gezien en toch was geen enkele dood even hartverscheurend als het heengaan van een goede vriend die zichzelf heeft vermoord. *Lodewyckx strikte een koperen snoer om de poot van het bed en wikkelde de fijne lussen van koperdraad om zijn hals. Hij maakte een kruisteken en sprong in één beweging over de trapleuning. Pas twee weken later werd het lichaam van de speurder per toeval gevonden, verrot en kromgetrokken, net zoals de zeepaardjes en de tropische vissen in het aquarium.* Zelfmoord is erfelijk, dacht de commissaris. Iedere zelfmoordenaar heeft een zelfmoordenaar in de familie. Een vader, een broer, soms de moeder of een van de grootouders. Er stond geen kruis op de kist. Sofie Simoens bette haar rode ogen met een kanten zakdoekje. Waarom is God zo wreed? dacht zij. Hij straft alle mensen met de dood en na enkele weken groeit er gras op hun buik. Met een doffe plof wierpen de speurders een handvol aarde in het open graf, waardoor het leek alsof Lodewyckx met zijn vuisten op de binnenkant van de kist hamerde. Een bruine kikker sprong de rust van eeuwige duisternis achterna. Twee doodgravers schoffelden zand in de kuil.

'Vaarwel, Lode,' zei de commissaris met een kort knikje.

'Vaarwel voor altijd,' mompelde Peeters.

'Ik zwijg al dertig jaar, ik ga nu ook niet te veel praten,' zei Deridder.

'Een vent blijft een vent,' mompelde Desmet. 'Zoals veel mannen beheerste Lodewyckx de kunst om op de verkeerde vrouw te vallen.'

'Wat dat betreft, zijn alle mannen gelijk,' zei Peeters.

Sofie Simoens liet haar tranen de vrije loop.

'Waarom ween je?' siste Deridder tussen zijn tanden.

Zij antwoordde niet. Het is allemaal zo onrechtvaardig, dacht zij. Een mens slaapt driekwart van zijn leven in een tweepersoonsbed en als hij op 't eind doodgaat, wordt hij op z'n eentje alleen in een veel te smalle kist gelegd.

Twintig meter verderop schraapte een doodgraver een oud graf leeg. Hij wierp menselijke resten inclusief een vermolmde schedel en een vals gebit op een ruimkar en toen de kar vol was, reed hij ermee naar een massagraf aan het eind van de begraafplaats, waarin al de botten en beenderen uit de ontruimde graven op een hoop werden gegooid.

Een roetwolk zweefde rakelings langs de toppen van de bomen en volgens de laatste berichten hingen rookgassen met een gifgroene kleur laag over de Schelde.

'Onweer op komst,' zei Deridder.

'Dat is geen onweer.'

'Hoe weet je dat?'

'Ik zeg dat het geen onweer is.'

Mist daalde over het dodenpark en uit de zwarte aarde stegen vochtige dampen op, alsof de doden zwetend in hun graf lagen. Enkele kindergrafjes rustten onder een eeuwiggroene boom. Aan de onderste takken hing het speelgoed van de kinderen aan touwtjes en veelkleurige linten. Een schommelpaard, twee trompetten van plastic, een pop met wild haar en een draaitol die nooit meer zou draaien. Het speelgoed was verweerd en verkleurd door regen en wind. Nog een week en de herfst kon beginnen. Plots scheurde een blauwe bliksem de hemel open, onmiddellijk gevolgd door een knetterende donder. Het begon te stortregenen. De speurders staken hun paraplu op en haastten zich langs het grafmonument ter ere van Peter Benoit naar café 't Rond Punt, aan de terminus van tram 12, waar een koffietafel klaarstond met belegde broodjes en koeken. In de verte blafte een hond.

Het telefoontje van Desmet rinkelde in zijn broekzak.

De commissaris zuchtte en zei: 'Elf uur. 't Spel zit op de wagen.'

Het gezicht van de speurder betrok.

'Slecht nieuws?' vroeg de commissaris.

'Schietpartij op de Keyserlei, chef. Een bloedbad. De big boss van de Russische maffia is geliquideerd. Drie kogels in zijn kloten.'

'We geven er een lap op,' glimlachte de commissaris. 'Verstand op nul en gas geven.'

Er was weinig volk op straat. De regen kletterde ongenadig op geparkeerde auto's en kolkte door afvoerpijpen langs gevels. Met slippende banden stopte de groene Opel Vectra van de gerechtelijke politie op het trottoir, ter hoogte van Fouquets, op de hoek van de Keyserlei met de Anneessensstraat. De zeildoeken luifels van het caférestaurant hingen door onder het gewicht van het regenwater. Hier ben ik nog geweest, dacht de commissaris, en hij keek naar Juwelen Slaets Horloges aan de overkant. Tegen de gevel zat een bedelaar die een natgeregend bord omhoog hield, waarop hij in onhandige letters had geschreven: IK HEB HONGER. Zijn hond sliep in een kartonnen doos, met zijn snuit onder zijn voorpoten. De ronde klok van het Centraal Station wees elf uur en drieëntwintig minuten aan. Enkele goudwinkeltjes hadden hun rolluik neergelaten. De commissaris morrelde aan het slot van het handschoenkastje en haalde er zijn dienstwapen uit, een Browning 9 mm Para die goed in de hand lag.

Behalve tijdens vier middagen per jaar op de schietstand had hij er nooit een kogel mee afgevuurd. Sofie Simoens gespte een leren holster om de schouder, alsof het een rugzak was, en klikte een kleinere holster aan haar gordel.

'Maak jullie truitje nat, mannen,' zei de commissaris.

Mannen?

En ik dan? vroeg Sofie Simoens zich af.

Tel ik niet mee?

Straks installeer ik een nieuwe beltoon op mijn gsm, dacht Desmet. Een muziekje van Abba of zoiets. *Mamma Mia*, HAHAHA. Hij stopte een volle lader met dertien kogels in zijn dienstwapen en liet de 9 mm Para in zijn schouderholster glijden.

Deridder zette een zwarte baseballpet en een donkere bril op, ondanks de regen.

'Ik begrijp het niet,' zei Peeters. 'Ik woon aan 't Falconplein, tussen de Russen, ik wéét dat de peetvader van de maffia nooit een voet buiten de deur zet zonder een lijfwacht die tot de tanden is gewapend. Wie was zijn lijfwacht? Waar zit hij? Pas op, jongens, hier is stront aan de knikker.'

'Kak of geen kak, de pot op,' zuchtte de commissaris. 'Wie bang is, krijgt ook slaag.'

De speurders stampten het slijk van het Schoonselhof van hun schoenen.

'Vroeger zat de Fouquets iedere dag vol joden,' zei Desmet.

'Nu komen er alleen Oost-Europese gangsters,' antwoordde Sofie.

'Joden zijn ook gangsters,' zei Peeters. 'Zij schieten niet met revolvers, dat is het enige verschil.'

Op de zogenaamde 'strategische punten' stonden agenten van het Bijzonder Bijstands Team in zwarte

Nomex-overalls. Zij droegen een helm met beschermklep, veiligheidshandschoenen, speciale veiligheidslaarzen en kogelwerende vesten van kevlar, dat sterker is dan staal, en waren voorzien van verrekijkers en walkietalkies. Iedere agent was gewapend met een shotgun van het merk Remington 870 Talon, een futuristisch wapen met een korte loop dat meer op een bazooka leek dan op een snelvuurgeweer.

Alles gebeurde van dan af in de juiste volgorde.

Eerst vielen de roltrappen naar de metro stil.

Een witte Nissan Patrol van de spoorwegpolitie stopte in het midden van de straat, naast twee pantserwagens van het merk Mercedes Benz Vario van de rijkswacht. Een ziekenwagen van Stuivenberg en een zwarte Mercedes *break* met blauw zwaailicht raasden bumper aan bumper door alle rode en oranje verkeerslichten en remden gelijktijdig voor het Hylitt Hotel op de hoek van de Appelmansstraat en de Keyserlei.

Vervolgens hield de mobiele brigade grote kuis in Hotel Tropical, tegenover het Centraal Station, en kamden agenten van de stadspolitie met patrouillehonden de ondergrondse parkings en het cinemacomplex van Gaumont uit.

Dan hield het op met regenen. Onweerswolken bleven laag en mysterieus hangen boven de stad en de kasseistenen op de middenberm glansden alsof zij waren ingewreven met boenwas. Een nijdige wind schudde met de bomen op de Keyserlei.

De politieauto's zetten hun jankende sirenes af.

Het was ineens heel stil.

Op het trottoir liepen agenten van de technische recherche van het parket elkaar voor de voeten. Zij droegen witte schoenbeschermers, een witte overall, handschoenen van latex, een wit mondmasker en hadden een witte haarmuts op het hoofd. Eigenlijk was er te veel volk op de plaats van de misdaad. Het labo had een vierkante tent over het slachtoffer geplaatst waarmee de 'gerechtelijke omsluitingszone' was afgebakend waarbinnen alleen uitvoerend personeel zoals speurders van de gerechtelijke politie, de onderzoeksrechter, parketmagistraten, de wetsdokter en een gerechtsfotograaf toegang hadden. Een tweede perimeter was met rood en wit lint afgespannen. Er stond een zilvergrijze Peugeot Partner in, een soort mobiel atelier dat diende voor het vervoer van technisch materiaal. De tweede perimeter was groter dan de 'gerechtelijke omsluitingszone' en werd 'bufferzone' genoemd. Agenten zochten met een strijklicht op de grond naar zichtbare sporen, zoals bloedvlekken, die door gerechtelijke laboranten werden genummerd. De gerechtsfotograaf filmde de donkere bril van het slachtoffer en de kapotte brillenglazen fonkelden in het felle licht van de flashlampen. Eén schoen lag in de goot. Hij legde de plaats van het misdrijf vast op videofilm en stelde een fotografisch dossier samen van alle genummerde sporen.

'Twee of drie schoten?' vroeg de commissaris.

'Geen idee,' zei een agent.

'Hoe komt het dat je 't niet weet?'

'Ik heb er niet naar gevraagd.'

'Waarom niet?'

'Ik vind dat een onprettige vraag.'

'Het is godverdomme onze *taak* om onprettige vragen te stellen,' zei de commissaris bits.

De agent sloeg de ogen neer.

'Wij worden *betaald* om onprettige vragen te stellen.'

'Ja, chef.'

De commissaris zuchtte. In de Middeleeuwen dachten gekken en dwazen dat zij een kei in hun hoofd hadden, vlak onder hun schedel. Zij lieten de kei door een kwakzalver wegsnijden en werden nog gekker en nog dwazer. Hoe het kwam, hij wist het niet, maar de commissaris kon zich niet van de indruk ontdoen dat de helft van het politiekorps tegenwoordig rondliep met een kei in het hoofd.

De Rus ademde niet meer. Hij lag op zijn rechterzij, half in de goot, met zijn hoofd op de blauwe steen, en kneep met zijn vingers in de kapotgeschoten darmen die uit zijn donkere gapende buikholte puilden. Het lichaam was van binnen naar buiten ontploft. De helft van zijn schedel was weggerukt en zijn hersenen lagen uitgesmeerd op het voetpad, in de regen, alsof iemand per ongeluk op straat een blik cornedbeef had opengetrokken. Het linkeroog was weggeblazen en geel snottig slijm vloeide uit de oogkas op de straatstenen. Om zijn hals droeg hij een zware gouden ketting. De commissaris boog zich over het onbeweeglijke lichaam en legde drie gestrekte vingers op de slagaders in de hals, die koud aanvoelde, alsof de eerste lijkstijfte al was ingetreden. Dit wordt het begin van een klassieke tragedie, dacht hij. Wraak, bestraffing, dood. Het slachtoffer droeg een zwarte broek, zwarte schoenen, een zwart leren jasje en een donkere bril met twee gebroken glazen. Hij had een krans van zwart haar om zijn kale schedel en zwarte pluizige wenkbrauwen. Onder het leren jasje droeg hij een zwart zijden hemd. Er zat een bloederig gat in, zo groot als een voetbal. Al Capone droeg ook zijden hemden, dacht de commissaris. Hij sliep zelfs in een zijden pyjama. Zwarte aasvliegen die enkele seconden na de dood een lijk ruiken op kilometers afstand wentelden zich naar hartelust in de cornedbeef en in het donkere bloed, dat traag naar het riool vloeide en hoekige lijnen trok langs de tegels op het trottoir.

De commissaris moest zich inhouden om niet te kotsen.

Smeerlapperij, dacht hij.

Hij was blij dat het kil was en nat.

Omdat een lijk tenminste niet stinkt als het koud is.

De hemel betrok. Het werd donker. Het begon harder te regenen, met lange striemen die kletterden op het tentzeil. De commissaris trok zijn schouders op en stak zijn handen in de zakken van zijn regenjas. Zijn vingers speelden met de geluksbrengers die hij altijd bij zich droeg, winter en zomer: een droge eikel, een schelp van de zee en twee oude, grijze muntstukjes van vijfentwintig centimes uit het jaar van zijn geboorte, met een gaatje in het midden.

De speurders bukten zich en kropen bij de commissaris in de tent, uit de regen. Deridder hield een notitieboekje in de hand, waarop hij een situatieschets had getekend. Hij had een plasticzakje over zijn hand getrokken om het boekje te beschermen tegen de regen. Sofie Simoens zuchtte, kneep het regenwater uit haar paardenstaart en krulde een blonde lok rond haar vingers. Zelfs kletsnat was zij een knappe verschijning. Zij had een strak, sterk kontje en een lachend gezicht met zachte, groene ogen die soms grijs werden, blauwig bijna. Haar kleine kraaienpootjes waren eigenlijk lachrimpels. Peeters liet een natte wind die langs zijn broekspijpen in zijn schoenen gleed en Desmet beet nerveus op zijn vingernagels.

'Een afrekening in het milieu?' vroeg de commissaris.

'Ziet ernaar uit, chef,' zei Peeters. Zijn haar plakte voor zijn ogen.

'Zorg dat wij de daders snel te pakken krijgen.'

'Daders, chef? Meervoud?'

'Ik denk het. Russen kunnen elkaars bloed drinken.'

'Zijn hoofd is aan flarden geschoten,' zei Sofie Simoens. Het bloed van de maffiabaas drupte in het riool en de regen spoelde de kasseien schoon. Op de Keyserlei liepen de mensen voorovergebogen onder hun paraplu, zonder iets te zien. Zij wachtten geduldig tot de verkeerslichten op groen sprongen. Er hingen wel honderd meeuwen aan de hemel. Zij waren aangetrokken door de geur van bloed en zweefden kokhalzend over de huizen. Het licht sprong op groen en alle voetgangers staken tegelijk op het zebrapad de straat over. Een automobilist die verkeerd was gereden, merkte te laat de politiemacht op en zocht dekking achter zijn stuur. Op het trottoir voor Chocolaterie Del Rey stonden joodse mannen met zilvergrijze baarden en zwarte hoeden in lange, zwarte jassen, wat in feite het uniform was van de oude Poolse adel. Zij hadden een beschermhoes van plastic over hun hoed en praatten fluisterend in het Jiddisch, dat klonk als Duits met Hebreeuwse citaten en Oost-Europese woorden.

'Storm op de Schelde,' merkte de gerechtsfotograaf op.

'Hoe weet je dat?'

'Zwaar weer drijft meeuwen landinwaarts. Ik heb The Birds van Hitchcock gezien, toen ik een stuk jonger was. In de Ritz, maar die cinema bestaat allang niet meer.'

'Wie is Hitchcock?' vroeg Deridder.

We worden allemaal oud, dacht de commissaris, en ik, ik mag mij stilaan een échte oldtimer gaan noemen.

Zijn schouder deed pijn, alsof hij nog steeds met de zware doodskist over het natgeregende kerkhof zeulde. Het was onwezenlijk stil in de straten rond het Centraal Station. Of was dat slechts schijn? Het ruisen van de regen was het enige achtergrondgeluid, naast de wind die met de takken van de bomen zwiepte. Kartonnetjes van hamburgers en frisdrank buitelden over het voetpad. Hulpagenten noteerden de nummerplaat van alle geparkeerde auto's. Een patrouillerende politiewagen kreeg een melding van een overval in de Carnotstraat en zette met gillende sirene en tollend zwaailicht de achtervolging in.

'Moord op klaarlichte dag, in het centrum van de stad,' zuchtte de commissaris. 'Je moet maar durven.'

'Zonder spoor van een dader,' zei Deridder.

'Een huurdoder, volgens mij,' zei Peeters.

'Dan zit hij allang op de trein naar Amsterdam,' zei Sofie Simoens. 'De ideale huurdoder is een junkie uit Nederland.'

'Zou kunnen,' zei de commissaris. 'Hoewel. Gewoonlijk werkt de maffia met *drie* huurdoders.'

'Zij houden zich niet aan wetten en regels.'

'Welke maffia?' vroeg de commissaris. 'Welke regels en welke wetten? Er is een Italiaanse maffia, een joodse maffia, een Chinese maffia, een maffia van de homo's en een Russische maffia.'

Peeters grinnikte. 'Killers van de Chinese maffia nemen iedere avond een bad in urine,' zei hij. 'Zij drinken urine als medicijn tegen een verstopte neus en gebruiken het als oordruppels bij ontstekingen. Zij hebben daar een mooi woord voor uitgevonden: *zut*. Zelf-Urine-Therapie. Chinese huurmoordenaars gebruiken trouwens urine als aftershave. Weet je hoe je ze herkent?'

'Nee?' vroeg Deridder.

'Je ruikt ze op een kilometer afstand!'

'Ik begrijp het allemaal niet meer,' zuchtte Sofie Simoens.

Peeters hoestte achter zijn hand. 'De Russische maffia

stinkt ook,' zei hij. 'Ik ruik haar iedere dag, vanuit mijn appartementje. Afpersing, brandstichting, witwassen van misdaadgeld, moord, smokkel van goud en diamanten tussen Londen en Luxemburg, invoer en uitvoer van vodka en valse sigaretten, roof van kunstwerken, handel in gestolen luxeauto's. Noem het en zij zijn er de baas.'

'Je vergeet de vastgoedsector,' zei de commissaris.

'Da's waar, chef,' antwoordde Peeters. 'Vroeger was Antwerpen de stad van de joden, maar vroeger is lang geleden. Iedereen weet dat de Keyserlei op dit ogenblik in handen is van Russen uit Georgië, Kosovo's, Albanezen en Tsjetsjenen. Alle goudwinkels in de Pelikaanstraat en de parfumeries op de Meir zijn in handen van mafioski.'

'De Antwerp Tower is een maffiatoren,' zei Sofie Simoens.

'Ook geen toeval,' zei Deridder.

'Stalin en Dzjenghis Khan waren óók Russen.'

'Helaas,' zuchtte de commissaris.

Maar Tsjaikovski en Stravinsky óók, dacht hij.

'Valse papieren zijn een fluitje van een cent,' zei Peeters. 'Vóór ik bij de politie kwam, werkte ik als bediende bij een makelaar in onroerend goed. Een Rus kwam een huurcontract afsluiten. Ik vroeg zijn paspoort en hij toverde er drie uit zijn jas: een Russisch, een Israëlisch en een Belgisch, alledrie op een andere naam. Welk is het goede paspoort? vroeg ik. Kies maar, antwoordde de Rus, ze zijn alledrie goed.'

'De dossiers tegen die mannen zijn heel complex, met veel internationale vertakkingen,' antwoordde de commissaris. 'Wij kunnen er geen touw aan vastknopen.'

'Polen verstoppen zich voor de politie,' zei Sofie Simoens. 'Alle kuisvrouwen en karweimannen in Antwerpen zijn Polen, maar zij zijn nooit thuis als je aan hun deur aanbelt. Want aanbellen, dat is iets voor deftige mensen, en zij verwachten geen deftige mensen aan de deur. Zij doen pas open als je met de klep van de brievenbus rammelt. Dat is *hun* afgesproken signaal.'

'Let op mijn woorden, het wordt oorlog,' zei de commissaris.

'Als dat zo voortgaat, vallen er doden als vliegen.'

'Mogelijk,' zei Peeters. 'Die gasten zijn gepokt en gemazeld in het beroep van misdadiger. Het zijn supergevaarlijke gangsters. Wat wil je? Eerst viel het IJzeren Gordijn, dan de Muur van Berlijn en vervolgens stroomde al de stront uit het Oostblok over de rest van Europa.'

Veel volk op de plaats van de misdaad, te veel om goed te zijn: speurders, vertegenwoordigers van het parket, een gerechtsfotograaf, de wetsdokter met zijn zware instrumententas, gerechtelijk laboranten en enkele machoflikken van de mobiele brigade in lichtgevende oranje overjasjes die in principe alleen tot taak hadden om de plaats van het misdrijf af te bakenen en ervoor te zorgen dat niemand in de buurt van het slachtoffer kwam, maar die integendeel als volleerde speurders op zoek gingen naar vezels, haren, vingerafdrukken en bloedvlekken. Zij liepen elkaar in de weg. Een tekenaar schetste de ligging van het lijk. De wetsdokter kroop onder het tentzeil, op de voet gevolgd door twee lijkbezorgers. Hij spoot een shot adrenaline rechtstreeks in het hart van het slachtoffer. Dan begroette hij de commissaris, die een vermoeide indruk maakte en over zijn voorhoofd wreef. Met een balpen lichtte de wetsdokter de oogleden van het slachtoffer op en hij scheen met een felle lamp in de dode oogkassen. 'Russen zijn ervan overtuigd dat de foto van de moordenaar achterblijft op de pupillen van hun slachtoffer,' zei de wetsdokter. 'Bullshit eerste klas, want ik zie niets.'

De neus van de commissaris prikkelde.

Ik heb het zitten, dacht hij, een kou op mijn lijf.

'Ik zit vol rillingen, dokter.'

'Hopelijk geen Russische griep,' lachte de wetsdokter.

'Neem een aspirientje,' zei Sofie Simoens.

De commissaris niesde. Zijn ogen stonden glazig.

'Hij is dood,' zei de wetsdokter. 'Wie is het?'

'Een gangster en een mafioski. Een Georgiër, natuurlijk. Officieel is hij zaakvoerder van Boris International en nog enkele goudwinkeltjes hier in de buurt. Maar wij zijn ook niet van gisteren, wij weten dat hij in zijn vrije uren het kopstuk was van een bende die is gespecialiseerd in autodiefstal, verzekeringsfraude, mensenhandel en overvallen op geldtransporten.'

'Met andere woorden, een stuk crapuul.'

'Ik mag niemand met de vinger wijzen, chef,' klaagde Deridder, 'maar de flikken van de mobiele, dat zijn olifanten in een porseleinwinkel. Zij kunnen niet omgaan met stress en werken niet volgens het boekje. Zij denken dat zij speurders zijn maar in negen van de tien gevallen vergeten zij dat één haartje, één huidschilfer, één druppel speeksel of één spatje bloed volstaat om de dader op het spoor te komen en te klissen. Op het terrein wissen zij alle biologische sporen uit! Onherroepelijk! Kijk eens hoe die jonge hulpagenten met hun lompe schoenen over de plaats van de misdaad baggeren. De politie moet niet met een bulldozer graven maar met een tandenborstel.'

'Ik noem dat ramptoerisme,' zei Desmet.

'Slimmer zijn, Sven,' zei de commissaris. 'Slimmer dan de rest.'

'Ieder onderzoek zit vol vergissingen en blunders,' zei Desmet.

'Sherlock Holmes die met een pijp in zijn mond een moordscène onderzoekt, dat kan toch niet, in deze tijd.'

'En Tytgat dan?' vroeg Sofie Simoens.

'Laat de brave man met rust,' zei de commissaris. 'Tytgat gaat straks met pensioen.'

'Gooi de rotte appels uit de mand,' zuchtte Deridder.

'Is de pers er al?' vroeg Peeters.

'Wacht tot morgen om in de krant over je eigen stommiteiten te lezen,' zei de commissaris.

'Kennen jullie de mop van Jean-Marie Pfaff die op visite ging bij zijn huisarts en zei: Dokter, als ik plas komt er schuim uit mijn penis?' vroeg de wetsdokter en zonder het antwoord van de speurders of de lijkbezorgers af te wachten, zei hij: 'De huisdokter onderzocht de BV en zei: Je plast pure champagne, Jean-Marie, maak je geen zorgen. Toen Pfaffke die avond thuiskwam, vertelde hij het verhaal van de dokter aan zijn vrouw Carmen, die onmiddellijk naar de keuken liep en terugkwam met twee champagneglazen. Laat je glas maar staan, Carmen, zei Jean-Marie, jij mag uit het flesje drinken.'

Niemand lachte.

'Wie is de dode?' vroeg een lijkbezorger.

'Speedy Gonzales,' zei Deridder.

'Grappig,' antwoordde de lijkbezorger, 'héééél grappig.'

'Om elf uur is hij omvergeknald,' zei de commissaris.

'Goed dat je het zegt, Sam. Zelfs voor mij als arts is het bijna niet mogelijk om het juiste tijdstip van overlijden vast te stellen,' gromde de wetsdokter. 'Omdat ieder overlijden anders is en verschilt van mens tot mens. Als het slachtoffer bloedverdunners nam, slaat de afkoeling van het lichaam na zijn overlijden in een knoop. Als je doodvalt na seks, treedt onmiddellijk rigor mortis in. Ik werd eens bij een hoertje geroepen dat in een hotelkamer was vermoord. De kamertemperatuur bleef gelijk maar de lichaamstemperatuur van het slachtoffer ging als een jojo op en neer. Ik stak thermometers en elektroden in haar lichaam, zonder resultaat. Daar sta je dan, als wetsdokter. Als ik zeg dat het tijdstip van de dood ligt tussen de laatste keer dat het slachtoffer levend werd gezien en het ogenblik waarop het dode lichaam werd aangetroffen, dan heb ik altijd gelijk.' Hij maakte er verder geen woorden aan vuil, stelde het overlijden van het slachtoffer vast en borg zijn spullen op in zijn dokterstas. 'Als alles meevalt, ligt mijn obductierapport vanmiddag op het bureau van de onderzoeksrechter.'

'Obductierapport?' vroeg Deridder.

'Het verslag van de lijkschouwing,' zei Sofie Simoens.

'Obductie is Latijn,' doceerde de wetsdokter.

Zeg toch gewoon 'autopsie', dacht de commissaris.

'Is er haast bij?' vroeg Deridder.

'Volgens zijn godsdienst mag zijn lijk de nacht niet doorbrengen op aarde,' zei de wetsdokter. 'Ik neem aan dat het slachtoffer wordt begraven op de joodse begraafplaats in Putte?'

'Zodra de onderzoeksrechter het lijk vrijgeeft,' zei de commissaris.

'Is de Rus een jood?' vroeg Peeters.

'Natuurlijk.'

'Hoe zie je dat?'

'Aan dat keppeltje achter op zijn hoofd.'

'Dat een ideale schietschijf was,' zei Desmet.

Knal en vlak in de roos, dacht hij.

'Je mag het lijk abtransportieren, Kuypers,' zei de commissaris.

Peeters floot tussen zijn tanden. 'Hadden we Hitler z'n gang laten gaan, de wereld zou er vandaag heel anders uitzien,' verzuchtte hij. 'Anders en beter. Minder werk voor ons, in ieder geval. Hitler was tenminste geen gatlikker, zoals die Arafat.'

Arafat stront aan zijn gat, dacht Deridder.

'Hitler maakte een twee drie komaf met de joden. Zes miljoen in minder dan zes jaar, je moet het maar doen. Chapeau! De Führer noemde dat de Eindoplossing. Onze vriend Hitler was trouwens de eerste *groene* politieker,' smikkelde Peeters zelfvoldaan en hij knarste met zijn tanden. 'Hij was anti-alcohol, anti-tabak, anti-pesticiden, anti-kleurstoffen in voedsel, anti-proeven op dieren, anti-dit, anti-dat, en op de koop toe verbood hij tabaksreclame en vaardigde hij als eerste in Europa een rookverbod in openbare gebouwen uit. Zeg nu zelf, daar kunnen de groenen toch een puntje aan zuigen?'

'Je kletst uit je nek,' zuchtte Desmet.

Binnen het gerechtelijk korps was Peeters de sterke man van het Vlaams Blok. Hij wikte zijn woorden niet en zette er stevig de beuk in, iedere keer opnieuw, zoals een echte vakbondsafgevaardigde.

De commissaris beet op zijn tanden en telde tot drie. Alles onder controle, dacht hij, alles onder controle. Tot drie tellen, daar was hij goed in, de laatste tijd. Hij was trouwens altijd sterk geweest in wiskunde, ook vroeger op school. Eén is géén, geen drie zonder twee, geen vier zonder drie. $E=mc^2$. Wiskunde en biologie, daarin was hij onklopbaar. Een crack. Maar dat is allemaal vreselijk lang geleden, dacht hij, in de goede oude tijd, toen in de Ritz films werden gespeeld met Jeff Chandler en er nog geen sprake was van het Blok.

'Wie was Hitler ook alweer?' vroeg Deridder.

Boerenlullen, dacht Kuypers.

De commissaris wurmde zich zuchtend tussen het tentzeil naar buiten.

Met de hulp van een assistent propte de lijkbezorger de darmen in de buikholte. Het lichaam werd met tape afgeplakt, om alle uitwendige sporen te bewaren. Zij wikkelden het slachtoffer in aluminiumfolie. Het lijk werd gekist in een doos van hard donkergrijs plastic die veel weg had van de dakkoffer van een auto en over de hobbelende kasseien naar de zwarte Mercedes break gerold die op het voetpad voor Chocolaterie Del Rey stond geparkeerd. Het regende nog steeds en toch brak een flauwe zon door de wolken. De natuur zwaait heen en weer, dacht de commissaris, als een slinger tussen de planeten en de sterren. Hij keek op zijn horloge. Weer een uur voorbij. Zijn blik had iets wazigs en afwezigs. Hij had wallen onder zijn ogen. Een felle windstoot veegde de straten schoon. Twee combi's, enkele anonieme Opel Vectra's van de gerechtelijke politie en de gepantserde celwagens keerden terug naar de rijkswachtkazerne aan de Boomsesteenweg. Zij botsten bijna op elkaar want links en rechts stonden zoveel verkeersborden dat geen mens er nog wijs uit raakte. Nieuwsgierig kwamen de meeuwen dichterbij. De commissaris vernauwde zijn ogen tot een smalle spleet en tuurde naar de ramen op alle verdiepingen van het hotel. Meeuwen zijn geen mensen, dacht hij, zij vervelen zich nooit. Of misschien vervelen zij zich altijd en glijden daarom zo traag door het beeld. Hij luisterde naar het dansend ritme van de stippelregen. Duiveltjeskermis, heette zoiets vroeger, God mag weten waarom. De commissaris zuchtte en wreef met zijn handen in zijn ogen.

'Hou jij van voetbal, commissaris?' vroeg de wetsdokter.

'Wie niet? '

'Dan weet je wat een hattrick is?'

'In voetbal?'

'Nee, in bed.'

'Een hattrick? In bed?'

'Ja.'

'In bed? Geen idee.'

'Een speler die *drie* keer op *één* avond klaarkomt tussen dezelfde lakens,' lachte de wetsdokter.

'Met dezelfde keeper?' vroeg Deridder.

Twee uur. Speurders liepen door de lange gang. Deuren werden geopend en met een smak dichtgeslagen. Er werd geluierd, er zat geen versnelling in de dag, zoals de telefoonwacht opmerkte. De commissaris keek op zijn horloge. Hij wilde de wijzers naar beneden trekken, en toen ze beneden stonden, wilde hij ze naar boven duwen. Het was kil in zijn verhoorlokaal. Hij nam zijn thermosfles uit de oude schoolboekentas die naast zijn bureau stond, schroefde de dop los en schonk zich een bekertje koffie in. Zwart, zonder melk, zonder suiker. Zuchtend begon hij nieuwe dossiers te lezen. Er zat zelfs een groene map van de politierechtbank tussen. DIT DOSSIER BEVAT 8 STUKKEN VAN HET OPSPORINGSONDERZOEK. Het cijfer 8 was er in balpen bijgeschreven. Enkele dagen tevoren had de drugsbrigade in samenwerking met de vreemdelingenpolitie een supermarkt voor verdovende middelen opgerold in Antwerpen-Noord. Het parket bevestigde de vondst van negentien kilogram heroïne, twee kilogram cocaïne, twee balen hasjiesj, een paar duizend xtc-pillen, valse paspoorten, nagemaakte Franse rijbewijzen en genoeg materiaal om alle drugs in heel de wereld te snijden en verpakken. Kon de moordbrigade een verband leggen tussen de supermarkt in Antwerpen-Noord en een drugsdode die verminkt en in stukken gesneden in een volksbuurt nabij een braakliggend terrein was gevonden? vroeg de onderzoeksrechter van dienst.

Bij elke zware misdaad, zoals moord en doodslag, trekt de gerechtelijke politie onder aanvoering van een procureur des Konings het onderzoek naar zich toe en neemt de moordbrigade op de plaats van de misdaad de leiding over. De procureur des Konings vordert een onderzoeksrechter die 'in politiek' ter plaatse komt, dat wil zeggen: gewoon in kostuum, en die een lijkschouwing gelast. Vanaf dat moment is het lijk 'eigendom' van de onderzoeksrechter. Indien de plaats van de misdaad niet bekend is, wordt de plaats waar het lijk werd gevonden als de plaats van de misdaad beschouwd. De speurders van de moordbrigade zoeken het antwoord op negen vragen: 1) Wie is de dader? 2) Wat is er precies gebeurd? 3) Wanneer is het gebeurd? 4) Hoe is het gebeurd? 5) Waar is het gebeurd (hier of elders)? 6) Wie is het slachtoffer? 7) Waarom werd de misdaad gepleegd? 8) Welk is het motief? en 9) Waar zijn de bewijsstukken? Getuigen worden opgepakt en ondervraagd. Soms leggen zij een schriftelijke verklaring af die wordt genoteerd door een speurder en 'proces-verbaal' wordt genoemd. Een proces-verbaal moet kort en puntig zijn, met weglating van alle overbodige details. Maar getuigen kunnen zich vergissen. Of zij liegen, om de speurders op een dwaalspoor te brengen. Daarom is het de taak van de wetsdokter om aan de hand van een lijkschouwing te bepalen hoe en wanneer het slachtoffer aan zijn verwondingen is overleden. Er bestaan slechts vijf mogelijke doodsoorzaken: 1) natuurlijke dood, 2) dood door ziekte of ongeval, 3) zelfmoord, en 4) moord of doodslag.

De commissaris zuchtte. De mensen willen geen brood en spelen, dacht hij, zij willen *bloed* en spelen, vooral bloed. Heel veel bloed. Hij sloeg een tweede dossier open. Een huisvrouw was aardappelen aan het schillen in de keuken. Plots sprong zij overeind en stak het mes in de keel van haar bejaarde echtgenoot. Waarom? Alleen God weet waarom. Een huistuinenkeukenmoord, dertien in een dozijn, niks bijzonders, dacht de commissaris, en hij legde de gele map bij andere dringende dossiers, waaronder een nevendossier over het vastgelopen onderzoek naar een onbekend kinderlijkje. *Een kolking, een rimpeling, en tussen de wal en het schip stulpte het lichaam van een jongen zonder armen en zonder benen uit de zwarte spiegel van het Straatsburgdok. De bleke romp had de kleur van dode vissen. Daarna was alles rustig, tot de volgende ochtend.* De commissaris zuchtte. Hij schoof de dossiers opzij en handelde enkele oproepen tot verschijning af, als getuige of als verdachte, die voor aflevering aan diverse gerechtsdeurwaarders werden toegezonden. Routinezaken, geen zwaar geschut. Hij dronk van zijn koffie en keek opnieuw op zijn horloge, trok de telefoon naar zich toe en toetste het nummer van het dodenhuis in. Hij kreeg een assistent aan de lijn die hem verzekerde dat alles in gereedheid werd gebracht voor een lijkschouwing om vier uur. De commissaris stopte zijn thermosfles in zijn boekentas, knipte de leeslamp uit en trok zijn natte regenjas aan. De parketvloer naast de telefoonwacht kraakte onder zijn voetstappen. Hij nam de bezoekerslift naar beneden, naar de wandelzaal, die vóór zijn tijd de 'sale des pas perdus' werd genoemd, God weet waarom. Er is veel dat God weet, of juist niet weet, zuchtte de commissaris, té veel misschien. De grijsmarmeren vloertegels stonden vol natte voetafdrukken. De bejaarde bode haalde een kammetje uit zijn broekzak en trok het door zijn haar. Hij had een fijn wit snorretje. Met zijn hoofd tussen zijn schouders stak de commissaris de Britselei over.

Hij had rubberen overschoenen aangetrokken waardoor het leek alsof hij zwemvinnen droeg. Voor de tweede keer die dag stapte de commissaris door de kaarsrechte dreef die toegang gaf tot de begraafplaats van het Schoonselhof. De lucht was nat en koud. Het regende zonder ophouden. Dode blaren dwarrelden van de lindebomen aan weerszijden van de laan en vormden een zompig tapijt, dat graven overwoekerde en greppels en sloten verstopte. Twee doodgravers in witte afvalzakken, waarin zij gaten hadden geknipt voor hun hoofd en hun armen, schoffelden zwarte aarde in een kuil. Op de zakken stond in zwarte letters STAD ANTWERPEN gedrukt. Hier komen de doden in serie aan, op bestelling, dacht de commissaris. Hij kromde zich dieper in zijn regenjas en liep zigzaggend tussen de plassen langs het verlaten bushokje en het kasteel uit de achttiende eeuw. In het stedelijk dodenhuis hing een sterke lijkgeur, die deed denken aan ammoniak. Verf schilferde van de witte muren, alsof het lage, vierkante gebouw leed aan een ernstige vorm van eczeem of psoriasis.

'Vervelend rotweer,' bromde de commissaris.

'Weet je wat ik vervelend vind?' vroeg de wetsdokter bits.

Een patholoog-anatoom die met de deur in huis valt, dacht de commissaris, da's weer eens een ander verhaal.

'Nee?'

'Dat ik naar het gerechtshof telefoneer en negen keer van de tien ofwel de bezettoon ofwel een seksmelodietje van Ravel te horen krijg, de *Bolero* of hoe heet dat ding ook alweer, *tum—tubbete—tum—tum—tum*, wachten en blijven wachten, en nadat het muziekje is uitgespeeld, wordt de verbinding zonder pardon verbroken.'

De commissaris glimlachte. 'De *Bolero* van Ravel duurt

op de kop af 13 minuten en 47 seconden, dokter,' zei hij. 'Ik kan het weten, ik heb eens op dat muziekje gevrijd. Jongens, was dat een belevenis. Toen het zo snel ging dat de dirigent z'n eigen armen niet meer kon volgen, in de dertiende en een halve minuut, kwam ik gierend klaar. De muziek viel stil en ik was leeg. Om handen en vingers af te likken.'

'Ik wist niet dat je zo'n stier was, commissaris,' zei de wetsdokter en hij floot bewonderend tussen zijn tanden. 'Dertien en een halve minuut en BOEMMM! Paukenslag! Verbinding verbroken!'

'Een muzikale stier,' lachte de commissaris. 'Maar da's wel héél lang geleden, dokter.'

Zij lachten allebei.

Het lijk lag volledig ontkleed op een snijtafel. Het was nog warm en voelde toch stijf aan. De Rus was blijkbaar geen onbekende voor het gerecht. Op zijn borst had hij een veelkleurige tatoeage van een orthodoxe kerk in een sneeuwlandschap. De kerk had zes uivormige torens. Zes torens, wat betekent dat hij zes keer in de gevangenis zat, dacht de commissaris. Hier, in Rusland, of elders. Rond zijn hals zat een tatoeage van een paternoster, met het kruisbeeld ter hoogte van zijn borstbeen, tussen twee torens in. Met wit krijt schreef een assistent datum en uur op een klein aantekenbord. Hij fotografeerde het lichaam en nadien werd het gemeten en gewogen. De assistent noteerde alle uiterlijke onvolkomenheden, zoals littekens en tatoeages, terwijl een tweede assistent de vingernagels van het slachtoffer reinigde en knipte. Daarna werden röntgenfoto's genomen. De assistent-fotograaf kwam een paar stappen dichterbij en boog zich over het lichaam voor close-ups van wonden, tatoeages, littekens en blauwe plekken.

De wetsdokter legde de eed af, zoals door de wet voorgeschreven.

'Ik zweer dat ik mijn taak naar eer en geweten, nauwkeurig en eerlijk zal vervullen,' zei hij.

Veerle Vermeulen en haar griffier stonden onwennig in een hoek van het lokaal. Alle kleur was uit hun gezicht weggetrokken. De griffier keek naar het plafond en de onderzoeksrechter bestudeerde de tippen van haar schoenen. Zij hield een zakdoekje met eau-de-cologne voor neus en mond.

'Doe je zakdoekje weg,' zei de wetsdokter vriendelijk. 'Anders loop je het risico in de toekomst een lijk te ruiken iedere keer wanneer je Keuls water gebruikt. Haal twee, drie keer diep adem, zodat de geur van het lijk tot in je tenen trekt. Dan is je neus verzadigd en ruik je niks meer. Een lijkschouwing duurt tenslotte maar een uurtje of twee, drie, hoewel ik er eens drie dagen over heb gedaan. Maar dat slachtoffer had dan ook vierenvijftig steekwonden en hing met pleisters en sparadrap aan elkaar.'

Het was warm in het lijkenhuis.

De onderzoeksrechter liep rood aan. Zij geeuwde.

Vapeurkens, dacht de commissaris.

Met de rug van zijn hand wreef de griffier het zweet van zijn hoge voorhoofd.

'Geen enkel lijk ruikt lekker,' zei de wetsdokter onverstoorbaar. Hij trok een dubbel paar veiligheidshandschoenen van latex aan. 'Behalve het lijk van een heilige, dat de aangename geur van een baby afscheidt omdat zopas een vroom leven werd beëindigd. Negenenzestig jaar na zijn begrafenis vertoonde het lichaam van paus Pius x zelfs geen teken van ontbinding. Helaas zijn er tegenwoordig geen heiligen meer, behalve natuurlijk Heilig Hermanneke, die op het oude kerkhof van Merksem ligt. Hij viel dood uit het venster en bleef drie dagen en nachten warm.' Met een blinkend scalpel maakte hij van schouder naar schouder, dwars over de buik tot voorbij de navel, een opening in het lichaam in de vorm van de letter Y. Met een mesje trok hij de randen van de snede uit elkaar. Onmiddellijk stulpten de darmen verder uit de buik. In het lichaam strekte zich een fijnvertakt netwerk uit van aders en slagaders. Met een snerpend cirkelzaagje zaagde een assistent het borstbeen doormidden en drukte de ribben uiteen met een ribbenspanner. Donker bloed vloeide uit de wonde. 'Als ik de eerste snee heb gezet, werk ik de rest van de lijkopening af volgens de regels van de kunst,' zei de patholoog-anatoom.

'Waarom zo'n grote opening, dokter?' vroeg de commissaris.

'Ik moet er met mijn twee handen in kunnen.'

Hij pompte anderhalve liter bloed uit de longen en sneed het hart los.

'Liefst hou ik een hart in mijn handen,' zei hij. 'Zeg nu eerlijk, een hart is gevoelsmatig toch heel anders dan een ordinaire voet of een neus.'

De assistent schreef op het bord: Hart in orde. De wetsdokter legde het orgaan op een weegschaal. Een tweede assistent sneed het in schijfjes. De wetsdokter wroette met scherpe messen in het dode lichaam en gaf tegelijk commentaar, dat plichtsgetrouw werd genoteerd. Vergrote lever, schreef de assistent op het bord, en daaronder: Aangetaste nieren. De galblaas was opgezwollen. Er liep groen snot uit. De maag werd uit het lichaam gelicht en opengesneden. Zij bevatte een ontbijt van toast en roereieren. Het ontbijt was nauwelijks verteerd. Twee assistenten trokken aan het lijk tot het hoofd over de rand van de snijtafel bengelde. Er stond een stalen emmertje onder, om het vocht op te vangen. De wetsdokter stak zijn handen omhoog en wiebelde zijn bebloede vingers heen en weer voor zijn ogen. Hij zette een cirkelzaagje met een vervaarlijk ronddraaiend zaagblad tegen de linkerslaap van de Rus en sneed de kapotgeschoten schedel in één keer open, alsof het een conservenblikje was. De assistent trok eraan en met een zuigend geluid en een zachte plop kwam het schedeldak los, even makkelijk als het deksel van een vers potje confituur. Rozerood gelatineachtig slijm drupte uit de hersenpan. Aardbeienconfituur, dacht de commissaris, of misschien frambozen.

'Er ontbreekt een stuk van het schedeldak,' zei de wetsdokter, 'en eenderde van de hersenen.'

'Weggeschoten?' vroeg de onderzoeksrechter met een klein stemmetje.

'Zijn hoofdvlees kleeft op het voetpad in de Appelmansstraat, tegenover Chocolaterie Del Rey,' merkte de commissaris bitter op.

'Weet je wie in de Appelmansstraat heeft gewoond?' vroeg de wetsdokter. 'Je zal het nooit geloven: Louis van Gaal. Jaja, de voetbaltrainer van Ajax en Barcelona. Boven de parking, op de eerste verdieping. Hij speelde toen bij den Antwerp.'

'Da's waar ook, jij bent een kenner,' zei de commissaris.

'Kenner is veel gezegd. Op de universiteit speelde ik een beetje zaalvoetbal, zoals de Brazilianen: tik-tik-tik en BAM! Goal! Tegenwoordig hou ik minder van mooi technisch voetbal en heb ik meer een voorliefde voor dribbelkonten en potstampers. Ik heb nog gevoetbald bij Maccabi, dat in mijn tijd de ploeg van de joden en de vierde ploeg van 't stad was, na Beerschot, Berchem en den Antwerp. Wij speelden 4-2-4, aanval, midden en verdediging. Linksback, rechtsback, daar hadden wij nooit van gehoord.' Hij stak zijn vingers in de schedel, zo'n zes centimeter onder de hersenmassa, tot waar zij vasthing aan de ruggengraat, en sneed de draderige vezels door die de hersenen als een dik touw vastknoopten aan de wervelkolom.

De assistent vulde de schedel op met dikke wattenproppen. Vervolgens marineerde hij de hersenen, kieperde alle organen terug in het lege lijk en naaide met grove steken de sneden dicht. Hij fixeerde enkele operatiestukken in formol gemengd met leidingwater en bekeek de stukjes weefsel onder een microscoop. Niemand lachte. De regen kletterde tegen de ramen, die tot op manshoogte waren dichtgeschilderd. Zes hoge, altijd groene cipressen naast het dodenhuis wiegden op het ritme van de wind. Cipressen zijn een symbool van rouw, net zoals klimop, dacht de commissaris. Er stak een beestige wind op, met donkere stormwolken.

In het kasteel gingen de lichten aan.

'Warmt de kat haar gat, regen vandat,' zei de patholoog-anatoom.

'Hoe bedoel je?' vroeg de griffier streng.

'Niets. Da's een oude Vlaamse uitdrukking.'

Veerle Vermeulen draaide haar hoofd weg en trommelde nerveus met haar vingers op de vensterbank. De wetsdokter keek naar de commissaris en knipoogde. Een van de assistenten zette het deksel weer op de doos en wikkelde een strook plakband twaalf keer om het hoofd van het slachtoffer, waarna hij een wit verband aanbracht.

Op het bord stonden de volgende aantekeningen:

Hersenen: 1,200 kg	Hart: 500 gr.
Lever: - - - - - - - - - -	Milt: 370 gr.
L. Long: - - - - - - - - -	L. Nier: - - - - - - - - -
R. Long: - - - - - - - - -	R. Nier: - - - - - - - - -

De ruimte naast lever, linkerlong, rechterlong, linkernier en rechternier was niet ingevuld.

'De eerste kogel doorboorde de linkerlong, sneed levensbelangrijke aders door en rukte zijn darmen uit zijn buik,' zei de wetsdokter. 'De tweede kogel ging dwars door de schedel en beschadigde de hersenen zo zwaar, dat de ademhaling werd afgesneden. Normaal wegen de hersenen van een volwassen mens anderhalve kilo. Goed gemikt, hij was op slag dood. De derde kogel was een schampschot.'

'De technische recherche zoekt de hulzen,' zei de commissaris.

'Geen prullen van klein kaliber, neem dat van mij aan.'

'Waarom, dokter?' vroeg de onderzoeksrechter.

'Vergelijk het lichaam van een mens met een kamer vol meubelen,' antwoordde de patholoog-anatoom. 'Schiet je zwaar kaliber—een .38 of een .45—door een gesloten deur, dan vliegt de kogel dwars door de kamer en komt er langs een andere deur weer uit. Als je een kogel van klein kaliber—een .22 bijvoorbeeld—door dezelfde deur schiet, dan verliest de kogel onmiddellijk aan kracht, ketst af tegen het televisietoestel en boort een gat in de staande lamp voor hij komt vast te zitten in een zetel. Het televisietoestel, de staande lamp en de zetel zijn voor een huiskamer wat de longen, de nieren en het hart zijn voor een mens. Een kogel van klein kaliber ketst van orgaan naar orgaan en botst tegen het bot. Dat is hier niet gebeurd. *Hart in orde, vergrote lever, aangetaste nieren.* Maar geen inwendige beschadigingen als gevolg van kogelinslag.'

'De familie vraagt om het lijk vandaag vrij te geven,' opperde de griffier met een klein stemmetje.

'Vandaag niet. Misschien binnen twee tot drie dagen,' antwoordde de onderzoeksrechter. 'Noteer dat alle bevindingen opgedaan tijdens de gerechtelijke autopsie onder het beroepsgeheim vallen en in geen geval worden meegedeeld aan de familie.'

De Rus was vijf uur dood.

Een mortuariumbediende wreef het bloed van het lijk en waste het lichaam van kop tot teen.

'De mens heeft één troost,' zuchtte de wetsdokter. 'Als hij sterft, leeft hij voort in het geheugen van God.'

'Of in het geheugen van de mens. Van vrienden en familie.'

'Dat denk je omdat je zelf niet gelovig bent, commissaris.'

'Wie door God vergeten wordt, is pas écht dood,' piepte de griffier.

Dominus vobiscum, mompelde de commissaris en Veerle Vermeulen slaakte een angstkreet die door merg en been sneed. 'Hij leeft! Hij leeft!' riep zij en sloeg ontzet haar handen voor haar ogen. Het scheelde niet veel of zij had het bewustzijn verloren.

De penis van het slachtoffer had zich opgericht en was overeind gekomen, hoger en hoger, tot hij als een paal omhoog stond, en na enkele seconden floepte een klodder geel sperma met de kleur en de pappigheid van oude-mannensnot uit de lillende erectie.

'Tum—tubbete—tum—tum,' neuriede de commissaris. 'De *Bolero* van Ravel,' voegde hij er voor alle duidelijkheid aan toe.

'*BOEMMM*! Paukenslag!' lachte de wetsdokter.

De assistenten schaterden het uit.

'Om een penis in erectie te krijgen, zijn slechts twee soeplepels bloed nodig,' doceerde de wetsdokter, alsof er niets ongewoons was gebeurd. 'Als de lijkstijfheid intreedt, vier tot zes uur na de dood, en er voldoende bloed in de penis zit, dan komt het vaker voor dat een lijk een erectie krijgt. Op de koop toe doet de rigor mortis de teelballen krimpen. Lijkstijfte duwt de teelballen leeg, zaadcellen en prostaatvloeistof vloeien in de penis en voilà, een lijk met een orgasme.'

Wow! En dat zonder Viagra, dacht de commissaris.

'Soms keert een dood lichaam zich bij het inzetten van de rigor mortis spontaan op de andere zij,' merkte een assistent op.

'Zo zit de mens in elkaar,' besloot de wetsdokter. 'Geef toe, de anatomie van het menselijk lichaam is een wonder.'

'De *man*, dokter,' antwoordde Veerle Vermeulen bits. 'Zo zit de *man* in elkaar.'

De wetsdokter veegde zijn bebloede handen af. Zelfs op de glazen van zijn bril en op zijn neusvleugels zaten bloedspatten. 'Stop die pipo in een koelkast,' riep hij tegen zijn assistenten.

Buiten had een dichte mist zich tussen de bomen vastgezet. Het leek alsof de wolken tegen de aarde kleefden. Zeven witte zwanen stapten hooghartig langs de strooiwei voorbij de militaire begraafplaats in de richting van het kasteel. Veerle Vermeulen stak haar paraplu op. In het kille neonlicht was haar lichaam even bleek en bloedeloos als de artistieke lijken op de houtsneden van Andreas Vesalius die in de gang van het lijkenhuis hingen. Zij trok de dubbele deur tussen de snijkamer en de gang achter zich dicht en laveerde door de plassen naar haar auto op de personeelsparking van het kasteel. De griffier huppelde haar achterna, op zijn korte beentjes.

'Wil je mijn mening horen?' vroeg de wetsdokter toen ze weer alleen waren. 'Russen zijn ratten. Tatoeage op zijn borst gezien? Dat belooft weinig goeds. Wat doe je met een rat? Je schiet ze dood, Sam, vóór zij je levend opvreet.'

De commissaris zuchtte.

'Georgiërs, Kosovo's, Tsjetsjenen... dat zijn geen Wiener-sängerknaapjes, denk dat niet. Wie weet wat ons te wachten staat?'

'Ik kan niet in de toekomst kijken,' antwoordde de commissaris, 'ik ben Madame Soleil niet.'

'Weet je wat ik doe? Ik hou een paar snijtafels vrij,' grinnikte de wetsdokter.

De commissaris was zwemmende nat toen hij de deur van café Den Dooien Hoek openduwde. Hij zocht een tafeltje uit naast de wc. De waardin van 't café tapte een bolleke voor een vaste klant die zij 'den Brantano' noemde omdat hij versleten schoenen droeg. Hij was gekleed als een duivenmelker, met een platte pet op zijn hoofd en een geruite sjaal om zijn hals. In het borstzakje van zijn grijze jas zaten twee stompjes potlood. Hij droeg grijze slodderkousen en een trui met een patroon van dansende rendieren. Hij krabde aan zijn neus en verdiepte zich in zijn krant, die hij in vieren had gevouwen. Een echte Vlaming, zoals ze er vandaag geen meer maken, dacht de commissaris. Zou hij kaal zijn onder zijn pet?

'Heel zijn leven doodgraver geweest, hier aan de overkant, onzen Brantano,' zei de waardin.

De doodgraver knikte heftig en riep met krakende stem: 'Wat ze tegenwoordig allemaal in mijn gazet schrijven, zoiets zou vroeger niet mogelijk zijn geweest. *Masturberende tramreiziger wacht celstraf. Een getuige merkte Mohammed M. op in volle actie en verwittigde de politie.*' Hij had speelse, spotzieke ogen en klemde een uitgedoofde sigaret tussen zijn lippen. In zijn linkeroor zat een apparaatje.

Vanavond voetbal op televisie, dacht de commissaris. Lekker thuis, eindelijk rust. Ik heb het verdiend. Hij keek naar buiten, naar de krioelende wolken, en dacht eraan dat iedere wolk even uniek is als een vingerafdruk. In de verte rommelde een nieuw onweer.

Indien het bleef regenen, zou het niet lang meer duren voor velden en weiden blank kwamen te staan, overspoeld door regenwater, en het televisienieuws zou dramatische beelden tonen van gezwollen rivieren en dorpen waarin het slijkwater door de straten stroomt, met als laatste beeld—er is al genoeg ellende in de wereld—een grappig shot van twee lachende kinderen die in een badkuip van de ene kant van de straat naar de andere kant peddelen.

'Ik droeg eens een lijk naar z'n graf toen ik tussen de vier planken gestommel hoorde,' riep onzen Brantano. Hij hield zich met twee handen vast aan zijn glas, om niet van zijn stoel te vallen. 'Daar schrok ik natuurlijk van. Gehaast schroefde ik het deksel van de kist. De dode lag zich als een gek te masturberen. Waarom doe je dat? vroeg ik. Laat mij met rust, man, antwoordde de dode, 't is de laatste keer dat ik aan mijn toeter trek, straks groeit er gras op mijnen buik.' De doodgraver grinnnikte. 'In zijn eigen kist, tot daar aan toe,' riep hij hardop door heel het café, 'maar *op den tram* zoals Mohammed M., tussen al dat volk, daarvoor moet je échte kloten aan je lijf hebben!'

De commissaris nam zijn notitieboekje en stelde een 'oproep naar eventuele getuigen' op, die na lezing door de onderzoeksrechter aan de pers kon worden bezorgd. Hij was zenuwachtig en kon zijn eigen geschrift amper lezen, maar dat gaf niet, want het was een eenvoudige formule, die hij al tientallen keren had gebruikt. *Wie onbekende mannen zou hebben opgemerkt in de directe omgeving van de plek waar de*

43

schietpartij plaatsvond—de Keyserlei—wordt dringend verzocht contact op te nemen met de gerechtelijke politie, afdeling moordzaken, of met de dichtstbijzijnde post van politie of rijkswacht. Hij ging naar de telefoon, in de wc, en draaide het nummer van het gerechtshof. Drie keer ging de beltoon over, toen kwam de *Bolero* van Ravel aan de lijn. De commissaris draaide een ander nummer. Na een paar vergeefse pogingen sprak hij zijn oproep in de mailbox van het persarchief voor gerechtelijke informatie in.

'Tiens, tiens,' riep de doodgraver hardop, '*Mohammed* M., da's zeker een Marokkaan. Masturberen makakken met één of met twee handen?'

Tram 12 reed in de richting van het centrum. Er zaten enkele Marokkanen op, maar Mohammed M. was er niet bij, op het eerste gezicht, en het masturberend lijk van de doodgraver ook niet. De meeste reizigers keken droevig voor zich uit. Een politiecombi zocht stapvoets zijn weg langs de groene rand van het Schoonselhof.

De waardin tapte een verse pint voor den Brantano.

Zou ik of zou ik niet? dacht de commissaris.

Godverdomme, professor Coolsaet kan mijn kloten kussen, met zijn plat water, dacht hij, en bestelde een bolleke van 't vat, vers getapt. Den Brantano moet mij niet helpen, ik graaf mijn eigen graf, dacht hij, en hapte in de schuimkraag die smaakte naar versgeklopte slagroom.

De commissaris was hondsmoe toen hij thuiskwam. Eén bolleke één waren twee bollekes twéé geworden, tot hij zich ook aan zijn glas had moeten vasthouden om niet van zijn stoel te vallen. *Fuck you*, dokter, ik heb vandaag een van mijn beste vrienden begraven, dacht hij. Zijn ogen stonden waterig. Hij twijfelde tussen het journaal op Canvas en een zeldzame lp, van Miles Davis of het

Modern Jazz Quartet, en zette de televisie aan. De nieuwslezer meldde dat twee weken na de ramp op de E17 eindelijk de veelkleurige dampen optrokken die sedert de catastrofe als een dweil over de stad hingen. Er werden oude
opnamen getoond. Een reporter van dienst leunde ver-
kleumd tegen de koker van de Kennedytunnel, even voorbij het bord met de tekst DE PROVINCIE ANTWERPEN HEET
U WELKOM, en zei op ernstige toon dat de tankwagen losschoot
van de trekker en knarsend en piepend over het wegdek schuurde en
naar de andere kant van de autosnelweg gleed en tegen de vangrails
botste en kantelde en zijdelings openscheurde en alles werd donker op
de vlammen na en bedolven onder het puin kriskras over de weg lagen
zwartgeblakerde mensen met de vreselijkste verwondingen, overal
bloed, een afgerukt been, twee handen, een hand met een stompje arm,
overal lijken, het leek Vietnam wel, alles, alles was dood, een regen van
stof en scherven daalde neer op de rokende puinhoop en het werd muis-
stil en begon opnieuw te regenen. De reporter sprak door zijn
neus en had de vervelende gewoonte om zijn zinnen te
laten ineenlopen tot één lange zin, bijna zonder komma's
en zonder punten. Ladderwagens van de brandweer en
wagens van het technisch labo van het parket slalomden
in felle kleuren tussen de wrakstukken op het slagveld.
Het was wreed schoon, zoals een spannende documentai-
re op National Geographic. Van enkele auto's bleef alleen
een geraamte met wielen over. Af en toe klonk een knal als
een rommelende donder, alsof het oorlog was en de
luchtafweerkanonnen op Linkeroever een gat in de wolken schoten. In het Middelheimziekenhuis interviewde
een andere televisieploeg verbrande slachtoffers die aan
het infuus lagen en als mummies waren ingepakt. De
commissaris staarde doelloos voor zich uit, zonder te bewegen. Voor de honderdste keer dansten de beelden over
zijn televisiescherm, in heerlijk Technicolor. Recycleren,
heette zoiets tegenwoordig.

Hij wendde het hoofd af.

De dood zit mij op de hielen, dacht hij.

Marie-Thérèse trok een boek uit de huisbibliotheek en liet het openvallen op een willekeurige pagina. Het boek geurde naar oud papier. Zij maakte haar wijsvinger nat en sloeg een bladzijde om.

'Na de match duiken we onmiddellijk in bed, poesje,' zei de commissaris.

'Beloofd?'

'Woord van eer. Ik wil de avond in schoonheid eindigen.'

Eerst zien en dan geloven, dacht Marie-Thérèse.

De telefoon rinkelde.

'Goed, ik kom,' zuchtte de commissaris in de hoorn.

Hij dook opnieuw in zijn natte regenjas en haastte zich met gebogen rug naar de voetgangerstunnel. Het kan altijd slechter, dacht hij. Vroeger bevroor de zee. Er dreven ijsschotsen op de Schelde en het duurde tot de maand mei voor al het ijs gesmolten was. Nu dan? Niks dan! De avond deemsterde. In het midden van de tunnel bleef de commissaris stilstaan, zomaar, zesendertig meter onder het hoogste waterniveau van de Schelde, om even op adem te komen en te genieten van de ouderwetse geur die in de muffe koker hing. Hij droeg een wit hemd van Marks & Spencer dat kraakte op zijn rug en een donker pak, dat hij zijn begrafeniskostuum noemde omdat hij het alleen uit de kast haalde om een vriend of een collega onder de grond te stoppen. Het zat krap in de schouders en de broek spande om zijn middel. De regen had er de plooi uitgehaald. De commissaris verwachtte niets, en verwachtte alles. Om eerlijk te zijn, soms had hij de indruk dat hij verloren liep in de moderne tijd. Indien hij zou durven, hij zou een bolhoed dragen, zoals Maigret destijds. Een bolhoed en een wandelstok. Haastig vervolgde hij zijn weg naar de uitgang. Tegenover café Pitstop op de Sint-Jansvliet nam hij een taxi naar het station van Berchem.

Donderwolken hingen als staalwol aan de zwarte hemel. Af en toe een felle bliksemschicht. Regen kletterde op het dak van een statig huis in de rij, dat was gebouwd in de vorige eeuw. Aan het eind van de straat rezen nieuwe blokken van Amelinckx op, met hier en daar een verlicht raam. In de meeste appartementen keken eerlijke mensen naar een flikkerend televisietoestel. Alhoewel: *eerlijke* mensen, *bestaan* er nog eerlijke mensen? vroeg de commissaris zich af. In achtertuintjes zwiepte de wind met de kruinen van de bomen, die tegen elkaar beschutting zochten.

Met een ernstig gezicht drukte de commissaris de hand van de procureur des Konings. Een nieuwe onderzoeksrechter, met wie hij niet eerder had gewerkt en van wie hij nooit de naam kon onthouden, was in gesprek met de gerechtsfotograaf. Zijn griffier zocht een tafel om notities te ordenen. De woordvoerder van het parket onderhield zich met enkele journalisten, die ijverig aantekeningen maakten terwijl lijkbezorgers de ene doodskist na de andere in de woning droegen. Al de kisten hadden een opklapbaar deksel.

'Een beetje laat, is het niet?' zei de onderzoeksrechter.

Beter laat dan nooit, dacht de commissaris.

'Zet je verstand op nul, chef,' zei Desmet.

'Ik sta sprakeloos,' zei Sofie Simoens. Zij beefde hoewel zij haar best deed om kalm te blijven.

'Pas op, Sofie,' zei de commissaris. Hij stak waarschuwend een vinger op. 'Een speurder met tranen in de ogen is verloren voor zijn vak en krijgt binnen de kortste keren zijn C4 in de bus.'

'Wij hollen achter de feiten aan, chef,' zei Desmet.

'Hoeveel slachtoffers?' vroeg de commissaris.

'Zes.'

'Mannen?'

'Vier mannen, een vrouw en een baby.'

'Een baby?'

'Ja.'

Peeters lurkte aan een blikje Coca-Cola Light.

'Is de identiteit van de slachtoffers gecontroleeerd?'

'Wij zijn ermee bezig.'

'Zijn er Russen bij?'

'Op het eerste gezicht niet.'

De commissaris slaakte een zucht van opluchting.

'Belgen?'

'Misschien. Een van de slachtoffers heeft geen papieren op zak.'

'En de overige?'

'Een Franse toerist, een neger met purperen lippen en een Turk met een snor.'

'Interessant. Turken zijn baas in de heroïnehandel. Heeft hij een strafblad?'

'Niet bij ons.'

'Goed.'

'De vrouw en haar baby zouden Hollanders zijn.'

'Wat deden zij hier?'

'Hollanders zijn kakkerlakken, chef, zij zitten overal,' zei Peeters. 'Trek een blik open en er komt een Hollander uit.'

'Drugs, natuurlijk,' merkte Deridder op.

De Turk was het eerste slachtoffer. Hij zat geklemd tussen de muur en de kelderdeur, die op een kier stond. In de deur zat een waaier van mooie, ronde kogelgaten. Er zaten zeer duidelijke handafdrukken op en zoveel bloedspatten, dat het leek alsof een ballon gevuld met bloed tegen de deur was ontploft. Agenten van het gerechtelijk labo onderzochten de spatten. Zij droegen witte beschermende pakken over hun normale kledij, met handschoenen van latex en doorzichtige hoezen over hun schoenen. Voorzichtig duwde de commissaris de deur een stukje verder open. Het lijk van de Turk was nog warm. Zijn benen lagen in de gang en zijn hoofd hing in het donker tussen de tweede en de derde trede. In het midden van zijn voorhoofd zat een mooi rond kogelgat. Zijn tong hing over zijn snor. Hij is slecht geschoren, dacht de commissaris. De kelder stond vol ronkende koelkasten, die allemaal op het stroomnet waren aangesloten.

'Hij is twee uur dood,' zei Deridder, die op zijn horloge keek. 'Vermoedelijk tijdstip van overlijden: zeven uur.'

'Speel niet met de Lotto, Sven,' zei de commissaris. 'Laat handlezen en waarzeggen over aan Madame Soleil.' Een grapje, en hij glimlachte. 'Of aan de wetsdokter.'

'Enig idee van de dader, commissaris?' vroeg de nieuwe onderzoeksrechter.

Madame Soleil? Wie zou dat zijn? dacht Deridder.

Het tweede slachtoffer zat met de billen bloot op de wc. Zijn baggy broek hing op zijn enkels. Hij was hooguit tweeëntwintig jaar en graatmager. Zijn haar was weggeschoren boven zijn oren. Hij was blootsvoets. Een rubberband spande om zijn magere blauwe arm en in de kromming hing een halflege injectienaald. Het leek alsof zij van een afstand in zijn arm was gegooid, als het pijltje van een vogelpik. Zwarte smurrie gulpte als Luikse siroop uit zijn mond. Zijn neus was weggesneden en in zijn schoot lag een rotte bloemkool. De commissaris kwam een paar stappen dichterbij. Het was geen bloemkool, het waren zijn darmen. Iemand was zo vriendelijk geweest de dood een handje toe te steken en had een broodmes in zijn buik geploft en de ingewanden eruit gesleurd.

'Het slachtoffer werkte in een restaurant,' zei de wetsdokter. 'Als kelner.'

'Hoe weet je dat, dokter?'

'Hij heeft platvoeten, zoals alle kelners.'

'Een junkie met een lege maag,' antwoordde de commissaris.

'Een overdosis?' vroeg Sofie Simoens

De wetsdokter zuchtte. 'Goede vraag,' zei hij. 'Was hij dood toen hij het mes in zijn lijf kreeg? Dan is het zelfmoord. Leefde hij nog een beetje? Dan is het moord. Ik wacht het toxicologisch onderzoek af. Eerst wil ik nagaan of zijn bloed stoffen bevat die er niet thuishoren. Is dat zo, dan zoek ik uit welke stoffen het zijn. Ik speel op veilig. Maar ik maak me geen illusies.' Hij zuchtte en stopte zijn stethoscoop in zijn tas.

'Krijg ik in één keer al de shit van heel 't stad op mijn bord, commissaris?' vroeg de nieuwe onderzoeksrechter.

Heeft allemaal geen belang, dacht de commissaris. Niets heeft belang. Hij kreeg het plots heel koud. In het station van Berchem galmde een stem uit een luidspreker: 'De trein met bestemming... stopt in Roosendaal... Rotterdam en Den Haag... Reizigers voor...' De rest vervaagde tot onverstaanbaar gemompel.

De commissaris keek op zijn horloge.

Half-time, dacht hij.

Een flik van de mobiele brigade met wie hij op de politieschool had gezeten, legde zijn arm om de schouder van Desmet. 'Hoe staat het met je seksleven, vriend?' vroeg hij lachend.

'Op een laag pitje.'

'Neem je dienstpistool mee naar huis.'

'Mijn dienstpistool?'

'Doe ik altijd,' zei de flik. 'Als ik op mijn vrouw lig en ik merk dat zij niet meer bij de les is, schiet ik twee keer in het plafond.'

'Ik heb dat één keer gedaan,' zei Desmet.

'En? Wat gebeurde er?'

'De melkboer kwam naakt uit de kast met zijn handen boven zijn hoofd en riep: Niet schieten! Niet schieten!'

Beter een korte pauze dan een woord te veel. De commissaris zette zich op de onderste trede van een draaitrap en speelde met een elastiekje. Hij mikte ermee naar de bloempotten in de gang. Daarna deed hij zijn vingers kraken. Volgens het Nationaal Instituut voor de Statistiek sterven de meeste mensen in januari. Januari is de dodenmaand. Hoewel de rest van het jaar er ook mag zijn, dacht de commissaris. Hij stond op en liep naar boven.

In de slaapkamer op de eerste verdieping lag een jonge vrouw naakt op bed, met een naakte baby in haar armen. De vrouw leed aan anorexia en was graatmager. Haar dunne lippen hadden de bleke kleur van mortadella. Zij had Hollandse tanden en een poppengezicht dat zwaar was opgemaakt, met valse wimpers. Goedkope make-up kleefde als gekleurde modder op haar gezicht. Een deel van haar mascara was uitgelopen. Aan het voeteneind lag één enkel hoofdkussen waarop rood slijm kleefde, dat op ketchup leek, en onder het bed stonden Chinese slippers naast een zak pampers en een strandtas. Er zaten twee opengebroken pakjes Kleenex in de strandtas, een doosje van de apotheek met ronde tabletjes, Tampax, een geel kinderhanddoekje, een kleine teddybeer en een Norinco NP34 van het kaliber 9 mm Para met een handvol extra patronen. Een Norinco, da's een speelgoedrevolvertje, vrij te koop in Italië, dacht de commissaris. Peeters floot tussen zijn tanden en zette een raam open. Dampen stegen op van het asfalt. De mist werd steeds dikker en grote regendruppels pletsten door het open raam op het versleten tapijt. De zware, luie roffel van de donder overstemde het eentonig denderen van treinen op natte rails, in het station twee straten verder. De commissaris huiverde en sloot het raam. Onder het bed slingerde een vibrator in de vorm van een gepelde banaan. Peeters bukte zich en raapte de vibrator op.

'Hoe mooi,' zei Sofie Simoens.

'De mist? Of m'n banaan?' vroeg Peeters.

'Nee, moederliefde.'

'Schijn bedriegt,' zei de wetsdokter.

Sofie Simoens keek de patholoog-anatoom verwonderd aan.

'Het lijkt inderdaad alsof zij samen uit het leven zijn gestapt,' zei hij hoofdschuddend. 'Samen uit, samen thuis. Maar een baby kan geen zelfmoord plegen. Ik blijf voorzichtig en waag mij niet aan veronderstellingen, maar het zou mij niet verbazen indien de onbekende moordenaar eerst dat kind de strot heeft dichtgeknepen, met twee handen, om pas daarna de moeder met één nekschot dwars door het hoofdkussen af te maken.'

'Is het een jongen of een meisje?'

'De baby?'

'Ja.'

'Een meisje.'

Vuile vieze smeerlap, dacht Sofie Simoens. Zij maalde met haar kaken en klemde haar tanden op elkaar.

'Verkracht?' vroeg zij. Haar jukbenen trilden.

'De vrouw of de baby?'

'De vrouw, natuurlijk.'

'Moeilijk om vast te stellen met het blote oog,' zei de wetsdokter.

'Kleeft er sperma op het lichaam?'

'Ik denk het niet.'

Boven het smeedijzeren bed hingen posters voor een nieuw parfum van Yves Saint Laurent en een houten kruis met een koperen Christus. Onder het kruis had een graffitikunstenaar—kunstenaar van mijn kloten, *crapuul* is een betere omschrijving, dacht Peeters—de naam van GOD geschilderd, met verfspuitbussen, in grote bolle letters die op autobanden leken. Tussen de metalen spijlen van het bed zat een ansichtkaart. *Greetings from Amsterdam*, stond erop, in het midden, in een sierlijke letter met daarrond zes toeristische bezienswaardigheden, in de richting van de wijzers van de klok: tulpen, een handvol briljantjes, klompen, de Westertoren, een rondvaartboot op een gracht en een plein met duiven dat de commissaris niet meteen kon thuisbrengen, de Dam waarschijnlijk, of misschien het Leidseplein. Desmet kwam in de kamer met in iedere hand een bekertje hete koffie: eentje voor Sofie Simoens en eentje voor de commissaris. 'Ik zeg dit niet om te lachen, chef, maar je hebt het ergste nog niet gezien,' zei hij hoofdschuddend. Twee assistenten van het parket raapten sigarettenstompjes op en trokken stukjes kauwgom los van het tapijt. Zij stopten het bewijsmateriaal in kleine draagtassen van plastic die zij onmiddellijk verzegelden.

In een hoek van de kamer stond een toegedekt harmonium. Er lag een stapel partituren op. De commissaris bladerde in *Ave Maria* van Verdi en *Ode an die Freude* van Beethoven. *Rummede-dum-dum-dum*, probeerde hij. Klassiek stond hij zwak, zelfs met de beste wil van de wereld kon hij de juiste toon niet aanslaan. Hij kon geen noten lezen, zoals hij ook geen steno of blindenschrift kon lezen, maar het dartele spel van de bolletjes en vlaggetjes op de notenbalken gaf hem het geruststellende gevoel dat alles in orde was in de wereld en er altijd muziek zou zijn, wat er ook zou gebeuren.

'Kennen wij de namen van de slachtoffers?'

Slachtoffers? dacht Sofie Simoens.

Wie zijn hier de slachtoffers?

'Ja, chef.'

'Van iedereen?'

'Ook van de baby?' vroeg Sofie Simoens.

'Leda,' zei Peeters. 'De naam staat op haar handdoekje.'

'Leda?'

'Ja.'

'Wie was Leda?' vroeg Deridder.

'Een koningin,' zei Sofie Simoens. 'Zoals Paola en Fabiola. Zij bedreef de liefde met God, die zich als zwaan had vermomd.'

'Het wordt hier interessant,' zei Peeters. 'Het wordt hier héél interessant.'

'Wat gebeurde er toen?' vroeg Deridder.

'Zij legde vier eieren.'

'Wie, Fabiola?'

'Nee, Paola.'

'Paola legt geen eieren,' lachte Deridder schaapachtig.

'Jawel, windeieren,' zei Peeters.

Het spel zat op de wagen.

'Ik ken een goeie,' zei een technisch assistent die de bewijsstukken verzegelde. 'Hoe merk je het verschil tussen een mannetjesslak en een vrouwtjesslak?'

Peeters begon te lachen vóór hij het antwoord kende.

'Zet ze allebei op een wasdraad. De slak die er met z'n kloten afvalt, is het mannetje.'

54

Nu was het de beurt aan de wetsdokter om met een goeie over de brug te komen. 'Ik ben ervan overtuigd dat niemand van jullie het verschil kent tussen een homo en een papegaai in een kooi,' zei hij met een uitgestreken gezicht. 'Allez, tussen Tom Lanoye en een papegaai in een kooi. Nee? Ik zal het makkelijk maken: het verschil tussen Tom Lanoye *na de liefde* en een papegaai in een kooi.'

'Tom Lanoye legt een windei!' riep Deridder.

'Ik geef mij gewonnen,' zei Peeters.

'Ik ook.'

'Er is geen verschil. Kontneukers en papegaaien hebben *stront* aan hun stok en *zaad* in hun mond,' zei de wetsdokter en hij kletste zich op zijn dijen van het lachen.

De commissaris haalde diep adem, één keer, twee keer, en zweeg.

Zwijgen is goud, dacht hij.

Zij klommen de trap op naar de tweede verdieping, over een rode loper die in het midden was weggesleten. In het plafond zat een koepel van gekleurd glas waarop de regen een naargeestige symfonie kletterde. Zet een solsleutel aan het begin van de notenbalk, met wat kruisen en mollen, en de regen is ook een muziekstuk, dacht de commissaris. Klassiek, want van alle tijden. Toen zij boven aan de trap stonden, merkten de speurders aan het einde van de gang een smalle doorgang op. Ze kwamen in een speelkamer voor grote mensen. Er stond een snookertafel met genummerde en gekleurde ballen. De ballen lagen kriskras over het laken verspreid. Op de rand van het biljart lag blauw krijt. Boven een leren fauteuil met krakende springveren hingen versleten bokshandschoenen naast een gele affiche met de tekst *Kampioenschap der Beide Vlaanders* in zwarte letters en archieffoto's van Mohammed Ali. Op een bijzettafel lagen speelkaarten in rijen onder elkaar, met ruiten en harten en schoppen en klaveren. Patience, uit verveling, dacht de commissaris. In de verste hoek flikkerde een televisietoestel met een panoramisch scherm. Een blank en een zwart lichaam lagen vredig naast elkaar in een ongelooflijke plas bloed. De twee doden hadden rood schuim op hun mond. Hun ogen stonden wijd open en over de oogballen, die diep in de oogkassen waren gezonken, lag een bleek waas. Bij allebei liep een gapende rode snee van oor tot oor over hun keel. Zij vertoonden ook rauwe steekwonden op de plaats van het hart. Rauw vlees hing als speklappen aan hun kapotgesneden gezicht. In de hals van de neger stak een zilveren vork. Agenten van het labo trokken plastic zakjes over de handen van de slachtoffers en bonden de zakjes om de polsen dicht. Voor sommige mensen is de dood een deugd, dacht de commissaris. Beter een snelle dood dan een gruwelijk sterfbed.

'Het blijft ellende regenen,' murmelde Desmet.

'Eén zaak staat vast,' zuchtte de commissaris. 'Wie de dader ook is, hij heeft geen enkel menselijk gevoel. Zijn hersenen zijn beschadigd waardoor hij geen medelijden voelt, geen schuld... geen afkeer, niets. Als je in zijn hoofd zou kijken, zou je een groot zwart gat zien.'

'Een afrekening in het gangstermilieu, chef?' vroeg Deridder.

De commissaris zuchtte en haalde zijn schouders op.

Een flik van de mobiele brigade stormde de trap op.

'Chef! Chef!' riep hij. 'De buren zagen een klein mannetje weglopen!'

'Klein?'

'Ja.'

'Alsof hij ineengekrompen was?'

'Zoiets, ja.'

Een klein mannetje met een groot zwart gat in zijn hoofd, dacht de commissaris.

Hij werd er niet wijzer van.

Zorgen voor later, dacht hij.

'De neger is óók een Hollander,' zei Deridder. 'Uit Paramaribo.'

'De vader van de baby?' vroeg de commissaris.

'Onmogelijk,' zei de wetsdokter.

'Waarom, dokter?'

'De waaromvraag, Sam, is voor een arts de moeilijkste vraag om te beantwoorden. Maar in dit geval ligt het antwoord voor de hand: neem het van mij aan, dat kind is geen halfbloed.'

Flikken van het technisch labo schilderden witte silhouetten rond de lichamen. De wetsdokter stak twee vingers in de snee onder de kin van de Fransman en trok de slokdarm en de luchtpijp uit de wonde. Bloedspetters vlogen in het rond. Het hoofd van het slachtoffer kantelde achterover—hij had een geribbeld gelaat—en een gaaf kunstgebit met gouden tanden viel uit zijn mond. 'Iedere gezonde mens van zeventig kilogram loopt rond met vijf liter bloed in zijn lichaam,' zuchtte de patholoog-anatoom. 'Maar de mensen die ik tegenwoordig onder handen krijg, zijn echte medicijnkastjes. Ik heb het vanmiddag nog gezegd, hun bloed stolt niet meer omdat zij vol verboden drugs en pillen en medicijnen zitten. De bloedplaatjes "plakken" niet en er vormen zich geen fibrinedraden in het bloed. Als zij beginnen bloeden, lopen zij gewoon leeg en als zij zijn doodgebloed, wegen zij vijf kilogram lichter.' Een technisch agent zette een speciaal mondmasker op, knipte alle lichten uit en sprayde de trappen en de vloer in alle kamers met Luminol-F3000 opgelost in gedistilleerd water, waarna hij in het donker, op de tast, met een blauwe kwartslamp met ultraviolet licht door heel het huis liep. Na ongeveer een halve minuut lichtten bloedsporen, die zo klein zijn dat zij met het blote oog absoluut niet worden waargenomen, met een zwakke blauwe glans op onder de lamp, zoals bloed in een verdunning van één op tweehonderdduizend. Dat is één druppel bloed in een emmer water. De gerechtsfotograaf legde de chemische reactie vast op gevoelige film, met de grootste lensopening, en hoewel hij zijn werk zakelijk en professioneel deed, gleed hij toch tweemaal uit over de zompige loper en verontreinigde hij de plaats van de misdaad op een schandalige manier met zijn eigen bloederige voetafdrukken.

'Zelfs oud bloed van jaren geleden wordt zichtbaar,' zei de agent.

'Omdat witte bloedcellen niet wit maar *paars* van kleur zijn,' zei de wetsdokter. Hij trok zijn beschermende handschoenen uit. Hoewel hij klein was van gestalte, had hij grote, behaarde handen. En een grote, behaarde neus, dacht de commissaris.

Een felle bliksem kliefde door de nachtelijke hemel en verlichtte het donkere huis.

De commissaris keek op zijn horloge. 'Dertien minuten nog maar,' zuchtte hij.

'*Nog maar* dertien minuten?' vroeg Peeters. 'Weet je wat dat is, chef, dertien minuten? In dertien minuten kom ik dertien keer klaar.'

Als ik geluk heb, kan ik de staart van de voetbalmatch meepakken, dacht de commissaris. De lijkbezorgers wikkelden de lijken in aluminiumfolie en schoven de dode lichamen in bio-afbreekbare lijkzakken. Zij zipten de zakken in één keer dicht en legden ze behoedzaam in de grijze koffers waarvan zij de deksels zoals bij een sigarenkistje met een plof dichtklapten. Zij zijn de sigaar, dacht de commissaris, maar moet ik daar het slachtoffer van zijn? Hij zette het televisietoestel aan en zapte tot hij de juiste post had gevonden. Tien minuten later eindigde de match op een gelijkspel, geen winnaar en geen verliezer, iedereen tevreden.

Zes plus één is zeven nieuwe lijken op één werkdag en zeven lijken is geen kattenpis. Die nacht brandden op de tweede verdieping in het gerechtshof alle lampen tot in de vroege ochtend. Het glazen hok van de telefoonwacht was leeg. Op het schakelbord slingerde een verkreukte krant van gisteren. Niemand om te genieten van de heteluchtballonnen van Pamela Anderson uit de *Playboy*. Er rinkelden geen telefoons, uit de transistor klonk geen muziek. Niemand wachtte op de houten banken tot het zijn beurt was om te worden ondervraagd. De gang was leeg.

De speurders zaten in dubbel opgerolde hemdsmouwen in het lokaal van de moordbrigade, aan de werktafel die handig was ineengepuzzeld uit twee houten en twee metalen bureaus uit het meubelmagazijn, waar alle ministeriële rommel lag opgeslagen die eigenlijk was bestemd voor het openbaar stort maar die af en toe, bij gebrek aan beter, werd opgesteld in de grauwe lokalen en kantoren van het oude gerechtshof. De commissaris kende geen enkele speurder in heel de wereld—behalve Tytgat misschien—die zijn hemdsmouwen *niet* dubbel oprolde als hij van dienst was.

De vijf 'gerechtelijke inspecteurs' waren hondsmoe.

'Wie haalt het in zijn hoofd om zes mensen op één avond af te slachten?' vroeg Deridder.

'Zodra je één keer een mens hebt vermoord, Sven, is het

hek van de dam,' zuchtte Desmet, die door zijn collega's 'den Djim' werd genoemd. 'Sommige mensen zijn moord-verslaafd. Kijk naar Horion, die kon er ook niet genoeg van krijgen. Ken je het verhaal van Ed Gein? Een Ameri-kaan die lijken uit hun graf haalde om thuis lampen-kappen te maken van hun huid. Van de overschotjes maakte hij leren handschoenen. De man wist van geen ophouden. Waarom beleeft iemand plezier aan moord op een medemens? Uit jaloezie? Hebzucht? Haat? Afgunst? Uit nood? Frustratie? Wie zal het zeggen?'

'Op straat bood een reporter geld aan voor foto's van de dode baby,' zei Sofie Simoens.

'Moord kent slechts twee motieven,' zei de commissa-ris. 'Liefde of geld.'

'Vandaag zijn achtenzestig tips binnengelopen,' zei Deridder. 'Per telefoon. Iedere tip stuurt het onderzoek in een andere richting maar tot nog toe hebben zij niet rechtstreeks naar een dader geleid.'

'Telefoontips of een daderprofiel leiden *nooit* naar één persoon,' zei de commissaris. 'In het beste geval zijn het instrumenten om *een groep* verdachten uit te dunnen en kleiner te maken. Splits de namen van verdachten op in geslacht, leeftijd en vroegere criminele feiten. Afvallers met een gerechtelijk verleden worden tijdelijk in een apart dossier geklasseerd. Wie overblijft, wordt eerst ge-screend op zijn voorgeschiedenis en daarna ondervraagd.'

'Eén ding heb ik bijgeleerd,' zei Deridder. 'Antwerpen zit vol drugshuizen. Ik ken al vijfentwintig adressen.'

'Aandacht, jongens,' zei de commissaris. 'Het gerechte-lijk onderzoek is geheim. In alle vertrouwelijke informa-tie die we doorgeven aan de persmagistraat, zwijgen we over de dode baby. *No baby, capito?* Er was geen dode baby. Ik wil niet dat er één woord over verschijnt in de pers.'

'Waarom niet, chef? Moord is moord?'

'Moordenaars lezen ook kranten, Sven. Als we een verdachte bij zijn kraag vatten en hij geeft ons ook maar één aanwijzing dat er geen vijf maar in werkelijkheid zes doden zijn, dan steekt hij de pluim van verdachte nummer één op zijn hoed. Want in de krant zal hij het niet hebben gelezen.'

'Moord is een mannenzaak,' zei Peeters. Hij had stiekem de kleurenfoto van Pamela Anderson weggehaald bij de telefoonwacht en aan de muur geprikt in het lokaal van de speurders.

'Waarom?'

'Mannen moorden tien keer meer dan vrouwen.'

Sofie Simoens legde haar handen in haar schoot.

Geen commentaar, dacht zij, en glimlachte.

'Pas begonnen en ik ben al moe,' zuchtte Desmet.

'Pfff, en ik dan? Ik zie het ook niet direct zitten,' zei Peeters. Hij trok zijn kastje open. Verdomd, geen Coca-Cola Light in huis, alleen Ice Tea en Pepsi Light, vloekte hij binnensmonds, en als er iets is waar ik niet van hou, dan is het van Pepsi in blik. Te zoet, te kleverig. Ice Tea is ook niet te zuipen, dan nog liever een Duvel. Hij glimlachte, trok het blikje Ice Tea open en dronk het in twee teugen leeg. Hij snuffelde aan zijn nicotinevingers. Zijn nagels kleurden er geel van.

Regen kletterde tegen de ramen. Geen hond op straat.

Sofie Simoens had last van gezwollen voeten. Zij trok haar cowboylaarsjes van slangenleer en haar witte bobbysox uit en met een pijnlijke grijns op haar gezicht masseerde zij haar blote voeten.

'Zééér sexy,' zei Peeters. 'Daar kan niemand tegenop.'

Asjeblief, Sofie, hou op! dacht hij. Ik ontplof!

Op slag kreeg hij een kanjer van een erectie.

Maar wat baten condoom en pil als de griet niet neuken wil?

Zuchtend van voldoening wiebelde Sofie Simoens met haar tenen. Zij werd er dizzy van. Haar blonde paardenstaart wipte op en neer in haar nek.

Er viel een lange stilte.

'Ik heb lelijke voeten,' zuchtte Sofie Simoens.

'Lelijke voeten, tot daar aan toe, geen mens die het ziet. Ik heb ook lelijke voeten en bovendien word ik kaal,' zei den Djim. 'Da's pas een ramp.' Hij leunde tegen de koude radiator en haalde zijn vingers met een vermoeid gebaar door zijn dunnend haar. 'Ik ben moe, ik voel mij een bokser in de ring,' zei hij. Zijn oogleden hingen halfstok, wat hem een slaperige uitdrukking gaf.

'Wat zegt Dr. Vogel over kaalheid?' vroeg Sofie Simoens.

Desmet slenterde lusteloos naar de blauwe poster met 100 Gezondheidstips uit de praktijk van Dr. Alfred Vogel die naast een poster van Kamagurka hing en tikte met zijn wijsvinger op de raadgevingen van de Zwitserse kruidendokter. 'Haaruitval,' zei hij. 'Aardappelen en brandnetelsoep eten.'

'Een geluk dat ik niet kaal word,' merkte Peeters op, 'ik lust geen brandnetelsoep.'

'In de Middeleeuwen bestond kaalheid niet eens,' zei de commissaris. 'In die tijd smeerde een echte vent voor het slapengaan een half pond mensenmos op zijn hoofd.'

'Mensenmos?'

'Schimmel die op rotte schedels groeide van misdadigers die aan de galg hingen.'

'Kust-mijn-dinges!' vloekte den Djim.

'Steek nog een aardappeltje bij!' zei Deridder lachend.

Laat hen een halfuur lullen, dacht de commissaris.

Stoom aflaten.

Uitzweten.

Daarna vliegen wij erin, met verse moed.

Desmet schudde het hoofd. 'Bah, brandnetelsoep,' zei hij. 'Dan nog liever kaal en geen haar.'

'Goede soep is zoals een goede vrouw,' zei Deridder. 'Hoe heter, hoe beter.'

'Zoals iedere goede man,' antwoordde Sofie Simoens.

'Goed, Sofie, zééŕ goed,' zei Deridder spottend. 'Een kus en een bank vooruit.'

'Ga nooit met een vrouw in de clinch, Sven, dat is ruzie zoeken,' zei de commissaris met een knipoog. 'Een vrouw geef je altijd gelijk.'

Peeters schudde zijn asbak in de papiermand leeg en rolde voorzichtig een sigaret. Hij gaf de indruk dat hij de tabaksvezels stuk voor stuk telde voordat hij ze voorzichtig op het vloeipapiertje legde. Hij trok de brand in de sigaret en zoog de rook in zijn longen. Onmiddellijk kwam een grijs waas over zijn ogen, zoals bij de lijken in Berchem. Vuile rook kringelde uit zijn neus en zijn oren, alsof zijn hoofd vanbinnen in brand stond. Hij verkreukelde het lege blikje Ice Tea tussen zijn sterke vingers en smeet het in de papiermand. Plots begon Peeters zachtjes te huilen.

Stress, dacht de commissaris.

Stress, stress, stress. Hij had veel verdachten zien snotteren, daar in dat lokaal, maar een speurder die huilt, nee, dat had de commissaris in al zijn jaren bij de politie nooit eerder gezien.

'Ik mis Lodewyckx,' huilde Peeters. 'Echt, ik mis hem.'

'Hij was een hele goede vriend,' zei den Djim. 'Wij zaten samen op school, in de Quellinstraat, en hadden dezelfde stamcafés.'

De commissaris pinkte zelf ook een traan weg.

'Een vriend en een goede speurder,' zei Deridder. 'Een beetje een blaaskaak, maar allez, tot daar aan toe.'

'Zie hem daar liggen, tussen de azalea's op het Schoon-selhof,' zei Sofie Simoens.

'Alles vergaat, ook het leven. Maar dat hij voor zelf-moord heeft gekozen, doet mij het meest pijn,' murmel-de de commissaris.

'Ik vergeef het hem,' zei Sofie Simoens.

'Weet je wat het is? Wij hebben allemáál te veel bloed gezien,' zei de commissaris. 'Wij staan ermee op en gaan ermee slapen. Met bloed en met de dood. Ik kom daar eer-lijk voor uit, een dood lichaam zoals dat van de Rus of de neger uit Paramaribo, die ik nooit persoonlijk heb ge-kend, is voor mij gewoon een etalagepop waar geen leven in zit. Maar toen Lodewyckx met zijn blauwe hoofd lag opgebaard onder versgesteven lakens, toen schoot mijn gemoed vol.'

In ieder gerechtelijk moordonderzoek was er zo'n mo-ment van melancholie en vertwijfeling. Door het bos zagen de speurders de bomen niet meer. Zij stelden zich-zelf steeds opnieuw dezelfde vragen, opnieuw en op-nieuw, en luisterden naar steeds dezelfde onhandige ant-woorden, maar de onzichtbare muur tussen vraag en antwoord werd niet gesloopt, niet door de vragen en niet door de antwoorden. De woorden verdwenen in de leeg-te, alsof zij oplosten in het duister van de nacht.

De commissaris keek naar de cactussen en de vrouwen-tongen op de vensterbanken en hoe meer hij ernaar keek, hoe groter en angstaanjagender zij werden, tot het leek alsof zij kronkelend een gevecht op leven en dood aan-gingen met de regen en de wind. Hij wreef over zijn ver-moeide ogen. Slapen, dacht hij, slapen en volgende week pas wakker worden. 'De bevindingen van de wetsdokter en de analyses van het technisch labo zijn superbelang-rijk,' zei de commissaris, met een stem die hees was van vermoeidheid en emotie. 'Waar werd bloed gevonden? Hoeveel bloed? Zijn er vingerafdrukken? Werd op de plaats van het misdrijf DNA van de dader achtergelaten in de vorm van haar, speeksel of sperma? Of van de daders, meervoud? Aard en plaats van verwondingen? Zijn er aanwijzingen waaruit wij kunnen afleiden hoe de dader te werk ging? Heeft hij zijn slachtoffers na de moord versleept of op een andere plaats gelegd? Stel een psychologisch profiel samen van de vermoedelijke dader en vergelijk het daderprofiel met het alibi van alle verdachten. Aan de hand van "moordinfo" zoals de verwondingen van de slachtoffers, de doodsoorzaak, de plaats van de misdaad, de moordwapens en de sporen die zij hebben achtergelaten, proberen wij de "handtekening" van de daders te ontcijferen. Zo simpel is het. Onze moordbrigade telt achtentwintig ervaren speurders. Dat is niet niks. Volk genoeg om iedereen te ondervragen en al de tips en getuigenissen uit te vlooien die in afzonderlijke processenverbaal zijn vastgelegd. Werk zat, voor iedereen. Maar wij weten het sinds de tijd van de Romeinen: de Vlaming is de dapperste maar zeker niet de slimste aller Galliërs. Plooi je dus extra dubbel, mannen. Vooral de m.o. van de dader—zijn modus operandi of zijn "werkwijze" in het Latijn, Sven—zal ons duidelijkheid geven over zijn motief en het motief zal ons onherroepelijk naar de dader zelf leiden. Let op, mysteries bestaan niet. Vliegende schotels zijn een mysterie, of het monster van Loch Ness en de Verschrikkelijke Sneeuwman. Voor de moordbrigade bestaat enkel *moord* en de dader van moord is altijd een *moordenaar*. Ik weet het, Peeters, dat klinkt allemaal ingewikkeld en spannend, maar het is gewoon bureauwerk, van negen tot vijf, zeven dagen van de week, het kleinste kind zou het kunnen. *Denken*, daar komt het op aan. Alles *door-*

denken. Van het een komt het ander en vóór wij er zelf erg in hebben, hebben wij de daders bij hun kloten. Gesnipt gesnapt gesnopen? Trek alle registers open, de onderzoeksrechters willen bloed zien. Wat de moord op de Rus betreft, één ding weten wij nu al met zekerheid: de dader schoot met een verouderd geweer en was *geen* scherpschutter, want zijn derde en laatste schot was een schampschot.'

Zo werd het ochtend. Het bleef kil in het gerechtshof. Flora dweilde de stenen vloer in de lange gang. De telefoonwacht bladerde in een verse krant. Zonder dat hij echt las, viel zijn blik op een grappig berichtje. *Duitser die zijn hond de* Hitlergroet *aanleerde veroordeeld tot dertien maanden voorwaardelijk.* De hond? dacht de telefoonwacht. Of de Duitser? De commissaris zat alleen in zijn verhoorkamer en bekeek de vertrouwde voorwerpen: zijn metalen archiefkast, de leeslamp met de houten wasknijper waartussen een polaroidfoto stak van Marie-Thérèse met een strohoed op het hoofd, de stoel van de beklaagde, de houten kleerhanger uit grootmoeders tijd waaraan zijn mosterdkleurige regenjas te drogen hing. Zijn blik dwaalde van het raam naar de ingelijste foto met palmbomen en het kartonnetje met de tekst *Verboden te rukken.* Naast de deur stonden zijn slijkgalochen. Op zijn bureau lag een stapeltje post, ongeopend. De commissaris keek mistroostig naar de stoel van de beklaagde. Leeg. Het was te donker in de verhoorkamer om zijn dossiers te lezen en hij knipte de leeslamp aan. In de Anselmostraat stopte een bus van De Lijn. Auto's reden door diepe plassen. Hij keek op zijn horloge toen op zijn deur werd geklopt.

'Binnen,' zei de commissaris.

Flora stak haar hoofd om de deur.

'Mag ik?' vroeg zij.

Flora droeg roze muiltjes met een schattig pomponne-tje en een schort van groene nylon. Zij zwiepte snel een droge dweil over de linoleumvloer. 'Ziezo,' zuchtte ze, 'die is proper.' Zij had harde, stevige kuiten.

'Dank je, Flora.'

'Zoals ze bij ons thuis zeggen, van de vloer moet je pap kunnen eten.'

De commissaris glimlachte.

'Ken je de mop van het verliefd stelletje dat naar Parijs ging, commissaris?'

'Nee.'

'Zij gingen niet,' zei Flora en schoot in de lach. Zij had haar vingernagels vuurrood gelakt.

'Wacht eens,' zei de commissaris. 'Zij gingen tóch. In hun hotel in Parijs ging het meisje op de rand van het bed zitten en zei: Lieveling, ik moet je iets bekennen. Vóór ik jou ontmoette, was ik heel intiem met een andere man. Waarop de man antwoordde: Oh, dat geeft niet, ik ook.'

Flora lag kreupel van het lachen. 'Allebei met dezélfde man?' vroeg zij schalks.

De commissaris had geen zin in 'dringende' en 'niet-dringende' dossiers. Hij klapte de mappen dicht en maakte een wandeling op de gang. Het rook er muf, naar stof en urine en tabak. De telefoonwacht prutste aan zijn transistorradio. Eerst een kil schurend geluid, krassend en piepend, dan klonk ...The times they are a-changing... van Bob Dylan door de gang en meteen daarop rinkelden de telefoons op zijn schakelbord en draaide hij misnoegd de knop van de radio een kwartslag om. De telefoonwacht zat in een grijsgeschilderd houten hok met grote ramen, dat op de Quai des Orfèvres 'het aquarium' werd ge-noemd omdat de vier wanden van glas waren. Door de hoge ramen viel een grauw licht. De commissaris trok met zijn schouders, om zijn pijnlijke rug te ontlasten, en keek naar een loden hemel met vale onweerswolken. Hij had het gevoel dat hij chronisch vermoeid was. Tytgat daarentegen liep kaarsrecht door de gang. Hij droeg een deukhoed en een roze hemd van dezelfde kleur als de pomponnetjes van Flora en een blauwe vlinderdas met witte bollen. De speurders wisselden een blik van verstandhouding.

'Iedere keer vóór een afspraak met de onderzoeksrechter voel ik mij alsof ik door een trein word omvergereden,' zuchtte de commissaris.

Tytgat glimlachte.

Hij kende dat gevoel.

Een reus van honderd dertig kilogram zat op de houten bank tussen twee rijkswachters. Hij was ongewassen en ongeschoren en het bovenste gedeelte van zijn hoofd was omzwachteld. Zijn polsen waren met handboeien vastgemaakt aan de radiator van de centrale verwarming. Als hij opstaat, trekt hij de radiator uit de muur, dacht de commissaris. De reus droeg een paracommandobroek en een bruin soldatenhemd met een Russische vlag op de linkermouw. Of een Armeense of Georgische vlag, dacht de commissaris. In zijn ogen was alles Russisch wat van achter het IJzeren Gordijn kwam. Zelfs van een kilometer afstand zag de reus er onbetrouwbaar uit. Hij riep dat hij onschuldig was, in een vreemde taal met een Antwerps accent, maar dat lag waarschijnlijk aan de metalen beugel in zijn mond.

'Hij hangt vast omdat zijn handen te los zitten,' zei de eerste rijkswachter.

'Hij verkoopt vooral leugens,' zei de tweede rijkswachter.

'Ik ben geen moordenaar,' riep de reus. 'Ik zoek nooit ruzie.'

'In de gevangenis kan je rustig over alles nadenken,' zei de eerste rijkswachter.

'Je wordt er een ander mens, in je hoofd,' zei de tweede rijkswachter. Zij hadden allebei dezelfde snor. 'Hitler heeft in de gevangenis gezeten en Jean-Pierre Van Rossem ook. Iedereen moet dat eens meemaken.'

Weer een Blokker, dacht de commissaris.

'Nu zit ik in de shit en straks in de gevangenis,' riep de reus. 'Dieper kan ik niet zakken.'

'Gelijk heb je. Alles wat daarna komt, is winst,' antwoordden de twee rijkswachters tegelijk.

In het achterste gedeelte van de gang, dat door de werksters 'de plateau' werd genoemd omdat er ouderwetse parket lag in plaats van linoleum of tegels, zat een meisje in een knalrode winterjas. Zij had een lichaam als een brandblusapparaat, en zij had blond haar en zachte, loensende ogen.

Geen make-up.

Klasse, dacht de commissaris.

Met zo'n lijf.

Je zit er maar mee opgescheept.

De deur naar het lokaal van de speurders stond open. Peeters boog zich als een ijverige kantoorbediende over een van de oude Olivetti-schrijfmachines, lichtte zijn gat op en krabde aan zijn kont. De speurder had wel meer vervelende gewoonten. Zo droeg hij zijn onderbroek en sokken drie of vier dagen, waarna hij ze voor de rest van de week binnenstebuiten keerde. Deridder controleerde patiëntenfiches van tandartsen en vergeleek röntgenfoto's van het gebit van hun patiënten met de röntgenfoto van de tanden van de kelner uit het moordhuis in Berchem. Op een kladblaadje schreef hij een tekst die als oproep zou worden gepubliceerd in het vakblad van de tandartsen. Komt er geen antwoord, dacht hij, dan zoeken we verder bij tandartsen in het buitenland. Desmet had zijn schoenen en sokken uitgetrokken en pulkte eelt en een likdoorn van zijn voeten. Met zijn vingers peuterde hij tussen zijn tenen, die koud aanvoelden en jeukten. Daarna zette hij zich aan het toetsenbord van de enige computer in het lokaal. Sofie Simoens zat met haar rug tegen de muur, tussen de werktafel en de radiator. Zij hield niet van misdaadpuzzels. Met een poetsdoek wreef zij over de blinkende loop van haar .38 Smith & Wesson LadySmith die zij 'mijn back-up revolvertje' noemde. Peeters zocht naar zijn asbak, die zoals gewoonlijk onder omgevallen dossiers lag.

Iedereen was doodmoe.

Flora bracht koffie rond.

Zelfs de koffie had een lijkengeur.

'Ik heb mijn voeten kapotgelopen bij de mobiele brigade,' zei den Djim. 'Een vrouw riep om hulp omdat er een reuzenspin in haar slaapkamer zat. Wie werd eropaf gestuurd? Ik, natuurlijk. Ik sloeg de spin tot moes, met mijn matrak, waarop het vrouwtje begon te zeuren dat ik haar behangpapier naar de knoppen had geholpen, haar slaapkamer was pas behangen. Of ik werd uitgestuurd naar een naaktloopster op de Keyserlei. Om twee uur 's nachts stond zij poedelnaakt een stadsplan te lezen.'

'Ben je zó groot geschapen?' vroeg Deridder.

'Ik?'

'Ja, jij. Wie anders?'

'Groot geschapen?'

'Ja.'

'De naaktloopster op de Keyserlei vond in ieder geval van wel,' lachte Desmet.

'Groot in vergelijking waarmee?' vroeg Peeters.

'Het landelijk gemiddelde is zestien centimeter,' zei Deridder.

'Zestien centimeter?'

'Ja.'

'In erectie?'

'Natuurlijk.'

Mannenpraat, dacht Sofie Simoens.

Veel beloven en weinig geven, doet de zotten...

'Hoe lang is zestien centimeter?' vroeg Peeters.

'Mijn blaffer meet zestien centimeter,' zei Sofie Simoens.

'In erectie?'

Algemeen gelach.

'Leg ze eens naast elkaar,' zei den Djim.

'Mijn blaffer?' vroeg Sofie Simoens.

'Ja. Naast de erectie van Peeters,' zei Deridder.

'Bedankt, liever niet,' zei Sofie Simoens.

'Wie eerst schiet is gewonnen!' riep Peeters. 'Wie zegt trouwens dat mijn erectie *maar* zestien centimeter meet? Eén ding weet ik zeker, als ik 's nachts uit bed kom, moet ik oppassen of ik struikel over mijn eigen toeter.'

'Moet er nog zand zijn?' vroeg Sofie Simoens lachend.

'Voor eens en voor altijd: de lengte van de penis hangt niet af van de grootte van de man maar van zijn intelligentie, en ik kan het weten,' zei Peeters.

'Daarom heb jij zo'n klein dingetje,' antwoordde Deridder.

Desmet staarde naar de computer, waarop een niet-dringend 'vertrouwelijk' Opsporingsbericht flikkerde dat werd verspreid door het Centraal Bureau voor Opsporingen van de rijkswacht. Het scherm deed pijn aan zijn ogen. Bij het Rijksregister, dat alleen voor politie en rijkswacht toegankelijk is, vroeg hij gegevens op zoals geboorteplaats en geboortedatum, hoofdverblijfplaats, burgerlijke staat en eventuele samenstelling van het gezin. De tekst op zijn scherm kon hij niet uitprinten. Er waren geen inktcassettes meer, omdat de leverancier niet was betaald. Peeters had zijn drankvoorraad aangevuld en trok een blikje Coca-Cola Light open. Sofie Simoens stopte vijf kogels in de trommel van haar blaffer en zette een van de drie ramen open. Het regende niet meer. Terwijl hij rustig een sigaret rookte, verwerkte Peeters de gegevens uit het Rijksregister in een proces-verbaal. Desmet bukte zich onder de werktafel en trok zijn pantoffels aan met behulp van een soeplepel. De commissaris kwam zuchtend het lokaal van de speurders in. Hij rekte en stretchte zijn pijnlijke schouders, wreef in zijn hals en draaide zijn hoofd naar links en rechts.

'Problemen, chef?'

'Een kapotte rug, denk ik.'

Sofie Simoens liet haar blaffer in haar schouderholster glijden.

Desmet scheurde een pakje Belga open en stak een sigaret op. Hij pufte er even aan en drukte de sigaret onmiddellijk weer uit.

'Sinds wanneer rook jij?' vroeg de commissaris.

'Ik ben er twintig jaar geleden mee gestopt, chef.'

'Het wordt ons allemaal te veel, wij lopen op ons tandvlees,' zuchtte de commissaris.

De telefoonwacht probeerde een oud vrouwtje duidelijk te maken dat zij een verkeerd nummer had gekozen. 'Nee mevrouw, voor een gestolen fiets moet u niet bij de gerechtelijke politie zijn,' zei hij geduldig. 'Wat de gerechtelijke politie wél doet? Moorden oplossen, inbraken met geweld, verkrachtingen. Hoe zegt u? Dat de fiets van uw kleinzoon misschien eerst *gestolen* en daarna *vermoord* is? Nee, niet vermoord, *verkracht*, zegt u? Ja, mevrouw, alles is mogelijk maar niet op dit nummer.' Hij legde de telefoon neer, rolde met zijn ogen, maakte een klakkend geluid met zijn vingers en verwees het meisje met de knalrode jas naar het lokaal van de speurders.

Daarna kroop hij weer achter zijn krant.

Het brandblusapparaat kon amper door de deur.

'Ga zitten,' zei de commissaris.

Zij had zoveel zitvlees dat zij twee stoelen naast elkaar nodig had.

Sofie Simoens lachte haar vriendelijk toe.

'Vertel eens, wat is er precies gebeurd,' zei Peeters.

Het meisje aarzelde.

De commissaris zuchtte. 'Mag ik je een verhaaltje vertellen?' vroeg hij op vaderlijke toon. 'Toen ik een jaar of zes, zeven was, ging ik naar de stadsschool op de Markgravelei. Op een woensdag, ik zal het nooit vergeten, kwamen drie of vier agenten in een schitterend gala-uniform met koperen knopen en zilveren strepen in onze klas. Zij toonden lichtbeelden en legden ons de spelregels van het verkeer uit, in heel eenvoudige woorden. Na afloop kregen wij een papieren vlaggetje, rood-geel-zwart, en een flesje Coca-Cola met een rietje. Ik dacht: Als ik groot ben, word ik politieman, dan kan ik alle dagen vlaggetjes en Coca-Cola uitdelen aan de kinderen.'

Peeters keek verwonderd naar de commissaris.

'Begrijp je wat ik bedoel? Flikken zijn er om je te helpen.'

Sofie Simoens bladerde in een dossier waarop de griffier met zwarte viltstift (POGING TOT) VERKRACHTING VOETGANGERSTUNNEL had geschreven, met daaronder een volgnummer, enkele datumstempels en de naam van het slachtoffer.

Slachtoffer. Ik háát dat woord, dacht Sofie Simoens.
'Het was... een donderdag,' stamelde het meisje.
De commissaris hield zijn hoofd schuin.
Haar lip trilde. 'Of een... een vrijdag?'
'Doet er niet toe. Denk rustig na,' zei de commissaris.
'Niet te snel antwoorden,' zei Sofie Simoens.
'Ik liep door die lange... tunnel. Ik denk dat hij... dat hij
mij volgde en... toen drukte hij mij tegen de muur.' Zij
had een heel zacht, heel fijn stemmetje.
Deridder stopte met typen. Peeters morrelde met zijn
aansteker en deed zijn sigaret opnieuw branden. Er kleef-
de tabak aan zijn tong en hij spuugde de vezels op de
grond. Met flapperende handen wuifde de commissaris
de vieze rook weg.
'Kwam hij aan je slipje?' vroeg Sofie Simoens.
Zij knikte.
'Ging dat makkelijk?'
Het meisje werd vuurrood. 'Het was laat en... ik kwam
terug van... het zwembad van... Wezenberg... ik was op
weg naar huis.'
'Waar woon je?'
'In de... de Gloriantlaan.'
Foutje, dacht Deridder, en vroeg: 'Van de Wezenberg
naar de Gloriantlaan? Te voet?'
'Met de tram. Eerst ging ik iets drinken, op de Groen-
plaats.'
'Droeg hij sportschoenen?'
Zij schudde het hoofd.
'Weet je 't niet?
'Ik... heb er niet op gelet.'
'Ringen?'
'N...nee.'
'Niks speciaals?'

'Hij had... pleisters... aan zijn vingers.'
'Pleisters?'
'Witte... witte pleisters.'
De speurders keken elkaar aan.
'Kreeg hij een orgasme?' vroeg de commissaris.
Met zijn blaffertje van zestien centimeter, grinnikte Peeters.
Het meisje liet haar hoofd op haar borst zakken.
'Ja?'
'Ik... ik denk het niet. Hij liep gewoon weg.'
 'Hoe oud was hij?'
Zij trok haar schouders op.
Jonge mensen kennen geen leeftijd, dacht Peeters. Ik ben een dikke dertiger in de fleur van mijn leven maar waarschijnlijk ben ik in haar ogen een vieze oude vent.
'Was hij groot? Klein?'
'Normaal.'
'Gladgeschoren?'
Geen antwoord.
'Je weet het niet?'
'Nee.' Met dat fijne stemmetje.
De commissaris zuchtte.
'Waar werk je, Maria?' vroeg Sofie Simoens.
Zij glimlachte, voor het eerst. 'In de GB. Ik ben sous-chef van de afdeling verse vleeswaren.'
'Kan het iemand van je werk zijn die...?'
'Misschien... hij had ook... rode handen. Grote rode handen.'
'Ook?' zei Sofie Simoens.
'Wat bedoel je met ook?' vroeg de commissaris.
Maria keek naar haar eigen handen.
'Maria?'
'Alle mannen hebben... grote handen,' antwoordde zij.

'Deed het pijn...?'

Geen antwoord.

'Deed het pijn, Maria?'

Natuurlijk niet, dacht Peeters. Pijn, pijn. Wat is pijn? Kom, de hoogste tijd om er met de grove borstel door te gaan. Hij nam een zwaar, oud foto-album uit zijn lade en plofte het op de werktafel, voor de neus van het meisje. In grote onhandige letters had iemand κ.ν.τ. op de rode kaft van namaakleer geschreven. 'Kijk goed, Maria, neem je tijd, en als je er eentje ziet die je bekend voorkomt, dan leg je er gewoon je vinger op,' zei Peeters. In het album zaten kleurenfoto's van penissen op ware grootte, vier penissen per pagina aan de voorzijde, plus vier op de keerzijde. Het album telde tachtig gekartonneerde pagina's. Vier plus vier is acht, maal tachtig, geeft in totaal zeshonderd veertig kleurenfoto's op ware grootte van penissen van aanranders, weekendverkrachters en serieverkrachters. De foto's waren afkomstig uit een internationaal politie-archief. Zoals van een 'normale' boef na zijn arrestatie een foto van de 'sprekende gelijkenis' wordt genomen, met zijn hoofd in vooraanzicht, zo wordt van aanranders en verkrachters als bewijsstuk systematisch een 'penisfoto' genomen. Aan de grootte en de vorm van zijn penis kan inderdaad de identiteit van een verkrachter worden afgelezen, want geen twee mannen ter wereld hebben dezelfde penis en zelfs identieke tweelingen zijn tussen hun benen allesbehalve identiek geschapen. Maria bladerde in het zware album. Zij kreeg een blos op haar wangen en pufte en begon hevig te transpireren, want zoveel penissen in één keer had zij nooit eerder in haar leven gezien, zelfs niet op de afdeling verse vleeswaren of bij haar collega's van de droge voeding. Alle soorten en formaten stonden erin: hangers, druipers, met en zonder voorhuid, kreukeltjes, piemeltjes-van-niemendal, scherpgepunte potloden, lulletjes, fluitjes-van-een-cent, kurkentrekkers, kommaneukers, pispalen, een scheve toren van Pisa of twee, blaffers van zestien centimeter en zelfs de beroemde toeter van Clinton waar Monica Lewinsky zo gek op was, met die rare kromming in het midden. De kink in zijn kabel, lachte Peeters. Zij bladerde erin alsof het vakantiekiekjes waren en hoe meer pagina's het meisje omsloeg, hoe roder de blos op haar wangen werd, en toen Maria het boek met een zucht dichtklapte, was zij koortsig van opwinding.

'Niets?'

Maria schudde het hoofd.

'Zei hij iets? Deed hij zijn mond open?'

'Hij... hij zong iets.'

'Een lied?'

'Ja.'

'Welk lied?'

'Iets... heel raar.'

'Je kent het niet?'

'Nee.'

'Wil je nog iets zeggen?'

'Hij nam mijn tas mee.'

'Welke tas?'

'Mijn sportzak.'

'Wat zat erin?'

'Een zakdoek. Wat kleingeld. Mijn badpak.'

'Je mag gaan, Maria,' zei de commissaris. 'Ik heb je niet meer nodig.'

'Wat betekent K.N.T.?' vroeg zij.

'Kinderen Niet Toegelaten.'

Maria stond op en waggelde naar de bezoekerslift. Zij liegt, dacht Peeters. Arm kind, zij heeft een apensmoeltje, dacht Sofie Simoens. De commissaris trok zijn vingers door zijn haar. Desmet wiebelde met zijn tenen en keek zwijgend naar zijn pantoffels. Deridder vouwde zijn handen samen, alsof hij stil een gebed prevelde.

'Wat een wijf!' zuchtte Peeters. 'Hang dat aan mijn lijf!'

'Wat bedoel je?'

'Een Vlaamse stoot. Maria doet mij denken aan een varkentje. Tot voor enkele jaren was ik daar als een gek op gesprongen, met mijn broek achter mijn oren. Maar die tijd is voorbij.'

'Misschien ben je tot de jaren van verstand gekomen,' zei Sofie Simoens.

'Heb je liever een tof negerinnetje met een keuterkontje?' vroeg Desmet. 'Eentje uit de Schippersstraat? Of een Spaanse troelala die met haar schaamlippen klappert alsof het castagnetten zijn?'

'OLÉ OLÉ!' jubelde Sofie Simoens.

'Nooit!' zei Peeters.

De commissaris stak zijn vinger omhoog. 'Zeg nooit *nooit.*'

'Ik ben kandidaat!' riep Deridder.

'Voor het keuterkontje of voor de Spaanse troelala?' vroeg Sofie Simoens.

'Misschien heeft Maria een verkrachting *verzonnen,*' zei den Djim.

'Peins je?' vroeg Peeters.

'Wij *peinzen* niet, wij denken.'

'Ik twijfel ook,' zei de commissaris.

'Nee,' antwoordde Sofie Simoens onmiddellijk. 'Waarom zou zij liegen? Volgens de statistieken worden *iedere week* drie vrouwen verkracht in Antwerpen. Zomaar op straat!'

'Zes miljoen in Amerika,' wist de commissaris. 'Op jaarbasis.'

Desmet bladerde in het dossier van Maria. Bij het proces-verbaal zat een doktersverslag van haar medisch onderzoek. 'Toen zij klacht heeft neergelegd, zat zij van onder tot boven vol sperma,' merkte hij hoofdschuddend op. 'Genoeg sperma in ieder geval om er alle schabben van de GB mee te vullen.'

'Voosgeneukt door haar vriendjes van de afdeling verse vleeswaren,' lachte Peeters, 'en de mannen van droge voeding zullen zich ook niet onbetuigd hebben gelaten.'

'Werd zij *verkracht* of heeft zij gewoon lekker geneukt?' vroeg Sofie Simoens.

'Dat zullen wij nooit weten.'

'Natuurlijk wel,' zei de commissaris.

De speurders trokken hun wenkbrauwen op.

'Hoe bedoel je, chef?' vroeg Sofie Simoens.

'Lekker neuken eindigt met een lekker orgasme,' zei de commissaris. 'Welnu, als een vrouw een orgasme heeft, trekt heel haar onderlichaam samen en wordt het sperma als in een centrifuge rondgeslingerd naar alle hoeken en kanten in haar vagina. Als zij wordt verkracht, dus *zonder* orgasme, duurt het minstens zes uur voor het sperma zich mondjesmaat in de vagina begint te verspreiden. Medisch gesproken kan er geen twijfel bestaan: een vrouw liegt als zij beweert dat zij is verkracht terwijl het sperma bij wijze van spreken achter haar oren hangt, zoals de broek van Peeters.'

Desmet floot tussen zijn tanden.

'Wow!' zei Peeters.

'Ik heb stage gelopen bij de zedenbrigade en kreeg een vrouw op leeftijd over de vloer die beweerde dat zij tussen haar vierde en zestiende levensjaar meer dan zeshonderd keer was verkracht door haar stiefvader,' zei Desmet. 'Elke zondag, in het ouderlijk huis, onder de ogen van haar moeder en haar drie broers. De eerste verkrachting vond plaats op de wasmachine in de badkamer. Nadien beschuldigde zij haar zwemleraar en haar drie broers van verkrachting. Toen de wetsdokter haar onderzocht, bleek dat zij nog maagd was. Op haar leeftijd!'

'Wat bedoelde Maria met rode handen?' vroeg Deridder.

'Rode handen of grote handen?'

'Misschien hebben wij haar verkeerd begrepen.'

'Slagers hebben rode handen,' zei de commissaris. 'Slagers en barmeisjes.'

'Ik zie geen motief,' zei Desmet.

'Ieder misdrijf heeft een motief,' antwoordde de commissaris. Zijn stem was hees van vermoeidheid. Hij vroeg zich af of hij aan de onderzoeksrechter zou vragen om de zaak zonder gevolg te klasseren en deponeerde de map van Maria op de stapel bij de niet-dringende dossiers.

Peeters rolde een verse stinkstok, die hij achter zijn linkeroor stak, onder zijn haar. 'Weet je waarom ik politieagent ben geworden, chef?' vroeg hij en trok een blikje Coca-Cola Light open.

'Nee?'

'Zeker niet om Coca-Cola uit te delen aan schoolkinderen.'

'Waarom dan wel?'

'Om 'm zelf uit te drinken!'

Sofie Simoens schuddebolde en legde haar hoofd op haar armen. Haar laarsjes slingerden onder de tafel. Desmet schraapte met de rug van zijn hand over de stoppels van een nieuwe baard. Met de achterkant van een balpen duwde Peeters een bluts in zijn wang. Zijn kin zakte op zijn borst. Hij hoorde klokken luiden. Bim bam beieren. Het waren geen klokken, het was de telefoon die rinkelde. Hij nam de hoorn op.

Iemand had met een punaise een bruin kartonnetje met de tekst van het *Strafwetboek der Zatlappen* tussen de posters van Kamagurka en de *100 Gezondheidstips uit de praktijk van Dr. Alfred Vogel* geprikt. *Straf voor afwezigheid wanneer er te drinken valt: een jaar verbanning naar een onbewoond eiland. Zijn post verlaten wanneer er te drinken valt: zes maanden gevangenis.* De commissaris grinnikte. *Zatlapperij beletten: de dood.* Op het kartonnetje stonden in totaal vijfentwintig reglementen. *Wie dronken is en in zijn broek plast, wordt weggejaagd uit het gezelschap,* luidde het voorlaatste reglement. Ik tref het, ik drink niet meer, dacht de commissaris, alcohol is slecht voor m'n cholesterol, en met zijn handen diep in zijn broekzakken verliet hij het lokaal van de speurders.

Tweede deur links.

TECHNISCHE AFDEELING was in ouderwetse letters op de bovenlijst van de deur geschilderd.

De commissaris klom langs een doolhof van wenteltrappen naar de Gerechtelijke Identificatiedienst, onder de hanenbalken van het gerechtshof. Ik ben net zoals Maigret op de Quai des Orfèvres, dacht hij. Ik doe alles traag en bedachtzaam. Regen kletterde onophoudelijk op de dakpannen van leisteen. Op de immense zolder hing een lome warmte die slaperig maakte. De commissaris vouwde zijn armen voor zijn borst, liet zijn kin in zijn hand rusten en staarde door het stoffig glas van de muurkasten waarin hij zichzelf weerspiegeld zag. Foetussen op sterk water en doodgeboren kinderen zaten opgekruld in verzegelde weckpotten. Het leek alsof zij van marsepein waren. Breekt zo'n pot in stukken, dan glibberen de kinderen over de vloer, dacht de commissaris. Enkele laboranten en technisch assistenten van de gerechtelijke politie onderzochten haar en stof en gruis onder een microscoop en gingen met een kruimeldief aan het werk op de kleren en bezittingen van de zes doden in Berchem.

'Goed nieuws?' vroeg de commissaris.

De laborant krabde in zijn haar en tuitte zijn lippen. 'Moord is geen goednieuwsshow, commissaris,' zei hij. 'Om alle rotzooi uit het huis in Berchem af te voeren, waren zeventien vuilniszakken nodig. Stuk per stuk leggen we de inhoud onder de microscoop. Daarmee zijn wij een paar weken zoet. Verwacht geen wonderen.'

'Berchem was een drugssupermarkt, neem ik aan?'

'Reken maar. Je kan je niet voorstellen welke rommel in die vuilniszakken zit: de crème de la crème van verdovende middelen plus een paar Micro-Uzi's met geluidsdemper en nog wat klein schietmateriaal. Op de zolder stonden hennepplanten in bloempotten onder gloeilampen. Opkopers van petroleum *proeven* aan het spul om de kwaliteit te bepalen en hout wordt *op de geur* gekocht maar wij mogen helaas niet snoepen van de drugs die het parket in beslag neemt, anders zouden wij van de morgen tot de avond stoned gedrogeerd zijn. Tel maar na: wij vonden negentien kilogram heroïne in sporttassen en kartonnen dozen, twee kilogram cocaïne, tweehonderd kilo hasjiesj, tien liter vloeibare xtc in flessen en ampullen, jerrycans van tien en twintig liter met actieve koolstof voor de aanmaak van xtc, boorzuur, mengpoeder, genoeg xtc-pillen om half Europa horendol te draaien plus drie jutezakken met koffiebonen.'

'*Koffiebonen?*' vroeg de commissaris.

'Koffie wordt gewonnen in dezelfde landen waar cocaïne en heroïne worden gefabriceerd, commissaris. De drugs worden via dezelfde havens verzonden, handig verstopt tussen... koffiebonen. De koffiegeur neutraliseert de geur van drugs, waardoor het voor de drugshonden

van de Administratie van Douane en Accijnzen aarts-
moeilijk wordt om de verdovende middelen op te sporen
en te lokaliseren, hoewel een hond vijfhonderd maal
beter ruikt dan een mens.'

De commissaris had het begrepen.

Als er niet vlug schot in de zaak kwam, zou het weken
duren voor zijn speurders konden beginnen met het verhoor van eventuele verdachten en misschien maanden
voor het dossier 'rond' zou zijn. Het verwonderde hem
niet, want drugsmoorden zijn per definitie de moeilijkste moorden en worden zelden in eentweedrie opgelost.

Soms kreeg hij er buikpijn van.

Het was een feit dat de goede kwaliteit en de lage prijs
van de Antwerpse heroïne wijd en zijd bekend stonden,
wat de enige reden was—en niet de schoonheid van de
Schelde of de fijne smaak van de mosselen—waarom
drugstoeristen uit Duitsland, Frankrijk en Nederland
naar Antwerpen afzakten om geestverruimende middelen in te slaan. Informanten vertelden dat in de kelders
onder enkele pitarestaurantjes aan de Oude Koornmarkt
niet alleen drugs maar ook tientallen kilo's zwavel en
aceton lagen opgeslagen voor de aanmaak van xtc en zelfs
van chemische wapens. Koel, droog en donker bewaren.
Quatsch, dacht de commissaris. Klote natuurlijk, een
cowboyverhaal. Was Antwerpen echt de Colruyt van de
drugs? Met een korrel zout nemen, iedereen kan alles
bewijzen, het zotste eerst. Iedere goede privé-detective
vindt desnoods het bewijs dat Moeder Teresa in werkelijkheid een hoertje uit de Schippersstraat was.

'Heb je 't gehoord, van die agent uit Zeebrugge?' vroeg
een laborant. 'Vorige week kreeg hij zes maanden cel.'

'Zes maanden? Waarom?'

'Seks met zijn drugshond,' zei de laborant en hij proestte het uit.

'Vond hij het prettig?' vroeg de commissaris.

'De agent?'

'Nee, de drugshond.'

Gelach, natuurlijk.

'Iedere dag van het jaar worden in heel de wereld 1.400.000.000 duizend kopjes koffie gedronken,' zei de laborant zonder van zijn microscoop op te kijken. 'Dat is een zee van koffie die wordt leeggeslurpt. Kan je je voorstellen hoeveel drugs er worden geslikt en gespoten en gesnoven.'

Goede tijden, slechte tijden.

Zo is het leven, dacht de commissaris.

Hoe ouder hij werd, hoe slechter de slechte tijden.

De goede tijden waren helaas nooit meer zo goed.

'Ik heb beter nieuws. Over de moord op de Keyserlei,' zei de technisch assistent en hij trok zijn mondhoeken in een brede grijns. Op zijn werkbank werden zware wapens uit elkaar geschroefd: een Mauser SP66, een .38 Colt Cobra met een ultrakorte loop en twee greepplaten van zwart kunststof, enkele pistolen van het model S&W 39-2 die door mariniers van het Amerikaanse leger 'hush-puppy' worden genoemd, pistons, cilinderkoppen, springveren, een Star of twee—de Seat onder de handvuurwapens—enkele kalasjnikovs met een kolf van walnotenhout en een H&KMP5 die een lucifer raakt op een afstand van enkele honderden meters.

'Dus toch een goednieuwsshow!' lachte de commissaris opgelucht.

'Méér bloed, in ieder geval,' monkelde de laborant.

'Wij vonden fragmenten van drie kogels,' doceerde de expert van de politie. 'Ballistisch onderzoek toont aan dat ze alledrie werden afgevuurd met hetzelfde wapen: een semi-automatische M16A2 van het Amerikaanse leger. Ik wil je niet in onzekerheid laten, commissaris. Een M16A2 is het enige sluipschuttersgeweer dat snel drie kogels achter elkaar afvuurt. Een moderne versie van de Mannlicher-Carcano waarmee Kennedy is vermoord.'

'Niemand hoorde een schot.'

'Op zo'n wapen wordt een geluidsdemper gemonteerd.'

'Hoeveel kans had de Rus om de aanslag te overleven?' vroeg de commissaris.

'Geen enkele. De eerste kogel zat klaar in de loop, dus de schutter moest slechts twee keer herladen. Voor het derde schot had hij volle vijf seconden om te mikken. Tussen het eerste en het laatste schot lagen negen seconden.'

'Antwerpen wordt een gangsterparadijs,' zei de laborant.

'Misschien. We moeten daar niet te zwaar aan tillen,' antwoordde de commissaris. 'Een moderne grootstad zonder criminaliteit bestaat niet. Ieder jaar gaan de misdaadcijfers in Los Angeles met vijfenzestig procent omhoog en wat in de States een fenomeen is, waait zestig maanden later over naar Europa. Je kan de klok niet dertig of vijftig jaar terugdraaien. Dáár zit ons probleem niet.'

'Wat dan wel?'

'De meeste dossiers verjaren na tien jaar. Als een gerechtelijk onderzoek is *verlopen*, zoals dat heet, mogen wij geen telefoons aftappen, geen camera's plaatsen en ons niet bedienen van "speciale" politietechnieken. Je weet wat ik bedoel. Om misdadigers te klissen, zijn wij verplicht om oudewijventrukken te gebruiken. Dát is ons groot probleem. Misdaad is een multinational en België is een klein land. Als wij braaf zijn, mogen wij de stinkende potjes gedekt houden, terwijl de grote mensen ons vierkant uitlachen en hun eigen zin doen. Ik word daar tureluurs van.'

Hij keek op zijn horloge.

Drie uur in de namiddag.

Nu de onderzoeksrechter nog en mijn week zit erop, dacht hij.

Vanavond een lekker biefstukje.

Eentje dat gisteren nog in de koe zat.

Eenendertig uur was hij onafgebroken op post.

Mijmerend liep de commissaris langs de toonkasten met afgerukte teelballen en dode kinderen op sterk water. Zij riepen herinneringen op aan het Groot Anatomisch Museum van Dr. Spitzner dat in zijn jeugd een griezelattractie was op de Sinksenfoor. Hij had er voor het eerst een gedroogde zeemeermin gezien en een Siamese tweeling met twee hoofden in een bokaal. In die tijd stond de Sinksenfoor op de leien tegenover het gerechtshof. Misschien is de rechtbank een even grote kermis als de Sinksenfoor, dacht de commissaris. Hij tuurde door een spleet in de vergeelde luxaflex. Langs de ronde venstertjes kronkelden grillige regenslangetjes. Een natte wind, neerslachtige wolken en grauwe grijze daken zo ver het oog reikte. Zou er ooit een einde komen aan de regen? De commissaris trok de dienstlift open en liet zich naar beneden voeren. Alles rustig in de lange gang op de tweede verdieping, zoals gewoonlijk na de middag. De deur van Tytgat stond open. Met twee vingers tikte de bejaarde speurder een proces-verbaal op een aftandse Olivetti. Hij had nooit kunnen wennen aan halfautomatische schrijfmachines, hoewel ze allang niet meer nieuw waren, en had iedere dag opnieuw heimwee naar zijn oude zwarte Underwood, die ratelend en bellend in vrijloop sprong telkens wanneer hij zijn stramme vingers naast de stugge toetsen duwde. Op het bureau lagen twee pijpen in een kristallen asbak. Een verhoorkamer die sprekend lijkt op het decor van een Franse *série noire* uit de jaren vijftig met Jean Gabin in de hoofdrol, dacht de commissaris, maar dan zonder ondertiteling en in kleur. Arme man, zijn tijd is gekomen, straks wordt Tytgat bijgezet in het museum van Dr. Spitzner.

In gedachten verzonken keerde de commissaris terug naar zijn eigen verhoorkamer. Hij wist dat het geen zin had vuurwapens op te bergen in een kluis met een geheime cijfercode, iedereen kende immers de code, zelfs personeelsleden die allang waren ontslagen, en stopte zijn dienstwapen in zijn archiefkast. Bladerend door enkele dossiers ging hij achter zijn bureau zitten. *Oud-strijder met borst vol medailles verschanst zich met jachtgeweer en helm uit de Tweede Wereldoorlog op dak van zijn huis en dreigt deurwaarder en begeleiders overhoop te schieten.* De commissaris trok een pijnlijk gezicht. Zijn darmen rommelden en zijn maag stond hard en gespannen, alsof er een zak cement in zijn buik zat. *Rellen tussen Turken en zwarte Nigerianen op Coninckplein. Vijf politiepatrouilles uitgerukt.* Gijzeling, afpersing, vrouwenhandel, prostitutie, kinderporno. *Opnieuw poging tot verkrachting in voetgangerstunnel.* De grens tussen wat *normaal* en wat *abnormaal* is, wordt iedere dag dunner, dacht de commissaris. Alles verandert, niets blijft hetzelfde. Tweehonderd jaar geleden waren Antwerpse garnalen uit de Schelde en Oostendse oesters een delicatesse die gegeerd was in heel Europa, vandaag zijn er geen Antwerpse garnalen meer en zit het land vol buitenlanders en Afrikaanse prinsen. Wat voorbij is, is voorbij en komt nooit meer terug. Hij knipte zijn leeslamp uit. Vier uur. *Pas vier* uur. Het werd zo donker buiten, dat het leek alsof de avond reeds was gevallen.

Een Algérien met parelwitte tanden op witte Adidas huppelde als een Afrikaanse prins door de gang, tussen twee rijkswachters, met handboeien om zijn prinselijke polsen.

Zo gewonnen, zo verloren, dacht de commissaris.

'Salut, grand chef, comment ça va?' lachte de Algérien.

Paaa—paapaapaa—paaa—tuuum—tuuum—tuuum. Het vertrouwde melodietje neuriede door zijn hoofd terwijl hij de granieten trap afdaalde naar de eerste verdieping. De Carmina Burana van Orff. Wie was eigenlijk die Orff met zijn Latijnse verzen? vroeg hij zich af. Hij dacht over alles na. Misschien was dat het grootste probleem van de commissaris. In het midden van het kabinet van de onderzoeksrechter stond een donkere houten tafel met de glans van vals antiek. Ook de geur die in het kabinet hing, was een geur uit een andere eeuw. Buislampen zorgden voor een kil doods licht zonder schaduwen.

'Zeg eens, commissaris. Ben jij op het werk een andere man dan thuis?' vroeg Veerle Vermeulen. Zij speelde nerveus met haar hoornen bril en had zoveel gerookt, dat de lucht er blauw van zag.

Zij hoorde zichzelf graag praten.

Hij was het gewend dat zij hem het hemd van zijn lijf vroeg en toch had de commissaris alles behalve die vraag verwacht. 'Heu... eigenlijk niet, nee,' antwoordde hij. 'Maar misschien spelen wij allemaal toneel. Als ik mijn regenjas van Columbo aantrek, voel ik mij een speurder van de gerechtelijke politie maar als ik vanavond thuiskom en in mijn pantoffels schiet, ben ik weer gewoon Slissen en Cesar.'

'Interessant, commissaris, héél interessant,' knikte de onderzoeksrechter.

Zij speelde een listig spel.

Hij had er geen vertrouwen in en zei bedachtzaam: 'Ik ben geen held, ik doe gewoon mijn werk, zo goed mogelijk. Speurders zijn brave burgers die onder moeilijke omstandigheden een heel moeilijk beroep uitoefenen. Maar wij blijven allemaal mensen.'

Veni, veni, venias.

No me mori facias.

Kom, kom, kom toch,

Laat me niet sterven.

'Ik heb goed nieuws, commissaris,' glimlachte Veerle Vermeulen. Zij had een harde, koude glimlach. 'Max Maes zit in Hollywood. Zijn paspoort is verlopen en hij heeft op ons consulaat in Los Angeles een nieuw reisdocument opgevraagd. We weten in welk motel hij logeert en bij welke firma hij een auto huurt. Hij speelt hoog spel. Maar een andere keus heeft hij niet want zonder paspoort kan hij geen kant uit. Ga naar huis, commissaris, maak je koffer en ga hem halen. Dit is de kans van je leven.'

Waarom ik? dacht de commissaris.

Laat de Guardia Civil achter hem aan zitten of die cowboys van het FBI.

'Ik ben maar een gewone jongen van 't Zuid,' zuchtte hij.

'Natuurlijk verwacht Max dat de artillerie in stelling wordt gebracht, die man is niet gek,' zei de onderzoeksrechter. 'Als je de tepels en schaamlipjes van vermoorde vrouwen voor het nageslacht op ijs bewaart, dan wéét je wat er in de wereld te koop is. Maar dat een gewone jongen van 't Zuid hem in het verre Amerika een Browning

9 mm Parabellum onder de neus duwt, dáár is hij niet op voorzien. Max zal nogal verschieten, commissaris. Nog één ding: dit is geen rogatoire opdracht. Je bent met vakantie, zogezegd. Neem zonnecrème en een badlaken mee, want in Los Angeles is het warm rond deze tijd van het jaar.'

'Wat... wat gebeurt er met de lopende onderzoeken? De Russische maffia die oprukt. Zes doden in een drugs-supermarkt in Berchem? De mensen voelen zich niet meer veilig op straat, daar moeten we dringend iets aan doen.'

'Maak je geen zorgen, commissaris,' zei Veerle Vermeulen opgewekt. 'Je hebt het zelf gezegd: speurders zijn gewone mensen die een moeilijk beroep uitoefenen. Tijdens je afwezigheid neemt Tytgat gewoon je taken over. Geef hem de kans om te tonen wat hij in zijn mars heeft. Trouwens, de beste wijn zit in oude vaten.' Zij tik-te de as van haar sigaret in een asbak van Manneke Pis die zijn kommaneukertje van zestien centimeter met twee handen vasthield en in een koperen zeeschelp plaste. Tussen platgedrukte peuken lagen muntstukjes van Belgisch-Congo met een palmboom aan één kant.

Tytgat, dacht de commissaris.

Mijn God, het Groot Anatomisch Museum van Dr. Spitzner.

Kwaad sloeg hij de zware eikenhouten deur van het kabinet achter zich dicht. Waarom ik? vroeg hij zich af. Waarom ik? Zij wil mij begraven, geen bloemen en geen kransen. Hij haalde zijn schouders op en terwijl hij in zijn versleten mosterdkleurige regenjas dook, keek hij met een verwonderde blik om zich heen, alsof hij voor het eerst de grauwheid zag van dat grote, gevaarlijke ge-rechtshof. De trappen en de gangen en het plafond met de wapenschilden van de gerechtelijke arrondissementen waren slecht verlicht. In hoeken en kanten lag oud stof. Hij zuchtte. Ik vergeef het haar, dacht hij, zij weet niet beter. Veel geblaat, weinig wol. Struikelend over de uitgesleten treden liep de commissaris door de wandelzaal naar de hoofduitgang.

'We sluiten de deur,' zei hij.

'Licht uit, gedaan ermee,' lachte de bode.

De arduinen treden geurden naar zeewier en stookolie. Een rukwind veegde door de straat. De schemering viel. Een nachtje slapen en mijn teller staat op nul, dacht de commissaris. Het avondlicht werd grijsgroen. Donkere wolken in de mistige lucht, zoals wolken van karton in een Italiaanse opera.

Trager dan gewoonlijk wandelde hij door de voetgangerstunnel naar Linkeroever. In de witgrijze koker hing een bedwelmende stilte. Achteloos trapte hij een verwelkte roos voor zich uit. Aan de auto's op de Beatrijslaan kleefde zwarte modder. Hij rook de Schelde maar kon haar niet zien. Zigzaggend door de striemende regen, die reflecteerde in de koplampen van voorbijrijdende auto's, liep de commissaris naar huis. Hij kon zich niet van de indruk ontdoen dat de regen iedere dag natter werd en in ieder geval natter was dan de vorige dagen. Bedachtzaam draaide hij zijn sleutel om in het slot.

'Ben jij het, poesje?' vroeg Marie-Thérèse. Ze tastte naar de lamp op het nachtkastje.

'Wie anders?'

'Ben je moe?'

De commissaris drukte een zoentje op haar voorhoofd. 'Wil je iets eten?'

'Ik denk dat ik eerst een bad neem.'

'Doe dat. Ik zet een lekkere pizza in de oven. Een quattro staggioni? Of pepperoni met een slaatje?'

Daar gaat m'n biefstukje, dacht de commissaris.

'Komt Ronald straks?' vroeg Marie-Thérèse.

'Wie is Ronald?'

'De thuisverpleger.'

De commissaris liet voorzichtig enkele jazzplaten uit hun stoffige hoes glijden, zonder de lp's met zijn vingers aan te raken. Dat slome, dat slepende, dat verslavende van echte jazz, hij was eraan verslingerd, misschien was hij er zelfs aan verslaafd. Geen grunge en *gangsta rap* of Britpop, zelfs geen bebop, maar *chatanooga-choo-choo* en boogie-woogie of foxtrot en bossanova. De draaischijf van de antieke grammofoon met de koperen luidspreker was bedekt met rood fluweel. Hij twijfelde tussen Dave Brubeck en Gerry Mulligan of de geniale ketelmuziek van Duke Ellington met zijn groot orkest en wiegend met hoofd en schouders legde hij *Time after Time* van Chet Baker op de draaischijf. Een klassieker, vijf sterren, dacht de commissaris en hij ging naar de badkamer. Hij bekeek zichzelf in de spiegel. Zorgvuldig bestudeerde hij zijn gezicht. Hij zag asgrauw en voelde zich opgeblazen. Zijn ogen zochten zijn neus en mond. Hoewel hij gezond leefde, werd hij zwaarder en ouder. Hij vroeg zich af hoe iemand als Maigret het in godsnaam gedaan kreeg om 's ochtends een bar binnen te wippen en twee glazen bier achterover te slaan gevolgd door calvados en witte wijn en een *vieux marc* of twee en toch heelhuids de dag door te komen. Ik weet het, dacht hij, mijn lichaam luistert niet meer. In plaats van kilo's te verliezen, komen er ponden bij. Hij draaide zijn hoofd naar links, naar rechts. Zijn hals deed pijn. De commissaris stak zijn tong uit, naar zichzelf. Onnozelaar, dacht hij. Hij poetste zijn tanden, liet de badkuip vol stomend water lopen en slikte een half tabletje Viagra van 50 milligram. Als hij geen Viagra nam, had hij niet zoveel zin in seks, wat hij eigenlijk wel prettig vond. Hij knipte het licht uit. De badkamer vulde zich met een warme, zalige mist. Tot over zijn kin onder het badschuim luisterde hij naar de omfloerste stem vol hartzeer van Chet Baker en naar zijn trage, bezwerende trompet.

Marie-Thérèse stond in de deuropening.

Enthousiast zeepte de commissaris zijn penis in, die half onder water lag.

Zo'n klein scharminkel, dacht hij.

Gelukkig geen kromming in het midden.

'Vertel eens iets, poesje,' vroeg Marie-Thérèse.

TIME AFTER TIME

I TELL MYSELF THAT I'M

SO LUCKYYY TO BE LOVING YOUUU

'Een verhaaltje?'

'Om handen en vingers af te likken.'

De commissaris schraapte zijn keel. 'Toen wij in de Brederodestraat op 't Zuid woonden, poesje,' zei de commissaris, 'hadden wij een abonnement op de Volksgazet. Ik moet een jaar of tien, twaalf zijn geweest. Ik wilde filmster worden en knipte foto's van James Dean en Tony Curtis uit de krant. Iedere avond wreef ik voor de spiegel Narcisse Blue op mijn haar en kamde het in een kippenkontje. Met een heet krulijzer legde ik er golvingen in. Op een dag viel mijn oog op een advertentie van drie regeltjes, weggedrukt tussen het gemengd nieuws: MANNELIJKE FIMSTER GEZOCHT. VOOR SUPERPRODUCTIE IN HOLLYWOOD. WIE NIET WAAGT, NIET WINT. Dit is mijn kans, dacht ik. Filmster in Amerika! Ik zag mijzelf voor de camera's in de armen van Veronika Lake en Doris Day. Van mijn weinige zakgeld kocht ik een postzegel en stuurde mijn foto naar Hollywood. Maar na een jaar nog steeds geen antwoord en mijn droom spatte als een zeepbel uit elkaar.'

SO LUCKYYY TO BE
THE ONE YOU RUN TO SEE
IN THE EVENING
WHEN THE DAY IS THROUUUGH

Zeven minuten zaligheid, licht en luchtig, en zo melodieus en sexy.

Een donkere nacht, een droeve trompetsolo van drie minuten, intiem en breekbaar, en die perfecte timing, zo ontroerend ontroerend mooi. Menslief, dacht de commissaris, dat swingt nogal, zo'n jazz, ongelooflijk! Er zat een beetje ruis op de plaat, maar dat stoorde niet.

Marie-Thérèse masseerde haar vingers met handcrème.

'Amerika, ik kom!' riep de commissaris en hij dompelde zijn hoofd onder water.

Ik ga naar Hollywood, dacht hij.

Eindelijk, na al die jaren.

Marie-Thérèse begreep er niets van.

Hij legde een nat washandje op zijn voorhoofd, kneep zijn ogen dicht en beeldde zich in dat hij in een jazzkroeg zat op de Stadswaag, het Saint-Germain-des-Prés van Antwerpen in de jaren vijftig en zestig, geroezemoes van stemmen, de roffel op een drumstel, de grote bas, *dum-dum-dum* met twee vingers, er werd vrolijk gelachen en uitbundig applaus na ieder nummer. Die rokerige, hartverscheurende eenzaamheid, de commissaris kreeg er tranen van in de ogen. Hij wikkelde zich in een grote witte handdoek. Met één voet op de rand van het bad knipte hij zijn teennagels. Uit de keuken walmde de geur van pizza, een beetje aangebrand aan de rand. Wiegend met zijn schouders danste hij op blote voeten naar de living, drie pasjes vooruit, hup hup met de beentjes, twee achteruit, en bleef een ogenblik staan voor zijn kleine bibliotheek waarin hij beduimelde pocketboekjes over *commissaire* Maigret van de *police judicaire* in Parijs bewaarde. Hij kocht ze af en toe in tweedehandswinkels. Om te hebben, niet om te lezen, want de commissaris was geen lezer. Hij hield van die oude omslagen met hun mysterieuze tekeningen, zoals op *Maigret en zijn dode*, een geraamte met een mes tussen de ribben, of een verlaten spookhuis in de nacht op *L'amie de Madame Maigret*. Hij bladerde erin. *Le commissaire mène l'instruction.* De commissaris leidt het onderzoek. Een zin die steeds terugkwam, in ieder boek. Op een ander pocketje hing een lijk aan de kerktoren, met een touw om de hals. Achterwaarts danste hij ervan weg, drie stappen achteruit, twee vooruit, hup hup met de beentjes, drie achteruit, en liet zich in de gele sofa naast de grammofoon vallen. Met zijn bord op zijn schoot staarde hij naar buiten, door een spleet in het gordijn, zijn tenen wiebelend op het ritme van de muziek. Vergenoegd leunde de commissaris achterover. Hij beet in een stuk pizza. Pepperoni en coeur d'artichots, dacht hij, en trommelde melodieus met mes en vork op de rand van zijn bord.

Tikkedik-tik-tik, tikkedik-tik-tik.

Alsof hij achter een drumstel zat.

TIME AFTER TIME
I TELL MYSELF...

'Ga je mee, poesje?' vroeg hij.

'Meegaan? Naar waar?'

'Hollywood.'

'Breng een postkaart mee, dan heb ik het ook gezien.'

De commissaris glimlachte.

Typisch Marie-Thérèse, dacht hij.

'Vind je 't erg dat ik naar bed ga?' vroeg zij.

Z'n half tabletje begon te werken. God-zij-bedankt voor de zaligheden van Viagra, dacht de commissaris. 'Laat het nachtlampje branden,' zei hij. 'Ik wil de avond in schoonheid eindigen.' Bloed steeg naar zijn wangen. Zijn ogen schitterden. Gelukkig geen rode en blauwe wolken of vliegende schotels meer. Maar amper had hij zijn hoofd op de rug van de sofa gelegd, om in alle rust naar de laatste track te luisteren, of hij viel in een diepe slaap.

Terwijl de commissaris zijn ogen sloot, doofden de lichten in het olympisch zwembad van de Wezenberg. Sluitingstijd. De badmeester keek door een van de drie glasramen onder water. Alles rustig, alles onder controle. Als hij van onderaf naar de zwemmers keek, zonder dat zij beseften dat zij werden bespied, zag hij alleen plompe lichamen en armen en benen van halfnaakte mensen in slowmotion. Nooit een hoofd. Varkentjes onder water, dacht hij. Onthoofd. Hij grijnslachte en kneep in zijn handen. De laatste zwemmers hesen zich over de rand, spartelend als een vis die uit het water wordt getrokken. Zulke achterkwartieren, zeg! Hij dacht aan de pluimveeslachterij waar hij overdag kippen kocht. Soms keek hij door een ruitje naar de lopende band en zag hoe hun keel werd doorgesneden en zij leegbloedden over een uitbloedgoot, terwijl een stalen boor in één keer hart, darmen, maag, lever en longen uit het kale karkas lepelde waarna de kippen drie, vier seconden na hun dood in vleugels en drumsticks en kippenborst werden opgedeeld terwijl het slachtafval in frikadellen en kipnuggets werd gedraaid. Een zwemmer is een kip, dacht hij. Een kip zonder kop. Alle kippen zonder kop en alle zwemmers sterven. Weer kneep hij in zijn handen. Turbomachines pompten met een hels lawaai het zwembad leeg en spoelden twee miljoen kubieke liter vlokkig water door een bad van zand en vloeibaar zwavelzuur. Oordopjes, pleisters, lichaamshaar, resten van schmink, bodymilk en lippenstift werden eruit gefilterd, waarna het water werd opgewarmd en opnieuw door een ondergronds netwerk van buizen en leidingen in het bassin werd gestort, op een temperatuur van vierentwintig graden Celsius. Gewoon leidingwater heeft een temperatuur van tien graden. Dat noemen wij 'roeren in de soep', giechelde hij verlegen. Blauw rustig warm water en vochtige donkere lucht. Alle lichten gedoofd. Hij stak zijn duim in zijn mond. Goed, heel goed, dacht hij, ik ben de laatste man aan boord. Hij trok zijn kleren uit en rukte zijn pruikje los en liep langs de metalen trap naar de rand van het zwembad. Zijn blote voeten pletsten op de natte tegels. Met zijn brede schouders half over de rand van het bad stopte hij met een duivels genoegen allerlei voorwerpen in zijn aars—een schoenhoorn, een geel speelgoedeendje van plastic, een stuk harde zeep, een afgezaagde bezemsteel—en toen hij daarmee klaar was, zette hij zijn zwembril op en dook in het lauwe water. Met lange halen zwom hij schoksgewijs naar de overkant, trekkend en duwend, net onder de waterspiegel, met zijn mond wijd open zodat het water over zijn tandvlees spoelde, en bij iedere armslag kneep hij zijn kont open en dicht en wipte de bezemsteel op en neer in het water, in en uit, op en neer, zoals de dobber aan de lijn van een visser. De behaaglijke stilte werd slechts verstoord door het blaffen van vossen op de zandheuvel van Wezenberg.

Soms kreeg de badmeester vreemde gedachten waar hij niet aan kon weerstaan. Rare, sexxxy gedachten. Hersenspinsels recht uit de hel. Vooogelen in de sauna, groepssekkks. Masturbeeeren. Er wordt meer gemasturbeeerd dan geneuuukt in de wereld, hij was er honderd procent zeker van. Wedden? Vrijdag vandaag, dacht hij, vrijdag visdag. Alles tintelde in zijn hoofd. Misdaad loont! Dacht hij. Ik ben een moordmachine! Dacht hij. Het bleef maar regenen. Hij wist niet hoe laat het was. Het moet snel gaan, dacht hij, snel snel, straks is alles te laat. Zijn vingers tintelden en zijn handen zweetten. *Wurgsekkks.* Weer zo'n rare gedachte. *Pornooo!* En dan? Ik ben wie ik ben. Hij luisterde en hoorde de stem van God die zeide: *Wie wil winnen, moet over lijken gaan.* Da's andere koek, dacht hij en lachte. Zijn ogen lachten niet mee. Oh Heer, geef ons heden onze dagelijkse dood. Hij vroeg zich af of zij zijden ondergoed droeg. Tampax of een o.b.'tje? Het doet er niet toe, straks is het amen en uit en menstrueert zij niet meer. Hij sperde zijn mond wijd open. Als het moet, dan moet het. Hij trok een panty over zijn hoofd. *Kili kili watch watch ké um ken ké ala...,* neuriede hij, ... *ali a tsama, a tsama poli watch.* Onder de panty lachten zijn schelvisogen. Hij strengelde het touw rond zijn handen en spande het tussen zijn rode vingers.

Stom wijf, dacht hij.

Val dood, stuk stront.

Ik zal ik zal ik zal, dacht hij en slikte. Ik zal. Ik zal.

Kortsluiting in zijn hoofd.

Het meisje liep langs de kaai, met haar neus in de wind, onder de boog van de Burchtgracht in de richting van de Grote Markt, over de hobbelige kinderkoppen. Lichtboeien knarsten en piepten aan hun kettingen in het midden van de stroom. Zij was bang van al die vreemde geluiden.

Marie-Thérèse trok de gordijnen open. Zwarte wolken torenden hoog boven de pokkenspiegel van het Galgenweel. Het had de hele nacht geregend en het regende nog steeds. De commissaris schrok wakker, badend in het zweet, en kwam kreunend uit de sofa. Heel zijn lichaam deed pijn. Hij had koortsblaasjes op zijn lippen en voelde zijn hart kloppen in zijn hoofd. Een restje pepperoni was van zijn schoot op de grond gegleden en *Time after Time* draaide nog steeds op de grammofoon in het rond, hoewel de naald in de loop van de nacht van de vinylplaat was gesprongen. *Zoefff, zoefff, zoefff*, deed de draaischijf.

De telefoon rinkelde.

'Hoe laat is het?' vroeg de commissaris slaperig.

'Zes uur, poesje.'

'Hallo?' zei hij en zuchtte.

'Slecht nieuws, poesje?' vroeg Marie-Thérèse.

'Weer een lijk op mijn nuchtere maag.'

'Met geweld?'

'Moord is altijd rotzooi, poesje. Rotzooi en smeerlapperij.'

Maar binnen veertien dagen, dan zit ik in Hollywood, dacht hij.

Zijn regenjas was nat van de vorige avond. Het was verdomd koud buiten. Een rattige hemel, zonder enig spoor van ochtendschemering. Alles duister en grauw en grijs. De regen sloeg schuin tegen de gevels. De ochtendstond heeft goud in de mond, mompelde de commissaris met een wrang lachje. Welke onnozelaar zou die spreuk hebben bedacht? Hij stak zijn rode paraplu op. Een bizarre kleur, maar daar hoefde hij zich niet voor te schamen. Een kater lag dood in een greppel naast de weg. In de zak van zijn jas speelde de commissaris met zijn muntstukjes. Als ik nog eens naar de Zoo ga, dan gooi ik ze bij de krokodillen, dacht hij, dat brengt geluk. Hij balde zijn vuist, tot zijn knokkels er wit van werden.

Een halfuur nadien kwam de commissaris aan op de plaats van de misdaad. Onmiddellijk voelde hij zijn hart sneller slaan. Een meisje hing aan een lang wit touw dat heen en weer wentelde in de kille, natte wind. Haar hoofd was naar rechts gekanteld, met een knak in haar hals. Haar tong puilde uit haar mond en haar ogen waren wijd opengesperd. Zij droeg een witte hoofddoek, een 505 van Levi's en afgetrapte, bruine laarzen. Het touw was vastge-knoopt aan één arm van de rustieke straatverlichting. Onder het lijk lag vettig braaksel, dat langzaam werd weggespoeld door de regen. De commissaris keek om-hoog naar het uurwerk van de kathedraal. De grote wijzer weegt honderd vijfentwintig kilo, dacht hij. Is dat niet wonderlijk? Hij dacht ook aan de tekening van het lijk aan de kerktoren thuis in zijn boekenkast. Alsof het alle dagen feest was, klapperden vlaggen van alle landen aan de gevel van het stadhuis.

Kut in laarzen, mompelde een flik van de mobiele bri-gade.

'Zelfmoord?' vroeg Sofie Simoens.

'Shit, nee,' zei Peeters.

'Anderhalve meter van de grond,' zei de commissaris. 'Als zij zich van kant wilde maken, had zij een trapladdertje nodig.'

'Waar is het trapladdertje?' vroeg Sofie Simoens.

'Iemand heeft het *gestolen*,' lachte Peeters.

'Zij heeft bruine ogen,' zei Deridder.

'Hoe heet zij?'

'Fatima, natuurlijk,' zei Desmet.

'Fatima?'

'Honderd procent zeker.'

'Hoe kan je zo zeker zijn?'

'Alle Marokkaanse meisjes heten Fatima.'

'Letterlijk een *kutmarokkaantje*,' zei Peeters.

'Er zijn goede en slechte Marokkanen, Peeters, zoals er goede en slechte Belgen zijn,' zuchtte Sofie Simoens.

'Oh ja? Noem mij één *slechte* Belg.'

'Dutroux.'

'Dat is geen Belg, da's een Waal.'

Sofie Simoens rolde met haar ogen.

Nee, dacht zij, België is geen echt land, België is een stripverhaal.

De toegangswegen naar de Grote Markt waren afgezet met zwaar gewapende en goed getrainde flikken in een bomberjack en zwarte veiligheidslaarzen van het merk Adidas GSG9. Hun donkerblauwe baseballpet hadden zij diep over hun ogen getrokken. Aan hun gordel hingen handboeien, een wapenstok, een busje pepperspray en een 6-schots politierevolver Smith & Wesson van roestvrij staal met een rubberen handgreep. Zij hadden de plaats van de misdaad afgebakend met blauw en wit lint met de tekst POLITIE *NIET BETREDEN* POLITIE en alle zijstraten afgesloten met dranghekken.

'Wie we hier hebben! De chef van onze *Mordkommission*!' zei Veerle Vermeulen en de commissaris kroop dieper in zijn versleten regenjas.

Trut, dacht hij.

De gepantserde Mercedes Benz Vario was strategisch opgesteld bij de ingang van het stadhuis, tegenover het bronsgroene beeld van Meunier. In het midden van de markt, onder de fontein van Brabo, stond de Peugeot Partner van de gerechtelijke politie die werd gebruikt voor het vervoer van het technisch materiaal. Een gerech-

telijk assistent bediende de koffiezetmachine in de laadbak van de Peugeot en het zachte aroma van verse koffie
waaierde uit over de Grote Markt. De bril van de wetsdokter besloeg en met de rug van zijn hand veegde hij zijn
brillenglazen schoon. Hij opende zijn zware tas en zocht
een thermometer.

'Verkracht?' vroeg de commissaris.

'Goede vraag. Kan ik pas een antwoord op geven als zij
op mijn snijtafel ligt. Ik denk het niet, zo te zien.'

'Marokkaanse meisjes hebben geen seks voor het huwelijk,' zei Deridder.

'Verkrachting heeft niets te maken met seks,' zei de
commissaris.

'Waarmee dan wel?'

'Macht. Iedere verkrachter wil tonen dat hij de baas is.
Hij en niemand anders.'

'Hoe oud is zij?'

'Moeilijk te schatten.'

'Zestien, zeventien?'

'Zoiets.'

'Een jaar of achttien,' zei de wetsdokter.

Vroegrijp, vroegrot, dacht Peeters.

'Waar is haar handtas?' vroeg de commissaris.

'Niets gevonden, chef.'

'Nergens?'

'Niets, nergens.'

Dat is vreemd, dacht de commissaris. Een meisje zonder handtas.

Onder normale omstandigheden genoot de commissaris ervan in de vroege ochtenduren door de stad te lopen,
te *flaneren* eigenlijk, zonder doel, zonder bestemming,
zomaar, tot de stad als het ware in zijn lichaam drong en
hij één werd met haar geuren en geluiden. De eerste trams

en lijnbussen. Een kraaiende haan in het centrum. Natte straten in nevel en mist. De tremolo's van vroege stadsvogels, onzichtbaar voor het blote oog. Hij dronk een bekertje zwarte koffie en rilde in zijn jas. Hij had het koud. Eén nacht zonder zijn bed, tot daar aan toe, maar *twee* nachten was er op zijn leeftijd minstens één te veel.

'Is dat een echte mens?' riep een wachtende caféklant. 'Of een houten mannequin van C&A?'

'Staan er vingerafdrukken op het touw?'

'Nee, op haar tong,' zei Peeters.

'Op haar *tong*?'

'Wist je dat niet? Ieder mens heeft een unieke tongafdruk,' zei Peeters. Hij ging bij de caféklanten staan, overeenkomstig de regels en aanwijzingen van het 'afstapdocument' met nieuwe richtlijnen voor de speurders bij het 'afstappen' van het parket na een verdacht overlijden, en vroeg: 'Heeft iemand iets ongewoons gezien?' Dat was politiewerk nieuwe stijl. Niets aanraken, de lucht opsnuiven, aanvoelen wat er is gebeurd, één worden met de dingen.

'Nee, niets.'

'Niemand?'

'Nee.'

'Wat doe je hier?'

'Wachten tot het café opengaat, tiens.'

'Ik ook. 't Zijn zotten die werken.'

'Sinds wanneer staan jullie hier?'

'Een halfuurtje.'

'Waar was je vóór dat halfuurtje?'

'In bed, naast ons Jeanne.'

'Ik ook,' zei de tweede caféklant.

'Ik kom van m'n werk,' zei de derde caféklant.

'Waar werk je?'

'Atlas-Copco. De nachtshift van tien tot zes. Een week op, een week af.'

'Niets gezien?'

'Nee.'

'Niets gehoord?'

'Nee.'

'Stappen?'

'Nee, niets.'

'Ik sliep,' herhaalde de eerste caféklant.

'Ik ook,' zei z'n maat.

'Ook naast ons Jeanne?' vroeg Peeters.

'Hij liever dan ik!' zei de eerste caféklant.

Iedereen lachte.

'Ik keur het niet goed, wat hier gebeurt, maar ik kan het begrijpen,' zei een caféklant. 'Als je zoals ik dertig jaar gehuwd bent met dezelfde vrouw zijn er twee mogelijkheden. Ofwel vermoord je haar ofwel pleeg je allebei zelfmoord. Maar dat er doden vallen, dat lijdt geen twijfel.' Hij spuwde de woorden uit alsof hij er vies van was.

'Weet je wat ik op 't werk heb vernomen?' vroeg de derde caféklant. 'Dat verpleegsters van Stuivenberg als hoertje freelancen in de Schippersstraat!'

'Hoog tijd dat Dewinter er met de grove borstel doorgaat,' antwoordde een ventje van niemendal.

'Door de hoertjes of door de Schippersstraat?'

'Dewinter kan de pot op!' riep een caféklant.

Peeters kroop dieper in zijn blauwe anorak. Hij draaide zijn hoofd naar links en keek met zijn ogen naar rechts. Zijn blik gleed van de gildenhuizen en de kalende meiboompjes langs de kathedraal naar Brasserie Noord en het beeld van Brabo met zijn penis van niks en niemendal. Ook een echte slapjanus, dacht hij. Brabo is het uithangbord van de stad maar zijn kurkentrekker haalt het landelijke gemiddelde van zestien centimeter niet. Bovendien heeft hij artrose in zijn knieën. Aan de voet van het monument klauterde een draak met holle ogen over rotsen van brons en zeemeerminnen met heteluchtballonnen zoals die van Pamela Anderson spuwden koud water in alle richtingen. Indien ik op de plaats van Brabo zou staan, met al die zeemeerminnen aan mijn voeten, ik neukte mijn oren van mijn kop, dacht Peeters.

Een grijze wolk hing als een spons tussen de huizen en toch werd de regen minder striemend, minder geselend. Meeuwen fladderden stuurloos over het stadhuis, als vliegers aan een touwtje. *Alfa November... Alfa November...* kraakte uit politieradio's met blauwe en witte zwaailichten. *Is da ginder oep de markt na nog altijd nie gedoan? ... Dat duurt nogal, zeg!... Watte?... Een vette, bulderende lach... Da kan ik goe geloven... Wa zegde?... Neeje, zotteke, voor hete wijven moetegij nie oep 't stadhuis zijn mor in de Schippersstraat... of oep 't Keuningsplaain... Watte?... Joa, da ziede van hier... gij schuppenzot...* Het hield eindelijk op met regenen. Een gerechtsfotograaf schroefde een nieuwe flashlamp op zijn fototoestel. Twee flikken zetten een uitschuifbare ladder tegen de dwarsarm van de lantaarnpaal en hielpen de wetsdokter met zijn korte beentjes op de ladder. Hij lichtte de jas van Fatima over haar dijen en met een Oost-Duits scheermes maakte hij een inkeping van twee centimeter in haar jeans en sneed dwars door haar slipje. Het lijk liet een pruttelende wind. Hij stak een thermometer in haar aars.

'Lichaamstemperatuur?' vroeg de onderzoeksrechter.

'Flink afgekoeld.'

'Hoeveel?'

De wetsdokter trok de thermometer uit de aars van Fatima. 'Drieëndertig komma acht graden Celsius,' zei hij. 'Normaal schommelt de lichaamstemperatuur tussen 35,9 en 37,2 graden Celsius, behalve bij een vrouw met een vette kont. Omdat vet de lichaamswarmte isoleert en vasthoudt, ligt haar temperatuur in de aars 0,3 tot 0,4 graden hoger. Kan je volgen? Goed. Behalve in een uitzonderlijk klimaat zoals de woestijn van Australië, waar de lichaamstemperartuur *stijgt* na de dood, *daalt* de temperatuur van een dood lichaam met één graad Celsius per uur.'

'Kom ter zake, dokter!' blafte de onderzoeksrechter.

'Fatima is drie uur dood.'

'Lustmoord, dokter?' vroeg de commissaris.

'*Moord* in ieder geval,' zei de wetsdokter beslist. 'Volgens mijn handleiding voor zelfmoord door ophanging *breken* de nekwervels en komt de ruggengraat los van de hersenstam als je zelf een touw om je hals knoopt en naar beneden dondert. Het touw snijdt de luchtpijp af, met als gevolg een gebrek aan zuurstof in de hersenen. Als het touw te *kort* is, splijt de ruggengraat. Is het te *lang*, dan wordt het hoofd van het lichaam gerukt. Kijk naar dit touw, commissaris. Niet te kort en niet te lang. Zij is omhoog *getrokken* en degene die aan het touw trok, wist heel goed wat hij deed. Hij liet haar nog een tijdje spartelen en kokhalzen.'

Hij hakte met een cutter in het wurgtouw en stootte per ongeluk tegen het wiebelende lichaam. Haar laarzen gleden van haar benen en smakten op de grond. De caféklanten slaakten een kreet van ontzetting. Allebei haar voeten waren eraf gezaagd, boven de enkels vlak onder het scheenbeen. Uit het beenmerg vloeide waterig bloed.

'Smeerlap!' riep iemand.

'Dat komt ervan, met die goedkope laarzen van de Shoe-Post!' riep een caféklant.

Sofie Simoens beet op haar onderlip.

Een mens zou er voor minder het hoofd bij neerleggen.

'Waaraan denk je, Sofie?' vroeg Deridder.

'Wil je 't echt weten?'

'Ja.'

Kut *zonder* laarzen, dacht de flik van de mobiele brigade. In de laadbak van de 'moordbus' percoleerde een pot verse koffie.

Het touw rafelde uit en Fatima viel in een vangnet. Zij stonk naar braaksel. Twee lijkbezorgers legden onmiddellijk een wit laken over haar heen. Onder het laken tekende zich de vorm af van het dode lichaam. Zij werd in de laadbak van de zwarte Mercedes break geschoven en naar het dodenhuis van het Schoonselhof gebracht, dat op zo'n vroeg uur even verlaten was als een maanlandschap.

De ochtendstond heeft goud in de mond. Nonsens, natuurlijk. Kijk naar Fatima. Een thermometer in haar kont in plaats van goud in de mond, dacht de commissaris.

'Duurt het nog lang?' riep een caféklant. 'Ik heb dorst.'

'Wie heeft Fatima gevonden?' vroeg Sofie Simoens.

'De patron van Den Engel. Liet zijn hond uit en botste tegen het lijk.'

'Werd hij op de rooster gelegd?'

'Wie? De hond?' vroeg Deridder.

'Wat deed jij toen je de leeftijd had van Fatima?' vroeg Sofie Simoens.

'Maffe dingen,' zei Peeters.

'En jij, Sven?'

'Neuken, neuken en nog eens neuken. Zo veel mogelijk. Een ezel met een rokje aan? Ik zou erop zijn gesprongen!'

'Neuken is gezond,' zei Sofie Simoens.

'Met een ezel?' vroeg Peeters.

Grauw, somber daglicht. De commissaris was doodmoe en keek vertwijfeld naar de grond. Vorige zaken waren niet eens opgelost en de volgende dienden zich reeds aan. Politiewerk is een mallemolen, dacht hij, dat draait en blijft maar draaien en stopt nooit. Toch is politiewerk eigenlijk eenvoudig. Er is altijd ten minste één persoon die van iedere misdaad alles afweet, namelijk de moordenaar. Het komt er gewoon op aan die ene persoon te vinden. In de deuropening van een restaurant stond een oude vrouw in een grauwe kamerjas over een verkreukte pyjama. Zij was bleek en slaperig. Lange stroken blauw en wit politielint waaierden als vaandels over de Grote Markt. Agenten van het Bijzonder Bijstands Team gewapend met zaklampen zochten naar bewijsstukken en verse sporen en de sterke lichtbundels van hun lampen kruisten elkaar op de glimmende straatstenen.

De straatlantaarns doofden uit. Het bliksemde nog steeds, en de donder bleef rommelen, maar het regende niet meer. Het is toch godgeklaagd, dacht de commissaris. In moderne lantaarns zitten natriumlampen die een fel licht geven, omdat feller licht de misdaad op afstand zou houden, en uitgerekend aan zo'n lantaarn wordt een meisje opgeknoopt en niemand heeft iets gehoord of gezien. Dat is de Belgische ziekte. Laat maar waaien, 't komt wel in orde. Natuurlijk komt het niet in orde, natriumlampen of geen natriumlampen.

Uit de postkamer op de benedenverdieping van het stadhuis klonk een nerveus tingeltangelmelodietje dat het ochtendnieuws op de radio aankondigde. Werktuiglijk keek de commissaris op zijn horloge. Een bode in een grijs uniform opende het kastje met bekendmakingen aan de zijgevel en hing een arrest bij verstek van het Hof van Assisen uit. *Zekere RIBOWSKY, geboren te Astrakhan, Rus, veroordeeld uit hoofde van/mededader: moord, poging tot moord: tot*

LEVENSLANGE OPSLUITING. Alle ramen in het stadhuis waren verlicht, op alle verdiepingen.

'Iedereen die kan lezen wordt geacht de wet te kennen,' zei de bode.

De luiken van café Den Engel werden opgetrokken en onmiddellijk werden de vaste klanten van iedere ochtend bediend zonder dat hen werd gevraagd wat zij wensten te drinken. De commissaris schudde zijn paraplu uit en zette zich aan een tafeltje bij het raam. De ronde klok onder een rode lichtreclame voor DE KONINCK was stilgevallen om vier minuten voor middernacht. Boven de toog hing een witte pompiershelm uit de oude doos naast een vergulde engel. Eigenlijk was het geen engel maar een hoofd met twee vleugeltjes. Aan een ronde tafel deden stadhuisbedienden zich tegoed aan spek en eieren. De speurders van de moordbrigade kwamen het café binnen in het gezelschap van de wetsdokter. Zij trokken enkele stoelen bij.

'Drie pintjes drie, een bolleke voor den doktoor en een koffie voor de commissaris,' riep Wiske. 'Wat zal 't zijn voor madam?'

'Een Gini,' zei Sofie Simoens.

'Voor mij Coca-Cola Light in plaats van een pintje,' zei Peeters.

'Wij hebben een probleem, chef,' zei Deridder.

'Problemen zijn er om op te lossen, Sven.'

'Ken je de mop van de vogel, de vis en de krokodil die aan de bar in de Zoo stonden?' vroeg de wetsdokter. Hij snoot zijn joodse neus in een grote katoenen zakdoek en wreef ermee over zijn kale schedel waarop mist en zweetdruppels parelden. 'Ik kan vliegen, mijn vrouw kan vliegen, mijn kinderen kunnen vliegen, zei de vogel, als we de kans krijgen, zijn we ermee weg, terug naar Afrika. Ik kan zwemmen, mijn vrouw kan zwemmen, mijn kinderen kunnen zwemmen, zei de vis, als we de kans krijgen, zijn we ermee weg, terug naar de Noordzee. Ik heb een groot bakkes, mijn wijf heeft een groot bakkes, mijn kinderen hebben een groot bakkes, zei de krokodil, wij voelen ons hier thuis, wij blijven in Antwerpen.'

'Welk probleem, Sven?'

'We kunnen er niet meer naast kijken, chef,' zei Deridder. 'Doden vallen als vliegen. Kennen wij de misdadigers? Natuurlijk. Weten wij waar zij zitten? Natuurlijk. Waarom doen wij dan niets? Omdat wij niet mogen. Horen, zien, zwijgen. De ogen sluiten. Niets zien, niets *willen* zien. Dat is de filosofie van de criminologen die bij het gerecht aan de touwtjes trekken. Knijp een oogje dicht, want de gevangenissen zitten overvol.'

'Wij zijn knoeiers, chef. De politie in Duitsland slaagt erin driemaal meer misdrijven op te lossen dan wij,' zei Peeters. 'Met evenveel agenten!'

'Raadpleeg een helderziende,' zei de wetsdokter.

'Een psycholoog.'

'Een psycholoog *ís* een helderziende,' zei Desmet.

'Speurders zijn geen kippen, Peeters, dat is ons grootste probleem.'

'Dat begrijp ik niet, chef.'

'Moet ik er een tekening bij maken? Een voetballer krijgt een rode kaart of speelt een topmatch, een zanger zingt goed of vals, Urbanus is grappig of stomvervelend, de speurders van de moordbrigade boeken een mooi succesje of blunderen, maar een kip, Peeters, die legt met ieder ei een nieuw meesterwerk. Indien mensen kippen zouden zijn, dan zouden zij nooit fouten maken.'

'Behalve Paola en Fabiola, als zij een windei leggen,' lachte Peeters.

Mijn mannen zetten hun verstand op nul, dacht de commissaris, dat is alvast een goed teken. Ik weet het en het klinkt vreselijk ouderwets maar speurders zijn speurders, zij zijn vierentwintig uur op vierentwintig 'bereikbaar en terugroepbaar', ook als zij geen dienst hebben. Zelfs sterke mannen houden dat alleen vol als zij af en toe stoom kunnen aflaten, ook al is hun stoom soms vettig en vulgair.

'Is het waar dat de plannen voor ons nieuw gerechtshof definitief zijn goedgekeurd, chef?' vroeg Peeters. 'Op de Konijnenwei?'

'Ik heb nooit één konijn gezien op de Konijnenwei.'

'Natuurlijk zitten er konijnen,' zei Peeters. 'Waarom zou het anders Konijnenwei heten?'

'In de Begijnenstraat zitten ook geen begijnen,' lachte de wetsdokter.

'Ons nieuwe gerechtshof wordt het mooiste gebouw van België, met vleugels op het dak,' lachte de commissaris. 'Volgens de plannen die ik heb gezien, lijkt het meer op een jachthaven dan op een gerechtshof. Het is te hopen dat het dak niet wegvliegt als het waait over de Schelde.'

'Doet mij denken aan het spiegelpaleis op de Sinksenfoor,' zei Deridder.

'Er is iets wat ik niet begrijp.'

'Laat horen.'

'Honderd jaar geleden werden in de kelder van het gerechtshof elf cellen gebouwd. De pers noemde het een schande, elf cellen voor een handvol boeven. In het nieuwe gerechtshof komen negentig cellen. Wil dat zeggen dat vandaag negenhonderd negentig procent méér misdaden worden gepleegd dan honderd jaar geleden?'

'Negentig eenmanscellen,' antwoordde de commissaris bedaard. 'In plaats van elf cellen waarin de verdachten in rijen van twee opeengestapeld zitten. Vooruitgang, heet dat. De moderne tijd.'

'Ik vind het godgeklaagd dat de mensen straks naar het mooiste en duurste gebouw in België worden ontboden om te worden *gestraft* en in de gevangenis gestopt,' zuchtte de wetsdokter.

'Daar krijg ik stenen kloten van!' zei Peeters.

'Trek nóg een pot criminologen open, Meneer de Minister!'

'Zelfs Alloo van de tv heeft een diploma van criminoloog op zak,' zei Deridder. 'Dan weet je 't wel, zeker?'

Sofie Simoens zweeg. Zij had boter op haar hoofd, want hoewel zij van de afdeling Moordzaken in Hasselt kwam, had zij een cursus wetenschap en criminologie gevolgd aan het labo voor Gerechtelijke Geneeskunde in Gent.

Sofietje heeft een open, Vlaams gezicht, dacht Peeters.

'Wiske, doe ze nog eens vol,' riep de wetsdokter. Hij peuterde een sigaret uit een nieuw pakje Marlboro en legde zijn bril op het marmeren tafelblad.

Nu volgt zijn neus, dacht de commissaris.

Hij was ervan overtuigd dat de neus van de wetsdokter aan zijn bril vasthing, zoals de fopneus aan een carnavalsmasker.

De wetsdokter legde zijn sigaret voorzichtig over de rand van de tafel en sloeg met zijn vlakke hand op het tafelblad. De sigaret wipte omhoog, draaide een dubbele salto en landde klemvast tussen de lippen van de patholoog-anatoom, die zijn bril opzette en triomfantelijk in het rond keek. Applaus. De speurders keken elkaar met grote, verwonderde ogen aan.

Radio Antigoon zond een schlager uit van Adamo, in het Duits, gevolgd door een meezinger van Engelbert Huppeldepup en een koor dat *Ruhe sanfte, sanft ruh!* zong, een inslaapmuziekje van Bach in een moderne versie. Daarna volgde een populaire meestamper van Ivan Heylen. De commissaris roerde in zijn koffie. Geen suiker, geen melk. *Totte mij, totte mij, totte mij ghul de nacht* aan een touw op de Grote Markt, dacht hij. De dood is wreed, maar voor sommige mensen is het leven zelfs wreder dan de dood. *Doen ut dan, doen ut dan, schon wijveken, schon wijveken.* Hij zuchtte en slurpte van zijn koffie. Hij zat daar goed, in zijn warme hoekje. Langzaam kwam hij tot rust. Hij ademde trager. Ik verlies mijn hardheid, dacht hij, ik word oud. Misschien word ik meer *mens*. Glimlachend keek hij naar de ronde klok. Vier minuten voor middernacht. Wie zonder zonde is, werpe de eerste steen, dacht hij, en hij bestelde een pan spek en eieren.

Zonder iemand een blik te gunnen, slofte de commissaris met hangende schouders door het gerechtshof. Hij maakte een afwezige indruk. Lusteloos knipte hij zijn leeslamp aan. Tussen de paperassen op zijn bureau lag het moorddossier van Fatima met detailfoto's in kleur van het wurgtouw en de strop om haar hals. Wat een wonder boven wonder, dacht hij, de technische politie is er voor één keer vlug bij. Het touw was *3-draads bindtouw van ruwblond sisal* dat in de Brico en in alle doe-het-zelfzaken aan de lopende meter wordt verkocht. Een strop van dertien in een dozijn. Onbegonnen werk om een leverancier of de verkoper op te sporen, dacht de commissaris. Hij werd er treurig van, maar het veranderde niets aan de zaak. Raadsels, raadsels. Drie keer diep ademen. Hij zuchtte en staarde door het raam naar de loodgrijze hemel en het harde, koude daglicht, dat pijn deed aan de ogen. Zou het opnieuw gaan regenen? De commissaris zat met de klassieke vragen. Waarom? Wie? Hij kwam geen stap dichter bij een oplossing. Met een rode balpen krabbelde hij een beetje in de marge van het moorddossier. Daarna maakte hij plaats op zijn bureau en spreidde de foto's van het slachtoffer uit tussen zijn dossiers. Fatima aan haar galg, met en zonder laarzen, in felle kleuren. Hij kon er met zijn verstand niet bij. Sicilianen hakken zonder pardon hun voet af als hun grote teen pijn doet, zij kennen geen genade, met niets of niemand, ook niet met zichzelf, maar moslims zijn geen Sicilianen, dacht de commissaris. Hij bladerde opnieuw in het moorddossier. Zijn hoofd was slaperig. Zoveel bedrukt papier! Hij werd moe bij de gedachte aan het werk dat hem te wachten stond en ineens voelde hij een tinteling op zijn schedel, onder het haar op zijn hoofd, en zag hij wat hij niet eerder had gezien, omdat hij er domweg overheen had gelezen. Op de hoofddoek van Fatima hadden de assistenten van het labo niet alleen huidschilfers van een man aangetroffen maar ook grofkorrelig stuifmeel—in deze tijd van het jaar!—en microscopische sporen van bloed. Er zat een degelijk onderbouwde wetenschappelijke verklaring bij, die was afgeleverd door het Nationaal Instituut voor Diergeneeskundig Onderzoek dat ook tests uitvoert naar het virus dat varkenspest veroorzaakt. Rode bloedlichaampjes van een mens hebben een diameter van zeven duizendste van een centimer of 7 micrometer. De rode bloedlichaampjes in het bloedstaal op de hoofddoek hadden een diameter van 6,5 micrometer, wat een subtiel verschil lijkt, maar voldoende is om van de veronderstelling uit te gaan dat het geen menselijk bloed was maar dierlijk bloed. Verder chromosomaal onderzoek bracht aan het licht dat de soorteigen kenmerken van de eiwitten in het bloed wezen in de richting van varkensbloed. Zelfs het ras werd gesuggereerd en de stal waarvan het varken afkomstig zou kunnen zijn. De commissaris beet op zijn balpen. Interessant, dacht hij, verdomd interessant. Hij was er zeker van— even zeker van als twee plus twee vier is—dat moslims uitsluitend ritueel geslachte dieren eten, die volledig zijn leeggebloed, en zeker geen varkensvlees dat 'onrein' is.

'Stinkt,' mompelde de commissaris.

Rode handen. Pleisters. Handen van een slager. Varkens-bloed.

Toeval?

Toeval bestaat niet en katten en honden schijten overal behalve in hun eigen nest. Hij schopte zijn rubberlaarzen uit en smeet zijn witte stofjas ver van zich af, in de donkerste hoek van het atelier. De stofjas was klam van het zweet. Angstzweet, dacht hij en hij trok de rest van zijn kleren uit. Hij hing alles te drogen op een wasrek. Alleen zijn horloge hield hij om zijn pols. De dood is sterker dan ikzelf, dacht hij. Zijn speeksel droop in slierten op zijn messen en vleeshaken. Mijn uitbeenmes, waar is mijn uitbeenmes? Hij graaide in het wilde weg tussen de bijlen en beenzagen en sneed zijn vingers open aan de scherpe zaagtanden en zijn bloed spatte op de spiegelscherven.

'Moslims begraven hun doden zonder kist, heb ik mij laten vertellen,' hijgde hij koortsig.

'Met hun billen bijeengebonden,' antwoordde zijn spiegelbeeld.

'Verdomd als 't niet waar is, met hun hoofd in de richting van Mekka.'

'Wordt Fatima op die manier begraven?'

Hij schaterlachte en tolde op zijn blote voeten in het rond en stond versteld van het nerveus bonken van zijn eigen hart. Hij drenkte zijn vingertoppen in zijn bloed en schreef dwars over de grootste scherven heen: Dit is een zaak *van leven en dood*, in harde, hoekige letters, tweemaal onderstreept. Daarna wreef hij zijn lichaam in met Algipan om zijn spieren soepel en warm te houden.

'Rara, wat is het?' vroeg hij.

'Wat is wat?'

'Je weet wat ik bedoel.'

'Mensen en dieren doden is een bron van on-uit-put-te-lijk genot,' antwoordde zijn spiegelbeeld.

'Je hebt gelijk, Fred,' antwoordde hij, 'de kleur van bloed is de mooiste kleur die er bestaat.'

Fred? Welke Fred? dacht zijn spiegelbeeld.

Hij giechelde.

'Hihihi,' giechelde het spiegelbeeld.

'Ik ben Jack de Ripper,' riep hij en zijn ogen puilden uit hun kassen. 'Jack de Ripper en Fred West en de Wolf van Moskou die drieëndertig mannen vermoordde in de tijd van Lenin en Fritz Haarmann en de Wurger van Boston en een medley van alle andere *Greatest Hits* uit de internationale moordencyclopedie van God en Klein Pierke.'

'Jij?'

'Ik.'

'Hoezo?'

'Er is in België maar één echte beul, meneer, EN DAT BEN *IIIIIIIKK!*'

Bloed drupte van zijn lichaam.

Bloed, overal bloed.

Het werd stil in het atelier achter de winkel. Hij draaide zich half om en keek verliefd naar zichzelf. Hij kreeg er nooit genoeg van om zijn eigen afgetrainde lichaam te bewonderen. Met een vleesmes kerfde hij mooie cirkels rond zijn tepels. Onmiddellijk sijpelde bloed uit de diepe wonden. Cowboys kerven een gleuf in de handgreep van hun revolver voor elke dode indiaan en ik, dacht hij, ik snijd mijzelf aan stukken voor elk dodelijk slachtoffer. Ik zit op een graf, ik ben een doodgraver, ik zit op het graf van de mensheid. Er is een gat in mij dat ik met niets kan vullen, tenzij met een lijk af en toe. Sommige mensen verzamelen postzegels of sigarenbanden. Ik niet, dacht hij, ik verzamel armen en benen. Hij keek op zijn Pontiac-tic-tac en schrok en begon te huilen.

'Zo laat al?' vroeg hij.

'Wat dacht je? De tijd staat niet stil.'

'Deed ik het goed?'

'Je hebt te veel films gezien,' antwoordde zijn spiegelbeeld.

'Ik was heel opgewonden,' zei hij. 'Ik kreeg zelfs een e-e-ereccctie.'

Hij trok aan de grendel van de frigodeur naar de diepvrieskamer en hoorde het bloed bonken en ruisen in zijn hoofd. De ziekelijke geur van de dood sloeg als een natte dweil in zijn gezicht. In de kille ruimte knipte hij het noodlicht aan. Tientallen stijfgevroren diepvriesvarkens en enkele ingevroren achterkwartieren van paarden uit Argentinië die per stuk honderd vijfenveertig kilogram wogen, zwaaiden traag heen en weer aan glimmende vleeshaken die aan rails tegen het plafond hingen. Er sloeg een ijzige kou vanaf, als een soort bevroren mist. Verdomd sexxxy pornooo, zo'n dode beesten, dacht hij, en neuriede Kili kili watch watch. Hij hield ermee op omdat hij geen adem kreeg en spitste zijn oren. De vrieslucht brandde in zijn longen. Hij hoorde de doodsklokken luiden en sperde zijn neusgaten wijd open. In aanbidding staarde hij naar het zilveren kruisbeeld van Christus boven de deur van de koelkamer en een engel daalde uit het rijk der hemelen tot bij Maria en kondigde de geboorte aan van een kind, waarop Maria zeide: 'Hoe zal dat geschieden, daar ik geen omgang heb met een man?'

De engel antwoordde: 'De Heilige Geest zal over u komen.'

Zo werd Jezus geboren uit de Maagd Maria.

Waarop de engel zeide: 'U is heden de Heiland geboren, namelijk Christus de Here.'

De Maagd Maria, dacht hij, dat was tenminste een echte wereldreiziger, zoals de Harlem Globetrotters. Zij is verschenen in Lourdes, Portugal, Mexico, in Ierland, nog eens in Frankrijk en zelfs in de buurt van Luik.

Werkelijkheid en verbeelding vloeiden in elkaar.

Wat was echt?

Wat was vals?

Hij wist het niet meer.

Er is geen andere god dan God. Angstvallig hield hij de frigodeur in het oog. Ieder ogenblik verwachtte hij de komst van tien verplegers in een witte schort die hem zouden beetpakken en in een dwangbuis afvoeren naar een isoleercel. Oh Heer, murmelde hij, vergeef mij mijn dwaling, murmelde hij, ik heb mij vergist, murmelde hij, voor het eerst heb ik mij vergist, murmelde hij, zoals Maria en Jozef en de Heilige Geest zich hun leven lang hebben vergist, murmelde hij. Ik dacht dat zij een *Schneewittchen* of een Assepoes was, een meisje van bij ons. Tot zij halfdood in mijn armen lag. Ineens merkte ik dat zij potvolkoffie een dochter van Allah uit Duizend-en-één-Borgerokko-Nachten was. Alhoewel, het kon hem eigenlijk weinig schelen, verplegers in witte schort of geen verplegers in witte schort, hij had gedaan wat hij moest doen. Armen en benen verzamelen. Handen, vingers. En voeten, *haha*, voeten! Ik zou een goede agent van de Gestapo zijn geweest, dacht hij. Of een partijsoldaat in het Rode Leger. Moord op bestelling en iedere dag een verkrachting als toemaatje. Hij graaide als een waanzinnige in het rond en stak alles wat hij te pakken kon krijgen in zijn aars: een lepel, een lege fles, de zilveren Christus, en hoe meer vreemde voorwerpen hij erin stak, hoe harder zijn erectie werd en ineens begonnen al de klokken in zijn hoofd allemaal tegelijk te luiden en hij rukte als een wildeman aan zijn wanstaltig purperen penis en zijn sperma zwabberde van links naar rechts en spatte als parels in het rond in het rond in het rond rond rond. 'BETER DAN JACK DE RIPPER?' riep hij kwijlend en huiverend en schuimbekkend antwoordde hij: 'BETER! BETER!' Hij zag blauw van de kou. Dwangbuis? Witte schort? Gestapo? 'BEN IK BETER DAN DE WOLF VAN MOSKOU? BETER DAN HAARMANN?' Hij hapte twee keer naar adem. 'IK BEN IK BEN IK BEN DE WURGER VAN BOSTON IN HET KWADRAAT!' schreeuwde hij dolgedraaid en volledig over zijn toeren en hysterisch lachend botste hij boembangbots tegen de diepgevroren achterkwartieren.

Niemand kon hem zien, niemand kon hem horen.

Hij straalde van voldoening.

'Alleen God en ikzelf weten wanneer ik hiermee stop,' grijnslachte hij.

De commissaris stopte de foto's van Fatima in het dossier. We zitten potvast, dacht hij nagelbijtend. Het kleinste kind weet dat de vierentwintig uren vóór en ná een misdaad voor de politie de belangrijkste uren zijn, omdat eventuele sporen vers zijn. 24/24, noemde hij dat. Zelf gevonden. We gaan terug naar Af, dacht hij, zoals bij Monopoly, en beginnen van voren af aan. Om zijn zinnen te verzetten, daalde hij met de dienstlift af naar de kelder. Een moordonderzoek op het ritme van Time after Time, dacht hij, hoe zou dat in zijn werk gaan? De hoofdgriffier wachtte beneden en samen zochten zij hun weg door de duistere gangen onder het gerechtshof. Een trapje en de eerste metalen deur. De hoofdgriffier tastte naar de schakelaar. Eigenlijk is het een wonder dat dit gerechtsgebouw niet allang in de fik is gevlogen, dacht de commissaris, met al dat losliggend koper en die rotte elektriciteitsleidingen. Zwakke lampen verlichtten stofnesten en spinnenwebben die zachtjes heen en weer wiegden in de muffe lucht die door kieren en spleten blies. In een kapotte bureaustoel zat een bruine teddybeer. Op een metalen rek in een halletje tussen twee deuren lagen koevoeten, breekijzers, hamers en ander inbrekersgerief. Aan een hydraulische krik op wielen kleefde een voorgedrukt formulier dat was ingevuld met een krakkemikkige schrijfmachine waarvan de s en de e waren dichtgelopen en de andere letters onder het stof zaten. INVENTARIS VAN DE OVERTUIGINGSSTUKKEN. *Inzake*: Onbekende, *Verdacht van*: poging tot inbraak, *Neergelegd door*: politie Brasschaat. Beschrijving van in beslag genomen voorwerpen: hydraulische kruk + 1 verroeste ijzeren buis, lengte 114,5 cm, dikte 2 cm. *De neerlegger*: niet ondertekend. *De griffier*: niet ondertekend. Achter de eerste deur en het halletje volgde een tweede metalen deur met dubbel slot.

'Waar zitten mijn dossiers?'

'Geduld, commissaris.'

De hoofdgriffier schudde het hoofd.

Zijn sleutelbos hing aan een touwtje om zijn hals. 'Mensen zijn vreemde beesten,' zei hij. 'Ik heb een vriend die verliefd is op prinses Esmeralda. Hij heeft haar hand gekust maar zou veel liever zijn neus in haar koninklijk rozetje steken. 's Avonds zit hij moederziel alleen op zijn kamertje en luistert naar krakende lp's van de grote Caruso terwijl tranen van ontroering over zijn wangen stromen.'

'Naar Caruso luister ik niet, maar Mario Lanza, dat zegt me wel iets,' antwoordde de commissaris. 'Thuis heb ik een kopie van een authentieke grammofoon die platen afspeelt op 33 en 78 toeren.'

'Ik verzamel oude radio's,' zei de hoofdgriffier. 'Wist je dat de allereerste radiozender in België in het Koninklijk Paleis van Laken stond? Vanuit het paleis werden live-concerten uitgezonden. De eerste rechtstreekse uitzending begon met een aria uit *Tosca*. Dat was in 1913. In die tijd waren er slechts tien radio's in ons land. Ik bezit er één van, commissaris.'

De hoofdgriffier stak een sigaret op.

Verboden te *rukken*, dacht de commissaris.

'Wil je een Gauloise?'

'Ik rook niet,' zei de commissaris.

Rukken doe ik ook niet, dacht hij.

'Is hier iemand?' riep de hoofdgriffier. Hij was klein van gestalte, met kortgeknipt haar en heldere, bruine ogen. Hij droeg schoenen met hoge hakken, opdat hij enkele centimeters groter zou lijken. Om zijn pols droeg hij een gouden horloge met een chronometer.

Niemand antwoordde.

Niets bewoog.

Stilte.

'Ken je het oog van Moskou, commissaris?'

'Nee.'

'Het oog dat alles ziet.'

De commissaris glimlachte.

'En het *oor* van Moskou?'

'Het oor dat alles hoort?' probeerde de commissaris.

'Precies!'

Mooie vergelijkingen, dacht de commissaris.

Maar waartoe dienen ze?

Zij stonden in het halletje tussen twee metalen deuren. In de tweede deur zat een dubbel yaleslot.

'Ik weet dat je veel hebt gezien en gehoord, commissaris, maar ik kan je verzekeren: wat je vandaag zal zien, tart elke verbeelding. Achter deze deur bevindt zich namelijk de enige echte Grot van Ali-Baba. Ik vraag één ding: dat het tussen ons blijft. Horen, zien en zwijgen.'

'Ik ben het oog en het oor van Moskou,' zei de commissaris met zijn hand op zijn hart.

Alles gezien, alles gehoord.

De hoofdgriffier morrelde een sleutel in het slot van de grijsmetalen deur. Hij maakte een galante buiging en zei: 'Na u, commissaris.' De deur zwaaide open. Er lag een stoffig ondergronds magazijn achter, met metalen rekken tot tegen het plafond die volgestouwd waren met tienduizend kartonnen dozen in alle soorten en grootten. Er zaten bananendozen tussen, sinaasappelkartons, dozen uit Afghanistan en Turkije en Singapore, rechthoekige en vierkante dozen van elektrische huishoudapparaten en vouwdozen voor de verpakking en het transport van computermateriaal. Op een langwerpige doos was een stofzuiger afgebeeld van het merk Moulinex. Er hing een kartonnetje aan, met de aanduiding *KH5*.

'Kelder Hal 5,' zei de hoofdgriffier. 'Natuurlijk zit er geen stofzuiger in de doos.'

Hij trok haar uit het rek en er gleed een machinegeweer uit, plus een driepoot en een leren riem met Joegoslavische kogels van een hand groot. Het machinegeweer woog zestien kilogram en was ingevet met stroperige zwarte olie.

'Wow!' deed de commissaris.

'Een MG 08/15 Maxim uit de Eerste Wereldoorlog,' zei de hoofdgriffier op bedaarde toon. 'Vuurt zeshonderd kogels per minuut af.'

'Wat doet zo'n ding hier in de kelder?'

'In beslag genomen op een wapenbeurs in Mechelen.'

Tegenover de doos met het machinegeweer stond een gigantische bloempot met de geblakerde stronk van de kerstboom uit de brand in het Switel-hotel op nieuwjaarsnacht. Naast de kerstboom lag een kleine rode accordeon van een bedelende zigeunerjongen. Er was een plastic geldbakje aan vastgemaakt, met twee bouten, waarin ocharme twee muntstukjes lagen. Volgens de bijbehorende Inventaris van de Overtuigingsstukken was de trekzak tijdens het spitsuur in beslag genomen op de trein van Antwerpen naar Brussel, ter hoogte van Duffel. De commissaris en de hoofdgriffier wrongen zich door een smalle doorgang tussen de rekken. Overal stonden gestolen fietsen. Aan lange rijen kleerhangers hingen kostuums en overjassen van Armani en Yves Saint Laurent, afkomstig van ramkraken. De kostuums waren als bewijsstuk in beslag genomen.

'Heb je iets nodig, commissaris?' vroeg de hoofdgriffier.

'Zo'n leren jasje van Armani zou me niet misstaan.'

'Ik kreeg eens honderd gestolen nertsjassen binnen die in beslag waren genomen bij Svilar, een ex-keeper van den Antwerp,' zei de hoofdgriffier. 'Toen de bontmantels enkele jaren later door de rechter werden vrijgegeven, zat de mot erin en vielen er gaten in zo groot als een vuist.'

Er stonden honderd totaal verouderde computers en televisietoestellen, enkele grasmaaiers, valse schilderijen toegeschreven aan Brueghel en Rubens, diepvriezers vol rottende hamburgers, slaapzakken met spermavlekken die dienden als bewijsstuk van een verkrachting, jerrycans met verdachte afvalolie uit de periode van de dioxinecrisis, slijpschijven, hockeysticks en baseballknuppels met bloedspatten, zwarte laarzen, kratten champagne en rode wijn, tientallen losse deursloten van het merk Zeiss-Ikon die op een hoop waren gegooid en twee ton door het gerecht opengeboorde brandkasten, waaronder een Lips van vijfhonderd kilogram, een Robberechts van een meter bij een meter en een kleine Vachette uit de periode tussen de twee wereldoorlogen. De staafjes en kamwielen hingen uit het slot van de Lips. Zij leken op het mechanisme van een wekker. In de Vachette was een groot rond gat gebrand. Er was een doodskop op geschilderd, met de tekst LEVENSGEVAARLIJK NIET OPENEN. Boven op de brandkasten stonden tonnetjes van Dixan en Persil vol Russische dollars en valse Viagra. Uit een container puilden dure namaakhorloges van Rolex en Cartier.

'In beslag genomen in de goudwinkeltjes op de Keyserlei?' vroeg de commissaris.

'Op het Falconplein,' antwoordde de hoofdgriffier. 'Volwassen mensen denken: Alles wat blinkt is goud, en op slag worden zij kleine kinderen. Zij trekken hun ogen wijd open maar zien niets. Dat zo'n horloge geen fluitje van een cent waard is, dat merk je toch op een kilometer afstand. Een dun plaatje van het goedkoopste metaal en daarrond wat rommel uit Hong Kong. Voilà, Rolex en Cartier. De mensen willen bedrogen worden, commissaris.'

Op een rek, drie etages hoog, lagen grote en kleine houwelen, wielmoersleutels, stalen steekbeitels van 8, 12, 20 en 25 mm en alle soorten bijlen, waaronder keukenbijlen, pikhaken en moordbijlen met bloed aan de handgreep en haar en hersenen vastgekoekt op het blad. De hoofdgriffier nam een houthakkersbijl en zwaaide ermee in het rond.

Pas op, ik ben m'n leven niet beu! dacht de commissaris. 'Herinner je je de zaak Walravens?' vroeg de hoofdgriffier. 'Jaren geleden sloeg hij met deze bijl het hoofd van zijn echtgenote van haar lichaam. Hij kreeg de doodstraf en kwam vrij na vijftien jaar. Op straat keek een vrouw hem vreemd aan. Hij ging naar huis, nam een bijl en sloeg haar hoofd eraf. Walravens kreeg opnieuw de doodstraf. Twee stommiteitjes, zei hij. Het hing allemaal zijn kloten uit en op een mooie zondag knoopte hij zich in zijn cel op, aan zijn beddenlakens.'

'Waarom wordt zo'n moordwapen dan nog bewaard?'

'Als overtuigingsstuk. Correctionele zaken verjaren na tien jaar maar burgerlijke pas na dertig jaar. Assisen verjaart nooit. Zolang er mensen leven die bij het proces betrokken waren, moeten we die dingen bewaren, en als het hier te vol wordt, brengen wij bepaalde stukken naar het rijksarchief in Beveren, waar de overtuigingsstukken van alle rechtbanken in België worden bewaard. Maar opruimen, nee, dat doen wij nooit.' Hij grijnslachte. 'Wat ik u nu ga vertellen, blijft óók tussen ons, commissaris,' zei hij. 'De Grot van Ali-Baba ligt vlak onder de wandelzaal van het gerechtshof. Boven ons hoofd wachten iedere dag honderden verdachten tot hun zaak voorkomt. Reken daar advocaten en strafpleiters bij, rechters, parketmagistraten, bezoekers, administratief personeel van de griffie en het parket... Wel, tot voor kort lag hier drie ton vuurwerk, zonder vergunning van de brandweer. Dat was een tijdbom die elk ogenblik kon ontploffen.'

'Kan dat zomaar?'

'Dit is België, commissaris. Hier kan alles.'

Er zaten barsten in het plafond, dat met balken werd gestut.

De hoofdgriffier opende een volgende deur, met weer een andere sleutel, en een branderige walm sloeg de commissaris als een vuist in het gezicht. De bergplaats stond vol opgetaste bananendozen van Chiquita en Bonito. In alle dozen lagen grauwgrijze rechthoekige blokken, in plastic verpakt. Ze leken op poreuze bakstenen en wogen zwaar op de hand. Grijze struiken met kleine, gekrulde blaadjes tierden welig in bloembakken met gebarsten aarde die tot beton was verhard, en in het midden van de bergplaats stond een transportkar van de Makro die was volgeladen met gedroogde koeienstront, of in ieder geval iets wat daarop leek.

'Vallen de schellen van je ogen, commissaris?' vroeg de hoofdgriffier lachend. 'Drugs. Voor een waanzinnig fortuin, als je 't mij vraagt. Heroïne, cocaïne, hennep. Die koeienstront, dat is hasjiesj. Ik lees in m'n krant dat zelfs Diana Ross aan het spul zit. De meeste troep komt rechtstreeks van bananenboten in de haven, en van razzia's in drugssupermarkten natuurlijk.'

'Hoe lang blijft die troep hier in het gerechtshof?'

'Hangt ervan af. Eén, twee jaar, soms langer. Tot de rechter het spul vrijgeeft, wat eerlijk gezegd nooit gebeurt. Na een paar jaar verkoopt het parket alle heroïne aan de farmaceutische industrie en de rest—cocaïne, crack, opium, xtc en hasjiesj—breng ik persoonlijk naar Indaver in Stabroek waar het wordt verbrand in een industriële oven. *Als* het wordt verbrand, want daar heb ik zo mijn twijfels over. Ik volg de operatie op een computerscherm en *zie* inderdaad dat een kraan de drugs oppakt en in een container dropt, maar in plaats van naar de verbrandingsoven kan die container net zo goed naar Holland rijden.'

'Hier krijg ik flanellen benen van,' zuchtte de commissaris.

'Het ergste moet nog komen.'

Achter een stapel gedeukte reiskoffers die in de loop der

jaren door het parket in beslag waren genomen, had een gepensioneerde hulpgriffier een hoekje ingericht waar hij, bij het licht van een schemerlamp, op een oude bruine schrijfmachine—een Corona van vóór de oorlog—een inventaris opmaakte van alle overtuigingsstukken die in de kelder werden bewaard. Hij slurpte oploskoffie uit een kop die in vierentwintig jaar niet was uitgewassen en loenste achter een bril waarvan de glazen waren besmeurd met vuile vingers uit een vorige eeuw.

'In een moordzaak kan een sigarettenpeuk belangrijker zijn dan honderd kilo goud, commissaris,' gniffelde de oude hulpgriffier. 'Ik bewaar alles: het goud en de sigarettenpeuk.'

De commissaris en de hoofdgriffier wurmden zich door een smalle doorgang langs de 'enveloppenkamer', waarin circa één miljoen bruine ministeriële enveloppen A4 met inhoud—een kam, een pluk haar, een valse cheque, een gebruikt condoom, een dik pak geld—voor de eeuwigheid werden bewaard. Zij werden door de hulpgriffier voorzien van een omschrijving en een dossiernummer.

'Naar het schijnt zit de beruchte martelkoffer van de Gestapo in de Della Faillelaan tussen de rommel verborgen,' zei de hoofdgriffier. 'Een koffer met gaten in het deksel en de zijwanden. Verdachte joden werden er naakt in opgesloten waarna partijsoldaten van de *Mannschaft* met knuppels en bezemstelen in de gaten pookten tot de verdachte bloedend als een rund smeekte om *bitte, bitte* ook naar Auschwitz te worden *abtransportiert*. Ik heb mij er zot naar gezocht en niets gevonden. Misschien is het gewoon een indianenverhaal en heeft de koffer nooit bestaan.'

In de verste hoek van het magazijn zat een bolronde,

metalen deur die afkomstig leek van een oude Frigidaire uit de jaren vijftig. De hoofdgriffier stak zijn sleutel in het slot, maakte een kruisteken en trok aan de handgreep. De deur opende op een kier en terwijl een koude lijklucht sissend ontsnapte uit de vrieskamer zette de hoofdgriffier de Frigidaire wijd open. Op een metalen rek stond een glazen pot met twee afgehakte handen op sterk water. Het waren de handen van een vrouw, want zij hadden roodgelakte vingernagels. Een vrouw of een travestiet, dacht de commissaris. Er stonden andere bokalen met penissen en hersenen in formol en glazen bakken met vingerkootjes, knieschijven en neusbeentjes op sterk water. Onder het rek lagen de linkerdijbenen van vermoorde vrouwen. Zij waren met plastic omzwachteld en leken op Spaanse hammen.

'Lust je een plakje, commissaris?' vroeg de hoofdgriffier lachend. 'Jabugo de bellota, mmm, lekkere ham, met een glas Spaanse wijn erbij.'

De commissaris kon er niet om lachen.

'Ruik je de stank? Dit is mijn griezelkot,' zei de hoofdgriffier. 'Hier bewaar ik lijkdelen. De temperatuur in de koelkamer is constant 3 tot 4 graden Celsius. Ik werkte hier pas enkele dagen toen een rijkswachter mij een kartonnen doos bracht. Het bloed droop er aan alle kanten uit. Er zat een afgesneden hoofd in dat afschuwelijk stonk, want het was vijfentwintig graden in de schaduw, volop zomer. Waar moest ik met dat hoofd blijven? Ik ging in de refter een lege mayonaisepot halen, zo'n pot van in de frituur, propte het hoofd in de pot en schroefde het deksel erop. Probleem opgelost. Gewoonlijk worden lijkdelen vervoerd in potjes en etensbakjes van de afhaalchinees. Een potje lever, een bakje hersenen, een potje nieren. Rijkswachters komen met de stukken en brokken van een nieuw slachtoffer naar het gerechtshof en zeggen: Afhaalchinees, griffier! Een menselijk skelet telt tweehonderd en zes botten en beenderen. Wel, commissaris, hier liggen "bewijsstukken" waarvan niemand weet van welke misdaad ze afkomstig zijn.'

Straffe koffie, dacht de commissaris.

'Lijkdelen die we niet meer nodig hebben, gaan ook naar Indaver, om te worden verbrand.'

Onder een keldergat dat uitkwam op de Britselei, naast de drieëntwintig arduinen treden, was een hok gemetseld dat was afgesloten met een loodzware celdeur. De hoofdgriffier trok de zwaarvergrendelde deur open.

Wat is me dat hier, dacht de commissaris.

Hij wreef zijn ogen uit.

Nooit gezien, zoiets.

'Hoeveel zijn het er?'

'Duizend, twaalfhonderd,' zei de hoofdgriffier.

Kalasjnikov's met halvemaanvormige laders, met een kolf en een pistoolgreep, stonden rechtop in houten wapenrekken, met de loop naar het plafond gericht. De vloer lag bezaaid met stenguns, jachtgeweren, shotguns, vlammenwerpers, lichte handmitrailleurs, kisten vol pistolen en revolvers, enkele .357 Magnums van Smith & Wesson die met één schot een gat van een vuist groot blazen in een betonnen muur, handgranaten, kogels van vernikkelde messing, vaatjes buskruit, oude legergeweren, grendelgeweren van het type Mauser SP66 in geel vet, een lading Oostenrijkse pistolen van het merk Gluck, bazooka's en een aantal machinepistolen Heckler & Koch MP5 waarmee de elitetroepen van de politie zijn uitgerust en die alleen kunnen worden gekocht met een bestelbon van de overheid.

'Gangsters maken zo'n bestelbon gewoon na,' zei de hoofdgriffier.

De commissaris kon zijn ogen niet geloven.

'Hier zakt mijn broek van af,' zuchtte hij.

'A propos, voor we het vergeten: wat heb je eigenlijk nodig, commissaris?' vroeg de hoofdgriffier.

'Het dossier Maes.'

'Max Maes? De kunsthandelaar?'

'Ja.'

'Die Roos de Moor heeft vermoord?'

'Klopt.'

'Terwijl hij *Que Sera Sera* neuriede?'

'Dat wordt gezegd.'

'Kort na de middag ligt het hele zootje op je bureau, commissaris.'

Vanmiddag pas. Dan eerst een kopje koffie, dacht hij.

'Als je ooit een machinegeweer of een handgranaatje nodig hebt, weet het mij dan tijdig te zeggen,' zei de hoofdgriffier toen hij bij het afscheid de hand van de commissaris drukte. 'Of een half kilootje cocaïne. 't Ligt hier zomaar voor het grijpen. Voor mijn vrienden van de moordbrigade lever ik graag een extra inspanning. Het ene plezier is het andere waard.'

Links aan het einde van de gang aan de kant van de Stockmansstraat, in de kelder die eigenlijk gelijkvloers was, bevond zich een kleine personeelskantine die door advocaten en magistraten 'de mensa' werd genoemd. Deuren gingen open en dicht. Magistraten en strafpleiters liepen heen en weer. Het was hen aan te zien dat zij al zo lang samenwerkten, dat zij elkaars gedachten konden lezen. Als dagschotel stond vol-au-vent van kip en vleesballetjes met een schijfje tomaat op het menu, een blaadje sla en diepvriesfrieten van McCain. De commissaris had geen zin in zijn boterhammetjes met kaas en bestelde een *straffe* koffie en een dagschotel. Twee rijkswachters in uniform legden hun dienstpistool naast hun bord. Een speurder van de zedenbrigade knabbelde op een broodje dat in cellofaan was gewikkeld. Hij droeg een polshorloge met een bandje van olifantenhaar en een lege schouder-holster van het type Bullit. Een advocaat in zwarte toga las een krant. Wat nu? Hoe moet het nu verder? dacht de commissaris. Hij zuchtte, hij had geen greep op de ge-beurtenissen. Alles werkte tegen. *Dagschotel vol-au-vent bestellen vóór 11 uur*, stond op een bord aan de muur. De commissaris pulkte verstrooid met zijn vork in de kip-pensaus. Weinig *vol* en veel *vent*, dacht hij en slubberde aan zijn koffie.

De hoofdgriffier was een man van zijn woord. Het dossier lag kort na de middag op het bureau van de commissaris. Al het bewijsmateriaal tegen Max zat in drie vierkante dozen. De gele mappen en onderkaftjes zaten gesandwicht tussen grijze kartons die met linten en touwtjes werden bijeengehouden. De commissaris wilde onmiddellijk in de documenten duiken, maar zijn aandacht werd afgeleid door twee speurders die dollend en grapjassend in het verhoorlokaal kwamen. Peeters vouwde een krant tot een driesteek en zette de papieren hoed op zijn hoofd. Dan stak hij zijn hand tussen zijn hemd en zijn anorak, ter hoogte van zijn maag, en terwijl hij als een grenadier heen en weer marcheerde, riep hij: 'Ampoleon!'
'Wie is Ampoleon?' vroeg Deridder.
'De broer van Napoleon,' zei Peeters.
Het was een flauwe grap.
Deridder klemde een blauwe motorhelm met een ge-tint vizier onder de arm en droeg motorlaarzen en een zwartleren pak dat strak om zijn lichaam zat. De helm

was geairbrusht met een afbeelding van een brullende leeuw.

De commissaris dacht aan een mop.

Tom Lanoye stapt binnen bij een opticien en vraagt: 'Ik verzamel brillen. Heeft u iets bijzonders?'

—Jazeker, zegt de opticien. Een bril die dwars door kleren kijkt.

Tom zet de bril op en de verkoper is ineens spiernaakt. Trots wandelt hij met zijn nieuwe bril op straat.

Iedereen naakt.

Hij stapt op de tram.

Iedereen naakt.

Hij komt thuis. Zijn vriend ligt met de buurman op de sofa. Allebei spiernaakt. Hij neemt zijn bril af en wrijft in zijn ogen. Het helpt niet, zijn vriend en de buurman blijven spiernaakt.

—Slechte koop, denkt Tom Lanoye, een halfuur geleden gekocht en nu al stuk.

De commissaris trok aan de linten en touwtjes en het dossier van Max Maes viel open. Aandachtig las hij de processen-verbaal van zijn speurders en het obductierapport van de wetsdokter. De sfeer opzuigen, noemde hij dat, zoals een spons water opzuigt. In zijn hoofd vormde zich een beeld van de gebeurtenissen, zonder klank, zoals in een stomme film, maar mét kleur. *Haar lichaam hing aan een vleeshaak, als een homp dood vlees. De buik was met een vlijmscherp voorwerp opengesneden van het borstbeen tot onder de venusheuvel zodat de korrelige, roodbruine lever uit haar lichaam stulpte. Roze darmen puilden uit de scherpe rode snee en dropen als latexverf in een bruine smurrie die op diarree of motorolie geleek maar in werkelijkheid een afschuwelijke pap was van gestold bloed.* Het was heel stil in zijn verhoorlokaal. *Het slachtoffer werd gewurgd, met twee handen, aan de voorkant van de hals,* schreef de wetsdokter in haar verslag van de lijkschouwing. De commissaris fronste zijn wenkbrauwen. Haar verslag? Hij zocht de naam en de handtekening van de wetsdokter. In plaats van in het Schoonselhof, dat is voorbehouden voor lijken in ontbinding, was de gerechtelijke autopsie uitgevoerd in het stedelijk dodenhuis van het Stuivenbergziekenhuis, waar een vrouwelijke arts de leiding had over het mortuarium. De commissaris zuchtte en klapte het obductierapport dicht.

Opnieuw gestommel op de gang.

'Heeft iemand een aspirientje?' kreunde een stagiair van de zedenbrigade.

'Een kater?' vroeg de telefoonwacht.

'Of migraine?' vroeg Sofie Simoens.

'Gewoon een houten kop,' zei Tytgat.

'Twéé houten koppen, bedoel je. Ik zie alles dubbel,' zei de stagiair.

'Laat geworden, gisteravond?'

'Ik lag om elf uur in bed.'

'En toch een houten kop?' vroeg een rijkswachter in uniform.

'Ik heb niets gedronken, ik zweer het. Ik ging met vrienden een hapje eten in een restaurant in de buurt van 't slachthuis dat is gespecialiseerd in vleesgerechten op basis van Duvel.'

'Duvel is geen bier, da's vergif,' zei de telefoonwacht.

'Aperitief van Duvel, Duvelsoep, speenvarken in Duvel en sabayon op basis van Duvel als nagerecht. Ik kan het woord Duvel niet meer horen of zien,' zei de stagiair.

'Ik heb dat met witbier,' zei de rijkswachter. 'Ik vloog eens in het witbier tot het er langs neus en oren uitkwam.'

'Ik verdraag maar één witbier en dat is echte Hoegaarden,' zei de telefoonwacht. 'Van ander witbier moet ik niet weten. In Brugse Witte gooien ze een schijf citroen.

Allez, stel je voor, citroen in bier, dat is toch van den hond zijn kloten. Er bestaat ook Leuvens en Limburgs Witbier en zelfs in Amerika zou witbier geweldig populair zijn.'

'Vergeet Wittekerke niet!' zei Tytgat.

'Dentergems Wit. Of De Leckere, een Hollands witbier dat honderd procent organisch is. Alhoewel, Hollanders hebben geen verstand van bier. Heineken en Amstel, dat is toch kattenpis!'

'Zelfs Beethoven dronk witbier in zijn tijd,' zei Sofie Simoens. 'Op zijn sterfbed werd hij opgeschrikt door een donderslag, hij schudde zijn vuist naar de hemel, nam een laatste slok en viel dood achterover in de kussens.'

'Draai of keer het hoe je wil, Hoegaarden blijft de klassieker onder de witbieren,' zei de telefoonwacht.

'Waarom komt niemand op de idee om witbier te brouwen in Zichem? De Witte van Zichem, dat zou toch de max zijn, publicitair gesproken?' vroeg Sofie Simoens. 'Ernest Claes draait zich om in zijn graf.'

'Witbier of geen witbier, ik weet maar één ding, Duvel is niet te zuipen,' kreunde de stagiair van de zedenbrigade, 'en geloof mij, het is ook niet te vreten.'

'Ik drink niet meer,' zei Tytgat. 'Geen Duvel en geen witbier. Ik heb vroeger zoveel gedronken, dat ik een kater heb voor de rest van mijn leven.'

Peeters stond in de deuropening van het lokaal van de speurders. Hij pafte een zelfgerold sigaretje dat aan zijn onderlip plakte en droeg een ruime jeans van Faks. Het kruis hing tot op zijn knieën.

Een broek voor twee, dacht Sofie Simoens.

Een identieke tweeling werd door vier rijkswachters in uniform voorgeleid voor ondervraging. Zij waren oude bekenden van het gerecht. De broers waren met handboeien aan elkaar geketend. Zij hadden een verhakkelde kop met een hoog gangstervoorhoofd en diepliggende ogen, alsof zij zich hadden klemgereden in een cement-mixer. Tytgat slenterde naar zijn verhoorkamer en tikte een proces-verbaal—een *pévé*—in drievoud, met carbon-papier zoals vijftig jaar geleden, toen hij voor het eerst voet zette in het gerechtshof. Zijn haar zat in de war en zijn vlinderdasje hing scheef. Hij wenkte een van de vier rijkswachters.

'Werden zij samen opgepakt?'

'Ja.'

'Waar?'

'Hoek Carnotstraat en Offerandestraat. In een auto.'

'Mag dat niet?' vroeg een van de broers.

'Om drie uur vannacht,' zei de rijkswachter.

Tytgat knikte en tikte.

Eerlijke mensen liggen om middernacht in bed, dacht Peeters.

'Wij zijn moe,' zei een van de broers.

'Straks kunnen jullie slapen,' antwoordde Tytgat. 'Tot in 't jaar stillekes, in ons hotel in de Begijnenstraat. Alle kamers met tralies en zicht op de binnenkoer.'

'Wat deden zij in die auto?' vroeg Peeters.

'Wachten,' antwoordden de tweelingbroers in koor.

'Met een koffer vol inbrekersgerief,' zei de rijkswachter.

'Hoe heet je?' vroeg Tytgat.

'Giorgio en Giovanni Lambrusco, zoals de wijn,' zeiden de broers.

'Er is geen haast bij, ik zal hen straks ondervragen. Tijd zat,' mompelde Tytgat. 'Breng die gasten naar beneden en stop ze in aparte cellen.'

Peeters grinnikte.

Tijd zat, zei Tytgat.

Twee telefoons rinkelden tegelijk.

Sofie Simoens tippelde door de gang op laarsjes van echt slangenleer. Zij had een lange hals en bleekgroene ogen met rechtopstaande wimpers en droeg een nieuwe strakke jeans en een geel hemd met diepe split die niets aan de verbeelding overliet. Haar paardenstaart had de kleur van vloeibare honing. Zij leek klein, lief en verlegen.

'Ik zie je lopen en denk aan een goeie mop,' zei Peeters.

'Laat horen!'

'Een journalist interviewde het vriendje van Jennifer Lopez.

—Heeft zij een grote kont? vroeg de journalist.

—Natuurlijk heeft zij een grote mond, dat zie je toch zelf, antwoordde het vriendje.

—Een grote KONT! probeerde de journalist, K-K-KONT!

—Da's waar, zei het vriendje, alles aan Jennifer Lopez is R-R-ROND.

'Ik snap het niet,' zei Sofie Simoens.

'Laat mij uitspreken, Sofie. De journalist kreeg het op zijn heupen en riep: KONT! Dat zij een grote KONT heeft! Een grote K-O-N-T! Je hebt gelijk, antwoordde haar vriendje, iedere keer als zij kakt minstens anderhalve kilo STRONT. S-T-R-O-N-T.'

Sofie Simoens schoot in een lach en bloosde zoals Jennifer Lopez.

Peeters werd er zenuwachtig van.

De as viel van zijn sigaret. Hij had een knoop in zijn maag.

Aanval is de beste verdediging, dacht hij.

Wie waagt, die wint.

'Wie zou jij liefst van al zijn, Sofie?' vroeg hij.

'Ik? Eigenlijk zou ik liefst een koe zijn.'

'Een koe?'

'Lekker in de wei liggen en iedere avond komt de boer aan mijn tepeltjes trekken,' lachte Sofie Simoens.

Peeters was zo verliefd, dat hij er duizelig van werd.

Vanuit zijn glazen kooi kon de telefoonwacht het komen en gaan in de gang in het oog houden. Hij prutste aan zijn transistor en bladerde in een televisieweekblad met Phaedra Hoste op de cover. 'Shoo-Be-Doo-Be-Doo-Da-Day,' neuriede hij. De regen kletterde tegen de ramen en druppels dansten op de vensterbanken. Een gerechtsdeskundige onderhield zich met een agent van de Dienst Vreemdelingenzaken. De agent had een maffiadossier onder de arm. Flora duwde zuchtend een wagentje met een emmer en borstels van de wc's naar het berghok. Zij droeg een blauwe stofjas van katoen in plaats van het vertrouwde groene nylon.

Desmet stapte uit de personeelslift.

'Zo'n zeikerds,' mompelde Flora.

'Moet ik vooraf betalen om te plassen, zoals in de Quick?' vroeg Desmet.

'Jazeker, meneer!' lachte Flora.

'En als er niets uitkomt?'

'Dan roep je mij en kom ik kijken of dat waar is.'

'En als het waar is?'

'Dan krijg je je geld terug!'

Naast de lift hing de waarschuwing Bij brand of gevaar Bel nummer 100 in een houten lijstje. Er was met de hand 101 van gemaakt.

Deridder ijsbeerde door de gang. Hij linkte dossiers, om netwerken te ontdekken, en had informanten uit het milieu benaderd die tegen betaling bereid zouden zijn inlichtingen te verstrekken. Geen resultaat, geen geld. Bij het parket waren veertig brieven binnengekomen en een kleine honderd telefoontjes en iedere tip pluisde hij zorgvuldig uit. Een anonieme briefschrijver—die in gerechtskringen 'een kraai' wordt genoemd—beweerde dat de oplossing van de drugsmoorden in het Park Den Brandt lag. De brief was ondertekend met een bloedveeg. Wat heb ik *dááraan?* dacht Deridder. Een stomme bloedveeg die volgens het Nationaal Instituut voor Criminologie en Criminalistiek afkomstig was van een persoon van wie het geslacht niet kon worden bepaald. Een travestiet waarschijnlijk, zuchtte hij, iemand zonder geslacht.

'Je ruikt lekker.'

'Agua de Luna, van Puig,' antwoordde Sofie. 'Parfum uit Spanje.'

'Oh, ik dacht dat je bedoelde dat ik lekker ruik,' zei Peeters opgewekt.

'Jij stinkt, Peeters, zoals altijd.'

'Allez *rouler*, ambiance!' riep Peeters.

Fuck, Peeters! Deridder stak zijn duim omhoog, tussen zijn wijsvinger en zijn middenvinger.

'Droom jij van andere vrouwen, Sven?' vroeg Sofie zacht.

'Soms.'

'Welke dromen?'

'Natte.'

De commissaris veegde het zweet van zijn voorhoofd. Formulieren en nog eens formulieren. Hij was misselijk van de medische geheimtaal waarin het verslag van de lijkschouwing was geschreven en ging voor het raam staan. Vezelige wolken dreven voorbij. Het was een ouderwetse dag. Wind, regen, af en toe een zonnestraal. Prachtigmooi, dacht hij, dagen zoals vandaag worden bijna niet meer gemaakt. Hoe vreemd, soms voelde hij zich echt een toerist in zijn eigen stad en keek hij verwonderd naar dingen die niet meer bestonden. Alles verandert, niets blijft hetzelfde, dacht de commissaris. Maar de galm van vroeger, die krijg ik nooit meer uit mijn hoofd. Billy

Wilder heeft eens een film gedraaid die begon met een gesprek tussen twee lijken in een mortuarium. De kijkers moesten er zo hard om lachen, dat de regisseur zich verplicht zag om de scène weg te knippen, want het was geen film om te lachen maar om te huilen. Zo is het leven. Een lach, een traan. Maar wanneer lach je en wanneer huil je? Maffiamoord in het centrum, zes doden in Berchem, pogingen tot verkrachting in de voetgangerstunnel, wurging op de Grote Markt. Lachen, huilen. Het onderzoek draaide vierkant en de commissaris zat in een knoop die hij niet kon ontwarren. 'Zwemmen' noemde hij dat, en 'ter plaatse trappelen'. Hij 'zwom' en kwam geen meter vooruit. De dossiers groeiden hem boven het hoofd. Evenveel sporen als dwaalsporen. Hij verdronk in de dossiers en moest *alles* controleren, want zelfs in de onbetrouwbaarste tip kan een bruikbaar element schuilen. Als een onderzoek in de soep draait, begin dan van voren af aan, dacht de commissaris, in het belang van het onderzoek. De kaarten schudden en opnieuw ronddelen. *Patience!* Ga in de schoenen van de misdadiger staan. Hij ging zitten, trok de telefoon naar zich toe en toetste het nummer in van de dienst ICX of 'gerechtelijke opzoekingen' van Belgacom die op vraag van het gerecht een lijst uitprint van alle inkomende en uitgaande boodschappen op een vast toestel, tot op de seconde na. Geef mij maar een ordinaire huistuinenkeukenmoord, dacht hij, da's een stuk eenvoudiger, want gewoonlijk staat de naam van de dader op de doodsbrief, helemaal bovenaan.

Moordenaars en serieverkrachters schrijven geen doodsbrieven.

Een fotograaf van een plaatselijke krant slenterde door de gang.

Gatlikjournalistiek, dacht de telefoonwacht.

Op de houten bank zat een oude man op vilten pantoffels. Hij rook muf en ranzig, een beetje zuur. Achter zijn oren kleefden stukjes sparadrap en Scotchtape waarmee hij de rimpels in zijn hals omhoogtrok, zodat hij er jonger uitzag dan hij in werkelijkheid was. Vijfenzeventig in plaats van vijfentachtig. Onder zijn kamerjas droeg hij een gestreepte pyjama. Hij had zijn bejaarde echtgenote gewurgd, met de leiband van de hond. Omdat zijn polsen te dun waren voor handboeien was hij met voetboeien vastgeklonken aan de radiator. Een rijkswachter maakte de voetboeien los en de oude man slofte naar de dienstlift.

'Tot de volgende keer!' zei de telefoonwacht.

'Mijn stoppen sloegen door!' riep de oude man. 'Ik hou van vrouw en kinderen! Ook van vader en moeder! Maar er zijn verzachtende omstandigheden. Zij vergat suiker in de koffie te doen en smeerde *siroop* tussen mijn boterhammen in plaats van confituur. Ik ben geen misdadiger, het was zelfverdediging!'

'Zelf*ver*dediging?' vroeg de rijkswachter. 'Of zelf*bevrediging?*'

Twee schoolmeisjes van het Instituut Dames van het Christelijk Onderwijs aan de Meir, met grijze kniekousen en een grijze plooirok, kregen een blos op hun wangen en zaten te giechelen. Zij werden als getuige opgeroepen in een zaak van winkeldiefstal, die zonder gevolg zou worden geklasseerd. Een koerier van Pizza-Hut stapte met drie platte dozen uit de bezoekerslift. Peeters keek op zijn horloge. De chef kan gedachten lezen, dacht hij. De deur opende op een kier en Sofie Simoens betrad het lokaal van de speurders met onder iedere arm een fles volle melk, waardoor het leek alsof zij vier in plaats van twee joekels van borsten had.

De ouders van Fatima zaten op de verste bank, in het

gedeelte van de gang dat door de werksters 'de plateau' werd genoemd. Een speurder van de zedenbrigade toonde hen 'ter identificatie' een foto van hun dode dochter.

De vader drukte de foto liefdevol tegen zijn wang.

'Dat is onze baby,' huilde de moeder vol ongeloof en vertwijfeling en rukte het haar uit haar hoofd.

'Het was verschrikkelijk,' zuchtte de telefoonwacht achteraf.

De commissaris zette de kraag van zijn jas op en liep naar de overkant van de straat. Het was opnieuw gaan regenen. Aan de gevel van een statige burgerwoning hing een koperen plaat met de tekst Dr. Fradler Gerechtspsychiater. Psycholoog. Op Afspraak gevolgd door een oud telefoonnummer. Dr. Fradler zat in een krakende leren stoel naast zijn beroemde sofa, in een verduisterde kamer met één enkel raam dat uitzag op een binnenplaats met een mooie grote lindeboom. In opdracht van het gerecht stelde hij psychologische profielen en daderprofielen op. Hij had een volle witte baard en in zijn haar zat een zijstreep die met een lineaal op zijn hoofd was getrokken. De spreekkamer stond vol geleerde boeken en ronde toonkasten met antieke voorwerpen en bronzen beelden van naakte vrouwen. Aan de muur hingen afbeeldingen van Bach en Mozart.

'Ga op de sofa liggen, commissaris,' zei de gerechtspsychiater. Hij stak een dikke sigaar op en de kamer hulde zich in een dichte blauwe wolk.

'Ben ik een patiënt?'

'Alle mensen zijn patiënten,' antwoordde Dr. Fradler met een doorrookte, brommerige stem die even verwaand klonk als die van een universiteitsprofessor.

'Ja, dat is waar,' zuchtte de commissaris.

Dr. Fradler leed aan psoriasis. De opperhuid krulde van zijn handen, zoals de schillen van een sinaasappel. Hij leunde met één arm op een antieke schrijftafel met kromme poten en krabde de huid van zijn vingers. De schilfers liet hij in zijn asbak vallen. Op de schrijftafel had hij archeologische vondsten uitgestald die hij verzamelde en die hem dierbaar waren, zoals penissen van Japans ivoor en bronzen beeldjes met een flinterdunne erectie uit het tweestromenland tussen Tigris en Eufraat.

'Waarmee kan ik helpen?'

'Bestaat er zoiets als "misdadige" mensen, dokter?' vroeg de commissaris. 'Schuilt in ieder mens een moordenaar?'

Dr. Fradler zuchtte. 'Iedereen heeft zwakke momenten. Wij vertonen allemaal obsessief gedrag en elke mens is een potentiële misdadiger. Omdat ieder mens tegelijk goed en slecht is. De huisvrouw denkt: *Ik wou dat mijn vent onder de tram liep...!* en de bankbediende zegt: *Ik stop mijn wijf in een gesticht...!* Een uur later liggen zij in elkaars armen. Een moordenaar is niet zieker dan een huisvrouw of een bankbediende, alleen is hij *anders* ziek. Misschien begon het allemaal in zijn jeugd. Onhandelbaar thuis, spijbelen op school. Leed hij aan constipatie? Ging hij uit stelen...? De kans is groot dat iemand die als kind werd mishandeld—een jongen die door vader anaal is verkracht omdat hij een slecht schoolrapport had, bijvoorbeeld—in zijn volwassen leven zelf een verkrachter wordt. Hij *herbeleeft* zijn jeugd en zet *machteloosheid* om in *almacht*. Liefde wordt een zaak van leven of dood, commissaris, tot de stoppen doorslaan. Sommige mensen zijn verslaafd aan de adrenaline van het geweld, andere leven in een fantasiewereld. Vandaag zijn zij Superman, morgen de beste huisvader van heel de wereld en overmorgen worden zij Dracula.'

Al dat gefröbel, dacht de commissaris.

Dokters zijn ronddepotdraaiers. Zij zwachtelen hun woorden in, zodat een normaal mens er kop noch staart aan krijgt.

Wat hebben constipatie en verstopte darmen in godsnaam te maken met *moordzucht*?

'Wanneer breekt het elastiekje waardoor een normaal mens een moordenaar wordt?' vroeg hij. 'En waarom?'

'Er zijn aanwijzingen,' bromde Dr. Fradler. '*Stalking* is een aanwijzing. Doodsbedreigingen ook. Mishandelen en verminken van dieren. Ik heb eens een patiënt behandeld die met een trechter zoutzuur in de vagina van een paard had gegoten. Twee maanden later versneed hij het lijk van zijn partner en verstopte het in de diepvriezer, onder de biefstukken voor dagelijks gebruik.'

'Ik herinner me die zaak,' antwoordde de commissaris. 'We hadden hem bij z'n pietje toen de Bauknecht in panne viel.'

De gerechtspsychiater hield ervan zijn ivoren penissen aan te raken en te strelen terwijl hij luisterde naar de verborgen wensen en erotische verlangens van zijn patiënten. Hij trok zijn lade open en haalde er een donzige plumeau uit, waarmee hij zijn erecties ontdeed van het stof van de tijd. Uit een verborgen stereo klonk zachte muziek. '*Salut, tombe sombre et silencieuse... ô ma femme, ô ma bien-aimée...*' De oude parketvloer kraakte zonder dat er iemand overheen liep.

'Gebeurt het dat de *vrouw* de aanstoker is, in plaats van de man?' vroeg de commissaris terwijl hij met duim en wijsvinger aan zijn onderlip pulkte.

'Soms. Vrouwen gaan *lichamelijk* geweld uit de weg maar zijn meesteressen in *psychologisch* geweld. Zij liegen. Zij uiten valse beschuldigingen. Zij gedragen zich gemeen en geslepen en plegen *passief overspel* door hun man seks te weigeren. Ik wil de vrouwen niet te eten geven die hun echtgenoot tussen vier muren opsluiten opdat hij niet naar de buurvrouw zou gluren. In veel gezinnen spelen zich echte drama's af. Wij noemen dat het *beerputeffect*, want voor de buitenwereld lijkt het alsof er geen vuiltje aan de lucht is.'

Uit de harde, lage sofa steeg een geur op van sigaren en mottenballen. Er lag een kleed overheen met een oosters motief. Opnieuw kreeg de commissaris last van pijn in zijn schouders en zijn rug. Hij staarde naar de fraaigevormde rozetten op het plafond, en naar de donkerste hoeken van de kamer. Waar ben ik aan begonnen? dacht hij. Hoe breng ik Dr. Fradler aan het verstand dat het niet zozeer *moord* is die mij interesseert maar de figuur van de moordenaar?

'Heel de wereld is chronisch ziek, commissaris, dát is de ziekte van deze tijd,' zuchtte Dr. Fradler. Hij tokkelde met zijn vingers op het groenleren blad van de antieke tafel en zette zijn stereo een kwartslag luider. 'Vroeger dronk je een goed glas wijn als je verlegen was. Nu slik je een pilletje tegen verlegenheid. Wij geven ziekten een naam waardoor zij ineens minder "ziek" lijken. Snurken heet tegenwoordig de ziekte van Pevernagie, iemand *vloekt* niet maar lijdt aan de kwaal van Gilles de la Tourette en hooikoorts en astma worden de reactie van Clemens genoemd.'

De blik van de commissaris gleed van de asbak vol huidschilfers naar de zware overgordijnen en naar de afbeeldingen van Bach en Mozart en vervolgens naar het plafond dat geel was uitgeslagen van de rook van ontelbare sigaren.

'Wat drijft iemand tot moord, dokter?'

De gerechtspsychiater stak wanhopig zijn handen in de lucht en de sinaasappelschillen spetterden in het rond. Straks vallen zijn vingers eraf, dacht de commissaris. Hij kneep zijn ogen dicht. 'Ik onderzoek het gedrag van misdadigers, maar eigenlijk genees ik hen niet,' zuchtte Dr. Fradler. 'Een dokter mág niet genezen, want als er geen zieke mensen zijn, heeft hij geen klanten meer. Ik weet het, commissaris, collega's die slimmer zijn dan ik beweren dat een kortsluiting in een hersenklier, die wij "prefrontale cortex" noemen, er de oorzaak van is dat het onderscheid vervaagt tussen goed en kwaad. Mogelijk, maar het blijft nattevingerwerk. De simpele waarheid is dat er geen medicijn bestaat tegen moord. Soms vragen mensen mij: Ziet een moordenaar er anders uit dan een gewone mens? Nee, natuurlijk niet. Een moordenaar is een gewone mens. Ik kan slechts één raad geven, commissaris: geloof niet in de goedheid van de mensen. Er is niets dat mensen liever zien dan een fraaie moord met liters bloed, vooral aan het einde van een drukke werkweek. Alle mensen zijn slecht. Zelfs God wist dat. Daarom vond hij de biecht uit.' De huig van Dr. Fradler stotterde in zijn keel—de ziekte van Pevernagie, eigenlijk.

De commissaris antwoordde niet.

Rustig stofte de gerechtspsychiater met de plumeau over zijn bronzen erecties en ivoren penissen, waarna hij zuchtend overeind kwam uit zijn krakende stoel en naar zijn toonkasten schuifelde. Hij droeg een brede broek met knopen vooraan in plaats van een ritssluiting. Ô ma femme... ô ma bien-aimée..., heel luid nu. Met een geheim sleuteltje opende hij een kast en keerde al de beelden van naakte vrouwen met hun gezicht naar de muur. Niet dat hij bezeten was of geobsedeerd of zo, nee, helemaal niet, maar soms had hij eenvoudig geen zin in kutjes en borstjes en wilde hij gewoon billen en kontjes zien.

'Slaap je?' bromde Dr. Fradler.

De commissaris schrok op uit zijn hazenslaapje. 'Nee, natuurlijk niet!' antwoordde hij snel.

In het lokaal van de speurders zoemde een telefoon en tegelijk rinkelde het andere toestel. De derde telefoon maakte een piepend geluid. Een flapperwind blies de regenwolken verder weg, in de richting van Hoboken. Meeuwen scheerden rakelings langs het raam. Deridder luisterde naar het bellen van de telefoons. Hij beet in een donut met chocolade—eigenlijk had hij meer zin in een hamburger met mosterd en ketchup en een ongelooflijke portie frieten—en typte met twee vingers, zonder fouten, met alle punten en komma's op de juiste plaats, en zo snel dat de tafels ervan daverden. Hij zat op enkele hete dossiers en trok een diepe denkrimpel in zijn voorhoofd. Kruimels van zijn donut vielen tussen de toetsen. Hij niesde en groen snot spatte tegen het scherm. *Ik ben bereid om de waarheid te vertellen... typte hij... Getuige beweert dat... op het ogenblik van de feiten... Ik heb niets aan te merken op de manier waarop ik ben ondervraagd...* en hij nam de rinkelende telefoon op.

Verkeerd verbonden.

Twee karweimannen herschilderden het plafond. Zij maakten er een echt kunstwerk van, alsof het niet om een verhoorkamer in een oud gerechtshof ging maar om de Sixtijnse kapel. Met de handen in de broekzakken keek de commissaris naar de schilders.

De telefoonwacht twijfelde tussen Radio Antigoon en Radio Minerva. Hij draaide aan de knoppen en Marcel Thielemans golfde met zijn dansorkest door de gang. *Weet*

je nog wel, Dien avond in de regen, Hoe we beiden zwegen, Heel ver-
liefd en heel verlegen, Samen, Onder moeders paraplu. Uit de wandelzaal weerklonk geroezemoes.

Desmet kwam uit de wc en trok zijn rits dicht.

Flora dweilde de gang.

'Iedere man kent dat,' mompelde Desmet. 'Je haalt je
piemel uit je broek om te plassen en voor je 't weet, vliegt
de straal rechts tegen de muur.'

Een ongeluk komt nooit alleen, dacht Flora.

Peeters zat in zijn draaistoel. Hij was in een rothumeur.
Zijn onderhemdje van Damart hing half uit zijn broek en
zijn witte onderbroek—ook van Damart—had hij tot
over zijn buik opgetrokken. Hij was van Drum overge-
schakeld op Nybro's en blies de rook van de zelfgerolde
stinkstok in de lucht. Op de tabakszak stond een dansende neger.

De lippen van Sofie Simoens waren rood en dik, alsof zij
geboetseerd waren uit plasticine. Zij knabbelde op een
centwafeltje. De handgreep van haar revolver—een kleine .38 Smith & Wesson LadySmith, met vijf in plaats van
zes kogels in de trommel—krulde in een elegante boog
uit de holster op haar heup. De andere holster was leeg.
Het dienstpistool lag boven op haar dossiers.

Flikken zijn klepzeikers, schrijft Brusselmans.

Bedankt, Herman, dacht Sofie Simoens.

'Bij graafwerken in Berlijn heeft een bouwvakker de penis van Hitler teruggevonden,' zei Peeters. Hij liet de rook
uit zijn neus kringelen, in donkere, dansende cirkels die
steeds groter werden.

'In welke staat?' vroeg Sofie Simoens.

'Gekrompen, maar nog goed bruikbaar.'

Wie is Hitler? dacht Deridder.

'Wat doet de eerlijke vinder ermee? In een museum zetten, op sterk water?'

'Ben je gek? Verkopen aan de hoogste bieder!'

'Verkopen?'

'Natuurlijk. Voor een penistransplantatie.'

'Wie wordt de gelukkige?' vroeg Deridder zonder van zijn toetsenbord op te kijken.

'Dewinter!' riep Sofie Simoens en zij viel achterover van het lachen. 'Op kosten van het Vlaams Blok!'

'Pas op, Hitler had maar één kloot,' zei Desmet.

'En dan? Lance Armstrong rijdt ook op één kloot en toch won hij de Ronde van Frankrijk,' antwoordde Peeters.

'Dewinter de Ronde van Frankrijk?' vroeg Deridder.

'In een shirtje van 't Vlaams Blok,' lachte Sofie Simoens.

'Op één kloot!'

De regen gutste tegen de ramen. Desmet keek moedeloos naar de ladders en stellingen en zuchtte. De commissaris legde een hand op de schouder van zijn speurder, die tranen in de ogen kreeg.

'Hoe gaat het met ons Lisa?'

'De psychiater heeft haar in een gesloten inrichting gestopt,' zei den Djim. 'Zij is rijp voor het asiel. Zij hoort stemmen in haar hoofd en praat met dode mensen. Op spreekuur gaan bij de dokter was het liefste wat zij deed. Ik heb geen geluk met de vrouwen, chef. Mijn moeder leed aan chronische bronchitis. Op doktersvoorschrift kneep zij iedere avond haar neus dicht en at een bord pap van beschuiten in stout of rode wijn met suiker en geklutste eieren. Ik proefde er twee lepels van en ging poepeloerezat naar mijn slaapkamertje. Wij woonden hier om de hoek, in de Paleisstraat tegenover de brandweerkazerne, maar voor de gezondheid van mijn moeder verhuisden wij naar de noorderpolder. Kan je je dat voorstellen, chef, zeven kilometer van hier, met de boerentram, en gezonde lucht? Op slag genas zij van haar bronchitis maar toen kreeg zij een maagzweer en kronkelde over de grond van ellende. Nu rust zij op het kerkhof onder de grote boom, die ook al is omgezaagd. Zo is het leven, chef. Van alles wat voorbij is, blijft niets over.'

Behalve de herinnering, dacht de commissaris.

Ding—dong, ding—dong.

Wat hoorden zij daar?

Het klokje van de tijd, dat de beste jaren van hun leven wegtikte.

'Hoe lang zijn jullie getrouwd?'

'Dertien jaar.'

'Ongeluksgetal.'

Desmet staarde als een geslagen hond naar de grond. Na enige tijd gleed een sombere glimlach over zijn gezicht.

'Waaraan denk je?'

'Vroeger ging ik vissen, chef, in de Grote Put aan de Ekerse Dijk. Van vijf uur 's morgens zat ik met een paar vrienden aan het water, op zo'n rieten mandje. We waren altijd samen, zes of zeven gezworen kameraden. Links van mij zat Stan van de Puit en rechts zat de Cisse, die 33-toerenplaatjes draaide op een draagbaar platenspelertje, tussen het riet aan de rand van de put. Fats Domino en Buddy Holly. Soms hadden de vissen er geen zin in. Er valt niks te vangen vandaag, zei de Cisse, en hij haalde zijn toeter uit zijn broek. Wat doe je? vroeg Stan. De vissen bijten niet, dus houden we een wedstrijd, zei de Cisse, het wereldkampioenschap vérschieten. Dat vonden die andere gasten blijkbaar plezant want zij zaten ineens allemaal met hun leuter in hun hand, en maar rukken en trekken. Natuurlijk was het de Cisse die het eerst klaarkwam en zijn sperma tot voorbij zijn dobber schoot. Ik heb gewonnen! riep hij, ik ben wereldkampioen! Stan en ik trokken ook, maar er kwam niets uit onze toeter, chef. Ik denk dat wij te jong waren om wereldkampioen te worden.'

'Ik ken die Stan van de Puit, wij zaten op dezelfde school!' riep een schilder van op zijn ladder.

Desmet en de commissaris keken omhoog naar het plafond van de Sixtijnse kapel. De schilder was een magere man met een hoornen bril en ingevallen wangen. Hij droeg een witte overal vol gele en groene verfspatten.

'Stan? Dat is een naam voor een sprekende ezel,' zei de tweede schilder.

'Djim is niet slecht, al zeg ik het zelf, maar Jef blijft de mooiste naam die ik ken,' antwoordde Desmet. 'Een mannelijke naam.'

'Pieter klinkt ook niet slecht,' vond de tweede schilder.

'Pieter? Weet je wat dat is, een pieter?'

'Nee.'

'Echt niet?'

'Nee.'

'Een pieter is dat ding tussen zijn benen waar de Cisse wereldkampioen vérschieten mee werd. Wie wil er nu een *penis* als voornaam?'

'Ken jij het juiste woord voor *penis* in het Arabisch?' vroeg de tweede schilder.

'Nee.'

'Eddy.'

'Echt?'

'Natuurlijk.'

'Nu snap ik waarom Eddy Merckx twéémaal wereldkampioen werd,' zei de schilder.

'Wereldkampioen vérschieten?' vroeg den Djim.

De schilders proestten het uit.

'Weten jullie wat **Stan** betekent?'
'Nee.'
'**S**teeds **t**egen **a**lles **n**jet,' zei hij. '**S-t-a-n**. Stannen zijn knorpotten.'
'Toch zou ik liever Stan heten dan Eddy of Pieter,' zei de tweede schilder.
'Hoe heet jij?' vroeg de commissaris.
'Mohammed,' zei de schilder en het werd heel stil in de gang.

Twee speurders van de rijkswachtkazerne aan de Boomsesteenweg kwamen uit de bezoekerslift. De eerste speurder had een ruw, doorleefd gezicht met ongeschoren wangen en een rond hoofd met korte, harde stoppels. Hij droeg een namaaktrui van Tommy Hilfiger die was opgebouwd uit rechthoekige rood-wit-blauwe of blauw-wit-rode kleurvlakken en een slodderige jeans. De tweede speurder had zwart haar dat met glanzende gel was achteruitgekamd. Hij was gladgeschoren. Zijn huid had de kleur van olijfolie. Hij was gekleed in een strak kostuum van Italiaanse snit met daaronder een zwart T-shirt. Allebei droegen de speurders hun dienstwapen in een leren schouderholster onder hun oksel. Ze groetten de commissaris met een korte hoofdknik en liepen achter hem aan naar het lokaal van de moordbrigade.

Een grijze, troosteloze namiddag.

Deridder boog zich over het toetsenbord en peuterde de kruimels tussen de toetsen uit. Sofie Simoens was slaperig en kletste zich links en rechts op haar wangen. Zij trok het blaadje van de scheurkalender. *Bedriegt uw vrouw u? vroeg de psychiater. Wie anders? zei de man.* Zij begreep er niets van en mikte het verfrommelde blaadje een halve meter naast de papiermand. Peeters peuterde in zijn neus en sloeg tabaksvezels van zijn dossiers.

'Worden frietjes van McDonald's van Marokkaanse aardappelen gemaakt?' vroeg Deridder.

'Natuurlijk,' antwoordde Peeters.

'Waarom?'

'Omdat Marokkaanders de beste aardappelen zijn, tiens.'

'Dewinter prikt alle dagen een Marokkaans aardappeltje bij het noenmaal,' zei Sofie Simoens.

'Echt?' vroeg Peeters met een onnozel lachje.

'Vast en zeker.'

'Waarom?'

'Een Marokkaan opvreten, da's het liefste wat hij doet.'

De commissaris schraapte zijn keel. Zijn regenjas hing nonchalant over zijn schouder. 'Wij verloren een prima speurder en dat verlies is nooit aangevuld. Lodewyckx was een pitbull die niet stopte als hij tegen een muur liep, maar *bon*, Lode is dood en het leven gaat verder.' Hij slikte tweemaal. 'Mijn *fingerspitzengefühl* zegt dat wij extra mankracht nodig hebben. Zelf ga ik er een weekje tussenuit. De onderzoeksrechter stuurt mij naar Hollywood.'

'Neem mij mee, chef,' kirde Sofie Simoens.

'Wie is er op zijn best?' vroeg de commissaris.

'Ik sta scherp,' antwoordde Sofie.

De stoot van de eeuw, dacht de speurder van de Boomsesteenweg.

Hij *leek* een breekijzer dat zich door niets of niemand opzij laat dringen, en hij *was* het ook. De smerigste flik ter wereld, vond hij van zichzelf. De smerigste en de gemeenste. Zijn neus was op twee plaatsen gebroken en hij had een hazenlip. *Bec de lièvre* noemde zijn moeder hem, toen hij klein was. Als er grappen werden gemaakt, peuterde hij met een lucifer tussen zijn tanden.

'Ik ben Tony Bambino,' zei hij zelfbewust.

'Een maffianaam,' lachte Peeters.

Iedereen kon erom lachen, behalve Tony Bambino. 'Als ik met mijn naam een gangster van de maffia ben, dan zijn Salvatore Adamo en Rocco Granata óók gangsters van de maffia,' zei hij. 'Elio di Rupo ook, trouwens.'

Elio di Janetto di Tapetto, dacht Peeters.

Hij draagt geen trouwring, dacht Sofie Simoens.

De tweede speurder stapte naar voren. 'Mijn naam is Alidor El Hadji,' zei hij met de klaagstem van een oude vrouw. 'Vrienden noemen mij Ali.'

Mein Gott. Zeg dat het niet waar is, dacht Peeters.

Een Marokkaanse Belg.

Allez, een makak, beter gezegd. Een kameeldrijver.

'Ik begrijp hem niet, chef. Welke taal spreekt hij?' vroeg Peeters. 'Allochtoons?'

Hier komen vodden van, dacht Sofie Simoens.

De telefoon rinkelde.

'De onderzoeksrechter vraagt hoe het onderzoek vordert, chef,' zei den Djim.

Traag, dacht de commissaris.

'Zeg dat ik ben gaan vissen.'

Zij kan de pot op, dacht hij.

'In 't Galgenweel, chef?'

'Waar anders?'

Misschien wil hij wereldkampioen worden, dacht Desmet.

'Ik denk dat ik een halfuurtje ga joggen,' zei Deridder. 'In Park Den Brandt. Kom je mee, Elio di Janetto di Tapetto?' voegde hij er lachend aan toe. 'Twee zien meer dan één.'

'In Park Den Brandt staat het mooiste beeldhouwwerk van heel 't stad,' zei Sofie Simoens. 'Vijf en een halve meter hoog.'

'Den Bloten David? Allez Sofie, niet zeveren,' zei Desmet. 'Ten eerste is het een ordinaire kopie van plaaster. Ten tweede kijkt hij scheel.'

'David?'

'Zo scheel als een otter. Ten derde werden zijn ballen afgedekt met een vijgenblad. Waarom? Niet moeilijk, er is iets mis met hetgeen eronder zit. Iedere normale man heeft één grote en één kleine kloot. De grote is altijd de linkse, die het zwaarst is en het laagst hangt. Toen ik in Italië met vakantie was, stond ik met m'n neus onder de tafelsjotterkes van de échte David. Ik heb het met m'n eigen ogen gezien: zijn *rechterkloot* hangt het laagst. Foutje, Michelangelo.'

Wie is Michelangelo? dacht Deridder.

'Het sneeuwde in Italië,' zei Sofie Simoens. 'De koning vroeg aan Michelangelo om een sneeuwman te maken op het binnenplein van het paleis. Toeristen uit heel de wereld kwamen ernaar kijken. Toen begon de dooi en smolt de mooiste sneeuwman aller tijden als sneeuw voor de zon.'

'Bestaat er een foto van?' vroeg Deridder.

'Nee, een video,' zei Tony Bambino.

Deridder tastte naar zijn eigen tafelsjotterkes en was blij dat zij op hun plaats hingen.

De commissaris had er genoeg van en deelde marsorders uit. Hij besliste met een vingerknip. Desmet? Knip. Sofie Simoens? Knip. Peeters? Knipknipknip. 'Deridder naar Park Den Brandt,' zei hij nors. 'Loop een paar rondjes *undercover* en pas op voor de janetten. Ogen open, kontje dicht. Peeters gaat naar de Keyserlei. Snuffelsnuffel wat in de goudwinkeltjes van de Georgiërs en stel slimme vraagjes. Zwem tegen de stroom in en verzamel alle nuttige aanwijzingen. Pas op, want alle Russen hebben een twijfelachtig verleden. Zij slapen met de ogen open, omdat zij bang zijn om te worden vermoord. Naar het schijnt dromen zij zelfs met open ogen. Ali gaat met Peeters mee. Voeten op de grond en gas geven. Desmet en Tony Bambino canvassen de Cogels-Osylei van de spoorweg tot aan 't station van Berchem. Buurtonderzoek, ja. Die drugssupermarkt ligt verdomd zwaar op mijn maag en om dichter bij de waarheid te komen, zullen wij eerst door een moeras van leugens en onwaarheden moeten. Naar het schijnt staat in de Conventie van de Rechten van de Mens dat een verdachte het recht heeft om te zwijgen en te liegen. Wel, ik word daar mottig van. Met permissie, veeg er vierkant uw voeten aan. Als een verdachte zwijgt of liegt, geef hem een koek op zijn bakkes. Resultaten, dat is het enige wat telt, want ik sta onder zware druk en de onderzoeksrechter zet het mes op mijn keel. Ik wil spijkerharde bewijzen. Niet lullen maar dóén. Genoeg op reserve gereden en krachten gespaard, wij zijn de Berg van Barmhartigheid niet. Scherp de messen en gas geven. Laat niets aan het toeval over, laat geen denkspoor ongemoeid, en zet zonder pardon iedereen op secreet die iets heeft gehoord of gezien. Als zij blaffen en een grote mond opzetten, dan blaffen jullie nog veel harder terug. Je weet toch hoe je moet blaffen, Tony?'

'Wat doe ik?' vroeg Sofie Simoens.

'Kook twee eitjes. Zacht. Vijf minuten, méér niet.'

'Twee eitjes?'

'Ja.'

'Waarom, chef?'

'Dat zal ik je onder vier ogen vertellen. Kan je zwemmen?'

'Ja.'

'Heb je een badpak?'

'Ja, natuurlijk.'

'Goed.

'Kom jongens, gedaan met lanterfanten,' zei Deridder.

'Om het in goed Vlaams te zeggen, hoog tijd dat we een paar rotzakken een kloot aftrekken,' zei Peeters.

'Kloten aftrekken is mijn specialiteit,' antwoordde Sofie Simoens lachend. 'Ik heb nooit anders gedaan.'

'Als je wil, Sofie, mag je aan mij trekken,' grinnikte Tony Bambino. 'Ik had mijn laatste orgasme toen Boudewijn nog koning was. Dan weet je 't wel zeker?'

Zij waren een kleine groep en zij vertrouwden elkaar blindelings. Er wordt gezegd dat een speurder een olifantenvel krijgt en aan alles went, zelfs aan de goorste en gruwelijkste misdrijven. Dat hij een olifantenvel krijgt, is waar, maar *wennen*? Nee, nooit. Het zicht van een verhakkeld lijk went nooit. Het is trouwens flauwekul dat een lijk op een slapende mens lijkt. Een lijk is een lijk, en daarmee uit. Tony Bambino keek naar de wolken en vroeg zich af of het opnieuw ging regenen. Als het regende, deed zijn hazenlip pijn. Hoe dat kwam, hij wist het niet.

Het spel zat op de wagen.

'Komaan, Abdoel. Wat denk je van een bord lekkere joodse tschickensoep bij Hoffy's?' zei Peeters. 'Ik heb mijn kameel geparkeerd in de Justitiestraat. En jij?'

'Ali. Mijn naam is Ali,' zei de speurder.

'Ik weet het, Abdoel, ik weet het,' zei Peeters.

'Noem mij dan Ali.'

'Beste vriend, in Vlaanderen Vlaams en mosselen op Sint-Anneke,' zei Peeters. Hij wreef over zijn stoppels van drie dagen. 'Ik heb een hekel aan dikke homo's, lesbische trutten, communisten, salonsocialisten, spuiters, snuivers, de groenen, paardenpoepers, geitenneukers, mensen met rood haar, ratten en verraders en vooral, beste

vriend, vooral heb ik een hartgrondige hekel aan namaak-
belgen die zich Ali noemen. Is dat duidelijk, Abdoel?'
'*Allah Akbar*,' zei Ali en sloeg zijn ogen ten hemel.
'Wat heeft *dat* te betekenen, Abdoel?'
'Allah is groot.'
'Misschien kan ik iets van je leren, Abdoel,' zei Peeters
zuchtend. 'Is het waar dat kameeldrijvers hun kont afve-
gen met hun *linkerhand*? Hun *onzuivere* hand? Zich afruk-
ken doen zij óók met hun linkerhand, naar 't schijnt.'

De taken waren verdeeld. Het spel zat op de wagen en het
feest kon beginnen. Iedere speurder wist wat van hem
—of haar—werd verwacht. Gedaan met koffiedikkijken.
Checken en dubbelchecken en bidden opdat de stukken
van de puzzel in elkaar zouden passen. De roffelregen was
een stippelregen geworden. Een man die een verwarde
indruk maakte, kroop over het dak van een garage aan de
Herentalsebaan. Hij zwaaide met een broodmes van
twintig centimeter en krijste dat de politie hem met rust
moest laten, in het teken van de wereldvrede, want het
einde der tijden was nabij en een stem in zijn hoofd had
hem de opdracht gegeven om Stalin en Sadam Hoessein
en alle stoute madammen te vermoorden. Een wijkagent
schoot een kogel in zijn been. De man werd voor verzor-
ging overgebracht naar het Maria Middelaresziekenhuis.
Drie minuten later werden de flikken opnieuw opgeroepen. Een restauranthouder was overvallen en met een gebroken fles in zijn bil gestoken. In de gang van zijn huis
bloedde hij dood. Zo ging dat maar door, zeven dagen op
zeven, dag en nacht, vierentwintig uur op vierentwintig.
Overal in het arrondissement vonden huiszoekingen
plaats. Verdachten werden gefotografeerd omdat *identificatie* het sleutelwoord is bij de meeste misdaden. Kijk naar

Hugh Grant, O.J. Simpson en Michael Jackson. Ook in het buitenland werden onderzoeksdaden verricht maar er volgden geen aanhoudingen en daar konden de speurders niets tegen beginnen, niets, *nada*, noppes, nul-dekloten, want om een aanhoudingsbevel uit te vaardigen, zegt de wet, moet er een ernstig vermoeden van een strafbaar feit zijn, en dat vermoeden was er niet, zo op het eerste gezicht, hoewel in de wandelgangen van het gerechtsgebouw verschillende grote namen circuleerden.

De commissaris stak de straat over, naar de groene Opel Vectra die iedere ochtend met een volle benzinetank voor het gerechtshof werd afgeleverd. Over de Noorderlaan en langs de Luchtbal reed hij naar het polderdorp met de kerk en het beeld van de tweede Koning der Belgen met zijn witte baard. In het centrum linksaf en dan rechtdoor tot voorbij de wei van Michielsen. Hij belde aan en de deur zwaaide open. In de gang hingen naaiwerkjes in vergulde lijsten en familiefoto's met witte vierkanten en rechthoeken op de plaats waar de mannelijke leden van de familie vakkundig uit de foto's waren weggeknipt. De moeder van Max stond in het midden van de trap. Zij leek heel oud, met een gerimpelde, perkamenten huid, en opzichtige gouden tanden. Haar handen waren kromgetrokken van de reuma. Driftig zoog zij op twee Belga's tegelijk. Beneden in de gang lag een pluchen hond met weemoedige ogen. Een voetmat, dacht de commissaris, en hij veegde zijn voeten af.
    'Uw zoon is ontsnapt.'
    'Ontsnapt?'
    'Uit de gevangenis van Barcelona.'
    Zij zuchtte en klauterde op handen en voeten op de trap, over een wollen loper met afgesleten jachttaferelen.

De loper was met koperen stangen aan de treden vastgemaakt. Toen zij boven kwam, hijgde zij van de inspanning. Op de overloop stonden gele zonnebloemen van kunststof in een vaas die tot de rand was gevuld met brak water. De televisie stond aan, op VTM, en terwijl Clouseau zong dat familie om je heen belangrijk is, sloot de oude vrouw zich op in de badkamer en blies de rook van haar sigaretten in haar eigen spiegelbeeld. De zoon van Max kroop als een schicht onder de keukentafel, tussen Dinky Toys en loden soldaatjes, en speelde met een GameBoy. Hij is acht, misschien negen jaar, dacht de commissaris.

'Kom, Laika!' riep de oude vrouw.

De pluchen hond bleef gewoon liggen, op de vloer in de gang onder aan de trap.

Voorzien van een 'rogatoire opdracht in het binnenland' reed de commissaris onder een hemel van grijze golfplaten over de E313 naar Geel. Hij moest oppassen, want zonder dat hij er erg in had, reed hij te snel. De straten waren nat en glibberig en een druilige motregen kleefde op de voorruit van de dienstwagen. Het klimaat ligt met zichzelf in de knoop, dacht hij. Allemaal de schuld van Tsjernobyl, het gat in de ozonlaag, de big bang, Fidel Castro en de atoombom op Hirosjima. Hij was druipnat toen hij bij de winkel kwam. Op de gevel stond in lichtende letters SLAGERIJ BASTIAENS en daaronder Spekslagerij, in kleinere letters. Bastiaens kookte hespen en babyroze speenvarkentjes in heet water. Hij had blozende wangen en stak zijn armen tot over de ellebogen in de ketel. Op zijn kop kleefde een pruikje als dat van Kevin Spacey. Het had de kleur van chocolademelk. Zijn witte stofjas en zijn veel te grote witte rubberlaarzen waren met bloed besmeurd. De scherpste vleesmessen lagen kriskras op een houten kapblok en lillende varkenslevers glinsterden aan kromme vleeshaken. Een groot raam zag uit op een serre waarin een zee van bloedrode, fluwelige rozen bloeide.

'Is dit een verhoor?' vroeg de slager. Om zelf niet uit te glijden over het bloed en de vettigheid strooide hij zaagsel over de vloer.

'Nee.'

'Word ik beschuldigd?'

'Nog niet.'

'Wat betekent...?'

'In mijn ogen is iedereen verdacht tot hij niet meer verdacht wordt,' zei de commissaris.

'*Word* ik verdacht?' vroeg de slager.

'Niet meer dan een ander.'

Waarom stelde iedereen altijd dezelfde vragen?

Als hij *Ja* durfde zeggen, was het antwoord: *Arresteer mij dan.*

Iedere keer opnieuw.

Zei hij *Nee*, dan werd hij buiten gekeken.

Het was nooit goed.

'Hoe oud ben je?' vroeg de commissaris.

'Achtendertig.'

Gevaarlijke leeftijd, dacht hij.

Als hij ziek is in zijn hoofd, is hij op het hoogtepunt van zijn psychose.

'Mag ik vragen naar de reden van uw bezoek, commissaris?'

'Openhartig praten met iemand die een goede vriend was van Max Maes.'

'Ik was geen vriend, commissaris, ik was een klant. Zal ik meteen de puntjes op de i zetten? Max verkocht schilderijen. Als m'n Chinese vaas tot de rand gevuld zat met

zwart geld, dan was ik koper. M'n vrouw is er vandoor
—met een *allochtoon*, godbetert!—en heeft mijn Chinese
vaas meegenomen. Gedaan met neukkken en schilderij-
en kopen.'

Hij stottert, dacht de commissaris. Neukkken.

'Ik heb het moeilijk met sekkkswoorden,' zei Bastiaens
snel. 'Mijn huig slaat tilt waardoor ik hak-k-kel.'

De commissaris viste zijn notitieboekje uit zijn jas en
keek naar de vragen die hij had voorbereid. 'Voorzover wij
weten, vermoordde Max drie vrouwen. Zijn manier van
werken was iedere keer dezelfde. Hij *mutileerde* zijn slachtoffers, sneed ze in stukken en trok de ingewanden eruit,
zoals een slager dat zou doen.'

Nee, dacht Bastiaens, zoals in een pluimveeslachterij.

Hart, darmen, maag, lever en longen eruit, met een
stalen boor.

'Wie bracht hem op het idee?' vroeg de commissaris.

'Ik niet.'

Stilte.

'Max is een beginneling, commissaris,' zei de slager.
'Een prutser. Drie vrouwen vermoorden is peanuts, daarmee kom je niet in het Guinness Book of Records. Het
kleinste kind kan een buik opensnijden. Ik kan het weten, in vlees snijden is mijn beroep. Ik snij alle dagen bui-
ken open, van varkens, kalveren, in 't slachthuis van hele
runderen. De buik van een mens is zachter dan de pens
van een varken. Geloof mij, een lijk middendoor zagen,
dát is andere kost. Ooit gehoord van Haarmann in Duitsland, commissaris? Nee, natuurlijk niet.'

Stilte.

Bastiaens kneep in zijn handen.

Likte aan zijn lippen en stak zijn duim in zijn mond.

'Fritz Haarmann was ook een slager. Een *keurige* slager

met een vriendelijk, open gezicht. In de nachtelijke uren ontpopte hij zich tot een bloeddorstige slachter die de armen en benen van zijn slachtoffers tot gehakt vermaalde en het mensenvlees aan zijn klanten in de slagerij verkocht. In één jaar liet hij zeshonderd kinderen verdwijnen, twéé per dag. Haarmann had de vervelende gewoonte om de adamsappel uit de keel van zijn slachtoffers te bijten, commissaris, maar denk niet dat alle slagers daarom moordenaars zijn. Ook Shakespeare was de zoon van een slager.'

Laat hem, dacht de commissaris.

Laat hem praten.

'Het zou me niet verbazen indien Max contact zou zoeken,' zei Bastiaens nadenkend. 'David B. vermoordde zes vrouwen en liet een boodschap achter voor de politie. Ik ben diep gekwetst omdat jullie mij een vrouwenhater noemen, schreef hij. Dat ben ik niet! IK BEN EEN MONSTER! Ik ben dol op jagen en meisjes zijn mijn prooi. Ik kom terug! Ik kom terug! Steeds de uwe in het moorden. Zijn brief aan de politie was gesigneerd: HET MONSTER. Eigenlijk is er maar één probleem, commissaris.'

'Ik luister.'

'Max is geen monster.'

'Je gaat daar losjes overheen, volgens mij.'

'Ten eerste heeft ieder mens zijn eigen kijk op de wereld, commissaris. Een jockey ziet alles tussen de oren van een paard. Mijn wereld bestaat uit dood vlees. Ten tweede is er voor God geen verschil tussen mens en dier. Wij zijn allemaal levende wezens in Zijn ogen. Als je een dier mag doden, mag je ook een mens doden. God geeft, God neemt. Een moordenaar neemt, zoals God. Doodeenvoudig. Moord is aangeboren, commissaris. Meisjes spelen met poppen en jongens oefenen met een geweer. Of met een beenzaag, zoals Haarmann. Alles wat leeft moet dood, vroeg of laat, commissaris. In mijn krant stond een artikel over een jongeman die ocharme drie verpleegsters heeft vermoord en de Wurger van Linkeroever wordt genoemd. Sukkelaars, dacht ik, de enige echte wurger is de Wurger van Boston die *dertien* vrouwen heeft gewurgd. Hij vond er zelfs een speciale knoop voor uit, lees er de vakliteratuur maar op na. In een klassieke wurgknoop varieert het aantal lussen van zeven tot dertien en *altijd* is het een *oneven* getal. Zeven, negen, elf, dertien. Slechts één moordenaar gebruikte een knoop met een *even* aantal lussen: de Wurger van Boston. Moord is een kunst, commissaris.' Hij lachte hysterisch en pulkte aan zijn vingers. 'Daarom staat de Wurger van Boston op Nummer 1 in mijn persoonlijke Toptien van beste seriemoordenaars aller tijden. Fredje West is een goeie tweede. Stel je voor, hij zaagde zijn eigen dochters doormidden toen zij stijf stonden van de rigor mortis. Hannibal Lecter komt dicht in de buurt. Je kent Hannibal Lecter toch, commissaris? Een kannibaal die de levers van zijn slachtoffers opvrat. Een lekkernij, beweerde hij. Ik kan dat begrijpen, commissaris, ik vind lever ook heel lekker.'

'Mensenlever?'

Dat was een vraag waar de slager niet op wenste te antwoorden. 'Zoek er niets achter, commissaris,' zei hij op gewekt. 'Moord is mijn hobby. Dat is het eerste waar ik naar kijk, als ik 's ochtends mijn krant opensla. Wie is er gisteren vermoord? Ik ben een tevreden mens als er *drie* in plaats van *twee* moorden in de krant staan. Weet je wat ik vreemd vind? Dat ik hier in de bibliotheek—en Geel is nochtans het dorp van de zotten—nooit een boek heb gevonden over een *vrouwelijke* seriemoordenaar die zich vergrijpt aan *vrouwelijke* slachtoffers. Niet met arsenicum en oude kant, zoals in de boekjes van Agatha Christie, maar met bloed en tranen. Spijtig dat ik geen vrouw ben, anders kon ik de eerste in de rij worden.'

'Je praat jezelf in de problemen.'

'De gelegenheid maakt de dief, commissaris. Trouwens, naast moord heb ik voldoende andere hobby's, vooral mijn bloemen en mijn lievelingsbeestjes. Ik zwem regelmatig en drie avonden per week speel ik badmeester. Om een alibi meer of minder zit ik niet verlegen. Kom mee, dan toon ik je de vetzakkerij waarmee ik mijn dagen vul als ik niet beroepshalve varkens en kalveren doormidden zaag.'

Bastiaens ploeterde in zijn rubberlaarzen vol bloedspatten door de serre waarin de heerlijkste rozen bloeiden, in alle grootten en soorten, met verleidelijke namen als Lilli Marlene en Calypso en Don Juan en *Schneewittchen*. Er was een *Schwarze* Weduwe bij met purperen tinten en een lichtgevende Disco Dancer, om de Olympiad niet te vergeten die de officiële roos was van de Olympische Spelen. De commissaris was geen echte kenner, niet van vrouwen en niet van bloemen, hij was meer een liefhebber van 'gewone' schoonheid. In zijn ogen leken alle rozen op elkaar en waren ze allemaal even mooi, zoals alle vrouwen in zijn ogen mooi waren. Een roos is een roos is een roos. Wie had dat ook alweer gezegd? In de serre hing de muffe geur van vochtige aarde. Zijn voeten zakten weg in het grind. Het was broeierig warm. Tussen karmozijnen rozen die aanvoelden als fluweel en doornen aan diepgroene struiken stond het stenen beeld van een engel die water spuwde uit een buis in zijn mond. Aan een haakje boven een zwaaideur hing het gewei van een damhert. De deur gaf toegang tot een Zwitsers tuinhuisje met een houten balkon. Ramen waren dichtgetimmerd met balatum en een plaat van Gyproc. Onder het gewei was een stuk karton bevestigd waarop iemand Halt! *Hier begint het Rijk van de Dood!* had geschreven, met een vinger die in bloed was gedrenkt. Bastiaens schoof de grendels weg en trok de gammele deur open. Er zat een duister hok achter, waar niet het minste daglicht in doordrong. Kieren en spleten waren opgevuld met stopverf en afgedekt met roofing. De commissaris was er trots op dat hij zoals de wilde dieren over een soort zesde zintuig beschikte, dat hem ervoor waarschuwde wanneer er gevaar dreigde, en toen de vochtige lijklucht van rottend vlees als een vuistslag in zijn gezicht sloeg, deinsde hij werktuiglijk twee stappen achteruit. Zijn adem stokte. *Itsy bitsy teeny weeny yellow polka dot bikini*, neuriede de slager en hij knipte een schrale lamp van 25 watt aan. De commissaris kokhalsde en kotste de inhoud van zijn maag uit zijn lijf en strompelde en struikelde het Zwitserse tuinhuisje uit terwijl de harde, holle lach van de slager als een donderslag bij heldere hemel door de broeierige serre galmde.

Met een slakkengangetje reed de commissaris terug naar Antwerpen. Er kleefde bloed aan zijn hand. Zonder nadenken likte hij eraan. Bloemen en bloed hebben dezelfde smaak, dacht hij. De zure smaak van braaksel. Hij wurmde zich uit het drukke verkeer en reed langs de Jan Van Rijswijcklaan naar het gerechtshof. Aan een stoplicht kwam een zwabberaar zijn autoruiten schoonvegen. Een 4x4 botste tegen een jongeman op een brommer, die drie meter over de weg gleed. De jongeman hinkte overeind, wreef over zijn pijnlijke knie, en riep: 'Kom uit je strontbak, dan trek ik je kop eraf, rotwijf!' De vrouw achter het stuur van de 4x4 sloeg haar handen voor haar gezicht. De commissaris schudde zijn hoofd. Wij hebben allemaal stront aan ons gat en daar kunnen alle psychiaters en alle psychologen in heel de wereld niets aan veranderen, dacht hij. Het was een verontrustende gedachte, die hem schrik aanjoeg. Hij parkeerde zijn 'auto van de zaak' op een plaats voorbehouden voor laden en lossen. De sleutels liet hij achter bij de portier van het gerechtshof.

Soms walgde hij van het leven.

De wereld is ziek, dacht hij.

Waar zijn wij aan begonnen?

Waar eindigt alles?

In het lokaal van de speurders stonden twee lege melkflessen naast verharde verfborstels in een pot terpentijn. De commissaris knipte een leeslamp aan met een lampenkap van groen glas. Twee ramen stonden op een kier. De lucht was koel en fris. Hij keek naar het rustige stilleven van mappen en dossiers op de tafels en rook opnieuw aan zijn handen. In een doosje van hoestpastilles lagen rode en bruine elastiekjes. Naast een gevlekt sigarenkistje met paperclips, potloodjes van Ikea, merkstiften en enkele oude muntstukken stonden verdroogde flesjes Tipp-Ex en een lege inktpot.

De commissaris stapte naar de blauwe poster met 100 *Gezondheidstips uit de praktijk van Dr. Alfred Vogel* en gleed met zijn vinger langs de raadgevingen tegen *Buikkrampen, Verstopping, Roos en Haaruitval* en *Pijnlijke Voeten.* Voilà, daar stond het, in de derde kolom rechts, bijna helemaal onderaan: *Reisziekte: Eet vóór de reis stukjes gekonfijte gember.*

Hij liep voorbij de leeslamp en zijn groene schaduw gleed langs de muur, hoog en breed en zo immens groot, dat het heel even leek alsof hij Maigret was in een zware winterjas, en op datzelfde ogenblik kreeg de commissaris een kinderlijke ingeving en deed hij iets wat hij in veertig jaar niet had gedaan: hij haakte zijn duimen ineen en fladderde met zijn handen voor de lamp, met gespreide vingers, en de donkere schaduw van een vogel of een vliegtuig kroop hoger en hoger langs de muur, over de gezondheidstips van de Zwitserse kruidendokter en de heteluchtballonnen van Pamela Anderson en de poster van Kamagurka, hoger en steeds hoger, voorbij de robot-foto van de 'reus' van de Bende van Nijvel, tot zij naar buiten vlogen door het openstaande raam en oplosten in de nevelen van de nacht.

Hollywood, ik kom! juichte de commissaris.

Er was één probleem: hij hield niet van gekonfijte gember.

Hollywood stonk. De straten lagen bezaaid met rottende sinaasappels en een warme bries vanuit de oceaan deed palmbomen en citrustuinen ritselen in de vroege ochtendzon. DE GROOTSTE JUMBO-IJSJES *JEZUS REDT* HAMBURGER DRIVE-IN stond op reclameborden langs de slingerende highway met acht rijstroken. In de betere wijken hing het aroma van eucalyptus tussen fraaie landhuizen. Een toeristentreintje reed langs de paleizen en tempels van filmsterren. *Hier woonde Charlie Chaplin! Kijk! Het huis van Arnie! Arnie wie? Schwarzenegger natuurlijk! Daar woont Julia Roberts!* Gras was groen en duur. DARMSPOELINGEN *HOT-DOGS* MOOIE BEGRAFENISSEN ZIJN *NIET* DUUR. Geen wolkje aan de hemel. Een starlet met platina krullen stak de straat over en wiegde haar sexy heupen. Ze droeg een zilveren badpak zonder schouderbandjes en een zwarte nertsmantel en leek als twee druppels op Kim Basinger in *L. A. Confidential*. Op de hoogste heuvel boven Los Angeles stonden negen reusachtige letters van plaatijzer op houten staken. Samen vormden zij het woord HOLLYWOOD.

De melkrand van de oceaan was bespikkeld met zilveren confetti. Max stapte in het glasheldere water. Om zijn hals hing een witte gevangenishanddoek. De zee maakte sissende geluiden en over het strand hing een ijle, warme mist. Wolkjes van goudstof warrelden naast zijn voeten. Zonder ophouden rommelde de branding, alsof het een verre donder was. Pelikanen en aalscholvers scheerden over de rollende golven en doken plonzend in het opspattend schuim. Zeehonden en zeeleeuwen koesterden zich tussen de surfers en joggers en in de heuvels huilden coyotes en blaften de vossen. Met een weldadig gevoel liet Max zijn urine langs zijn billen en zijn benen in de warme oceaan lopen. Zijn ogen werden vochtig. Hij zou nooit meer vrij zijn, nooit meer *echt* vrij. De gevangenis zat voor altijd in zijn hoofd. Hij had heimwee naar de warme vriendschap van zijn celmakkers in Barcelona.

Op de hoge muren van de gevangenis lagen lussen van vlijmscherp staaldraad onder hoogspanning. Uit elk van de vier wachttorens stak de dreigende loop van een machinegeweer. Zijn knellende handboeien werden losgemaakt. Max kreeg een gevangenisnummer en werd in een donkere cel gestopt.

'Hoe laat is het?'

Het monotone raspen en schuren van metaal op metaal, van ijzer op ijzer, alsof iemand bezig was met eindeloos geduld de tralies van zijn cel door te vijlen.

En dan, zoveel nachten later...

'Vrijwilligers! Keuken! Refter!' *riep de hulpkok.*

Max trok een witte stofjas aan. Hij zwabberde vet van de vloer en sleurde vuilnisvaten met keukenafval over de binnenkoer.

De poort naar de vrijheid stond wijd open.

Het was het uur van de siësta.

De wachttorens waren onbemand.

Nu of nooit, dacht hij.

'Eviva España!' riep Max uit volle borst over de einde-loze oceaan met zijn rustige, warme golfslag.

De lucht was zacht en fluwelig. Vroege wandelaars hadden hun broekspijpen opgerold en wandelden door de branding met hun schoenen of sandalen in de hand. Skaters haastten zich over een betonpad langs het strand en aan een klimrek voerden glimmende bodybuilders blakend van gezondheid een verplicht nummer uit. Badhuisjes stonken naar zweet en naakte mannen. De waterlijn lag vol afgebleekte condooms. Het waren net dode visjes. De ochtendzon warmde de pier en de jachthaven. YACHT HARBOR *SPORT FISHING* BOATING. Een reuzenrad draaide speels enkele rondjes en op de roetsjbaan ratelden wagonnetjes in een dubbele acht. Vrijdag, ongeluksdag. Max kon niet meer lachen. Hij kneep zijn vuisten samen en tranen sprongen uit zijn ogen.

Een zwarte haai zeilde over de oceaan en dook met een plons weer in het water. Max ging aan boord van een visserssloep die als een surfplank over de golven gleed. De oude skipper had een getaande huid. Zijn versleten broek hing met een stuk touw om zijn middel. Hij bracht hengels en onderlijnen in orde, met supersterke cirkelhaken van staal maat 10/0 en nylondraad met een dikte van 3 mm en een trekkracht van 450 kilogram. Als aas gebruikte hij verse makreel en vliegende vissen die hij in stukken hakte met een vissersmes dat aan twee kanten sneed. Het was vlijmscherp en vettig van bloed en snot. Een school blauwe vinvissen schoot onder de romp en wierp een donkere schaduw op het water. Hoe verder de sloep zich van Hollywood verwijderde, hoe meer de zoete landgeur van frangipani en oleander verdrongen werd door de zilte fauna en flora van de zee.

Max klom in de vechtstoel en gespte een schouderharnas om. Hij zette zich schrap en klemde zijn handen om de hengel van glasvezel en wachtte tot de vis aan de haal zou gaan met het aas. Er stond een sterke, stevige stroming. De warmste wind van het jaar klapperde met het zeil en de harde, strakke zon gaf zoveel hitte, dat de oceaan verdampte tot stoom.

De skipper legde de boordmotor stil. Hij had wuivend wit haar zoals Spencer Tracey en banjerde blootsvoets over het dek. Roerloos dobberde de boot op het water. Uit de boordradio galmde de krakende stem van Willie Nelson, in een duet met Julio Iglesias.

TO ALL THE GIRLS I'VE LOVED BEFORE

WHO TRAVELLED IN AND OUT MY DOOR

I DEDICATE THIS SONG

TO ALL THE GIRLS I'VE LOVED BEFORE

Een groene zeeschildpad peddelde voor de boeg.

'Geduld, de vissen komen,' zei de skipper. 'Eerst de kleintjes, daarna de echte zwaargewichten. Als zij vandaag niet komen, dan komen zij nooit meer.'

Max dacht niet aan kleintjes of zwaargewichten. Hij dacht aan een andere song van Willie Nelson die hij om twee minuten voor middernacht had beluisterd in zijn kale cel in La Modelo, terwijl Oskar zich schuimbekkend afrukte met de bijbel en de *Playboy* onder zijn hoofdkussen en Rafa zijn teennagels knipte en Antonio cracksigaretten opstak die in zijn gezicht ontploften terwijl de hemel achter de tralies scharlakenrood kleurde en glansde als sulfer.

'Víííís!! Víííís!!' riep Spencer Tracey.

Als de schaduw van een vliegtuig over water schoot een breed glanzend zwaard met twee koolzwarte ogen uit de oceaan gevolgd door een scherpe rugvin die trilde in de warme lucht, de schaduw beet naar het aas en miste en maakte rechtsomkeer en viel opnieuw aan, opnieuw en opnieuw en opnieuw, de nylondraad rolde van de molen, langzaam eerst, daarna sneller en sneller, de molen jankte en de hengel kromde en kromde zich en het snoer kliefde door het water, zinderend als gek, de hengel kraakte en het snoer trilde en de vis raasde ervandoor als een duikboot onder water en zocht snel, snel, sneller de diepte op.

'Mijn God, hij hangt!'

Max trok aan de hengel en zwengelde aan de molen, trekken en draaien, trekken en draaien, even regelmatig als een machine, trekken en draaien, trekken en draaien, het snoer z-z-zinderde en s-s-sneed als een scheermes door het water en langzaam, langzaam haalde hij de grote vis dichterbij.

'Een zwaargewicht. Cassius Clay pleegt zelfmoord,' grijnsde de skipper en hij liet een harde wind.

De zwaardvis sprong twee drie vier keer na elkaar omhoog, in een wijde boog, zijn buik glansde zilverkleurig in de zon, hij schudde met zijn reusachtige lichaam en knalde op het water dat in alle richtingen uiteenspatte en telkens als hij in zee viel, op zijn rug of op zijn zij, leek hij op een speedboot die over het water raast en kletst en wild schuim doet opspatten, en Cassius Clay bleef springen, hij bleef springen, hoog en stijf en onbeweeglijk hing hij in de warme lucht en rukte aan het snoer en smakte terug in het water en deed de hengel kreunen en kraken en piepen, de molen krijste en jankte en de zwaardvis sprong opnieuw, opnieuw, opnieuw, in een lange sierlijke boog, BOOO—OOOM en nog eens BOOO—OOOM, glinsterend met zijn kolossale vinnen wijdgespreid als purperen vleugels in de zon, en ineens brak de nylondraad met een harde droge knal die op een zweepslag leek. Het snoer sidderde over het water als een reusachtige zilveren slang en viel dood naast de hengel. De zwaargewicht huppelde weg, boven en onder en boven en onder water, tot hij aan het eind van de oceaan over de horizon sprong en voorgoed uit het gezicht verdween.

'Shit,' zei Spencer Tracey.

'*Shit* is *Scheisse* in het Duits,' antwoordde Max.

Klootzak, dacht hij. Al zijn spieren deden pijn. Hij krulde zijn bovenlip in een kwaadaardige grijns en slingerde het vissersmes naar een vogelpikbord dat tegen de klapdeur van de kajuit hing. *Que Sera Sera* siste hij tussen zijn tanden. Wat zal zijn, zal zijn. Hij haalde zijn gevangeniskam uit zijn broekzak en trok de tanden door zijn haar.

Max huurde een wagen van Hertz en reed langs de Pacific Coast Highway naar de Vallei van de Dood met haar kronkelende canyons. Cactussen stonden als gekruisigde apostelen in het verlaten landschap. Aan het eind van een stofweg, voorbij Littlerock en Pearblossom, trok een zingende cowboy kreunend zijn laarzen uit en peuterde het vuil van tussen zijn tenen. Buitelkruid tuimelde op het ritme van de wind. Vier prairiewolven op één rij huppelden met grote griezelige sprongen de helling af in de richting van de indiaanse begraafplaats. Een *goede* dag om te sterven, zeggen de indianen. Wat bedoelen zij daarmee? Misschien is *zondag* een betere dag om te sterven dan *donderdag* of *vrijdag*. Alhoewel, dood is dood. Er bestáán geen goede dagen om te sterven, dacht Max. Hij reed over de bergen, tot achter de zon. De aardkleuren van de vallei vergleden van vermiljoen naar geel, met gouden slierten, de kleur van rijpe pompoenen schoof over de prairie en de woestijn verdonkerde van oker tot vuurrood en paars.

Toen de lange luie avond viel, reed hij over Route 66 terug naar Los Angeles, onder een diepblauwe hemel. Op verlichte reclamepanelen stond uitnodigend JAZZ 11.30 NAGTS CHICKEN DELUXE COCKTAILS MOUTBIER HAMBURGERS OPEN. De nacht was wondermooi.

Hij logeerde in een motel aan Sunset Boulevard, zestig dollar per persoon per nacht, koffie inbegrepen. Alle kamers kwamen uit op een parkeerplaats en een binnentuin met een klein zwembad. Geboende meubelen, behang met grote bloemen en een tapijt met verschoten kleuren op de vloer. Hij zette de televisie aan. Een nieuwslezer voorspelde regen in de bergen en de canyons. Max boog zich over de telefoon en draaide het nummer van Laura. *Dit nummer is niet meer in gebruik.* Hij kwakte de telefoon tegen het behangpapier en strekte zich uit op het kingsize bed, in zijn stoffige kleren, en bladerde in de *Los Angeles Times.* De krant was lang en smal, alsof er tien of vijftien centimeter van de zijkant was weggeknipt. In de gevangenis viste hij Franse en Engelse kranten uit het vuilnisvat. Hij streek ze glad in zijn cel en voelde zich de koning te rijk. Ik ben een gazettenjunkie, dacht hij, altijd geweest. Hij legde de hoorn weer op het toestel. De telefoon rinkelde. Max grabbelde ernaar maar nam niet op. Waarom heb ik gedaan wat ik heb gedaan? Hij wist het niet. Hij keek in zijn eigen ziel. Nee, hij wist het niet. Zijn oogleden trilden. Hij was zo eenzaam, dat hij had kunnen huilen. Hij had niemand om mee te praten. Geen vrienden, behalve zichzelf.

'Zij waren mooi, mijn vrouwen,' fluisterde Max.
Klopt, dacht hij. Maar waarom heb je hen gewurgd?
'Ik kon niet weerstaan aan de drang om te doden.'
'Zullen we een spelletje spelen?'

'Welk spelletje?' vroeg Max.

'Geef jezelf een score. Van 1 tot 5.'

'Als mens?'

'Ja,' zei hij. '1 is keigoed en 5 is rotslecht.'

'2,5,' antwoordde Max zonder aarzelen.

'Niet goed, niet slecht. Hoe kom je daaraan?'

'Ik deed mijn vrouwen geen pijn.'

'Je sneed hun tepels af. Hun schaamlipjes. Je sleurde hun ingewanden eruit.'

'Toen waren ze al dood,' zei Max en zijn hoofd zonk op zijn borst.

Wees niet bang, dacht hij, alles komt in orde.

Is dit mijn kruisverhoor? dacht Max.

Een sheriff nam zijn Magnum kaliber .357 bij de loop en mepte de kolf tegen het kaaksbeen van Eddy Murphy, die een stuk van zijn tong uitspuwde. Zulke witte tanden, dat had Max nooit eerder gezien. Hij zette de televisie af. Sneeuw op de bergen, water in de rivier. Hoe mooi is de woestijn! Oost is oost en west is west en thuis is allerbest. Zijn wereld werd te klein. Alles spookte door zijn hoofd, heel zijn leven, goede en slechte dagen, voorspoed, geluk, pijn, aftakeling, al die slapeloze nachten, en hoe verder hij wegliep van de dood, hoe dichter hij bij het graf kwam.

In het holst van de nacht rinkelde de telefoon. Max trok andere kleren aan. Zwart hemd, zwarte broek, zwarte schoenen. Hij poetste zijn tanden. Zijn tandvlees deed pijn en zijn vingers tintelden. De nachtportier had een gekloven lip, die onhandig was genaaid met zwarte draad. Op straat lagen uitgetrapte schoenen in een bloedplas met eromheen de omtrek van een lichaam in witte verf. Twee zwervers sliepen in een bushalte op kartonnen dozen. Een zwarte junkie voelde zich ziek. Er kropen rupsen in zijn maag. Hij spoot een shot heroïne onder zijn teennagels op schetterende rap van Eminem uit een gettoblaster met heftige bassen. De rupsen werden vlinders en kwamen er langs zijn mond uit. Hip-hop. Nacht over de stad. Alles swingt. Op de stoep lag vuil maandverband en slingerden lege shampooflesjes. Een Chinees zwaaide een zwaard boven zijn hoofd. BANGGG—BANGGG—BANGGG. Drie schoten in het hart. Langs de kant van de weg en in de citrustuinen onder de palmbomen groeiden orchideeën die op vrouwelijke geslachtsdelen leken.

Zij was heel chic gekleed, in het zwart, en had bleke kuiten en violette ogen.

'Hoeveel?' vroeg Max.

Haar handen gleden over zijn haar.

'Hoeveel?'

Zij stak een sigaret op. 'Hoe heet je, baby?'

'Noem mij... Sam.'

'Zoals je wil.'

'En jij?'

'Hannah.'

H van haat, dacht hij.

Hij voelde een vreemde kilte in zijn hart.

H van hoer.

Zij leek op Demi Moore.

Een schatje, dacht hij.

Hannah blies een grauwe wolk van sigarettenrook uit haar mond. Hij haalde zijn kammetje uit zijn broekzak en trok het door zijn haar. Als een hond liep hij achter haar aan door de smalle gang. De leren zolen van zijn nieuwe schoenen kraakten op de houten trap. *Klik-klak, klik-klak.* Hij dacht aan een Chinees spreekwoord, dat zegt: *Niet de kogel die recht op je afkomt, maar de pijl in je rug zal je doden,* en trok zijn mond in een wrange grijns. Achter een genummerde deur klonk een jazzy melodietje met krassende violen en een trompet die kreunde als een saxofoon. Hannah trapte de sigaret uit, onder haar hiel, met een draaiende beweging.

Veeg je voeten en wees welkom, dacht Max.

Help mij, help mij om de nacht door te komen.

De kamer was klein en donker. Max was niet bang. Een mens kan maar éénmaal sterven, dacht hij, en ik, ik dans naar de pijpen van de dood. Hannah knipte een schemerlamp aan. Zij zette haar handtas op de vloer en knoopte haar bloes los. Heel langzaam, heel zacht, heel teder streelden zijn koude handen haar borsten. Zijn gezicht was nat van het zweet. Donald Duck hing scheef op het nachtkastje. In zijn buik zat een klok die seconden en minuten wegtikte.

'Kom naast mij liggen, Sam.'

Zij had een fijn, smal stemmetje.

Geen make-up.

'Doe het licht uit,' zei Max.

Een rood zwaailicht gleed voorbij het raam. Max kon de neonlichten op Hollywood Boulevard zien, twee straten verderop. Een lichtreclame voor Amerikaans bier pinkte aan en uit, MILLER *LITE, MILLER *LITE, aan en uit. De kap van de schemerlamp was versierd met sterren en bellen en rood en geel fruit. Een zwoele bries walmde door het open raam van het smoezelig hotelletje en heel even leek de kinderkamer de vredigste plek op aarde.

Hannah trok haar benen op, als een klein meisje.

Zij droeg geen slipje.

Had een klein, poezelig kutje.

'Kom je?' vroeg zij.

H van haat.

Hij stapte nerveus rond het bed.

Klik-klak, klik-klak.
'Wanneer kom je?'
'Ik kan niet.'
'Waarom niet?'
'OMDAT IK NIET KÁÁÁN!' riep Max.
'Arme man,' zei Hannah zacht.
Je weet niet wat je mist, dacht zij.
H van haat. Haat in zijn ogen.
H van heroïne.
H van hoer.
Mama, dacht hij, *Mama*.
Begrijp je mij? Of niet?
'Wat doe je?' vroeg Hannah.
'Tot de dood ons scheidt,' giechelde Max.
Het ging allemaal razendsnel.

Hij luisterde naar de geluiden van de nacht die hij duidelijker hoorde dan hij ze ooit had gehoord. De klok tikte. Alles daverde en duizelde. Alle films die hij ooit had gezien flitsten tegelijk door zijn hoofd, met allemaal dezelfde soundtrack van krassende violen en zeurende, jankende saxofoons. Angstzweet drupte van zijn slapen. Max boog zich over het meisje met de violette ogen. In de vouw van zijn arm kneep hij haar keel dicht en haar strottenhoofd knapte. Hij beukte met zijn vuisten op haar mond tot haar tanden braken. Hij trok het mes van de skipper uit zijn broeksband en stak en stak en stak, van boven naar onder en van onder naar boven, en in één haal sneed hij haar slokdarm door. Hannah viel dood op het bed. Demi Moore is onderweg, dacht Max, naar de hel of de hemel waar alle doden leven. Hij sneed de tepels van haar borsten. Zij waren hard en stevig en rimpelig, alsof zij in een vormpje waren gegoten, en hadden een mooibruine kleur. Eigenlijk leken zij op truffels of op de beste chocoladepralines van Leonidas. Hij stopte de tepeltjes in zijn mond, allebei tegelijk, en terwijl hij op het warme weke vlees kauwde, dacht hij aan die keer toen hij in de winkel van Leonidas op Santa Monica Boulevard een *bouchée au chocolat* had gekocht. Max proefde de romige, zoete smaak van haar bloed en smakte smakte smakte met zijn lippen en sperde zijn neusvleugels wijd open en trok zijn lippen strak over zijn bebloede tanden. Hannah keek hem verwijtend aan. Met twee vingers sloot hij haar bleke, dode ogen. Hij had de smaak te pakken, er was geen houden meer aan. Nu of nooit. Hij beet in haar hals en gorgelde rochelend het bloed rondomrond in zijn keel als een moderne Dracula en gillend spuwde hij de schuimende fijngemalen vleesklodders tegen de vier muren van de kamer. *Ie-ie-ie, ie-ie-ie* krasten de violen in zijn hoofd. Zij was zo lief en zo mooi. Het bloed op de muur had de sprookjeskleur van gelakte suikerappels. *Pommes d'amour.* Max veegde bloed en slijm van zijn lippen en likte zijn mes schoon. Hij snuffelde aan het kontje van het hoertje. *Que Sera Sera.* Wat zal zijn, zal zijn. Met zijn knieën duwde hij haar dijen uit elkaar en toen haar vagina zich opende als een grote ovale grot vol bloederige slijmen drong hij zo diep in haar dat de eikel van zijn penis zich krakend in haar baarmoeder boorde.

'Mama...' kreunde hij, '*Mama*... ik kom! ...ik KÓÓÓÓMMM!'
Hij drukte een zoentje op haar voorhoofd.

Bloed sijpelde onder de gesloten deur. Zachtjes wiebelde zij in het midden van de kamer heen en weer, aan een nylonsnoer voor zwaargewichten met een trekkracht van 450 kilogram. Door haar kaaksbeen stak een stalen vishaak nummer 10/0. Hannah was heel, heel dood. Zelfs de gladgeschoren detectives konden hun ogen niet geloven. Zij geurden naar aftershave en droegen een grijs maatpak met wit hemd en das, alsof zij uit filmopnamen van *L.A. Confidential* waren gestapt. Bloed, overal bloed. Het meisje werd in een kartonnen doos gelegd en onder zeildoek naar de loods gebracht waar alle naamloze doden werden afgeleverd. *Blauwe gelaatskleur. Bloedingen onder het bindvlies in de ogen,* noteerde de wetsdokter in zijn verslag. *Snijwonden kriskras door elkaar. Nier doormidden gesneden, wervel en aorta geraakt. Breuken van ribben. Schuim op de mond als gevolg van stervensvocht in de longen. Tong uitgerukt. Indrukken van oneffenheden in het verhemelte. Beten van menselijk gebit in de borsten en over het ganse lichaam. Tepels en schaamlippen weggesneden (niet teruggevonden).* Tot besluit voegde hij eraan toe dat in haar vagina zes kubieke centimeter sperma van ten minste drie verschillende mannen werd aangetroffen. MILLER*LITE, MILLER*LITE. DARMSPOELINGEN *JEZUS REDT* MOOIE BEGRAFENISSEN ZIJN *NIET* DUUR. Het donkerste uur van de nacht, een lijzige trompet en dan, plots: de vroege ochtendstilte. In een bushalte werd een bundeltje bebloede kleren gevonden. Zwart hemd, zwarte broek, zwarte schoenen. De merknamen waren eruit geknipt. Het had lichtjes geregend. De straten van Hollywood waren nat en glanzend.

Aan de deur hing een bordje. *Laat me met rust,* in het Engels. Max stikte. Tevergeefs hapte hij naar lucht. Hij voelde zich duizelig. Alles werd wazig voor zijn ogen. De muren van de motelkamer dansten als een jojo op en neer. De televisie stond aan en Bugs Bunny holde over het scherm, achternagezeten door een varken met een revolver waaruit vuurwerk spoot. Max dacht aan alles en niets. Het klonk allemaal zo vaag en zo verward in zijn hoofd. Hij trok de telefoon naar zich toe en toetste een internatio-

naal nummer in. *Tum—tubbete—tum—tum—tum*. De Bolero
van Ravel. Het muziekje was uitgespeeld en de verbinding werd verbroken. Hij legde de hoorn op het toestel en
sleepte zich naar de mini-bar. Er lagen boeken en tijd-
schriften op. Met één zwaai van zijn arm smeet hij alles
over de vloer. Hij trok de bar open en nam er alle drank
uit, tweemaal whiskey, tweemaal Courvoisier, tweemaal
Absolut Vodka, tweemaal gin, sherry, port, twee koffie-
likeur, twee blikjes MILLER*LITE, twee blikjes Heineken
en twee kwartlitertjes champagne van een onbekend merk.
Hij zette de mini-flesjes en de blikjes in slagorde op het
blad van de bar en schroefde de doppen eraf. Langzaam
goot hij de inhoud van de flesjes door zijn keel. Eerst de
whiskey, dan de cognac, flesje na flesje en blik na blik, tot
hij de champagne liet knallen en hij de schuimwijn
proestend en bevend tot op de bodem leegdronk. Hij
voelde zich opgelucht, er viel een pak van zijn hart. Zijn
hoofd deed pijn. Duivel, beul, beest. Ik ben alles tegelijk,
dacht hij. Het leven is een gekkenhuis en ik ben de grootste gek van allemaal. De grootste gek en het grootste
beest. Hij werd bang van zichzelf. In de badkamer staarde hij wezenloos voor zich uit. Hij had geen spiegelbeeld
meer. Hij wist niet hoe dat kwam en had er geen verklaring voor. Hij keek in de spiegel en hij was er niet. Hij zag
alleen de bleekblauwe tatoeage van een vampier op zijn
rechterarm die tegen het spiegelglas fladderde. Vampier.
Een angstaanjagend woord. Hoewel, de wetenschappelijke benaming in het Latijn klinkt zacht en lief, teder zelfs.
Des-mo-dus ro-tun-dus. Hij legde zijn penis over de rand van
de wastafel en zeepte zich overvloedig in. Met zijn tandenborstel schuurde hij het bloed weg onder zijn nagels.
Daarna ging hij op de wc zitten, met zijn hoofd in zijn
handen, veertig seconden, één minuut, en met een pijn-

lijk vertrokken gezicht huilde hij zijn ogen uit zijn hoofd. Zoals iedere dag opnieuw, alle dagen van het jaar, klom de glans van de dageraad in al zijn glorie boven de gezandstraalde heuvels van Hollywood. Max had geen hoop meer en een leven zonder hoop is het niet waard om te worden geleefd. Ik heb mijzelf niet in de hand, dacht hij, ik ben bang van mijzelf. Zijn gedachten kropen in een donkere tunnel, verder en verder in de tunnel, tot zij hopeloos verdwaalden in de doolhof van zijn eigen waanbeelden. Kotsend gleed hij op de vloer naast de wc-pot.

In het oude gerechtshof waren karweimannen aan het werk. Geen Polen, vreemd genoeg. Zij lasten een korte pauze in en gingen op de vloer zitten, met hun rug tegen de muur. Uit een rode koelbox visten zij belegde boterhammen op. De transistor van de telefoonwacht stond zo luid, dat hun oren er pijn van deden. In het lokaal van de speurders trok Peeters het blaadje van de scheurkalender. *Is het waar dat een zoen van een man zonder snor smaakt als een ei zonder zout?* vroeg Clara. *Weet ik niet, antwoordde haar vriendin, ik eet nooit een ei zonder zout.* Misschien laat ik een snor zonder zout groeien, dacht Peeters. Of mijn haar in krullen leggen, zoals Jean-Marie Pfaff. Hij was moe. Hij liet zich in de houten draaistoel vallen, haalde een onderzoeksdossier van onder het stof en rookte in alle rust een voorgerold stinkstokje. Zijn linkerbeen wipte nerveus op en neer, alsof hij dringend moest plassen. Uit zijn gymsloffen walmde een stank van ongewassen sokken.

'Drie bejaarde vrienden sterven op dezelfde dag en gaan samen naar de hemel,' zei Peeters. 'Kennen jullie die mop?'

'Allez, champetter, laat horen.'

'In de hemel krijgen zij een ontvangst volgens het

beroep dat zij tijdens hun leven uitoefenden. De eerste bejaarde was een slager. Onmiddellijk wordt zijn penis eraf gehakt. De tweede bejaarde was een schrijnwerker. Zonder pardon wordt zijn penis eraf gezaagd. Ik maak mij geen zorgen, lacht de derde bejaarde. Waarom niet? vraagt God-de-Vader. Omdat ik heel m'n leven in een likstokfabriek werkte. Als proever.'

De eerste schilder lachte bulderend.

'Begrijp ik niet,' mompelde de tweede schilder.

De telefoon rinkelde.

'Ik werkte twintig jaar in een potloodfabriek,' zei de eerste schilder. 'Ik sleep de punten aan de potloden. Wat zal er met mij gebeuren als ik in de hemel kom?'

Peeters nam de hoorn op.

'Verswyvel van het technisch labo.'

Labo, labo, dacht Peeters, zeg toch gewoon *laboratorium*, zoals in mijn studententijd. Eerlijk Vlaams gaat naar de kloten. *Informatie* is info geworden, de *bibliotheek* is de bib, een *Apollinaris* is een Apo. Zelfs in het voetbal wordt een scheidsrechter tegenwoordig *de scheids* genoemd. Wel, daarvan schijt ik kippenstront. Hij trok een blikje Coca-Cola Light open.

'Pen en papier bij de hand?' vroeg Verswyvel. 'Ten eerste: de drugs die we in Berchem in beslag namen, zijn uitzonderlijk van kwaliteit en goedkoper dan in Rotterdam of Amsterdam. Ten tweede: de drie volle emmers met ronde, vierkante en zeshoekige tabletjes zijn xtc van eigen maak, met een diameter van 8,1 millimeter en een dikte van 4,5 millimeter. Hun gewicht per stuk schommelt tussen 268 en 279 milligram. Op sommige tabletten staat een Antwerps Handje. Ge moet maar durven! Er zijn ook ruitvormige pillen bij, blauw zoals Viagra, met een olifant erop of de S van Superman.'

Viagra ruitvormig? dacht Peeters. Hoe weet *hij* dat?

'Enfin, ik wind er geen doekjes om, voor wie het nog niet wist: xtc is de epo van de jeugd,' zei Verswyvel. 'Twee tabletjes en je danst tot je erbij neervalt. Op de unif maken studenten hun eigen xtc op basis van amfetamines. Zij verkopen het spul op de campus. In de drugssupermarkt in Berchem werden in de kelder oude koelkasten omgebouwd tot een mini-labo. Tussen de rommel en de lijken vonden onze mannen ook een nieuwe drug die *khat* of Afrikaanse sla wordt genoemd. Verwondert mij niet, op de zwarte markt duiken iedere dag nieuwe drugs op waarvan geen beschrijving staat in de vakliteratuur. Khat zou volgens de eerste berichten een plant uit Somalië zijn, met een bitter blad en stengels waarop je zuigt en knabbelt, zoals op kauwgom. Een soort olie die vrijkomt zorgt voor dezelfde roes als xtc en amfetamines. En dan die heroïnesigaretten! Als je er zo eentje rookt, lijkt het alsof een dag een hele week duurt. Enfin, de goede kwaliteit en de lage prijs van de Antwerpse heroïne staan wijd en zijd bekend. Neem het van mij aan, Peeters, Antwerpen wordt het nieuwe Chicago aan de Schelde. Een aards paradijs voor gangsters. We zijn al een eind op weg, want op Linkeroever staan Chicagoblokken waar mensen van veertig verschillende nationaliteiten wonen. En zeggen dat eerlijke mensen vroeger mosselen gingen eten op de Plage van Sint-Anneke.'

Er zijn geen eerlijke mensen meer, dacht Peeters.

Dat ras is uitgestorven.

Ali stond in de deuropening.

Peeters legde de telefoon neer. 'Welwel. Wie we hier hebben! Abdoel El Marokko!' Hij liet zijn peuk in het halflege colablik vallen en keek op zijn horloge.

Het was 9.06 uur, om precies te zijn.

Officieel begon de dienst om negen uur.

Maar misschien tikt de klok trager in Afrika dan in de rest van de wereld, dacht hij.

'Wat doen we vandaag?' vroeg Ali.

'We trekken een Rus een kloot af, Abdoel.'

'Hoe doen we dat?'

'Gewoon, vastpakken en trekken.'

'Piept een Rus dan even hard als een Vlaming?'

'Harder, Abdoel. Waarom?'

'Vlamingen een kloot aftrekken is onze nationale sport.'

Peeters proestte het uit.

Da's een goeie, dacht hij.

Het was killer dan de vorige dagen. Regen viel met bakken uit de hemel. Alles voelde koud aan. Op de Rubenslei lagen grote hopen nat zand naast kratervormige openingen in het wegdek. Verswyvel had gelijk, de stad werd een puinhoop. Is het niet godgeklaagd dat slechts *drie* van de tien tramlijnen door de ondergrondse metrotunnels rijden? dacht Peeters. Allez, een voorbeeld. De tram van Mortsel doet er achtentwintig minuten over naar het Centraal Station. Je gaat sneller te voet. Aan de Jezuïetenschool lag een kapotte wasmachine op de stoep en in het stadspark hingen condooms en boodschappentassen met keukenafval in de struiken. Op alle kruispunten lagen grote waterplassen in het midden van de straat. De wind trok rimpels in de plassen.

De speurders drukten zich dicht tegen de huizen. Mensen kwamen met elkaar in botsing onder hun paraplu's maar duiven die van het dak fladderden, vlogen tussen de druppels door. Guur weer voor de tijd van het jaar. Belgisch weer. Als Dewinter de nieuwe Führer van Vlaanderen wordt, maken we voor eens en altijd komaf met Belgisch weer, dacht Peeters. Gedaan met regen en grauwe luchten, altijd zon, altijd Lierke Plezierke, en 's zondags pistolets met kaas in plaats van cornflakes van den Aldi.

Een allochtoon in een zwarte Golf reed met hoge snelheid door de plassen en sproeide een golf modderig regenwater over het trottoir tot tegen de gevels.

'Zie je, Abdoel, een Marokkaan in een ouwe roestbak, da's levensgevaarlijk,' vloekte Peeters. 'Die gastjes zijn niet gemaakt om in een auto te rijden maar om op een kameel te zitten.'

Ali zweeg wijselijk.

'Je weet toch waarom Mozes met zijn volk door de woestijn trok, Abdoel?'

'Ali is mijn naam.'

'Is dat een antwoord op mijn vraag? Weet je 't of weet je 't niet?'

'Nee.'

'Hij was beschaamd om ermee over straat te lopen.'

'Dat begrijp ik niet,' zei Ali.

'Zijn volk, de joden, Abdoel. Mozes was beschaamd om met de joden over straat te lopen.'

Onder de luifel van het shoppingcenter stond een blinde straatmuzikant met een melodica. De helft van de boetieks beneden stond te koop of te huur. Zij lagen vol uitwerpselen van ratten. De speurders duwden een glazen deur achteraan in de verste uithoek van het winkelcentrum open en zonder dat zij er erg in hadden, stonden zij in de diamantwijk, in het hart van het joodse getto dat door sommige speurders 'Klein Israël' werd genoemd, omdat het leek op een religieuze wijk in Jeruzalem. Het had opgehouden met regenen. Chassidische joden met zilvergrijze baarden en hoge hoeden in zwarte kaftans liepen voorovergebogen met de handen op de rug. Sommigen hadden een hoes van doorschijnend plastic over hun hoed getrokken. Overhemden werden gesloten met linten in plaats van knopen. Bleke jongetjes met gekleurde keppeltjes en vlassige krullen aan weerskanten van hun hoofd hinkstapten over het trottoir. Zij droegen zwarte schoenen en kniekousen uit de jaren vijftig. Het keppeltje op hun kruin was een teken van eerbied voor Jahweh, de God van de joden, die boven alle mensen staat. *Tswisjn jidn iz men kejnmol nit farloirn*, zegt een Jiddisch spreekwoord. 'Te midden van joden loopt niemand verloren en als iedereen aan hetzelfde touw zou trekken, zou de wereld naar één kant overhellen.' Voor het grijze gebouw van de Diamantkring stonden veiligheidsagenten met een laaghangende holster op de heup, zoals cowboys in een Amerikaanse film.

'Vijftig jaar geleden zat hier de *Feldkommandantur*,' zei Peeters.

'*Allah Akhbar!*' antwoordde Ali.

Allah is groot, dacht Peeters.

God is groot.

'*Sieg Heil!*'

Ik begrijp er niks meer van, dacht hij. Wij zijn de eerste petroleumhaven in Europa en verhandelen tachtig procent van alle ruwe diamant en toch is de stad verlept en onderkomen en valt nergens iets te bespeuren van de weelde en de onmetelijke rijkdom die het zwarte goud en het blinkend steentje naar Antwerpen brengen. Waar gaat al dat geld naartoe?

De speurders liepen door de strengst bewaakte straat van België. Voor de gebouwen van de ABN-Amro Bank, de Diamantclub en de Hoge Raad voor Diamant werden koffertjes met edelstenen in donkerblauwe pantserwagens geladen. In een joodse winkel speelde Radio Shalom en lagen grote ronde dozen gevuld met matse voor Pesach. *Op 20 oktober 1981 werden drie personen gedood en meer dan honderd gewond door de ontploffing van een bomauto die hier geparkeerd stond,* luidde de tekst op een gedenkplaat aan de synagoge, die zat weggedrukt tussen twee bankkantoren, *Wij zullen steeds met ontroering terugdenken aan al de slachtoffers van deze terreurdaad.* Joodse diamantairs liepen van het ene gebouw naar het andere. Zij lijken in mijn ogen allemaal op Marc Reynebeau, maar dan met een echte baard en pijpenkrullen, dacht Peeters. Hun aktetas hadden zij met een polsketting aan hun lichaam vergrendeld. De speurders keerden op hun stappen terug en wandelden door de Vestingstraat langs het gebouw van de vroegere goudbeurs dat op instorten stond. Over de spoorwegbruggen denderden enkele treinen. Zij vertraagden in het zicht van het Centraal Station. In de Pelikaanstraat krioelde het van goudwinkeltjes met verleidelijke namen. Fashion Jewellery, Yanuka, R&R, Boris International, Golden-Eye, Lucky Gold Tax Free voor Toeristen, Europe Gold 18 Karaat en Juwelen David. Peeters trok zijn neus op en snuffelde aan de lucht. Hij rook de mestgeur van de roofdieren in de Zoo.

Boris International verschilde niets van de andere goudwinkeltjes. Er hingen portretten van beroemde rabbijnen. Naast de toegangsdeur was een koker bevestigd met teksten uit de thora, op rolletjes perkament. Wie de thora niet naleeft, is volgens het joodse geloof dood bij het leven. Vier veiligheidscamera's legden iedere klantenbeweging vast op video. Op een toontafel lagen gouden ringen, oorhangers, halskettingen en horloges van bekende merken onder glas.

'Kijk, Abdoel, en luister.'

'Wat ga je doen?' vroeg Ali verschrikt.

'Ik pak 'm bij z'n Smarties!'

De man achter de toontafel trok nijdig aan een sigaret. Hij had vierkante schouders, hoekige kaken en harde spieren. 'Politzei?' vroeg hij nors. Hij had de waterige ogen van een dronkaard en spuwde op de grond, om zijn minachting te uiten.

Peeters toonde zijn pasje van de gerechtelijke politie. 'Eigenlijk ben ik een soort privé-detective die op kosten van Vadertje Staat z'n eigen ding doet,' zei hij. Het pasje zag eruit als een ordinaire betaalkaart zonder handtekening en zonder foto.

De man zuchtte. 'Heb je een *Haftbefehl*? 't Isz hier tegenwoordig iedere dag razzia,' zei hij in traag maar behoorlijk Vlaams met een zware Russische tongval. 'Alle joodze gezinnen hebben familie in Izraël en Ruzzland. Belgacom heeft een gouden klant aan onsz, want waaj bellen wat af! In deze sztad zaain waaj de kip met de gouden eieren aber de politzei wringt onsz de nek om. Ich geef het op een briefje, alsz waaj uit Antwerpen vertrekken, dan gaat de sztad finaal naar de kloten.'

Hij liegt zoals hij ademt, dacht Peeters.

Groot, sterk en dom.

'Maak me niet wijs dat alles koosjer is, Boris,' zei Peeters op luchtige toon. 'Het kleinste kind weet dat Georgiërs geen echte joden zijn. Jullie hebben te lang achter het IJzeren Gordijn gewoond. Communisten zijn profiteurs en zakkenvullers en hebben geld op overschot. Filet d'Anvers is niet goed genoeg, zij laten hun charcuterie uit Parijs komen. Weet je dat er op dit ogenblik *zesendertig* strafonderzoeken lopen tegen de diamantsector in het algemeen en de goudwinkeltjes in het bijzonder?'

'Ich ben Borisz niet, Borisz wasz mein baasz. Hij is dood.'

'Alle Russen heten Boris,' zei Peeters.

'Ich heet Laszlo.'

'Laszlo is geen Russische naam.'

'Mein moeder kwam aus Hongarije.'

Peeters zuchtte en haalde zijn notitieboekje tevoorschijn.

'Boris was een biznesman,' dicteerde de verkoper haastig. 'Met vrienden heeft hij van de Pelikaansztraat en een sztuk van de Keyszerlei een bazaar gemacht, naar het voorbeeld van Alinby Sztreet in Tel Aviv. Hij wasz pizznijdig op de joden in de Hoveniersztraat. Zij zaain er de oorzaak van dat waaj niet zaain toegelaten op de Antwerpsze diamantbeurzen hoewel onze sztenen uit Ruzzland van topkwaliteit zaain.'

'Stenen zijn diamanten, Abdoel,' zei Peeters met een knipoog.

Gesnipt, gesnapt, gesnopen?

Een nuchter Hollands echtpaar uit Breda kwam taterend de winkel in en toonde belangstelling voor wat ringen en gouden halskettingen maar Peeters zwaaide met zijn politiepasje en riep: 'Hup hup hup, buiten, iedereen buiten, POLITIE!'

'Mein klanten! Mein klanten!' jammerde de verkoper. Zijn gezicht werd grijs van ergernis.

'Kalm, Laszlo, kalm,' zei Peeters. 'Sztraks komen zaai terug en alsz zij niet terugkomen, kan je lekker de gansze dag op je krent zitten, zoalsz de Hollandersz zeggen. Met ein vinger in je achterszte.'

Laszlo kon er niet om lachen. Hij haalde zijn schouders op. 'Joden uit Izraël sztoppen briljanten in de whiszky van politieke vrienden. In de eisblokjes,' zei hij. 'Ja! Ja! Zaai genieten van nul-tarief inzake BTW. Niet moeilaaik. De enige belaszting die zaai betalen isz voor ophaling van huiszvuil. Zaai handelen in klaaine Kongolesze of Australische szteentjes, goedkope brol die waaj "vogelzaad" noemen, en toch kijken zaai onsz met de neusz aan omdat waaj derderangszjoden zaain en minderwaardig goud verkopen. Minderwaardig goud? In Izraël koopt niemand 24 karaat goud, nur 18 und 14, en in das grosse Amerika willen de menschen 8 karaat goud.' Laszlo maakte een wegwerpgebaar met zijn hand. 'In de ogen van de politzei zijn waaj de maffia, waaj houden onsz bezig met vrouwenhandel en drugszmokkel maar in 't echt zaain waaj het szlachtoffer van een Weltkrieg tussen rijkszwacht en politzei. Ruzzen hebben het altaaid gedaan.'

Peeters kon zich niet inhouden van het lachen en Ali kwam snedig tussenbeide. 'Allemaal goed en wel, Laszlo, maar wie heeft Boris vermoord?'

'De *echte* joden?' vroeg Peeters.

'Oog om oog, tand om tand?'

'Borisz deed *kein* vlieg kwaad. Hij wasz een echte Ruzz, heel macho, maar kein vijanden.' Laszlo trok bleek weg. Zijn handen beefden. Hij drukte zijn sigaret uit, graaide onder de toonbank naar een fles vodka en schonk zich een fiks glas in. '*Nasdrowje!*' zei hij en dronk het in één teug leeg, alsof het kraantjeswater was. Hij boerde en kreeg weer kleur.

Geen fluitjesrum van den Aldi, dacht Peeters.

Een verhoor is een schaakspel tussen een speurder en een verdachte dat vaak wordt beslist in het voordeel van de 'speler' die eerst aan zet is. Gewoonlijk is de speurder eerst aan zet. Hij is de jager en zoals een goede jager *ruikt* een goede speurder het wild. Hoe meer dienstjaren hij op zijn kalender heeft, hoe beter zijn reukzin wordt. Peeters kon het ruiken als iemand bang werd of wanneer hij loog.

Laszlo loog.

Hij was bang.

Rustig bladerde Peeters in zijn opschrijfboekje. Hij nam er alle tijd voor. Hij stak zijn hand onder zijn anorak en krabde aan zijn buik. De Browning 9 mm Para in zijn schouderholster was duidelijk zichtbaar. Om eerlijk te zijn, hij zag er zelf uit als een boef, met zijn vettige, ongewassen haar in slierten en zijn baard van drie dagen. Hij deed twee dingen, en hij deed ze bliksemsnel. Eerst smeet hij met een harde klap zijn opschrijfboekje op de glazen toonbank waardoor de ringen en juwelen die eronder lagen als confetti in het rond sprongen en op hetzelfde ogenblik stak hij zijn middenvinger onder de neus van de Rus en riep met overslaande stem: 'Praten of bloeden, je mag kiezen. Weet je wat Jack Nicholson heeft gezegd? Je kent Jack Nicholson toch? Als je liegt, lieg dan tegen je vrouw en tegen de politie. Kiezen of delen. Ik moet je de truken van de stiel niet leren, zeker? Als de maffia een slechte betaler voor altijd wil doen zwijgen, dan vlamt zij twee kogels door zijn neusgat. Hij doet nog één keer zijn mond open, om zijn darmen uit zijn lijf te kotsen, daarna zwijgt hij voor altijd. Is het zo gebeurd? Had Boris schulden?'

Wie niet? dacht Ali.

Peeters greep de verkoper bij de revers van zijn jas en trok hem over de showtafel. 'Ik ben niet van gisteren, Laszlo, ik spreek ook een woordje Ruzzisch. Roebel, slivovitsj, pravda, wat zeg je dáárvan? Mafioski zijn wettelijke dieven. Vori v zakone in het Russisch, niet? Boris International is een dekmantel voor prositutie, mensensmokkel, verkoop van valse merkkleding en zwarte handel in video's en alcohol. Dat weet iedere kloefkapper op de Keyserlei.'

Laszlo hoestte en kuchte alsof hij poliepen op zijn stembanden had.

'Handel je ook in dollars? *Valse* dollars, welteverstaan. Zij knisperen niet zoals echte dollars, Laszlo, en het watermerk is geel in plaats van zwart. Nietwaar? Zij komen gewoon uit de kopieermachine. Als je échte Amerikaanse dollars verfrommelt, gaan de biljetten open en vouwen zichzelf uiteen. Valse dollars blijven in een propje, alsof zij gemaakt zijn van Kleenex. Laat mijn collega Abdoel eens in je kasregister vlooien, Laszlo.'

Tijdens ieder verhoor en iedere ondervraging gebeurde er iets wat de speurders moeilijk onder woorden konden brengen, maar wat eigenlijk een verandering was van toon, van sfeer, waardoor ieder gebaar en iedere houding bijna onmerkbaar verhardde en ieder woord opeens zwaarder woog en gewichtiger klonk dan alle voorgaande woorden.

Het ging hard tegen hard.

'Geen poespas, makker,' zei Peeters en hij loste zijn greep op de revers van de verkoper.

'H...h...het is waar, B...B...Boris verdiende geld als water,' stamelde Laszlo. 'Hij handelde in blanke szlavinnen en valsze verblaaifszvergunningen. Die zaain te koop aan 't Zuidsztation in Bruzzel. *Beide.* Valsze papieren und blanke szlavinnen. Ich heb ein arm zo lang als de Donau, ich kan allesz fixen, zei hij. Maar bloed aan zaain h...h...handen had hij nicht.' Zijn tanden klepperden in zijn mond en met zijn dikke worstenvingers vol opzichtige ringen wreef hij verwoed over zijn klamme voorhoofd.

'Is er iets speciaals gebeurd?' vroeg Ali.

'De dagen voor zijn dood?' zei Peeters.

'Om tzien uur kwam hij hier aan, in een kogelvrije... Szcorpio. Boris had een sznotneus in dienszt om... om... goud und juwelen op te poetsen. Een *Mädchen* van achttzien jaar, met wit haar. Een puisztenkop, vol pukkelsz. Cindy, heette zaai. Een szpuiter en een sznuiver. Zat aan heroïne und cocaïne und so weiter. Regelmatig verdween ein ring of ein gouden halszketting. Toen Boris videobanden van unsere veiligheidszcamera's beszstudeerde, ontdekte hij dat Cindy auch met haar vingersz in de kasz zat om haar verszlaving te bezahlen. Boris vroeg zaain geld terug aber Cindy had kein geld. Nur eine schöne vagina.' Laszlo grinnikte om zijn eigen stomme opmerking. 'Zij zaain zusammen weggegaan und ich heb Boris die dag nicht teruggezien. Cindy auch nicht.'

Eerst zien, dan geloven, dacht Peeters.

Als de hond naar varken ruikt,

Heeft hij vast een zeug misbruikt.

De verkoper schonk zich opnieuw een glas in en kieperde de vodka achter zijn kiezen.

'Matig een beetje, Laszlo,' zei Peeters. 'Vooral tijdens de werkuren.'

'Waarum?'

'Slecht voor de gezondheid. Van jenever krijg je een kater. Van cognac ook. Vodka is het ergst van al.'

'Kein probleem,' lachte Laszlo. 'Weet je wat het woord vodka betekent in het Ruzzisch? Wasser! Gewoon wasser aus der kraan!'

'Waar is Cindy?' vroeg Ali.

'Rustig, Abdoel, wind je niet op,' zei Peeters.

'Der letzte dag. Kort voor szluitingtijd sztormt hier een halbe zot binnen, in laarzen und longjohns. Waar isz Boris? Waar zit die vuile szmerige rotjood? riep hij. Ich antwoordde dat ich het niet wiszt aber hij geloofde mij nicht. Hij bleef roepen und tieren. Hoerenpoeper! Ich maak hem kapot, dat viesz vuil sztinkend sztuk sztront! Der Rusz heeft maain dochter ontvoerd om een hoerenmadam van haar te maken, in der Lemonniersztraat in Bruzzel! Ich schiesse ein gat in zaain herszens zo groot wie ein tenniszbal! Hij zwaaide met ein geweer en grabbelde een handvol trouwringen en horloges uit de vitrine und liep naar buiten. Hij szprong in ein alte Amerikaansze szlee in tzwei kleuren, rood en schwartz, ein wrak aus den jaren zestig.'

'Welke merk?'

'Ich ken nichts van auto's.'

'Waar woont Cindy?'

'Weet ich niet.'

'Hoe heet zij, met haar achternaam?'

'Weet ich niet.'

'Waar is zij nu?'

Laszlo haalde zijn schouders op.

'Hoeveel borstjes had zij?'

'Tzwei, natuurlijk.'

Toch *iets* dat hij *wel* weet, dacht Peeters.

'Mooi verhaal,' zei Ali.

'Ter plaatse uit zijn grote teen gezogen,' zei Peeters.

'Nein! Nein!' riep de Rus. 'Ich lees kranten. *Maffiamoord*, szchrijven zij. Bullshit. De maffia laat *altaaid* een handtekening achter op de plaatsz van der miszdaad. In jullie kranten heb ik *nichts* gelezen over ein handtekening.'

'Een handtekening zoals?'

'Een dode visz. Oder ein roosz,' zei de Rus.

'Ein roosz?' vroeg Ali.

'Een bloem, Abdoel, een roos,' zei Peeters.

Nog een geluk dat ik een paar woorden Russisch spreek, dacht hij.

'Wij sturen vanmiddag een agent langs,' zei Ali. 'Voor een persoonsbeschrijving van Cindy. Maak het zo nauwkeurig mogelijk, Laszlo, met alles erop en eraan.'

'Doe kein moeite,' zei hij, 'ich kan haar nicht beszchrijven. Ich hou van goed eten, van szpek und worszt, aber ich heb kein oog voor vrouwelijk szchoon. Ich heb gewoon ein wijf nodig dat maain hemden sztrijkt en szoep kookt oder mij afzuigt alsz ich auf szpringen sta. Schön oder lelijk, dat laat mij eigentlich szteenkoud.'

'Geef alle videobanden mee,' zei Peeters.

'*Mazzel*,' antwoordde de Rus.

'Wat zijn longjohns?' vroeg Ali.

Laszlo schonk zijn zoveelste vodka uit.

Peeters ritste het glas van de verkoper onder zijn neus weg en dronk het in één teug leeg.

Opdracht volbracht, dacht hij.

Een nijdige wind schepte een papieren broodzak uit de goot. Ali stak zijn hand uit, om te voelen of het nog regende. Het was niet eens middag en toch werd het al donker. De speurders liepen langs een bakstenen gevel met een verbleekte muurschildering. De straten in de buurt waren verloederd. Tegenover de synagoge lagen betonnen versperringen over de weg. *Polizeiabsperrung*, dacht Peeters. In de politiepost aan het eind van de Schupstraat zaten drie wijkagenten die zonder opkijken de krant lazen. Op de hoek stond een Vietnamees hoertje, rillend van de kou. Zij was graatmager. De wind rukte aan haar bontmantel en likte aan haar lange benen.

'Heerlijk weertje voor koosjere tschickensoep,' grijnslachte Peeters en smakte met zijn lippen. 'Pittig en heet, zoals de wijven.'

'Ik... ik lust geen joodse keuken,' stamelde Ali.

'Nicht zeuren, Abdoel. Ogen dicht und szlikken.'

Deridder zat achter een oude schrijfmachine en goot een recent verhoor in een proces-verbaal. Hij verving de naam van de 'anonieme' informant door een combinatie van letters en nummers, liet zijn eigen vragen weg en schreef de antwoorden op in de ik-vorm. *Ik kan u nog zeggen dat... en nadien... ik weet niet of...en wil opmerken dat... Hier eindigt mijn verklaring. Ik heb er niets aan toe te voegen.* Hij parafeerde het proces-verbaal en bracht het onder in het onderzoeksdossier en stak een carbonkopie in een van de talrijke nevendossiers. Op de computer tikte hij naam en geboortedatum van de informant in de Algemene Nationale Gegevensbank. Resultaat: nul. De telefoon zoemde en hij nam de hoorn op. Er kleefde een sticker op, met de tekst *Vrienden van de Politie*. Sandra had in een bijlage van de krant een artikel gelezen over een nieuw Braziliaans restaurant in de stad. Zij vroeg Sven of hij op tijd bij haar thuis kon zijn, rond zeven uur, om samen naar het restaurant op de Koolkaai te rijden. Hij schoof zijn stoel achteruit en krabde met een balpen in zijn haar.

'Ik denk het niet,' zei hij aarzelend. 'De chef zit in Amerika en ik pas mee op de winkel. Het wordt laat, vrees ik.'

Hij legde de hoorn neer en zuchtte.

Hij liep naar het raam en keek naar de brasserie aan de overkant. Op het middaguur was de hemel zo grauw en donker, dat het leek alsof het al avond werd. Er viel een fijne regen en de straat was leeg. Hij keerde zich om en trok de deur achter zich dicht.

Klootzak, dacht hij.

Sandra verdient zoiets niet.

De telefoon rinkelde. Sofie Simoens nam de hoorn op. Het was de telefoonwacht, die haar meldde dat 'iemand' haar een mooi geschenk had gebracht. Wie? Dat wist hij niet, 'een onbekende', nooit eerder gezien. Zij gespte haar pistoolholster van hard bruin leer om, voor haar 'officiële' dienstpistool, plus een revolverklip voor haar .38 LadySmith, een typisch vrouwenrevolvertje waar zij beter mee overweg kon dan met het onhandige dienstpistool. Opgewekt liep zij naar de telefoonwacht. Het 'geschenk' van de 'onbekende' was een kleine vierkante box van buigzaam plastic. Er zat een strik van gouddraad omheen, en in de box zat een fluwelige baccararoos met een korte stengel. Geen naam, geen visitekaartje met beste wensen, niets. Zomaar een roos. Hoe roder de roos, dacht zij, hoe groter de liefde. Sofie zette de box op haar werktafel en haastig holde zij de trap af. Tussen de middag had zij een halfuur vrij om te lunchen, terwijl haar loon werd doorbetaald. Beneden wachtte Deridder en samen spoedden zij zich naar de kantine, door de 'kelder' die eigenlijk geen kelder was.

'Wat wil je eten?' vroeg Deridder.

'Bouchée à la reine.'

'Is dat Frans?'

'Ja.'

'Wat betekent het?'

'Weet ik niet.'

'Je weet het niet?'

'Nee.'

'Je gaat het wel opeten?'

'Ja.'

'Ik niet.'

'Waarom niet?'

'Wat ik niet ken, eet ik niet.'

Deridder bestelde vol-au-vent.

'Ook Frans?' vroeg Sofie Simoens.

'Ja.'

'Wat betekent het?'

'Weet ik niet.'

'Je weet het niet?'

'Nee.'

'Je eet het wel op?'

'Neem jij bouchée à la reine,' zei Deridder, 'dan neem ik vol-au-vent en zijn we allebei tevreden.'

Zij kregen hetzelfde op hun bord, een pappige bechamelsaus met champignons en twee of drie pluizige stukjes gekookte kip, met dit verschil dat in de saus van Deridder—of was het in die van Sofie?—een warm koekje zwom van bladerdeeg.

'Proef eens, steek je tong erin,' zei Sofie Simoens.

'Ik zou liever m'n tong in iets anders steken.'

'Zoals?'

Hij twijfelde, of hij het wel zou zeggen. 'Je poeperdoeze,' zei hij.

Sofie Simoens lachte.

'De max is in mijn ogen lesbische liefde,' zei Deridder. 'Twee *softe* kutjes samen in bed. Wat kan een man méér verlangen?'

'Als je denkt dat lesbische seks softe seks is, Sven, dan heb je het verkeerd voor,' zei Sofie Simoens. 'Vrouwen doen ook aan fistfucking en rimming.'

'Wablief?'

'*Rimming*. Likken van de aars.'

'Wat nog?'

'Vingeren. Samen masturberen, natuurlijk.'

'Van masturberen krijg je kanker,' zei Flora.

'Tsja...' zuchtte Deridder.

'Wij lagen eens met twee in bed,' zei Flora terwijl zij lege borden van de tafels ruimde, 'mijn vaste vriend en ik, en ineens waren wij met drie. Er was een passagier bij gekomen, die recht omhoog stond tussen de benen van mijn vriend.' Zij kirde van het lachen.

Deridder roerde verveeld met zijn vork in de saus.

Is dit saus? dacht hij.

Natuurlijk is het geen saus, het is sperma.

Spermasaus.

In ieder geval *smaakt* zij naar sperma, dacht Sofie Simoens.

Tytgat zat twee tafels verderop. Hij schoof zijn bord van zich af en las een krant, met zijn ogen half dicht.

'Sven?' zei Sofie.

'Ja?'

'Bedankt.'

'Waarvoor.'

'Mijn mooie roos.'

'Welke roos?'

Verswyvel van het technisch labo bestelde een dagschotel. Hij was gekleed in zijn witte stofjas en had een gele enveloppe onder zijn arm. Uit het borstzakje van zijn stofjas priemden drie balpennen—blauw, rood en groen en een sigaar met een opzichtige sigarenband. Hij rook aan zijn vingers en scheurde de enveloppe open. Er zaten kleurenfoto's in. Hij schoof de borden met vol-au-vent en bouchée à la reine opzij en spreidde de foto's onder elkaar uit op twee formicatafels. De bovenste foto's waren snapshots van natgeregende mensen, enkele minuten na de moord op de Keyserlei. Zij rekten hun hals om een glimp op te vangen van het slachtoffer terwijl de politie pogingen deed om hen op afstand te houden. Al de foto's op de onderste rij waren uitvergrotingen van de vergeelde affiche met zwarte letters in de biljartkamer in Berchem. De tekst *Kampioenschap der Beide Vlaanders* was duidelijk zichtbaar, evenals COOPMAN VS. JUNGLE JOHNNY, 8 x 3, met daaronder in een korrelige letter *Internationale Bokswedstrijden*. Naast de namen stond een foto van de boksers, in de vertrouwde pose die 'voorbeeldige dekking' heet en door boksers over heel de wereld wordt aangenomen als een persfotograaf in de buurt is: de handschoenen voor de borst en stoer en uitdagend in de camera kijken.

'Een affiche van dertig jaar geleden,' zei Verswyvel. 'Kijk eens wat ik toevallig heb ontdekt.' Hij zocht tussen de balpennen in zijn borstzakje en trok het dopje van een rode Bic.

'Wat betekent 8 x 3?' vroeg Sofie Simoens.

'Acht ronden van drie minuten,' zei Deridder.

'Hoe weet jij dat?'

'Ik heb zelf nog gebokst,' zei Deridder. 'Bij de amateurs.'

Verswyvel omcirkelde het gezicht van JUNGLE JOHNNY op de onderste foto's. 'Als dat geen toeval is,' zei hij lachend en hij trok dubbele rode cirkels rond dezelfde vierkante kop met een platgeslagen neus en bloemkooloren op enkele foto's van het natgeregende publiek op de Keyserlei.

'Ik begrijp het niet, je gaat te snel,' zei Sofie Simoens. Zij droeg een groene trui van kasjmier, met een rolkraag. 'Voorzover ik weet hebben de maffiamoord op de Keyserlei en de zes drugsdoden in Berchem geen uitstaans met elkaar.'

'Misschien niet,' zei Deridder.

'Of misschien wel.'

'Toeval,' zei Sofie Simoens.

'De chef zegt dat toeval niet bestaat, in ons beroep.'

'Ik heb navraag gedaan bij de Koninklijke Belgische Boksbond,' zei Verswyvel. 'Dertig jaar geleden dreef Coopman zijn tegenstander in de derde ronde tegen de touwen en met een wijde swing naar de kin ging Jungle Johnny door de knieën. De match werd uitgevochten in 't Sportpaleis. Jungle Johnny was de thuisbokser. Hij bleef in het milieu en leidt nu jonge vuistvechters op in een sportschooltje in de Seefhoek. Engelse boks, alleen met de vuisten. Hier is het adres.'

Deridder staarde naar de foto. De bokser had de 'carrure' en het karkas van een worstelaar. 'Kom Sofie,' zei hij, 'we gaan erop af.'

'Ik kan niet, ik hou mij bezig met de wurging op de Grote Markt,' protesteerde Sofie Simoens. 'De chef heeft het zelf gezegd.'

'Sofie, de afwezigen hebben ongelijk,' knipoogde Deridder.

Zij stond op, trok haar trui strak en stak haar borstjes ver vooruit.

Amaai, dacht Verswyvel, Sofie pakt nogal uit met haar pepernoten.

Desmet en Tony Bambino waren kletsnat. Zij drukten zich dicht tegen de afbraakhuizen die leken op verweerde grafzerken. Verf bladderde van deuren en ramen. Tegenover Café Stanny in de Stanleystraat zochten zij beschutting onder de barokke torentjes van de spoorwegbrug. Tweehoog in de Cogels-Osylei stond een raam open en flapperden grauwe gordijnen in de nijdige wind. De elegantste straat van 't stad, dacht Desmet, maar ik zou er voor geen geld willen wonen. Een straat van schrijvers en journalisten, *Zurenborg de luxe*, maar alle zijstraten zijn ingepalmd door Polen, Tsjetsjenen en Kosovo's. Armoe troef. Tegen de gevels hingen roestige schotelantennes. Op een blinde muur stond ERIC CLAPTON IS GOD en daarnaast EK HOU VAN JOU, in grillige letters. EK in plaats van IK. Met een spuitbus en sprayverf had een militant VLAAMS BLOK geschilderd op een groene glascontainer en daaroverheen stond HITLER WAS EEN HOMO, in een andere letter. De container was het enige groen in de wijk. Tram 11 kreunde door de straat. In het midden van het trottoir lag een dode hond. Twee Turkse vrouwen gekleed in lange mantels liepen met gebogen hoofd achter hun echtgenoot aan.

Op de hoek van de straat, aan de halte van de tram naast een café, stond het wrak van een Amerikaanse slee op de stoep. Er hingen geen nummerplaten op. Het wrak was door de verkeerspolitie met een gele wielklem vastgezet. Tony Bambino wrikte het kofferdeksel open en sloeg in het wilde weg naar een wolk van vette vleesvliegen die zoemend uit de koffer ontsnapten. Onder een grijze deken lagen twee kapotgebroken whiskyflessen van den Aldi, drie draagtassen van de GB met voedingswaren, een bruin uniformjasje van een nachtwaker met bloed op de linkermouw, een koevoet, een bivakmuts, twee dozen Koreaanse pistoolkogels, een handvol trouwringen, enkele horloges, twee of drie gouden halskettingen en een lichte semi-automatische M16A2 in een groene kist van metaal. De draagtassen stonken naar rotte charcuterie. Tony Bambino trok plastic beschermhoezen over zijn handen en snuffelde aan de loop van het wapen. De stank van cordiet brandde in zijn neus. Zo'n klein geweer, dacht hij, en zo'n grote gevolgen. Binnenkort hebben we de eerste moordenaar bij zijn kladden. Eindelijk. Hij liet het wapen zakken en haalde zijn vinger uit de trekkerbeugel.

Sofie zat achter op de zware motor van Deridder. In plaats van rechtstreeks naar het sportschooltje in de Seefhoek te rijden, maakten de speurders een omweg langs de Leopoldstraat. Sofie Simoens woonde er op een dakappartement tegenover de Kruidtuin, boven een meester-kleermaker.

Toen Deridder stopte voor de lichten aan de Nationale Bank, riep Sofie boven het pruttelen van de motor: 'Niet schrikken, Sven, ik heb thuis een hond.'

'Een hond? Waarom een hond?'

'Dan is er toch iemand die met z'n staart kwispelt als ik 's avonds thuiskom.'

'Welke soort hond?'

'Een boxer. Dat zijn de beste likkers.'

'Als ik blaf en met m'n staart kwispel, mag ik dan ook eens likken, Sofie?'

'Vuile snoeper!'

Alle mannen zijn hetzelfde, dacht zij.

Geef ze een kutje en hun stoppen slaan door.

Ze rolde met haar suikerzoete ogen.

Het was rommelig en gezellig in het appartement. Boven het bed van Sofie hing een poster van *Cats*, de musical, twee groene kattenogen tegen een zwarte achtergrond. Op een hutkoffer zaten knuffeldieren en in een hoek van de slaapkamer lag vuil wasgoed. Deridder schoof de gordijnen dicht. Sofie schopte haar laarsjes van slangenleer uit en kronkelde uit haar smalle jeans. Haar dienstpistool en de kleine revolver wierp zij op het wasgoed.

'Je kuttekontje past precies in mijn handen,' fleemde Deridder.

Zij zoog zo hard, dat zij zijn tong bijna uit zijn keel trok.

'Kuttekontje? Welk kuttekontje? Ik heb een mooiere reet dan Naomi Campbell!' grapte Sofie. Haar melkwitte dijen voelden hard en stevig aan. Zij legde een CD van Grace Jones op, met maximum bassen.

Een CD opleggen, dat is ook het eerste wat Sandra doet.

Alle vrouwen zijn hetzelfde, dacht Deridder.

Sofie wreef haar warme lichaam tegen de leren broek

van Sven. Zij ritste zijn gulp open en riep ontzet: 'Mijn God! Wat een stuk!'

'Schoenmaat 44,' lachte Deridder. 'Stijf van de stress!'

I NEED A MAN

I NEED A MAN

BABY BABY BABY

DON'T SHAVE YOUR LEGS

LEAVE IT ROUGH

'Hou je kleren aan,' zei Sofie met hongerige ogen.

'M'n motorpak?'

'Ja. Ja.'

'Waarom?'

'Ik wil dat je me pijn doet, Sven.'

Zij was zo geil als boter en zo broos, dat hij voorzichtig moest zijn om haar niet in twee te breken. Zij klappertandden van liefde en haar kontje wipte razendsnel op en neer. Alsof zij nooit anders heeft gedaan, dacht Deridder. Zij was ook een roeper en schommelend als een schommelpaard riep zij heel haar familie in Limburg bij elkaar. Het tweepersoonsbed stond op rolletjes en slierde hijgend en bonkend van links naar rechts en van rechts naar links door de slaapkamer. De speurders vrijden tot zij niet meer wisten van welke parochie zij kwamen en toen Sofie heel het huis ondersteboven schreeuwde, rollebolden zij uitgeput en voldaan over de plankenvloer tot in de verste hoek van de kamer tussen de sokken en het vuil ondergoed en de dienstpistolen.

Deridder kroop wankelend overeind en veegde zijn penis af aan het gordijn.

Ongelooflijk, dacht hij.

Nooit eerder gezien.

In plaats van een vagina heeft zij een Hoorn des Overvloeds. Maar een hond had zij niet, en zeker geen boxer, dat was een van haar grapjes.

'Ga je vanavond mee zwemmen, Sven?' vroeg Sofie.

'Laarsjes aan en wegwezen,' antwoordde Deridder.

Zij haalde een wit mannenhemd uit de kast, loshangend, met opgerolde mouwen, en gespte haar twee holsters om. 'Je kent me, Sven, ik voel mij naakt zonder mijn blaffers,' zei Sofie.

Deridder trok gewoon zijn rits dicht.

Zij reden naar de Seefhoek, tussen gezinswagens die van den Aldi en de Makro kwamen. In de bochten gleed zij van links naar rechts over het brede, platte zadel. Sofie had nooit eerder zoveel auto's gezien met familiepakken wc-papier en keukenrol op de achterbank. Deridder zat onderuitgezakt, met de grote benzinetank tussen zijn dijen, zijn voeten stevig op de steuntjes. Zo'n Harley met spaakwielen en een hoog stuur, dat is echt de max, vond hij. Het neusje van de zalm. Hij hield van de lage roffel van de motor. In de buurt van het Stuivenbergziekenhuis waren enkele straten afgegrendeld. De politie controleerde geparkeerde auto's. Achter de ramen loerden oude mannen naar de meisjes op straat.

'Stevig vasthouden, Sofie!' riep Deridder.

Kon zij er iets aan doen dat zij geboren was met een smalle kont?

Haar blonde paardenstaart flapperde achter haar oren.

In de meldkamer van de politietoren aan de Oudaan, die de flikken 'de radiokamer' noemden, werd het licht aangeknipt. Een officier veegde zijn middagslaapje uit zijn ogen. Hij keek op zijn horloge. Vier uur voorbij. Nog twee uurtjes, dacht hij. Eerst naar de hoeren en dan naar huis. Op dat ogenblik veranderde op zijn computerscherm het kenteken van de politie in een stratenplan van de oude binnenstad. Kloosterstraat, Oever, Sint-Jansvliet, het blauwe lint van de Schelde met een dubbele stippellijn voor de voetgangerstunnel, Hoogstraat, Grote Markt.

'Ik... werd... verkracht,' kraakte een stem in zijn koptelefoon. 'Hij... hij droeg... hij had... rode handen.'

Verkracht? Op dit uur van de dag?

Bij zo'n weer?

'Hoe oud ben je?' vroeg de officier.

'Eenenzeventig.'

Daar zakt mijn broek van af! dacht hij.

In de kronkelende straatjes van de Seefhoek waren gevels volgeklad met graffiti. *HAMAS* GESTOORDE BEESTEN *ISLAM*. Een zigeunervrouw zat bedelend op het trottoir. Ratten kropen uit keldergaten en de stank van uitwerpselen hing als een bruine walm tussen de huizen en de krotten. Een kaaswinkel verkocht handgeknoopte tapijten en een meubelzaak handelde in schroot en kapotte televisietoestellen. Ik hoor het m'n vader nog vertellen, in de golden sixties was de Seefhoek de wijk van de betere herenkleding, dacht Deridder. De stad is naar de kloten, jong, zeg dat ik het gezegd heb. Wouters Reizen was minisupermarkt Sulaiman Khan geworden en op 't Schoolplak aan het eind van de Handelsstraat stond een caravan geparkeerd die eigenlijk een rijdend bordeel was. In de goot lagen beenderen en dampende ingewanden van een geslacht schaap. In de deuropening van 't Spekmagazijn *Kleeren voor Mannen en Kinderen* speelde een Chinees op een oude piano.

Deridder legde zijn Harley Davidson met een dubbele ketting en een kettingslot vast aan een kelderrooster. De speurders namen hun pothelm mee naar binnen.

'Wat hebben *jullie* hier te zoeken?' vroeg de trainer van

het boksschooltje. Hij had zelf gebokst, want zijn gezicht was gekneusd en gehavend.

Deridder zwaaide met zijn pasje. 'Ik zoek Jungle Johnny,' zei hij.

'Hij skipt, in een springtouw. Drie minuten op, één minuut af. Gun hem dat minuutje rust, om uit te zweten.'

'Is hij gevaarlijk?'

'Ik denk het niet, nee.'

Vooral Armeniërs en enkele 'bruine mannen' plus een zwarte zwaargewicht schaduwboksten voor een spiegelwand. Zwetende lichamen pompten op vloermatten en jonge kerels in glanzende boxershorts punchten met blote vuisten tegen een boksbal die vervaarlijk heen en weer zwiepte.

'Voetenwerk! Voetenwerk!' riep de trainer. 'Hup hup hup, driemaal naar voor, driemaal naar achter!'

De parketvloer kreunde onder het gewicht van de springende boksers.

'Trekken met de ellebogen, Time!' riep de trainer.

Op dat ogenblik ging de bel. Weer een ronde voorbij.

In de negentiende eeuw was de gerechtelijke politie, vooral in Frankrijk, Italië en Amerika, ervan overtuigd dat het karakter van een mens is af te lezen aan uiterlijke kenmerken en vooral aan de vorm van zijn schedel. Iemand met een platte schedel en grote, vierkante oren was bij voorbaat verdacht. Brandstichters hadden een klein hoofd en brede kaken waren het kenmerk van zwendelaars en oplichters. Zakkenrollers hadden dan weer donker haar. Intelligentie zat aan de voorkant van de schedel. Hoe hoger het voorhoofd, hoe meer hersens, en dus hoe slimmer. De methode om een misdadiger te beschrijven aan de hand van de vorm van zijn voorhoofd, zijn neus, kin, oren en mond werd in die tijd *portrait parlé* of 'woordportret' genoemd en soms *portrait robot* indien het om een tekening ging die op aanwijzingen van een getuige was gemaakt. *Portrait robot* is later 'robotfoto' geworden.

Het *portrait robot* van Jungle Johnny kwam rechtstreeks uit de archieven van de negentiende eeuw. Hij had een klein hoofd met een platte schedel en gemillimeterd haar. In zijn dubbelgebroken boksersneus zat geen neusbeen. Hij ademde zwaar en blies de hete lucht snokkend door zijn scheve neusgaten. Op de koop toe was hij gespierd als een os, met een oerwoud van wit krullend haar op zijn borst. Over zijn brede schouders hing een bezwete handdoek. Hij droeg een rode boxershort—die twee maten te groot was—met het opschrift EVERLAST en elegante rode boksbasketters waarop hij onrustig heen en weer wipte.

Mannen met grote voeten hebben een grote penis, dacht Sofie Simoens.

De bokser keek argwanend naar Deridder. 'Ben jij een filmster?' vroeg hij. Met zijn handdoek veegde hij de zweetdruppels van zijn gezicht.

'Nee, waarom?' vroeg Deridder.

'Je lijkt op een filmster.'

'Op wie?' vroeg Sofie Simoens.

Brad Pitt, dacht Deridder. Natuurlijk lijk ik als twee druppels op Brad Pitt. Of beter gezegd, Brad Pitt lijkt op mij. Zelfs een blinde kan dat zien.

'Eddy Murphy!' zei de bokser en hij schoot in een bulderende lach.

'Waar was je maandag om elf uur?' vroeg Deridder nors.

'Hier,' zei Jungle Johnny.

'Zeker van?'

'Waar anders? Ik ben altijd hier.'

'Om wat te doen?'

'Trainen, natuurlijk. Sparren, skippen, een beetje boksen.'

'Zijn er getuigen?'

'Natuurlijk.'

'Wie?'

'Iedereen.'

'Alleman?'

'Ja, alleman.'

Deridder tuitte zijn lippen.

'Heb je een alibi?'

'M'n vrienden zijn mijn alibi.'

'Zal ik navraag doen?' vroeg Sofie Simoens.

'Prik z'n alibi door,' zei Deridder.

'Armeniërs spreken geen Vlaams.'

'De trainer is geen Armeniër,' zei Deridder.

'Hij komt uit de Kempen, dat is even erg.'

'Ik denk dat je liegt,' zei Sofie Simoens.

Jungle Johnny zweeg.

'Wanneer was je voor het laatst op de Keyserlei?'

'In die buurt kom ik nooit.'

'Maandag ook niet? Elf uur?'

'Ik... ik denk het niet.'

Deridder toonde de foto's van het technisch labo.

'Dáár sta je,' wees Sofie Simoens, 'in het midden. Op de Keyserlei.'

'Ben ik dat?' vroeg de bokser.

'Wie anders?'

'Op foto lijk ik oud,' zuchtte hij.

Een sluwe vos, dacht Sofie Simoens.

'Gespeeld en verloren,' zei ze.

Jungle Johnny trok zijn schouders op.

'Heb je iets te zeggen?'

'Misschien vergis ik mij. Soms rij ik zomaar wat rond, in de auto, om mij te ontspannen. Misschien passeerde ik daar toevallig.'

'Vergissen is menselijk,' zei Deridder.

'Is er een goeie vettige misdaad in het spel?' vroeg de trainer.

Als mannen met *grote* voeten een *grote* penis hebben, dan hebben mannen met *kleine* voeten automatisch een *kleine* penis, dacht Sofie Simoens tevreden.

De bokser bekeek haar van top tot teen.

'Je lijkt op Daniëlle Darrieux,' zei hij. 'Ben je een natuurlijke blondine?'

Eerder Ilsa, de Wolvin van de ss, dacht zij.

'Kom niet zo dicht als je tegen een vrouw praat,' zei Deridder.

'Kom ik te dicht?'

'Je kruipt bijna in haar neus.'

Deridder zwaaide met de foto van de biljartkamer in Berchem en legde zijn vinger op de gele affiche waarop in zwarte letters COOPMAN VS. JUNGLE JOHNNY was gedrukt.

De bokser snoof verachtelijk door zijn neus. 'Dat ding is zeker vijfentwintig jaar oud. Ik vloerde Coopman in de derde ronde. Een lucky punch. Ik had geluk, hij was nog groggy van zijn match tegen Cassius Clay. Vroeger bokste ik op de Sinkenfoor, voor een handvol drinkgeld, in een bokstent op de Bolivarplaats naast een stoomcarrousel. Na mijn overwinning op Coopman kwamen de mensen naar mij toe, schudden mij de hand en zeiden: Ha, topper, hoe is 't? Precies of zij spraken ineens allemaal Vlaams. Vroeger kenden zij mij niet.'

'De tol van de roem!' riep de trainer.

De gong voor de volgende ronde.

Voetenwerk! Hup hup hup! Trekken met de ellebogen!

'Moord op de Keyserlei en zesvoudige moord in Berchem,' zei Deridder. 'Tweemaal was je erbij, twee keer op foto waarvan één keer in 't echt, en toch weet je van niets.

Blind, stom en doof? Maak dat de Armeniërs wijs, makker.'

'Opgezet spel,' antwoordde Jungle Johnny. 'Vanavond raadpleeg ik een advocaat.'

'Er zijn goede en slechte advocaten, Johnny, zoals er goede en slechte boksers zijn,' zei Deridder.

'Wie was de opdrachtgever?' vroeg Sofie Simoens.

'Links, rechts, voor, achter, Time!' riep de trainer.

Jungle Johnny keerde zich bruusk om en kroop tussen de touwen op de boksmat. Hij tapete zorgvuldig zijn handen in de zwachtels, stak een boksersgebit in zijn mond en trok een paar rode leren bokshandschoenen aan. Hij was helemaal opgefokt.

'Hoe oud is hij?' vroeg Sofie Simoens.

'Zeventig en zotter van de meisjes dan een jonge gast van twintig,' zei de trainer. 'Een kleerkast met een ijzeren discipline. Johnny is in honderd-en-één duistere zaakjes betrokken—vroeg rijp, vroeg rot—maar hij kan autorijden en hij kan een stukje boksen. Vergeet niet dat hij Coopman frikandel heeft geslagen en dat was zeker niet de eerste de beste. Eén twee! Eén twee! Bang! Bang! K.O.'

'Wie is Daniëlle Darrieux?' vroeg Deridder.

De speurders bleven kijken. Een grijze neger die op een olifant met flaporen leek, hing uitdagend tegen de touwen. Zijn naam stond op zijn boksbroek: King Jackson. 'Kom, platneus, kom!' riep Jungle Johnny en als een stormram viel hij aan, links wegdraaiend, rechts wegdraaiend, ...bang... bang... bang, zeventig jaar en even behendig als een jong veulen, het publiek begon te fluiten en te roepen, 'BOE...! BOE...!', linksom rechtsom, in... uit, hij sloeg de neger een halve meter omhoog uit zijn schoenen, in... uit, 'Hoeken zoeken, boxeur!' riep de trainer, 'Zo...! zo...!', het was een heerlijk ouderwets spektakel, jab links jab rechts, wachten, zoeken, links rechts links, Jungle Johnny liet de neger alle hoeken van de ring zien en dolde met King Jackson als met een balletje in een flipperkast, de boksers konden hun eigen benen niet meer volgen, 'Sla hem dood! Sla hem dood!' riep de trainer, 'Goed boxeur goed!', de bel ging voor de tweede ronde en plots haalde Jungle Johnny uit met een dodelijke uppercut die als een granaat ontplofte op de kin van zijn tegenstander, gerinkel van glas, been dat splinterde en kraakte zoals castagnettes die tegen elkaar worden geklapt, hij is er geweest, dacht Sofie Simoens, definitief de boeken dicht, adieu amigo, aan de meet krijg je de bloemen, Jungle Johnny mepte een laatste maal op de smoel van de platneus en bloed spatte in het rond en de neger sloeg TILT! en viel languit op het canvas,... ACHT...NEGEN... TIEN...OUT!

Het rechterkaakbeen van King Jackson was op twee plaatsen gebroken.

Volgende ronde.

Gelukkig was het Stuivenbergziekenhuis vlakbij. In een ronde zaal onderhielden Deridder en Sofie Simoens zich op fluistertoon met slachtoffers van de ontploffing op de E17 kort voorbij het wegpaneel met de tekst DE PROVINCIE ANTWERPEN HEET U WELKOM. Alle patiënten lagen beweginloos onder witte lakens, ingepakt als mummies.

'Het was de hel op aarde,' zei een handelsreiziger uit Eeklo, nauwelijks hoorbaar. 'Mijn auto botste op een muur van vlammen. Voor en achter mij knalden vrachtwagens tegen elkaar. Ik dacht aan het einde van de wereld.' Zijn gezicht was weggeschroeid, zijn longen waren verbrand en hij zat onder de pijnstillers. 'Alleen in de toppen van mijn vingers voel ik leven,' zuchtte hij.

'Alle brandwondenpatiënten lijden aan "witte longen"of "*shocklongen*" omdat serum uit de bloedbaan in de longen vloeit,' zei de dokter. Hij droeg een witte stofjas en stond aan het voeteneind van het bed met een bundeltje papieren in de hand. 'Zij krijgen zuivere zuurstof. Dode huid wordt weggesneden en vervangen door donorhuid van onze eigen huidbank. Wij moeten er vooral voor zorgen dat zij voldoende vocht binnenkrijgen, zodat hun nieren blijven werken.'

'Ik kroop op handen en voeten over de snelweg,' vertelde een banketbakker uit Oudenaarde die met zijn gezin op weg was naar de Zoo. 'Ik werd wakker in het ziekenhuis en kan mij niets herinneren. Mijn vrouw en kinderen werden verpletterd en zijn verkoold, naar het schijnt.'

'Overal afgerukte lichaamsdelen,' zei de dokter. 'Op het wegdek lagen beenderen en kleefden hersenen. Vijfentwintig doden, vierhonderd zwaar gewonden. Fase 2 van het provinciaal rampenplan werd afgekondigd.'

'Vlammen, rook, een vuurzee, het was vreselijk. Stofwolken in de lucht. De snelweg lag bezaaid met verkoolde lichamen. Mijn partner is ongedeerd, hij was alleen een schoen kwijt,' mompelde een agent van Securitas die zijn rechterbeen verloor.

'Wij zijn op het nippertje aan een catastrofe ontsnapt, neem het van mij aan,' zuchtte de dokter. 'Mijn broer is specialist in organische chemie. Chloorgas, broom, mosterdgas en fosgeen—vloeibaar gas—zijn zwaarder dan lucht, zegt hij. Indien de wind uit de verkeerde richting had gestaan, zou het gas het bekken van de ring met giftige dampen hebben gevuld. In de randgemeenten zou het tussen de huizen blijven hangen. Ik durf er niet aan denken.'

Deridder noteerde alle getuigenverklaringen in een

blocnote. Straks op kantoor zou hij ze als 'vaststelling van een mogelijk misdrijf' in een proces-verbaal gieten dat samen met het onderzoeksdossier voor *eventuele* vervolging aan het parket zou worden doorgestuurd.

'Weet je wat ergst van al is?' vroeg de dokter. 'De vijf Duitse geleerden die deze oorlogsgassen tot ontwikkeling brachten, kregen alle vijf de Nobelprijs na de oorlog van '14-'18.'

Erger dan mijn ergste dromen, dacht Sofie Simoens.

Schouder aan schouder wandelden de speurders van het ziekenhuis terug naar het boksschooltje. Zoveel menselijke ellende. Sofie Simoens was er het hart van in. Zij boorde haar vingernagels in haar handpalmen. Haar ogen schoten vol tranen. Zelfs op het voetpad was graffiti geschilderd, EXCLUSIEVE LUXEKLOTEN of iets in die aard, de regen had de letters gedeeltelijk uitgewist, het kon ook LUXESLOTEN of LUXEBOTEN zijn. Het leek alsof er sneeuw viel maar toen de speurders omhoogkeken, zagen zij een vrouw met een hoofddoek die een donsdeken uitschudde. De Harley stond er nog, maar het voorste spaakwiel was losgeschroefd en de mooie kalfsleren tassen waren gestolen.

'Ik ben bang, Sven, ik wil niet alleen zijn,' huilde Sofie.

'Wat doe je vanavond?'

'Straks ga ik zwemmen.'

'Waar?'

'In 't bad van de Wezenberg.'

Deridder zette zijn helm op.

'Toe, blijf bij mij.'

'Wat zal de chef zeggen?'

'Als de kat van huis is, dansen de muizen,' glimlachte Sofie Simoens.

Aan de uitgang van Los Angeles International Airport, kortweg *LAX*, stond een sheriff in een bruin uniform. Hij droeg een gouden ster, links op zijn borst, op de plaats van zijn hart. Op zijn heup hing een Magnum kaliber .357 in een opzichtige holster. Een moordwapen, dacht de commissaris. In de ene hand droeg hij een gedeukt koffertje en in de andere hand zijn oude schoolboekentas. Hij was 'zomers' gekleed, in zijn vertrouwde ribfluwelen slodderbroek met een zwarte polo van Lacoste. Het krokodilletje had hij eraf geknipt, omdat de nylondraad waarmee het was vastgemaakt over zijn tepel schuurde, wat hij vervelend vond. Zijn mosterdkleurige regenjas had hij wijselijk thuisgelaten. Wat nu? dacht de commissaris en hij keek verwonderd om zich heen. Het was bloedheet in het luchthavengebouw. Hij wreef het zweet van zijn voorhoofd en dacht aan Maigret, die ook eens door zijn oversten voor een opdracht naar Amerika werd gezonden en feestelijk zijn eerste dag in de nieuwe wereld had gevierd met ontelbare cocktails en Martini's, twee flessen Californische wijn en drie of vier Canadese whiskey's. Hij keek op zijn horloge. Eigenlijk ben ik te oud voor nieuwe avonturen, zo ver van huis, dacht de commissaris, in een wereld die mijn wereld niet is. Ik drink niet en ik zit niet achter de wijven. Eigenlijk ben ik een saaie man, dacht hij.

De nacht was zo warm, dat de lucht ervan trilde.

'Chateau Marmont,' zei hij tegen de zwarte taxichauffeur. 'In West-Hollywood. Een hotel, indien ik me niet vergis.' Zijn Engels was niet om over naar huis te schrijven, maar hij kon zich behelpen, met mondjesmaat, en het klonk in ieder geval beter dan het Vlaams van de taxichauffeur.

De nacht was te donker om te zien waar hij terecht was gekomen. De commissaris zette de televisie aan. Hij was moe en sleepy en dronk een glas water van de kraan. Hij liet zich op bed vallen—hij lag erin verloren, het was te groot voor één mens—en hoorde zichzelf snurken. Toen hij zijn ogen opende, filterde het zonlicht door houten rolgordijnen. *I Love Lucy* op tv, zonder klank. In het midden van de kamer stond een vleugelpiano. Hij kon een paar noten uit een accordeon trekken, maar een piano, dat was andere koek. De commissaris ging achter het zwarte instrument zitten, met zijn blote voeten op de koperen pedalen, en gleed met zijn vingers over de toetsen alsof hij *Darling, Je Vous Aime Beaucoup* van Nat King Cole speelde. Ik hou van je, poesje, dacht hij. Heel, heel veel. Hij voelde zich een figurant in een stomme film en maakte zijn schoolboekentas leeg. Zijn thermosfles met een restje lauwe koffie, zonder suiker, zonder melk, een appel, een Vlaamse krant en een brief in een grote enveloppe. Hij wreef over zijn stoppelbaard en trok de rolgordijnen op. Een stralendblauwe hemel. Pauwen krijsten in de heuvels achter het hotel. Ik ben ook maar een mens, dacht de commissaris, vandaag zet ik moord en doodslag op een laag pitje, ik doe een beetje aan sightseeing en hang de toerist uit, zoals iedereen die voor het eerst in Hollywood komt. Glimlachend nam hij een fleurig hemdje uit zijn koffer. De telefoon rinkelde en de commissaris nam de hoorn op. Stilte aan de andere kant van de lijn. Een klik, nog een klik. De verbinding werd verbroken. Hij keek op zijn horloge. Zes uur Europese tijd.

Op straat likten beeldschone meisjes aan waterijsjes en suikerspinnen alsof zij er verliefd op waren. Hij nam een taxi naar het graf van Marilyn Monroe. Hardop las de

zwarte taxichauffeur de tekst op de billboards en reclamepanelen en de commissaris schudde van het lachen.
DRIVE-IN EETHUIS MET KLASSE MOUTBIER HAMBURGERS
MGM GOLD STAR STUDIOS. Ze reden voorbij een museum
in de vorm van een verrekijker en een eethuisje in de vorm
van een donut, naar een rustig park met kort gras en rit-
selende palmbomen.

'Beste begraafplaats in de hele wereld,' zei de taxichauffeur.

Op een platte grafsteen met het opschrift MARILYN
MONROE 1926-1962 lag een witte roos.

Dean Martin en Natalie Wood lagen er ook begraven.

De commissaris had ongelooflijke trek in een flesje
moutbier en een hamburger.

Zij reden langs de huizen van Faye Dunaway en Rita
Hayworth, rechtsaf, linksaf, voorbij een bescheiden woning achter een heg die volgens de taxichauffeur het huis
was van Doris Day, rechtdoor en rechtsaf voorbij de villa's
in Spaanse stijl van Bing Crosby en Lana Turner en het
kasteel van Barbara Streisand.

'Daar woont Al Pacino,' zei de taxichauffeur.

De taxi sloeg linksaf, rechtsaf, voorbij het roze boudoir
van Jayne Mansfield en de haciënda van Elvis Presley. Be
My Be My Baby van The Ronnettes golfde uit de autoradio,
onmiddellijk gevolgd door Love Me Tender, alsof het toeval
was. Drie keer per dag elf drugs waaronder drie shots
Demerol. Puur vergif. Drie maal elf is drieëndertig. Ja,
jongens, op het eind van zijn leven zat Elvis zwaar aan de
pillen, dacht de commissaris. Witte muren, rode daken,
hagen en heggen. Zijn huis was afgebroken maar de brievenbus van Walt Disney stond er nog.

'Kijk, Sylvester Stallone!'

Net zoals op tv, dacht de commissaris.

Wat je níét zag op televisie, was de ondraaglijke hitte.
Hij wandelde naar het Roosevelt Hotel, waar op 19 mei
1929 de eerste Oscar voor beste film van het jaar was uit-
gereikt. De ceremonie duurde slechts vijf minuten. Op
het dak van een rariteitenkabinet klemde een Tyranno-
saurus rex een zakhorloge tussen zijn kaken. BETTY'S
SCHOONHEIDSSALON *KOM NAAR ONZE KERK EN VOEL JE DE
GEHELE WEEK OPGELUCHT* HOTDOGS DAG & NAGT. Op een
billboard van Marlboro stak een cowboy met een lasso
een sigaret op. De commissaris was verblind door de zon
en de warme, droge lucht sneed hem de adem af. Ik pas
niet in deze wereld, dacht hij hoofdschuddend. Pas enkele uren weg van huis en hij verlangde er reeds naar opnieuw *wolken* te zien en te wandelen in mist en motregen.
Voorbij Raymond Chandler Square, op de hoek van
Hollywood en Cahuenga Boulevard, kocht hij een leren
jekker met een kleurenstempel van Mickey Mouse op de
rug. In de etalage van een boetiek stond Marilyn Monroe
in gekleurd karton, levensgroot, in een opwaaiende witte
jurk, naast James Dean met een geweer over zijn schouder.

Het werd snel donker.

De commissaris wandelde naar het oudste restaurant
van Hollywood en zette zich aan een bruingeverniste
tafel in een ouderwetse cosy-corner voor vier personen.
De spijskaart was niet veranderd sedert de opening van
het restaurant in 1919.

Ik heb het ver gebracht, dacht hij.

Helemaal tot in Hollywood, Los Angeles, de misdaad-
hoofdstad van de wereld.

Hij bestelde gegrilde zwaardvis.

Al Pacino zat aan tafel 28, bij het raam.

Klik-klak, klik-klak.

Max kwam het restaurant binnen. Hij droeg een zwart hemd en een zwarte broek en zwarte schoenen en een donkere bril. Zijn haar was met brillantine glad achterover gekamd. Hij schoof in de cosy-corner, tegenover de commissaris, en zette zijn zonnebril af. Zijn ogen waren bloeddoorlopen. Er lag geen gevoel in, het leek alsof zij dood waren. Hij vroeg een glas rode wijn en bracht het bevend naar zijn mond.

Bloedwijn, dacht de commissaris.

Stilte.

'Kom je mij halen?' vroeg Max.

'Ik wil met je praten,' zei de commissaris.

'Ben je gewapend?'

De commissaris tikte met zijn wijsvinger tegen zijn voorhoofd. 'Hier zit het beste wapen van allemaal.'

'Daarmee is alles gezegd,' antwoordde Max.

Met zijn zakdoek bette de commissaris het zweet van zijn voorhoofd.

Stilte.

'Laura is dood,' zei hij.

Max wreef in zijn ogen.

'Ik wist dat je zou komen,' zei de commissaris.

Max zuchtte. 'Ik sta tegen een blinde muur, commissaris,' zei hij. Er lag een diepe *tristesse* in zijn stem en zijn ogen versomberden. 'Ik had een zusje maar ik wilde het meisje in huis zijn. Ik keek in de spiegel maar mijn borstjes waren te klein. Ik klemde mijn dijen tegen elkaar en spande mijn penisje ertussen. Soms schminkte ik mij en droeg de kleren van mijn zusje. Zij had een kamer vol poppen en knuffelbeesten. Eerst knipte ik met een grote schaar al het haar van de poppen. Ik vond ze mooier met een kale kop, lieflijker en jongensachtiger. Mama was kwaad, *oooh* zij was zo kwaad, ik heb haar nooit kwader gezien, zelfs niet toen vader in zijn zondagse kleren in bad lag en er bloed gulpte uit zijn strot alsof in zijn keel een kraantje zat dat open en dicht werd gedraaid. Ik knipte de voeten en de vingers van de poppen maar er vloeide geen bloed uit, commissaris. Ik werd kwaad en sneed al de knuffelbeesten open maar in plaats van blubber en bloed kwam er kapok en zaagsel uit. Er was zelfs een pop bij met krantenpapier in haar buik. Toen doodde ik haar.'

'De pop?'

'Nee, mijn zusje.'

'Ik heb een brief voor je,' zei de commissaris.

Onmiddellijk herkende Max het kinderlijke handschrift. Zijn handen beefden. Zij waren koud als ijs.

'Van mijn zoontje? Van Jan?'

'Ja.'

'Mijn zoon is acht jaar,' zei Max. 'Ik ben een rotslechte vader.'

Hij keek naar de eerste regel, *Liefste Papa*, en zijn hart begon wild te slaan. Er zaten enkele foto's bij, Jan op een pony, met Laura, in de Zoo, en kleine speelgoeddingetjes zoals de eerste fopspeen van de pasgeboren baby en een loden soldaat.

'Soms is het beter een brief *niet* te lezen.'

'Laat mij lijden, commissaris. Lijden is menselijk. Als ik niet meer kan *lijden*, ben ik dan nog een *mens*?' Tranen stroomden over zijn wangen.

'Noem mij... Sam,' zei de commissaris zacht.

Max slaakte een diepe zucht. 'Ik verdien het niet om verder te leven, Sam.'

'Ieder mens krijgt een tweede kans.'

'Ik niet, na wat ik heb gedaan.'

De jager en de prooi keken elkaar stilzwijgend aan. Hij heeft een soort gekte in zijn hoofd, dacht de commissaris.

Misschien was hij het zwarte schaap van de familie. Sommige mensen leven in een fantasiewereld, had Dr. Fradler gezegd. Wij vertonen *allemaal* obsessief gedrag en *elke* mens is een potentiële misdadiger. Ziet een moordenaar er anders uit dan een gewone mens? Nee, natuurlijk niet. Een moordenaar *is* een gewone mens.

'Ik deed het opnieuw.'

'Opnieuw?'

'Ja.'

'Een vrouw?'

'Demi Moore.'

Dat begreep de commissaris niet.

'Zij leek op Mama,' zei Max en hij lachte hinnikend, als een jong veulen. 'Toen Mamma jong was.' Hij kreeg een wazige blik in zijn ogen, alsof hij in de verte keek, naar niets. 'Zij had grote zachte warme chocoladeborsten. Zij was trots op haar borsten.'

Stilte.

Wat viel er te zeggen?

'Hou mij tegen, Sam, anders stop ik nooit.'

'Je moet jezelf tegenhouden,' zei de commissaris.

Max stond op. Hij wankelde op zijn benen. Zoveel vragen, zo weinig antwoorden. Hoe vaak moet je iemand vermoorden voor hij *echt* dood is? Hij snikte. Zijn handen trilden. Stop de wereld, ik wil eraf! Hij dacht aan de zilveren gezondheidsballetjes die hij tussen zijn vingers rolde, vroeger bij hem thuis, tot de vermoeidheid wegtrok uit zijn polsen en zijn vingers weer soepel en speels werden. Er zat een orgelmuziekje in de balletjes en hoe harder hij ze kneedde en hoe sneller zij rolden, hoe nerveuzer het muziekje rinkelde. Max hield zich vast aan de tafels, om niet omver te vallen, en sleepte zich zwijmelend naar de toiletten, achter in het restaurant. *Klik-klak, klik-klak.* Voor het laatst slierden zijn schoenzolen over de vloertegels. *Je bent een kloterig stuk shit!* had Laura gezegd toen hij wegging. *Ik-zou-willen-dat-je-zou-dood-vallen. Dood dood dood.* Hij kon niet meer denken. Koude rillingen liepen over zijn rug. Hij zag asgrauw. Hij draaide de kraan open en liet koud water over zijn polsen stromen. Hij keek in de spiegel en hijgde met astmatische stoten, alsof hij ging stikken. Radeloos sloeg hij zijn handen voor zijn gezicht. *Ich komme sofort, Papa,* dacht hij. *Wacht op mij, Mama. Papa is dood, jongen.* Ik ben te laf om te sterven, dacht hij. Te laf om te leven en te laf om te sterven. De stem van zijn vader bonkte in zijn hoofd. *Zij haalt het bloed van onder mijn nagels mijn nagels mijn nagels nagels nagels.* Zijn hoofd duizelde. Hij trachtte de gruwelbeelden op zijn netvlies plat te drukken en stak zijn vingers in zijn ogen. Plots schoot hem het refrein uit zijn jeugd te binnen. *Alle Fische schwimmen, alle Fische schwimmen, nur der kleine Backfisch nicht...* De kleine bakvis niet. Nee, niet. Wanneer veranderde ik van een engel in een duivel? dacht hij. Engel, duivel. Engel, duivel. Hij trok zijn hemd uit. Liet zijn broek op de grond vallen. Toen hij om zich heen keek, om zich ervan te vergewissen dat hij alleen was, merkte hij dat de deuren en de muren van het toilet waren beschilderd met de vlammen uit de hel. Met zijn duim ritste hij heen en weer over de scherpe snee van het vissersmes, aan weerszijden, en smakkend wreef hij zijn tong over zijn lippen. Pijn is prettig, dacht hij, pijn is genot. Eigenlijk vond hij het wel spannend. Geen bloemen, geen kransen.

Plots een gehuil-iets-vreselijks.

'*Fucking* zoon-van-een-klotewijf!' riep Al Pacino.

'Is dat een acteur?' vroeg iemand.

'Dan is het allemaal filmbloed.'

'Ja, ketchup.'

Max stond in het midden van het restaurant, spiernaakt, op blote voeten. Hij had zijn polsen doorgesneden tot op het bot en hij huilde. Hij huilde als een dier in doodsnood, jankend en jammerend, met diepe snikken die vanuit zijn middenrif vertrokken en zijn keel dichtsnoerden als pingpongballen. Bloed gulpte uit de gapende vleeswonden en stroomde langs zijn vingers. *Junge, komm bald wieder.* Hij spreidde zijn armen, zoals het beeld van de zalvende Christus. 'Sam... Sam... ik... ik... ik vraag vergiffenis, Sam,' stamelde hij onhoorbaar en in één haal sneed hij de slagader in zijn linkerbeen door. Alsof het uit een tuinslang spoot, geiserde een straal donker bloed tot tegen het plafond. Hij likte het bloed van het mes en keek radeloos om zich heen, met wijd opengesperde ogen. Dan stak hij het mes in zijn keel en met een laatste krachtsinspanning sneed hij zijn rauwe luchtpijp en zijn slokdarm door, van oor tot oor. Hij wankelde, zijn lichaam verslapte en zijn ogen werden dof. Hij trok het mes uit zijn keel en bloed gulpte als braaksel uit zijn mond en spoot uit zijn halsslagader. *Bald wieder, nach Haus.* De lievelingsschlager van zijn vader flitste door zijn hoofd en hij kon de knop niet omdraaien. Max staarde naar zijn bebloede handen. 'IK HEB WEER EEN MENS VERMOORD!' rochelde hij, stinkend en stervend, 'ROEP DE POLITIE!' Hij kantelde tussen de cosy-corners en botste met zijn hoofd tegen de rand van een tafel en gleed met een sierlijke pirouette in een plas van zijn eigen ketchup. Het mes kletterde op de vloer. *Junge, fahr nie wieder, nie wieder-hinaus.* Aan de tafel kleefden plukjes haar en blubber en bloed.

Een kelner in een rood jasje stak een schaal met een moot gegrilde zwaardvis omhoog. Even groot als een van mijn lp's thuis, dacht de commissaris. Even groot en even zwartgeblakerd.

Een lichaam bloedt. Het is week. Botten breken. De hoeveelheid bloed in een volwassen mens wordt berekend door het lichaamsgewicht te delen door dertien. Max woog ongeveer zeventig kilogram. Hij had dus vier en een halve liter bloed in zijn lichaam. Het spoot eruit, uit de buis van zijn halsslagader die leek op de watertoevoer van een wasmachine, en in geuten en gulpen bloedde hij leeg. Het kraantje in zijn keel werd open en dicht gedraaid, zoals bij zijn vader destijds.

De commissaris had ineens geen honger meer.

Een zwoele nachtlucht en flikkerende lichtjes zo ver het oog reikte, alsof iemand een zak diamanten had uitgeschud over de stad. Een blauwe oceaan in de verte, met de glans van neonlicht. L.A. *by night*, dacht de commissaris. Hij zat op een bank onder de sterren. De maan trok een zilveren spoor over de oceaan. Uit een huis in de heuvels klonk Take Five van Dave Brubeck. Heerlijke jazz, even opwindend en sexy als thuis. Wiegend met zijn heupen ging de commissaris boven op de zitbank staan. Hij liet zich helemaal gaan, zonder pottenkijkers, in een vreemd land waar niemand hem kende. Hij voelde zich hopeloos belachelijk en toch genoot hij met volle teugen. Twee pasjes vooruit, drie achteruit, hup hup húp met de beentjes, want dansen, dat kon hij niet. Bijna donderde hij van de bank. De commissaris begon van deze stad te houden, ondanks alles, want hier lag zijn jeugd. Hier woonden zijn filmhelden. Jack Palance, Richard Widmark, Alan Ladd, Tony Curtis, en de *femmes fatales* natuurlijk, Rita Hayworth en Ava Gardner en Veronika Lake en Marilyn Monroe in haar zijden nachtjapon. Toen hij tien jaar was, knipte hij foto's van Doris Day uit de Piccolo en kamde zijn haar in een kippenkontje, zoals Tony Curtis. Hij zou het zich altijd herinneren, zolang hij leefde, zoals hij zich ook altijd zijn eerste tongzoen en zijn eerste glas zou herinneren, want van allebei was hij dronken en duizelig geworden, van de liefde en van het bier. Wuivende palmbomen, een oranje hemel, glooiende heuvels en tienduizend fonkelende sterren in Cinerama en Technicolor. De nieuwe dag hing in de lucht. Los Angeles kwam tot leven en op de hoogste heuvel van allemaal werden de negen dansende letters, die samen het beroemdste woord ter wereld vormden, in de armen gesloten door de eerste stralen van de gouden ochtendzon. *H*O*L*L*Y*W*O*O*D* las de commissaris. Hij zag sterretjes in zijn eigen ogen.

Terug thuis hernam het leven zijn gewone gang. Hij dwaalde door zijn stad, alleen, met enkel zijn gedachten als gezelschap, en keek liefkozend naar de regen op de Schelde en de oude haven en de molen op Linkeroever, alsof hij ze in jaren niet had gezien. Een rottend staketsel in de modder. Deze stad zit in mijn bloed, dacht de commissaris, ik raak haar nooit meer kwijt. Op de toren van de kathedraal wapperden drie vlaggen. Het was koud voor de tijd van het jaar. De commissaris kroop dieper in zijn regenjas. Opboksend tegen de kille wind liep hij langs de Kammenstraat en de Begijnenstraat naar het gerechtshof op de Britselei. Wolken dragen namen als gedichten, 'cirrus', 'stratus', 'cumulus', 'nimbus', maar op dagen als deze vond hij geen poëzie in de vuile vegen aan de hemel. Misschien was ik beter in Hollywood gebleven, dacht hij, daar scheen tenminste de zon. De gevel van het gerechtshof doemde op uit de mist. Aan de hoofdingang twee groene beelden, links De Rechtvaardigheid en rechts De Wet, en daartussenin een bronzen plaat met het opschrift VOORZICHTIG EN KRACHTVOL—HEERSEN RECHT EN WET, verweerd door een eeuw van regen en wind. In de wandelzaal was de bejaarde bode in gesprek met een deurwaarder. Advocaten in toga wachtten nerveus op het begin van de zittingen. De commissaris strekte zijn pijnlijke rug. Ik laat mij kraken, dacht hij, anders haal ik nooit mijn pensioen. In de bezoekerslift drukte hij op de knop naar de tweede verdieping.

Een Italiaan uit Charleroi zat op de houten banken tussen twee rijkswachters in uniform. Hij was voor ondervraging overgebracht uit de Begijnenstraat en droeg een donkerblauwe gevangenisbroek met zwarte schoenen zonder veters en een paarse overgooier—eigenlijk een anorak zonder mouwen—met op de rug in witte letters s.i.e.p. wat Straf Inrichting Établissement Pénitentiaire betekent. Hij had standaard LIPS-handboeien aan.

'Is het waar, kickt Miss België op leer?' vroeg Peeters.

'Zwijg stil,' zei Deridder, 'sedert ik met een Harley rijd en een motorpak draag, is het alle dagen kermis.'

Flora veegde stof van de muren.

'Wie kent het verschil tussen Brussel en Jennifer Lopez?' vroeg Tony Bambino.

'Ik!' riep de Italiaan uit Charleroi. 'Er is geen verschil, paisán. Zij hebben allebei een binnenring, een buitenring en een welriekende dreef!'

De telefoonwacht zette zijn transistor een kwartslag luider.

'Wie is kandidaat om een frisse neus te halen in de welriekende dreef van Jennifer Lopez?' vroeg Peeters.

'Ik!' zei Deridder.

'Ik ook!' riep de Italiaan uit Charleroi.

'Wat heb je uitgespookt?' vroeg den Djim.

'Ik? Niets,' zei de Italiaan.

'Onschuldig als een lam?'

'De mobiele kliste hem met de brandkast van een winkel in de Venusstraat,' zei een van de rijkswachters. 'In het holst van de nacht.'

'Allemaal de schuld van 't gerecht!' riep de Italiaan. 'Ik was de eerlijkste mens van 't land, tot ik een tijdje als gastarbeider in Leuven-Centraal kwam wonen. In de gevangenis volgde ik een cursus voor slotenmaker en leerde met een snijbrander werken.'

'Waarom in het holst van de nacht?' vroeg Peeters.

'Een inbreker werkt vierentwintig uur op vierentwintig,' zei de Italiaan lachend.

'Flora? Waar blijft mijn koffie?' riep Tony Bambino.

'Straks, schatteke!'

'Eerlijk gezegd, ik wil mijn neus ook in de welriekende dreef van Flora steken,' gniffelde Peeters.

'Ik ook!' riep de Italiaan. 'Insteken, daarin ben ik een expert. Geef mij een half Viagraatje en ik neuk heel het gerechtshof ondersteboven!'

Een van de rijkswachters tastte alle zakken van zijn uniformjas af, tot hij zijn tabakszak had gevonden. Hij trok een pluk halfzware Belgam uit de tabakszak en rolde traag een flinterdun sigaretje, dat hij bevochtigde met het puntje van zijn tong voor hij het tussen zijn lippen stak. Zijn collega gaf hem een vuurtje. Hij blies zuchtend een grijze rookwolk voor zich uit en tipte de as in zijn lege patroonhouder, die hij uit de handgreep van zijn pistool had getrokken.

'Sven, ik hoor dat je naast de pot plast,' zei Peeters.

'Ik?'

'Welke pot?' vroeg Tony Bambino.

'Daar ben ik ook nieuwsgierig naar,' zei den Djim.

'De pot van Miss België.'

'Deridder plast naast Miss België?' vroeg Tony Bambino verbaasd.

'Ja. Denk ik.'

'Met wie?'

'Met Sofie, naar 't schijnt.'

'Bemoei je met je eigen zaken, boerenlul,' snauwde Deridder.

'Van wie weet je dat?'

'Horen zeggen.'

Sofie is er dus niet vies van, dacht Tony Bambino.

'Ik moet naar de wc! Dringend!' kermde de gastarbeider uit Charleroi. 'Mag ik, mannen? Allez, toe! Laat mij ook eens naast de pot plassen!'

De rijkswachter doofde zijn sigaret. Met een standaardsleuteltje klikte hij de handboeien open. De Italiaan sprong op de vensterbank en klom door het raam dat op een kier stond. Hij kroop over de dakgoot en gleed langs een zinken afvoerpijp naar beneden tot op de binnenplaats waar de vuilniscontainers stonden. De binnenplaats kwam uit op de straat. De twee rijkswachters sprongen overeind en trokken gelijktijdig hun pistool. Van één pistool was de lader leeg en in de lader van het andere pistool zaten platgedrukte peuken in plaats van kogels.

'Daar zakt mijn broek van af!' riep Tony Bambino.

'Verzacht je stem. Het gebalk van een ezel is een onaangenaam geluid,' mompelde Ali El Hadji.

Het was kil en ongezellig in het verhoorlokaal van de commissaris. De radiator stond koud. Hij was er niet bij met zijn gedachten. Hij had nergens zin in. Hij voelde zich lusteloos. Koude rillingen liepen over zijn rug. Zijn hoofd deed pijn en er zat een knoop in zijn maag. Jetlag, waarschijnlijk. Hij hing zijn regenjas aan de houten kapstok en spreidde een aantal gele dossiers voor zich uit. Aandachtig las hij de processen-verbaal die zijn speurders hadden opgesteld tijdens zijn afwezigheid. Zijn telefoon piepte, nauwelijks hoorbaar. Iemand had met de volumeknop geknoeid. Een telefoon met *toetsen*, dacht hij, mijn God, waarom toetsen? Wat is er mis met de *draaischijf* van vroeger? Op de hoek van de Anselmostraat en de Justitiestraat werd een verkeerd geparkeerde auto weggesleept. Het automatische alarm zette de buurt in rep en roer. Niemand schonk er aandacht aan. Een fijne regen sprinkelde uit de grauwe hemel. De commissaris kreeg een stijf gat van 't zitten en klapte de dossiers dicht. Hij legde zijn voeten op zijn metalen bureau, sloeg zijn krant open en zocht het gemengd nieuws. *Inbraken. Handtasdiefstal. Vijf jaar cel voor kinderverkrachter*, las hij hardop. *Brand. Autokraak. Vechtpartij. Te pletter tegen boom.* Zijn oog viel op een kaderstukje onder de titel *Weer verkrachting in tunnel* en op dat ogenblik piepte zijn telefoon.

Zuchtend legde hij de krant neer.

'Kom vlug, commissaris,' zei de wetsdokter.

Aan de terminus tegenover café 't Rond Punt stapte hij van tram 12. Hij had geluk, het was opgehouden met regenen, hoewel de hemel grauw en duister bleef en de vochtige kille lucht allesbehalve aangenaam was. Oorspronkelijk was de begraafplaats van Schoonselhof een kasteelpark uit het begin van de achttiende eeuw. In de natte dreven, onder linden en blauwe sparren, wandelden joodse vrouwen met een melkwitte huid en koortsige ogen. Zware druppels vielen uit de bomen. Hier *heerscht eene majestueuze kalmte, eene atmospheer van ingetoogenheid*, noteerde een verslaggever toen de eerste dode—een Duitse soldaat die sneuvelde in de oorlog van '14-'18—op Schoonselhof werd begraven. Twee doodgravers spitten een kuil, achter een haag naast brede grachten die het domein ontwaterden. Uit het verse graf steeg een natte damp. Een kerkhof is een supermarkt voor lijken, dacht de commissaris. Alle kadavers liggen netjes naast elkaar, op één rij, zoals de voorverpakte charcuterie in het koelvak van Delhaize, en van alle kadavers is de houdbaarheidsdatum verstreken. De grasperken hadden de kleur van diepgevroren spinazie en tussen de rommel en de smeerlapperij in de vijver dreven zeven witte zwanen.

Libera nos, Domine...

Wat restte, was stilte.

De stilte van de dood.

Zelfs de merels en de zwarte spechten zwegen.

Het dodenhuis lag een boogscheut van het kasteel en was laag en modern. Een vierkant gebouw zonder verdiepingen. Op de witte gevel groeiden zwammen en schimmels en in het midden van het platte vierkante dak stond een hoge, witte schoorsteen waarvan de voegen dicht zaten met groene mossen. Het mortuarium deed de commissaris op de een of andere manier denken aan de gaskamers van Auschwitz. Daar groeiden ook champignons op de muur, volgens enkele overlevenden.

'Wie een put graaft voor een ander...' zei de commissaris.

'Wij zoeken allemaal de waarheid, Sam,' antwoordde de patholoog-anatoom. 'De waarheid ligt ergens begraven. Het probleem is: hoe dieper wij spitten, hoe meer leugens wij vinden.'

Ze schudden elkaar de hand.

De wetsdokter heette Paul Smolders maar iedereen noemde hem 'dokter' en soms 'klootzak', achter zijn rug, als hij het toch niet kon horen. Hij bond een wit mondmasker voor, met mazen van 0,1 micron, één duizendste van een millimeter, zodat het zelfs bescherming bood tegen besmettelijke ziekten. Hij liep op blote voeten, in

Zweedse klompen. Zijn bril was hoog op zijn voorhoofd geschoven. Op de dikke brillenglazen zaten kleine bloedvlekjes.

Een assistent puzzelde verdroogde botjes en mergpijpen in elkaar tot een soort geraamte. Voorzichtig verwijderde hij met een pincet gras en dode blaren. In de schedel zat een gat van een vuist groot. De tanden hingen los en rammelden in de kaken. De botjes en beenderen hadden de kleur van rosse zavel, behalve de schedel, die bruin en flets was, alsof hij in een bad van nicotine had gelegen. Alles wat verdacht leek en van belang kon zijn, zoals knobbeltjes en breuken, werd genoteerd en kreeg een apart volgnummer.

'Doodsoorzaak?' vroeg de commissaris.

'Dat is geheime politie-informatie!' lachte de assistent.

'Je praat als een flik.'

'Ben ik van huis uit,' zei de assistent en stak een Chiclet in zijn mond. Hij droeg een ziekenfondsbrilletje en had een geitenbaardje. 'Mijn vader is rijkswachtcommandant. Eigenlijk wilde ik chirurg worden, maar daarvoor was ik niet slim genoeg.'

De commissaris lachte. 'In het laatste studiejaar van de lagere school moesten wij een attest invullen, voor de beroepskeuze,' antwoordde hij. '*Toekomstig beroep dat uw voorkeur geniet*, stond erop. JAGER OP GROOT WILD schreef ik, in mijn mooiste handschrift. Voor mij waren er maar twee wegen in het leven: de jager worden of het wild, speurder of misdadiger.' Hij trok een paar geelrubberen huishoudhandschoenen van den Aldi aan.

'Als een archeoloog heb ik het skelet uitgegraven, heel voorzichtig, met borstel en truweel. Het graf was overwoekerd door struiken en boomwortels. Alle grond haalde ik zorgvuldig door de zeef,' zei de wetsdokter. 'Makkelijk is anders. Maar een dode trekt zich daar allemaal niets van aan. Hij is allang in de hemel, of in de hel.'

'Wat ik mij afvraag,' zei de assistent. 'Welke taal spreken de mensen in de hemel? Engels, Frans, Duits, Chinees? Of gewoon Vlaams? Zitten alle Engelsen en Fransen en Duitsers en Chinezen in een afzonderlijke zaal en hebben de Vlamingen hun eigen stukje Vlaamse hemel?'

'Ik zou het niet weten, ik ben niet zo katholiekerig,' zei de commissaris.

'Met alle Chinezen, maar niet met den dezen,' glimlachte de wetsdokter.

'Ik was erbij toen onder de Groenplaats een parkeergarage werd gebouwd,' zei de assistent. 'Knoken en schedels lagen daar zo voor het oprapen, want in vroeger tijden was de Groenplaats een kerkhof met een eigen moordenaarshoek. Alle moordenaars en zelfmoordenaars werden 's nachts onder de grond gestopt, bij storm en ontij.'

Met twee handen trok een tweede assistent een van de negen individuele koelcellen open. AANDACHT—stond erop, als waarschuwing, in een flinke letter—*Bij gebruik cel, beide luchtkleppen openen. Na gebruik cel, beide luchtkleppen sluiten. Dank u.* De ronde thermometer wees 4 graden Celsius aan. Met zijn tweeën tilden de assistenten het lijk van Fatima op een snijtafel. De huid vertoonde perkamentachtige lijkvlekken als gevolg van uitdroging. Onder de gesloten oogleden bolden de oogballen uit de kassen.

'Diep ademhalen, Sam.'

'Ik weet het,' zei de commissaris. 'Ik kan ertegen. Als ik een bloedend lichaam zie van een vriend of een lid van de familie, dan krijg ik een krop in de keel en schiet mijn gemoed vol. Maar een lijk van iemand die ik niet heb gekend, is voor mij gewoon een lichaam waarin geen leven zit. Ik heb er geen emotionele band mee.'

'Ik sta op en ga slapen met de dood,' zuchtte de wetsdokter.

Daarom heeft hij zo'n droevige ogen, dacht de commissaris.

Hij ziet te veel dode mensen.

Er stonden zeven snijtafels in het dodenhuis, vier moderne tafels van roestvrij staal, met een afzuiginstallatie voor winden en rottingsgassen, en drie oudere tafels van witte keramiek waaruit ook gootstenen en toiletpotten zijn gemaakt. Boven iedere tafel hing een grote ronde lamp, zoals bij de tandarts. De lampen gaven een scherp wit licht. In enkele vitrinekasten stonden potjes en flessen met organen op sterk water.

'Weet je vanwaar het woord *autopsie* of lijkschouwing komt?' vroeg de patholoog-anatoom.

'Help mij.'

'Autopsie is Grieks voor *zelf zien*.'

Fatima lag op een tafel van roestvrij staal. De wetsdokter duwde een vinger in het lichaam, op zoek naar lijkstijfheid. Hij hield een arm en een been omhoog en toen hij de ledematen losliet, bleven zij schuin omhoog staan, in een hoek van zestig graden. Een assistent voerde een 'uitwendige schouwing' uit. Hij mat de lengte van het lijk en beschreef de vorm van gezicht en oren. Hij lette daarbij vooral op 'bijzondere kenmerken' zoals littekens, wratten, moedervlekken en eventuele tatoeages. De lippen van Fatima waren blauw. Zij had bloedingen rond de oogballen. Van de kleur van de ogen was de assistent niet helemaal zeker omdat het oog 'breekt' en wazig wordt op het ogenblik van de dood maar omdat alle Marokkanen in principe *bruine* ogen hebben, noteerde hij BRUIN op het gerechtelijk informatieblad. Waarop hij een mengsel van water en glycerine in de oogballen injecteerde en de ogen terug hun oorspronkelijke kleur kregen. Bruin, inderdaad. Goed gegokt, dacht de assistent. Hij onderzocht de buikholte op de aanwezigheid van lucht of bloed. De hals vertoonde afdrukken van vingernagels en bloeduitstortingen. De assistent legde een meetlat naast de donkere plekken (anderhalve centimeter in doorsnee) en stelde een breuk van het kraakbeen van de luchtpijp en drie breuken aan het tongbeen vast.

In weekendfilms dragen alle slachtoffers in het lijkenhuis een kartonnetje aan hun grote teen, met hun naam en een serienummer op. De teen komt groot in beeld, in close-up, omdat het makkelijker is een teen te tonen dan een lijk. Fatima droeg geen kartonnetje aan haar teen, want zij had geen voeten meer. Zij droeg een plastieken polsband, zoals een patiënt in een modern ziekenhuis. Zelfs zonder hoofddoek was zij mooi in de dood, hoewel haar gelaat een echt masker was met ingevallen wangen. Zij had lang zwart haar dat over de snijtafel uitwaaierde. Na een weekje in de koelkast bleef haar olijfkleurige huid glad en zijdeachtig. Spijtig van de afgezaagde voeten, dacht de commissaris.

Waar waren de voeten trouwens?

In het Lobroekdok waarschijnlijk.

Het gerucht deed de ronde dat het dok was vergeven van palingen, twee, drie armen dik, die zich vetvraten aan onvolgroeide foetussen en lijkjes van pasgeboren kinderen die bij nacht en ontij in het dood, slijkerig dokwater werden gedumpt. Niet verwonderlijk dat het er stinkt naar een lijk dat veertien dagen dood is, dacht de commissaris.

'Heb je al eens een Marokkaans maagdenvlies gezien, commissaris?' vroeg de wetsdokter.

Nee, dat had hij niet.

'Dan is het nu het moment.'

Hij wrikte een verlostang in de vagina van Fatima en trok de schede open.

'Oh la la. Sexy, niet? Marokkaanse meisjes blijven heel lang maagd,' lachte hij. 'Zij noemen zich moslima's en laten zich door hun vriendjes anaal neuken omdat zij het maagdenvlies niet willen beschadigen, zodat zij als maagd in het huwelijk kunnen treden.'

'Marokkaanse meisjes zijn gewoon een brommertje waarop een moslim af en toe mag rijden,' zei de assistent.

Een Blokker, zoals Peeters, dacht de commissaris.

'Zal ik eens een leuk verhaal vertellen?' vroeg de patholoog-anatoom. 'Toen ik een jong wetsdokter was, pas afgestudeerd aan de unif, had ik een mooi hoofd vol krulhaar. In die tijd had ik de gewoonte om tijdens een lijkschouwing een sigaar op te steken. Tot ik in het lichaam sneed van een jonge vrouw die een foefscheetje liet. Een geweldige steekvlam schroeide alle krullen van mijn hoofd. Ken je dat, commissaris, een foefscheetje? Een kutwindje, in 't Algemeen Beschaafd. Puur methaangas dat ontsnapt langs de vagina. M'n haar is nooit bijgegroeid.'

'Ik ken er ook een goeie,' zei de eerste assistent monkelend. 'Over Jennifer Lopez.'

Een foefscheetje van Jennifer Lopez? dacht de commissaris.

'Jennifer Lopez kwam op het spreekuur bij haar gynaecoloog en zei: Dokter, na ieder orgasme heb ik een blauwe plek vlak naast mijn kut, op de binnenzijde van mijn bil. Laat eens kijken, zei de gynaecoloog. Jennifer Lopez spreidde haar benen. Inderdaad, een felblauwe plek, vlak naast haar kut. De gynaecoloog krabde eraan en zag dat het gewoon een sticker van Chiquita was. Dat komt ervan, als je masturbeert met een banaan, zuchtte hij.'

Lachen? Huilen?

Of allebei tegelijk?

De patholoog-anatoom wees de commissaris op diepe botgroeven in het onderbeen van Fatima. 'Je kent natuurlijk het verhaal van de versnijder van Bergen, commissaris,' zei hij. 'Een onbekende die vuilniszakken achterliet op braakgronden. In de eerste zak zaten een linkervoet, een rechtervoet en twee benen. Een tweede zak was kleiner en bevatte twee handen. In de derde zak vond de politie twee dijen, een rechterpols en een linkerhand. In totaal werden achtendertig lichaamsdelen gevonden, allemaal van vrouwen, versneden en in stukken gezaagd. Het werk van een chirurg of een slager, in ieder geval een vakman. Bergen ligt ver van Antwerpen, commissaris, aan de andere kant van 't land, en toch is hier ook een vakman aan het werk. Hij moest slechts drie keer herbeginnen voor hij haar voeten kon afzagen. Niet in het midden van het been, zoals een amateur zou doen, maar onderaan, net boven het gewricht, waar de kalk zacht is en het been minder hol. Microscopisch onderzoek van de groeven op het bot toont aan dat de moordenaar een *getrokken* zaag gebruikte. Dat is een zaag waarvan de tanden naar *voren* staan en uit elkaar zijn gewrikt, links rechts, links rechts, zodat zij niet stropt bij duwen en trekken. Een *beenzaag*, met andere woorden.'

De patholoog-anatoom zocht tussen genummerde dozen en weckpotten met resten van dode lichamen. Heel voorzichtig zette hij een hoge glazen pot—inderdaad, een soort mayonaisepot—op de snijtafel naast het lichaam van Fatima. Tussen vette witte vlokken in een waterige oplossing lagen twee armpjes met afgezaagde handen en twee beentjes met afgezaagde voeten. 'Opgevist uit het containerdok,' zei hij, 'door de schipper van de *Mon Idée*.

236

De armen en benen zaten samen in krantenpapier gewikkeld. Een paar dagen later werden de handjes en de voetjes gevonden. Ook in 't dokwater. Ik heb de zaagsporen vergeleken. Er is geen twijfel mogelijk, commissaris: dit is óók het werk van een chirurg of een slager. Voor al zijn slachtoffers gebruikt hij dezelfde getrokken beenzaag.'

'Een chirurg?' vroeg de commissaris. 'Of een slager?'

'Moeilijke vraag.' De wetsdokter zuchtte. 'Een slager die een fout maakt, zadelt zijn klant in het slechtste geval op met een stuk taai vlees. Maar als een chirurg een beroepsfout maakt, commissaris, eindigt zijn patiënt op het kerkhof. Of in het Straatsburgdok. Wie zal het zeggen?'

Hij wees de commissaris op ontvellingen in de hals van Fatima. 'Een gevolg van wrijving met de strop. Haar moordenaar bediende zich van een ongebruikelijke knoop, heel speciaal,' zei de wetsdokter. 'Heel speciaal en heel karakteristiek. Je weet, commissaris, ik ben sportman in hart en nieren. Ieder weekend trek ik er met mijn zeilboot op uit, langs het Verdronken Land van Saeftinge tot aan de monding van de Schelde. Ik ken alle knopen in een touw—van een dubbele achtlus, een dubbele overhandse glijknoop en een chirurgenlus tot "de knoop van Jack Ketch" die is vernoemd naar een beul die in 1686 het leven liet—maar toen ik de strop van Fatima zag, wist ik het ineens niet meer, commissaris. Ik sta Pfaff.' Hij moest hard lachen om zijn eigen stomme grap.

Eindelijk, dacht de commissaris.

Misschien valt alles in de juiste plooi.

Hij hoorde het de slager uit Geel opnieuw zeggen, alsof het pas gisteren was. *De enige échte wurger is de Wurger van Boston... vond een speciale knoop uit... even aantal lussen... staat Nummer 1 in mijn persoonlijke Toptien van beste seriemoordenaars aller tijden.* Bastiaens, je kan geen kant op, grijnsde de commissaris. Ik heb je bij de kloten.

237

Dit is een dag van genade, dacht hij.

De commissaris zuchtte van vermoeidheid.

Er lagen twee lijken naast Fatima. Over het eerste lijk hing een wit laken. Daarnaast lag de Franse kelner uit de drugssupermarkt in Berchem. Een echte bleekscheet, letterlijk en figuurlijk een zevendagenlijk. Uit al zijn lichaamsopeningen vloeide waterig rood vocht. Hij werd gewogen en gemeten. Twee assistenten in beschermende pakken schraapten onder zijn vingernagels en namen monsters van bloed en urine, waarna zij hem vakkundig een nieuwe neus fatsoeneerden met een soort plasticine die de kleur en de samenstelling had van kalfsgehakt.

Een kelner met kalfsvlees op zijn smoel, dacht de commissaris.

'Snoepte hij drugs?'

'Snoepen? Hij *vrat* drugs, handenvol.'

'Junkies zijn leugenaars,' zei de assistent.

Maar geen moordenaars, dacht de commissaris.

Hoewel het lijk was bijeengenaaid zoals het monster van Frankenstein, vertoonde de penis heel duidelijk een afdruk van tanden. Bijtsporen, met andere woorden. De stam van zijn penis was kort en dun, met kleine korstjes en een rand van gestold bloed. De eikel was klein en spits toelopend. Omdat de wet niet toestaat dat een patholoog-anatoom met eigen handen een dood lichaam draait of keert, vroeg hij aan zijn assistenten om het lijk op de buik te leggen.

'Door lichtjes de billen van elkaar te scheiden, wordt automatisch de anus *verwijd* tot een diepte van 2,5 centimeter,' zei de wetsdokter ernstig, alsof hij een voordracht in levenden lijve hield voor zijn studenten aan de universiteit. 'Oplichten van de billen onthult een verwijd *infundibulum*, wat wijst op anale geslachtsgemeenschap.'

'Een kontneuker, met andere woorden,' giechelde de assistent.

'Is dat alles?' vroeg de commissaris nors.

'Sorry. Ik liet me een beetje gaan.'

De rug van het lijk vertoonde kersenrode bloeduitstortingen tussen de schouderbladen. Zelfs een blinde kon eruit opmaken dat iemand die laarzen droeg met een rubberen hak en een metalen tip de kelner herhaaldelijk en hardhandig op de rug had gestampt terwijl hij voor dood op de grond lag. 'Lijkvlekken treden een halfuur na de dood op,' zei de patholoog-anatoom. 'Eerst zijn zij blauwrood, daarna verdonkeren zij. De vlekken verdwijnen niet als het dode lichaam in een andere houding wordt gelegd. De bloeduitstortingen komen overeen met schoenmaat 42, wat gelijk is aan een voet met een lengte van 25,5 centimeter. Vraag het na bij Bally of Van Bommel, klopt altijd. De lichaamslengte van een mens bereken je door de totale lengte van zijn twee voeten samen te delen door 0,287 en van het resultaat vijf centimeter af te trekken. Wel, commissaris, 2 x 25,5 = 51 : 0,287 = 177,7 - 5 geeft als resultaat dat de moordenaar van de Fransman iemand is van 172 centimeter groot met schoenmaat 42. Kan je het daarmee stellen?'

De commissaris floot bewonderend tussen zijn tanden.

1,72 meter, schoenmaat 42.

Een schot in de roos, dacht hij.

Alhoewel. Half België komt hiervoor in aanmerking.

Maar veel kleintjes maken één groot en alle begin is moeilijk.

Uit nieuwsgierigheid lichtte de commissaris een tip op van het laken dat als een witte mantel over het andere lijk lag. Hij schrok. *Wil je mij neuken?* Hij hoorde het haar nog vragen, met haar hoog ijl stemmetje. *Nee, Cindy*, had hij gezegd, *dat wil ik niet, ik wil je enkele vragen stellen.* Haar vader zette het op een lopen, over de daken van de huizen. De politie en de rijkswacht hadden hem overal gezocht en nooit gevonden, ook niet in de Boerentoren, waar hij werkte als nachtwaker. Haar weefsel had een bleke, deegachtige kleur, zoals schimmel op versgekneed brood, en voelde strak aan, als gedroogd papier. Blauwgelakte vingernagels. Ringen en piercings in allebei haar oren. Een bleke huid met puistjes en wit haar. Haar lippen waren weggetrokken in een wrange grijns. Misschien was zij zestien jaar, of achttien, maar voor hetzelfde geld was zij er slechts twaalf of veertien. Zijn blik verstrakte. De commissaris hapte naar adem. Van achter zijn dikke, bloedbespatte brillenglazen keken de grote ogen van de pathowloog-anatoom hem onderzoekend aan.

'Ken je haar, commissaris?'

'Ik denk het.'

'Het arme kind was zotgedrogeerd.'

'De overdosis veroorzaakte een hersenoedeem en longstuwing,' zei de assistent. 'Met de dood tot gevolg.'

'Dit is geen *gerechtelijk* lijk, commissaris,' zei de wetsdokter. 'Hier is geen moord in 't spel. Dat kind was zo stoned als een krab toen zij in 't water sukkelde. In de vijver van het Park Den Brandt. Achter het kasteel.'

Smakkend op zijn Chiclet sloeg de assistent het laken terug, maakte een snee van achttien centimeter vlak naast het hart, zaagde de ribben door en wrikte de borstkas open met tangen en spanners. Er zat bruine smurrie in, die op lijm of motorolie leek, en korrelig was als koffiedik. Een krul witte verf viel van het plafond in de lichaamsopening van het slachtoffer. De wetsdokter keek op zijn horloge en trok een bedenkelijk gezicht. 'Moet je nog naar Delhaize?' vroeg hij aan de assistent. Hij trok twee paar beschermende handschoenen van groen teflon over elkaar aan en stak zijn armen tot voorbij de ellebogen in de open borstkas.

'Straks, ja.'

'Breng mij honderd gram américain préparé mee. En twee sneetjes jonge kaas.'

De commissaris kon zijn oren niet geloven.

Waar hebben zij het over? dacht hij.

'Nog iets, dokter?'

'*C'est tout.* Alhoewel. Doe er een volkorenbroodje bij.'

'Gesneden?'

'Natuurlijk.'

'Nog iets?'

'En een banaan.'

'Chiquita?' vroeg de assistent en hij schuddebuikte van het lachen.

De wetsdokter sneed de longen uit de borstkas, *à froid*, en de commissaris spitste zijn oren, want volgens een oud Vlaams bijgeloof begint een dode te spreken als iemand iets weghaalt uit zijn lichaam, maar het meisje deed haar mond niet meer open, zij zuchtte zelfs niet. De longen waren opgezwollen. Zij voelden ruw aan en er lag een groene schijn over. De dokter gaf de plakkerige massa aan zijn assistent, die ze op vetvrij papier in een kuipweeg-schaal legde.

'Weet je wat diatomeeën zijn, commissaris?'

'Nee.'

'Micro-algen,' zei de wetsdokter. 'Zij hopen zich op in het beenmerg van slachtoffers van verdrinking, die water hebben *ingeslikt*, wat bewijst dat zij *levend* in een dok of een vijver zijn gevallen—of gegooid. Wie dood in het water sukkelt, heeft geen diatomeeën in het lichaam. Vergelijk micro-algen met roetdeeltjes. Dit lieve kind zit van kop tot teen vol roet en is dus wel degelijk *verdronken*, commissaris.'

'Moord is definitief uitgesloten?'

'Tenzij iemand haar levend in het water heeft gegooid.'

'Een vraagje, dokter.' De commissaris keek de patholoog-anatoom met een arendsblik aan. 'Vorige week was ik in de Grot van Ali Baba onder de wandelzaal van het gerechtshof, op zoek naar een moorddossier. Een koelkamer lag vol gerookte Spaanse hespen maar volgens de hoofdgriffier waren het gedroogde *dijbenen* van vrouwen die door verdrinking om het leven kwamen. Kan dat?'

'Een dijbeen is een hesp, commissaris. Weet je, in principe is het makkelijker het lijk van een mens te identificeren dan een koe of een kalf bij de slager. Omdat een lijk *vingerafdrukken* en *vingernagels* heeft. Een koe en een kalf hebben geen vingers en dus ook geen vingernagels, voorzover ik weet. Handen worden in het gerechtshof bewaard omdat zij een röntgenfoto zijn van het dagelijks leven van een mens: een metser of een straatwerker heeft grove handen met gebroken vingernagels, met zwarte randen vol plaaster, zand, verf of cement. Een schoenlapper heeft altijd eelt op zijn linkerduim. Een griffier of een bankbediende heeft korte, verzorgde vingernagels. Negen kansen op tien heeft een bankbediende een nagelknipper in zijn broekzak. Maar wat als ik het lijk van een vrouw zonder handen op mijn snijtafel krijg?'

'Erg is dat niet,' zei de assistent.

Niets is erg, dacht de commissaris, tenzij de dood misschien, en dan nog.

'Bij een vrouw is het *dijbeen* de röntgenfoto, commissaris. Sporen van drugs? Kijk in het merg van het dijbeen. Verdrinking? De micro-algen zitten op een hoopje bijeen in het dijbeen. Daarom worden handen en dijbenen bewaard, als bewijsstuk, tot de procureur beslist dat zij mogen worden vernietigd.'

De organen van Cindy gingen terug in het lichaam, min of meer op de juiste plaats, en de snijwonde werd gedicht. Als het lijk zou worden vrijgegeven en opgebaard lag, zou niemand zien dat op het lichaam een sectie was verricht. Scalpels werden in biotex gelegd, om het bloed eraf te weken. Daarna werden zij onder hoge druk gereinigd. Alles werd in gereedheid gebracht om de boeken te sluiten. Hoog tijd, want de commissaris had er genoeg van. Hij stond voor het raam, dat tot op een hoogte van twee meter was dichtgeschilderd met witte verf die afbladderde, en voelde zich labbekakkerig. De toppen van de cipressen wiegden in de wind. Een gele luchtballon hing laag boven het kasteel. Onweerswolken klitten samen en het begon opnieuw te regenen. Een roffelende regen, met plotse felle windstoten. De luchtballon dreef uit koers en schuurde tegen een torentje van het kasteel en het zeildoek scheurde open en de ballon dwarrelde stuurloos naar de grond.

'Wat denk je?' vroeg de wetsdokter.

'Ik denk er het mijne van.'

De patholoog-anatoom vertelde aan zijn assistenten dat hij enkele dagen tevoren zwaar was aangepakt door de slimste advocaat aan de balie, die hem in de assisenzaal het vuur aan de schenen had gelegd.

—Dokter, vroeg de advocaat, heb je vóór de lijkschouwing de polsslag van het slachtoffer gecontroleerd?

—Nee, antwoordde de dokter.

—Bloeddruk gecontroleerd? vroeg de advocaat.

—Nee.

—Ademde het slachtoffer nog?

—Nee.

—Is het mogelijk dat het slachtoffer nog *leefde* toen de lijkschouwing begon? vroeg de advocaat fijntjes.

De jury schoot in de lach.

—Nee, zei de dokter onverstoorbaar.

—Hoe kan je daar zo zeker van zijn? wilde de advocaat weten.

—Omdat zijn hersenen in een bokaal op mijn bureau stonden, antwoordde de wetsdokter.

Enfin, zij kwamen er niet uit.

—Toen vroeg de advocaat: Dokter, hoeveel lijkschouwingen heb je in je carrière verricht op doden?

—Meester, antwoordde de dokter fijntjes, *al* mijn lijkschouwingen zijn verricht op doden.

De assistenten proestten het uit.

De commissaris dacht aan de stukjes van de puzzel die eindelijk op hun plaats vielen. Een na een, klaar en duidelijk. Hij kwam steeds dichter bij een oplossing van alle raadsels van de voorbije dagen. Rustig blijven, dacht hij. Niet vloeken, niet tieren. Nadenken. Het leek een sprookje. *Er was eens...* een Mädchen van achttien jaar dat juwelen oppoetste bij Boris International. Een puistenkop die Cindy heette, volgens het proces-verbaal. Uit een vorig onderzoek weten we dat haar vader nachtwaker was in de Boerentoren. Geen kat om zonder handschoenen aan te pakken. Wat weten we nog? Dat Boris en Cindy samen weggingen. Dat de 'vermiste' of 'verdwenen' nachtwaker in het goudwinkeltje werd gesignaleerd. Met een geweer in de hand. *De Rus heeft mijn dochter ontvoerd,* riep hij en graaide een handvol juwelen mee. Eigenlijk weten we alles, dacht de commissaris. Of *bijna* alles. Het geweer en de juwelen zijn in Berchem teruggevonden, in een wrak van een auto, tweehonderd meter van de plaats waar zes mensen zijn vermoord in een drugssupermarkt. En

Cindy was zo stoned als een krab. *Er was eens...* Als het een sprookje is, dan is het een moordsprookje. Boris wordt doodgeschoten op de Keyserlei. Cindy ligt *dood* in de kasteelvijver van Park Den Brandt. Zij hadden elkaar zo lief, maar het water was te diep. Zij belandden samen in het *dodenhuis.* Toeval? Toeval bestaat niet, dacht de commissaris. Waar is de nachtwaker? vroeg hij zich hardop af. Hoe groot is hij? Welke schoenmaat? Nondedzju, dat hij niet eerder aan die piste had gedacht! Hij was kwaad op zichzelf en stormde het mortuarium uit en sloeg de dubbele deur met zo'n geweldige klap achter zich dicht, dat de reproductie van het schilderij *De anatomische les van Dr. Nicolaes Tulp* van het haakje viel en op de vloer kletterde en in scherven brak. Daar stond hij dan, moederziel alleen in de regen.

In het gerechtshof begaf de commissaris zich onmiddellijk naar het kabinet van de onderzoeksrechter. Zijn kleren waren drijfnat en zijn schoenen zaten onder de modder. In een onbewaakt ogenblik had een collega van de moordbrigade in Gent hem toevertrouwd dat hij 'een politionele erectie van voldoening' kreeg telkens wanneer hem elementen werden aangereikt die de speurders een stap dichter brachten bij de oplossing van een moordzaak. De commissaris had de woorden van zijn collega in gedachten toen hij de trap opliep naar de Bel-Étage. Hij was niet nerveus, zoals gewoonlijk wanneer hij op het kabinet van Veerle Vermeulen werd ontboden en hij geen nieuws te melden had, maar van een 'politionele erectie van voldoening' was geen sprake, om eerlijk te zijn. De Latijnse verzen van de *Carmina Burana* van Carl Orff gonsden door zijn hoofd. *Veni, veni, venias. No me mori facias.* Kom, kom, kom toch. Laat me niet sterven. In de gang stonden stoelen en tafels holderdebolder op elkaar gestapeld. Bedienden in okeren stofjassen versleepten en verplaatsten kartonnen dozen met dossiers en bewijsstukken. *Chume chume, Geselle min. Ih enbite harte din.* Kom, kom, mijn liefje. Ik verlang zo naar je. De woorden kende hij uit het hoofd en de muziek—een koor, twee piano's, zes slagwerkers en drie vocale solisten—fantaseerde hij er in gedachten bij.

'Kom binnen,' gromde Veerle Vermeulen.

Tien minuten later stond hij opnieuw op de gang. Hij knarsetandde en vloekte binnensmonds. Op al zijn vragen en verzoeken had hij een negatief antwoord gekregen. Nee, nee en nog eens nee. Eerst had hij over zijn korte trip naar Hollywood verteld. De onderzoeksrechter maakte af en toe een aantekening en had met het hoofd geknikt en naar haar griffier gekeken. Toen hij haar de bevindingen van de wetsdokter had meegedeeld en gevraagd had om een bevel tot medebrenging uit te schrijven, had Veerle Vermeulen vlakaf gezegd dat zij, als hoogste officier van de gerechtelijke politie—die eigenlijk de privé-militie is van de procureur des Konings—zo'n verantwoordelijkheid niet kon nemen hoewel er een lijk was, of zelfs méér dan één, maar zeker geen motief en ook geen bekende dader en zelfs geen spoor van een bewijs want foefscheetjes en masturberende bananen en schoenmaat 42, commissaris, dat zijn geen bewijzen, dat is nattevingerwerk. Je staat aan het hoofd van een elite-eenheid, had zij eraan toegevoegd, de speurders van de gerechtelijke politie zijn de intellectuelen van het korps, gebruik je verstand, commissaris, wij gaan ons niet belachelijk maken met een onderzoek dat met haken en ogen aan elkaar hangt, en als hij de verkrachter van de voetgangerstunnel wilde klissen, moest hij hem op heterdaad betrappen, want een strop met acht lussen is net zomin een bewijs als een masturberende banaan of een foefscheetje. De onderzoeksrechter had haar bril op haar neus gezet en was overgegaan tot de orde van de dag. Daar stond hij dan, met lege handen. Hij kwam van een kale reis thuis, zoals ze in Antwerpen zeggen. Terug naar Start, zoals bij Monopoly. Ga niet langs de Gevangenis.

Twee voeten op de grond blijven, commissaris, had zij gezegd. Zij had hem zoals een postpakket terug naar afzender gestuurd. Zij kan de pot op, dacht hij, de trut. Nog liever bijt ik mijn tong af dan voor haar door het stof te kruipen. Er zat ineens weer schwung in. Met twee sprongen tegelijk liep hij de trap op naar de tweede verdieping. *Veni, veni, venias*, op dubbele snelheid, *chume, chume, Geselle min.* Voor één keer interesseerde het hem niet wie op de houten banken wachtte om te worden verhoord. Hij had andere zorgen aan zijn hoofd. Zelfs Flora liep hij straal voorbij.

We trekken het ons niet aan, we vliegen erin, dacht de commissaris. Als het moet, dan moet het. Erop en erover en loopt er iets mis, dan zullen er koppen rollen. Mijn kop eerst. Erg is dat niet, ieder kerkhof ligt vol mensen die dachten dat zij onmisbaar waren. Afkloppen, hout vasthouden.

De commissaris deelde zijn speurders op in groepjes van twee en gaf iedere groep een afzonderlijke, nauwkeurig bepaalde opdracht: afstapping, getuigenverklaringen, ondervraging van mensen die de slachtoffers hebben gekend, onderzoeksdossiers opnieuw onder het vergrootglas leggen, kortom: het klassieke detectivewerk. Hij wist wat hij deed en waarom hij het deed, hij had het al zo vaak gedaan. Goed politiewerk is rechtlijnig en logisch en toeval speelt een kleine rol. In films op tv zetten misdadigers de speurders op het juiste spoor, maar in het echte leven gebeurt zoiets zelden of nooit. Omdat moord geen entertainment is.

In ieder onderzoek, ook nu weer, was er een sleutelmoment waarop de commissaris greep kreeg op de gebeurtenissen. Hij haalde de teugels strakker aan en stak zelf een tandje bij, en hoe vreemd het voor de buitenstaander ook mag lijken, achteraf kon nooit met zekerheid worden vastgesteld wanneer en waarom precies dít gesprek of dát wapenfeit of déze gebeurtenis het onderzoek in de goede richting had doen kantelen.

Eerst werd Jungle Johnny van zijn bed gelicht. Hij werd *kaltgestellt* en in quarantaine geplaatst in een van de verhoorkamers, met de deur op slot. Spijtig dat de centrale verwarming het niet doet, dacht de commissaris, anders zou ik de chauffage op volle bak zetten en hem een paar uurtjes laten sudderen in zijn eigen vet en zijn eigen zweet. Wedden dat na zo'n gerechtelijke sauna de Tarzan van de Seefhoek een toontje lager piept? De volgende!

Het Bijzonder Bijstands Team plukte Laszlo van de straat in de Quartier Latin. Op z'n Belgisch, met het mes tussen de tanden, want een beer van een vent geeft zich niet zonder slag of stoot gewonnen. Hij werd tegen een muur gezet en half uitgekleed. In zijn zakken vonden de speurders een bos met genoeg sleutels en lopers om alle brandkasten in de stad te kraken, twee messen, een alarmpistool, een pak namaakdollars en een zakfles die voor de helft was gevuld. Niet met plat water van den Aldi maar met vodka van goede kwaliteit. Het parket nam de sleutels, de messen, het alarmpistool, de namaakdollars en zijn mobiele telefoon in beslag en de vodka werd eerlijk onder de speurders verdeeld.

De Rus was met dubbele handboeien vastgeklonken aan de radiator van de centrale verwarming. Zijn handen waren gezwollen. Zijn kin was geschaafd, hij had een blauw oog en zijn broek was van zijn benen gescheurd. Een speurder liep door de gang met onder de arm een mannequinpop van den Inno. Zij had een pruik op en een regenjas aan en werd gebruikt tijdens reconstructies om de rol van het slachtoffer te spelen. De pop had maar één been. Naast de bezoekerslift hing een gele affiche met de tekst OPSPORINGSBERICHT BENDE VAN NIJVEL (*Anonimiteit verzekerd*) en een robottekening van drie mannen met een hoedje op. Onder de tekening had een speurder *Deze personen zijn ZEER gevaarlijk* geschreven, in zwarte viltstift. Een tweede rijkswachter kwam uit de bezoekerslift met het been van de pop over zijn schouder en op hetzelfde ogenblik stapte de commissaris uit de personeelslift.

'Vuile flikken!' riep Laszlo vanop zijn bank.

In het lokaal van de speurders was iedereen op post. Iedereen was nerveus. Deridder bladerde in een blauwe map met de aanvraag van de Rus om Belg te worden. Er zat een verslag van de Staatsveiligheid bij, de kopie van een geboorteakte, zijn pasfoto in zwart en wit en een dik pak processen-verbaal waarin zijn naam werd genoemd in verband met porno-porno en Oost-Europese meisjes die werden klaargestoomd voor prostitutie in bordello's en appartementen aan de Belgiëlei.

'Beginnen we eraan?'

'Ja, we vliegen erin!'

'Wie trekt de eerste kloot af?'

'Met twee handen tegelijk?'

'Eén hand, twee handen, doet er niet toe. Trekken is trekken.'

'Eraf is eraf.'

'In het aftrekken van kloten hebben we een expert in huis,' zei Tony Bambino. 'Nietwaar, Sofie?'

Ik kan er van meespreken, dacht Deridder. Hij tastte in zijn kruis, dat voos aanvoelde. Hij liep op slappe benen. Eigenlijk zou een speurder geen seks mogen hebben vóór hij aan een ondervraging begint, dacht hij, zoals een topsporter zich moet onthouden vóór een belangrijke wedstrijd. Op de koop toe had hij slecht geslapen.

Sofie Simoens lachte venijnig.

Twee rijkswachters brachten Laszlo naar het lokaal van de speurders. Zij maakten zijn handboeien los. Eerst werd hij met een digitale camera gefotografeerd tegen een neutrale grijze achtergrond.

'Ga zitten!' blafte Peeters.

Het was opgehouden met regenen en de wind blies de wolken in de richting van het Waasland. Een dunne zonnestraal viel met al de kleuren van de regenboog door het vensterglas en trok een loodrechte lijn dwars door het lokaal. De commissaris knipperde met zijn ogen tegen het scherpe licht. Hij zette het raam op een kier en in één klap verdween de magie van de zonnestraal.

'Zal ik het licht aansteken?' vroeg Sofie.

'Nee, laat maar.'

'Het wordt mooi buiten.'

'Ja.'

Laszlo keek hulpeloos om zich heen. Hij was hoekig en gespierd, met geblondeerd haar, en liet zich als een betonblok neervallen op de 'stoel van de verdachten' die kraakte onder zijn gewicht. Zijn adem was zoet en ranzig van de alcohol en met een vies gebaar trok Sofie Simoens haar neus op. Laszlo woelde met zijn handen in zijn haar, alsof hij er zijn vingers aan afveegde. Hij had de harde knokkels van een geboren straatvechter. Zijn gezicht was erg beweeglijk. Het leek alsof hij over zijn eigen hoofd een rubbermasker had getrokken, dat hij op eender welk moment kon uittrekken, zoals een handschoen. Hij had een sponzige neus en er lag een bezonken Russische blik in zijn waterogen, maar zijn tanden glinsterden als een kerstboom. Hij droeg een grijs kostuum met hemd en das.

'Ik heb een beter gedacht,' grinnikte Tony Bambino. 'Trek jij hem een kloot af, Ali! Nu is 't de moment!' Hij droeg een zwarte baseballpet achterstevoren op zijn hoofd.

'En *chansonette*,' lachte Peeters.

'Ik volg de regels van de islam strikt op en doe niets wat Allah verboden heeft,' zei Ali zonder een spier van zijn gezicht te vertrekken. 'Ik lieg niet, ik mishandel niet, ik bedrieg niet en ik trek geen kloten af.'

Tony Bambino rolde met zijn ogen.

De ene mens trekt graag kloten af, een ander is blij met een dode mus, dacht de commissaris.

'Laszlo. Mmmm, mooie naam. Hoe heet je met je achternaam?' vroeg Peeters.

'Ich ben ein krijgszgevangene und daarom geef ik nur mijn naam und geboortedatum volgensz der Conventie von Genève,' zei de Rus.

'Begin bij het begin,' antwoordde de commissaris.

'R... R... Ribowsky,' stotterde de Rus.

'Laszlo Ribowsky?'

'*Jawohl.*'

'Doe gewoon, vriend,' zei Tony Bambino. 'We zijn hier niet bij de Gestapo. Of in het Rode Leger.'

'Zo, zo. Laszlo Ribowsky,' zei Peeters. 'Da's vreemd. Leg mij eens uit waarom je een hemd draagt met op het borstzakje de initialen *L.T.*, mooi geborduurd in zijde, en waarom op je dasspeld—een *gouden* dasspeld? Nepgoud, waarschijnlijk—de letters *F.D.* staan?'

Laszlo begreep het niet. '*L.T.*? *F.D.*?' stotterde hij.

'Moet ik er een tekening bij maken, vriend?'

'*L.T.*—Lekkere Trut', fluisterde Deridder.

F.D.—*Fuck* Dewinter, dacht Ali.

'Allez Ali, knijp Laszlo uit als een citroen en werp de schillen in de vuilnisbak,' zei Sofie Simoens.

'Lekkere Trut Fuckt Dewinter!' schaterde Ali.

'Manieren houden, Abdoel,' siste Peeters tussen zijn tanden.

Dit verhaal eindigt niet met een happy end, dacht de commissaris.

'*L.T.* sztaat voor Leo Tolsztoj,' zei de Rus.

'En *F.D.*?'

'*F.D.* isz Fedor Dosztojevszki.'

'Wie is Tolstoj?' vroeg Deridder.

'Antwoord op de vraag!' blafte Peeters.

'Tolsztoj isz mijn favoriete szchrijver. Dosztojevszki ook.'

Do... Do... Dostojefski? dacht Deridder.

Ken ik niet, nooit van gehoord.

Waarom zijn Russische namen zo moeilijk?

'Wil je ons doen geloven dat je kan *lezen*?' vroeg Sofie Simoens met gespeelde verbazing.

'Hoe oud ben je?'

'Sztaat in mein dosszier, *nicht*?'

'Dossiers liegen.'

'In Mai '68 wasz ich tien jaar.'

'Ha, de roes van mei '68, die jonge gazettenschrijvers

"legendarisch" noemen,' zuchtte de commissaris. 'De tijd van flower power. We blowden en luisterden naar Jimi Hendrix, Led Zeppelin en Deep Purple. Later gingen we LSD gebruiken. Het was revolutie op straat maar daar herinner ik me niets van, behalve een foto in de krant van een oude man met slechte tanden die in Parijs pamfletten uitdeelde. Sartre, naar 't schijnt, de filosoof van Jacques Brel en Juliette Gréco.'

De tijd staat niet stil, dacht hij.

De speurders keken elkaar stomverbaasd aan.

Wie is dat nu alweer, die Sartre? dacht Deridder.

En Jacques Brel? Nooit van gehoord.

'Laszlo heeft een mooie tatoeage op de rug van zijn hand,' zei Peeters, die helemaal van zijn melk was. 'Toon eens aan de mensen, Laszlo.'

Ali El Hadji leunde tegen de blauwe poster met 100 *Gezondheidstips uit de praktijk van Dr. Alfred Vogel* en luisterde naar wat de verdachte te vertellen had. Hij bestudeerde zijn gezicht. In de politieschool had hij geleerd dat het menselijk gelaat zevenhonderd verschillende uitdrukkingen kan aannemen. Alle mensen doen hetzelfde met hun gelaat, over heel de wereld. Lippen vooruitsteken, intrekken, versmallen, platdrukken, uitrekken, stretchen. Een geoefend oog ziet de leugen komen. Soms valt de verandering in de gelaatsuitdrukking nauwelijks op en toch is zij er. De mogelijkheden met gelaatsspieren worden door psychologen van het CIA en het FBI beschreven in een dossier dat zij Actie Gelaat noemen. Zij geven iedere uitdrukking een afzonderlijk nummer. AG[Actie Gelaat]12 is de klassieke glimlach. Naar beneden getrokken mondhoeken is AG15. Samengedrukte lippen is AG24. Volgens de Amerikaanse deskundigen kan iedere crimineel zijn gezicht aan alle omstandigheden aanpassen op voorwaarde dat hij de nummering uit het hoofd leert en alle dagen oefent voor de spiegel. Wat moet bijvoorbeeld een misdadiger doen die de speurders wil doen geloven dat hij *bang* is? Hij fronst zijn wenkbrauwen—AG4, volgens de Actie Gelaat—trekt zijn linkerooglid op—AG5—laat zijn rechterooglid een beetje zakken—AG7—en rondt het kleine theaterstukje af met AG24: hij perst zijn lippen op elkaar. Als gevolg van AG4 plus AG5 plus AG7 plus AG24 schiet zijn hartslag tien tot twaalf slagen extra per minuut omhoog en begint hij te zweten.

'Ein échte Rusz heeft Aziatiszch bloed in sein aderen,' zei Laszlo en trots toonde hij zijn tatoeage. Een vijfarmige ster met daaroverheen de letters *CMEPTb MYCOPAM!*, in cyrillisch schrift. 'Ruzzland is kein eenheidszwurst.'

Peeters floot tussen zijn tanden.

Liegen, dacht Ali. Liegen geeft Laszlo een kick. Ik zie het aan zijn ogen.

'Wat is bijzonder aan zijn tatoeage?'

'Weet je wat de woorden betekenen?'

'Nee.'

'*Dood aan alle flikken!*' zei Peeters.

Tytgat stak zijn hoofd om de deur. Hij droeg een slappe hoed en een losjes gestrikte vlinderdas en klemde een lange smalle pijp tussen zijn gele tanden. Tytgat had de vervelende gewoonte om zijn neus in andersmans zaken te steken en iedereen de les te lezen.

'En, *ça va?*' vroeg hij.

'Fluitje van een cent,' zei Tony Bambino met een wegwerpgebaar.

'Doe de deur op slot, Sofie,' gromde de commissaris nors.

'Jawel, chef.'

Zij klapte de deur dicht voor de neus van Tytgat.

'Is dat niet van den hond zijn kloten?' zuchtte Tony Bambino.

'Moet ik mijn hond óók een kloot aftrekken?' vroeg Sofie Simoens guitig.

'Nee, Tytgat,' knorde de commissaris.

'Twee!' zei Deridder en hij stak een vinger in zijn neus.

Trek die van mij er ook eens af, Sofie, dacht Peeters.

Asjeblief. Eentje is genoeg, daar ben ik al blij mee.

Hij trok een blikje Coca-Cola Light open. 'Ik durf er een fortuin op verwedden dat zijn lichaam ook vol tatoeages staat,' zei hij. 'Nietwaar, Laszlo? Alle mannen van de Russische maffia hebben een puzzel van tweeduizend stukjes op hun buik. Je hebt een heel mensenleven nodig om alles ineen te passen.' Eigenlijk zou ik beter een Red Bulletje drinken, dacht hij. Een kopstoot, dat is wat ik nodig heb. Hij boerde en slurpte aan het blikje.

'Mei '68 doet mij denken aan een uitspraak van Sartre,' zei de commissaris zacht. Hij schudde met het hoofd en tuitte zijn lippen. 'Weet je wat Sartre beweerde? Dat je het kwaad alleen kan bestrijden met een nóg erger kwaad. Daar moeten we toch eens serieus over nadenken.'

Ik wil wel, dacht Deridder, maar wie is Sartre in godsnaam?

Al die namen, tracht daar wijs uit te worden.

Sofie Simoens stopte een reep kauwgum in haar mond en blies roze bellen die openspatten met een klap en een bang. Zij lachte vals. Dat is het liefste wat ik doe, dacht ze, venten opgeilen en met hun kloten spelen.

Zij ziet er beeldig uit, om door een ringetje te halen, dacht Deridder.

Zie hem daar staan, dacht Sofie Simoens, de stier van de gerechtelijke politie.

Wat is dat toch met mij? dacht Deridder. Waarom ben

ik zo gefixeerd op dat neuken, dat neuken? Ik heb toch al genoeg gevogeld in mijn leven? Neuken en nog eens neuken, is dat het enige waar ik voor leef?

Zij konden elkaars gedachten raden.

Als hij zo voortdoet, dacht Sofie Simoens, spuit het sperma er straks langs neus en oren uit.

Is er niks anders in het leven? vroeg Deridder zich af.

Oren en kloten en voor de rest een dikke nul over heel de lijn, dacht Sofie Simoens. Hij denkt dat hij een donor is. Een orgasmedonor.

Straks lig ik zoals Lodewyckx in een kuil onder de grond en is 't voor eeuwig en altijd gedaan met neuken, dacht Deridder.

't Was toch een schone begrafenis, dacht Sofie Simoens.

'Welke maat van schoen heb je, Laszlo?' vroeg de commissaris.

'45. Ich leef op grote voet.'

De commissaris zuchtte.

Niet geschoten, altijd gemist, dacht hij.

'Moord is diefstal,' zei Tony Bambino tussen neus en lippen. Hij zette zijn handen in zijn heupen. 'Een moordenaar steelt het kostbaarste bezit van een mens: zijn leven. Niet bang zijn, Laszlo. Wij zoeken geen moordenaar maar een dief.'

'Boris kreeg één kogel in zijn hoofd. Het tweede schot was een schampschot,' zei de commissaris. 'De kogel vloog letterlijk om zijn oren. Hij had één ingangswonde in de rug, de kogel ging dwars door zijn lichaam, en één uitgangswonde in de buik, zo'n tien centimeter lager. Zijn darmen lagen op het voetpad en spoelden in de goot. Een gevolg van het derde schot. De drie schoten werden van boven naar beneden afgevuurd, met hetzelfde geweer. Van hoog naar laag. Volgens de mannen van ballistiek vanaf het dakterras van het Hyllit Hotel, op de hoek van de Keyserlei. Hulzen hebben we niet gevonden. Een sluipschutter, met andere woorden.'

'Een *sluipschutter*, geen *scherpschutter*,' zei Tony Bambino.

'Een smeerlap.'

'Het is geen kunst om iemand te raken vanop vijftig meter,' zei Peeters.

'Zo'n Amerikaans geweer is een soort bazooka,' zei Sofie Simoens en met het puntje van haar tong maakte zij haar naakte lippen nat. 'Een dolle schutter vlamt er een helikopter mee uit de lucht.' Zij gaf graag de indruk dat zij alles wist van wapens en was er trots op dat zij kon scherpschieten met twee blaffers tegelijk.

'Zo'n slagveld, je had dat moeten zien,' zei Peeters.

'Ich weet daar allemaal nichts van,' zei Laszlo. Hij lachte zijn glinsterende tanden bloot. Het leek alsof hij blij was dat hij een bijrolletje mocht spelen in een moordonderzoek. 'Ich ben onszchuldig.'

Hij spuit mist, dacht de commissaris, zoals een mistmachine.

'Je beweegt je kaken, Laszlo, en het enige wat eruit komt zijn onverstaanbare klanken,' zei Peeters.

'Moord auf bestellung,' mompelde de Rus. 'In maain land kijkt kein mensch ervan op. Voor een flesz vodka schiesst een zwerver ein kogel door je kop. Waar geld isz, willen andere menschen het afpikken. In der reszt von Europa sztapt iemand naar de rechtbank, om klacht ein zu dienen, aber rechtszpraak besteht nicht in Ruzzland. Moord auf bestellung is de einzige manier om ein ende zu machen aan ein zakelijk conflict. Auch in het Ruzzische milieu in Antwerpen.'

'*Geht es dann los?*' vroeg Tony Bambino en Peeters barstte in lachen uit.

'We zijn hier niet in Rusland,' zei Ali.

Gelukkig, Abdoel, gelukkig, dacht Peeters.

't Is waar, in de Walen zijn Sicilianen de baas, maar in Vlaanderen delen Vlaams Blokkers en Oostblokkers de lakens uit, dacht Tony Bambino.

Deridder controleerde op de dienstcomputer een reeks nummers van waardepapieren, om na te gaan of zij geseind stonden als gestolen, en tikte de naam van de verdachte in het klantenbestand van de drugsbrigade. Hij sloeg de blauwe map van de vreemdelingenpolitie open en viste er enkele vergeelde dossierstukken uit op. *Gestolen cheques met valse handtekeningen... las hij hardop ...Klacht wegens laster en eerroof... valsheid, fiscale valsheid en uitgifte van cheques zonder dekking...,* wat juridische taal is voor een witwasoperatie. Hij floot tussen zijn tanden. 'Niet te doen, zeg! Zal ik het voorlezen?' vroeg hij.

'Muggenzifterij,' zuchtte Laszlo. 'In mein land lachen wir daarmit.'

'Bek dicht, Dokter Zjivago!' siste Deridder.

'We zijn in het bezit van twee setjes met videobanden,' zei de commissaris onverstoorbaar. Het was zijn grote kracht dat hij de gave bezat om onder alle omstandigheden rustig te blijven. 'Het eerste setje is gemaakt door de veiligheidscamera's van het hotel. Het tweede setje zijn de videobanden van Boris International. Twee halven zijn één heel, nietwaar, Laszlo? Experts van het Audiovisueel Centrum van de rijkswacht hebben de beelden met moderne onderzoekstechnieken bewerkt, "verbeterd", scherper gemaakt. Resultaat: nul komma nul. De videobanden van Boris International zijn nep, Laszlo. Sneeuw en krassen, meer niet. Oogverblinding voor de klanten. Je kan net zo goed een Leo-wafel in die camera's stoppen. De videobanden van het hotel zijn van prima kwaliteit maar voor ons zijn de beelden waardeloos. Die man wist wat hij deed, hij hield zijn arm voor zijn gezicht. Maar videobeelden zijn "aanvullend bewijsmateriaal", zoals dat in de rechtbank heet, zij kunnen een getuige niet vervangen. Die getuige, Laszlo, dat ben jij. Je moet ons helpen, je hebt er alle belang bij.'

'Ich heb geen fuck te vertellen.'

'Stop een glas vodka in zijn handen en hij zal wel kakken,' lachte Peeters.

Hij heeft gelijk, dacht Laszlo. Ich zet een grote mond op maar ich ben bang, ich ben doodsbang. Hoe kom ich hier onderuit?

'Ergens in de stad loopt een kakkerlak met een moord op zijn geweten,' zei Peeters. Hij trok zijn lade open. Zijn dienstwapen lag erin, met twee laders en een kartonnen doos met kogels van het kaliber 9 mm. Hij nam het wapen in zijn linkerhand, haalde er de lader uit, telde de kogels in het magazijn, klikte de lader opnieuw in de handgreep en stak de Browning in zijn leren schouderholster. Hij deed een greep in de doos en liet een handvol kogels in zijn broekzak glijden. 'De kakkerlak verschuilt zich. Maar waar?'

'Kakkerlakken zitten overal waar het stinkt,' zei de commissaris.

'Weet je waarom het stinkt?' vroeg Tony Bambino. 'Omdat een kakkerlak om de vijftien seconden een wind laat.'

'Je begrijpt waarom wij je ondervragen, Laszlo?'

'Nein. Ich ben een nobody.'

'Hou op met die kloterij, vriend,' antwoordde de commissaris bedaard. 'Bij het parket lopen verschillende onderzoeken naar Russische firma's. Ik kan daar weinig over kwijt, behalve dat het gaat om witwasdossiers van misdaadgeld en andere flauwekul. Voor de onderzoeksrechter is dat allemaal één pot nat. Zij denkt dat je mee in het complot zit en wil je betichten van heling, wapensmokkel, lidmaatschap van een criminele organisatie en als het nodig is, flansen wij er nog een en ander bij. Valse wapendracht, bijvoorbeeld. Dievenkarretje in, dievenkarretje uit. Een klassiek vooronderzoek kan maanden duren. Ik moet er geen tekening bij maken, zeker? Doe niet stom, gebruik je verstand en werk mee aan het onderzoek.'

'Had Boris een bodyguard?' vroeg Ali.

'Ja, natuurlich.'

'Ken je hem?'

'Een beetje.'

'Je hebt hem gezien?'

'Nein. Nur van ver.'

'Maar je weet wie het is?'

'Ja.'

'Wie?'

'Ein gatlikker.'

'Wij zijn allemaal gatlikkers, Laszlo,' lachte Sofie Simoens flirterig.

Lik eens bij mij, Sofie, allez toe, lik eens, dacht Peeters.

Laszlo bezweek niet onder het onophoudelijk verhoor. Hij hield zich stom en speelde het spel slim. Ich was berufsmilitair, dacht hij, ich kan tegen ein sztoot. De commissaris toetste het binnenpostnummer in van de plaatsvervangende onderzoeksrechter—Peeters had een sticker met de tekst MIGRANTEN BUITEN! op het toestel gekleefd—en vroeg een aanhoudingsmandaat. Hij kreeg het niet, wat het volste recht was van de onderzoeksrechter, die alleen handelingen verricht die hem—of haar—het beste lijken, níét in het belang van de speurders of de verdachte, maar in het belang van het onderzoek. Hij is op zijn kop gevallen, dacht de commissaris, eigenlijk valt hiermee het onderzoek stil, en hij legde de hoorn neer.

'Kan ich zu Hause gehen?'

'Als je spreekt, kom je vrij. Anders niet.'

Laszlo zuchtte. 'Een zekere... Johnny,' zei hij.

'Wie is Johnny?'

'De lijfwacht.'

'Johnny wie?'

'Een boxeur?' vroeg Sofie Simoens.

'Weet ich niet. Kan zijn.'

'Boris had een zekere Johnny als bodyguard?'

'Ja.'

'En als chauffeur, neem ik aan?'

'Auch, ja.'

'Privé-chauffeur?'

'Ja.'

'Ik weet genoeg,' zei Sofie Simoens.

'Je kan beschikken, Laszlo,' zei de commissaris.

'Beszchikken?'

'Ja.'

'Dat begrijp ich niet. Wat betekent het?'

'We hebben je niet meer nodig,' zei Peeters. 'Hoepel op. Ga naar huis.'

'Of naar de hoeren, 't is mij gelijk,' zei Tony Bambino.

'Naar de porno-pornohoeren in een bordello op de Belgiëlei.'

'Wacht op mij, ich ga mee!' riep Peeters lachend.

In de gang klonk het tingeltangelmuziekje van de nieuwsdienst. De telefoonwacht zette zijn transistor een kwartslag luider. De radio meldde ongevallen en een geblokkeerde ring rond Gent, file op de E19 Bergen-Brussel en op de Antwerpse ring ter hoogte van Merksem.

261

Na het nieuws zette de telefoonwacht zijn transistor op een andere post en zong Julie Andrews de titelsong uit *The Sound of Music* waarna het de beurt was aan Dean Martin met *Amore*. De commissaris wandelde door zijn vertrouwde gang, zijn handen op zijn rug, met zijn vingers in elkaar gestrengeld.

Drie negerinnen wachtten hun beurt af om door een speurder van de zedenbrigade te worden verhoord. Blijkbaar duurde het te lang naar hun zin, want twee van hen hadden hun glimmende laarsjes uitgetrokken. Geen twijfel mogelijk, dacht de commissaris, heroïnehoertjes met platvoeten, zoals de kelner. De drie negerinnen zaten zo dicht op elkaar, dat zij op de drie aapjes leken. Horen, zien, zwijgen. Naast hen zat een beroepszakkenroller die om de twee, drie dagen met een handvol gestolen portefeuilles door de politie van de straat werd geplukt en een vaste klant was in het gerechtshof. Hij droeg een nieuw kostuum van 't Meuleken.

'Ben je d'er weer?' vroeg de commissaris.

'Een mens moet leven, chef.'

Gewone, dagelijkse dingen.

De commissaris ging bij de telefoonwacht zitten, in het glazen hok, en bladerde in een krant. Weeral een hele pagina overlijdensberichten, zuchtte hij. Neemt de dood nooit vakantie? Een van de negerinnen stond op van de houten bank en liep nerveus heen en weer. Zij was de grootste, lelijkste en zwartste negerin die de commissaris ooit in zijn leven had gezien, met dikke lippen en een ongelooflijk platte neus. Hij vond dat zij op Serena Williams of Whoopi Goldberg leek. Zij had zich zo zwaar geschminkt, dat zij haar oogleden niet meer omhoog kreeg. Jungle Johnny werd door twee rijkswachters naar het lokaal van de speurders geleid. Een kleerkast met ronde hoeken, dacht de commissaris, één mep tussen mijn twee oren en ik ben veertien dagen arbeidsongeschikt. Dromerig staarde hij uit het raam, naar een zilveren zeppelin van Goodyear die boven het gerechtshof zweefde.

Flora boende 'de plateau' en floot een volks melodietje.

DOBBELSTEENTJES

BOL BOL BOL

ALS IK JE IN 'T BAKJE ROL

Zij droeg haar groene stofjas van nylon en haar roze muiltjes met een pomponnetje. 'Iedereen denkt dat ik koffiemadam of poetsvrouw ben, commissaris, maar mijn officiële taakomschrijving luidt *floor manager*,' zei Flora trots. 'Vloerbeheerder, in goed Vlaams.'

'Goed om weten, Flora,' antwoordde de commissaris. 'Als mijn rug het houdt, maak je dan straks een uurtje vrij om samen met mij de *floor* te *managen*?'

'Vuile snoeper!' giechelde zij.

Jungle Johnny droeg een zwart trainingspak en een wit T-shirt XXL met het opschrift HARD ROCK CAFÉ ANTWERP. Het was twee maten te klein voor zijn brede borst. Opzichtig stak hij duim en wijsvinger in zijn platte scheve neus en trok er enkele stugge haren uit. Ook in zijn verfrommelde bloemkooloren groeide zwart haar. Hij heeft handgranaten in plaats van vuisten, dacht de commissaris. Wie niet beter wist, zou geloven dat zijn moeder hem bij de geboorte regelrecht in een betonmolen of een afbraakmachine had geworpen. 'Geen telefoons, *capito*?' zei hij tegen de telefoonwacht en hij keerde terug naar het lokaal van de speurders. De commissaris trok de deur achter zich dicht. De sleutel bleef in het slot steken.

'Haal het onderste uit de kan, Peeters.'

'Begrepen, chef!'

'Sluit deuren en vensters, Sofie, nagel de boxeur met zijn voeten aan de grond en haal het snot uit zijn neus.'

'En chansonette, chef?' vroeg zij lachend.

'We zullen dat lammetje eens slachten,' zei Peeters monkelend.

'Slachten en barbecuen,' lachte Tony Bambino.

Peeters had een stuk speelgoed meegebracht. Het stelde Adolf Hitler voor in een bruingeschilderd nazi-uniform, compleet met hakenkruisen. Armen en benen van de Führer waren uit stukjes triplex gezaagd en achter zijn rug met een touwtje bijeengebonden. Grijnzend prikte hij Hitler naast de poster van Kamagurka.

'Van die man krijg ik het vliegend schijt,' zei Sofie Simoens. 'Van Dewinter ook, trouwens.'

'Och,' antwoordde Peeters nonchalant, 'zes miljoen vergaste joden, daar ligt toch geen mens van wakker. Is dat allemaal waar? In Auschwitz traden iedere dag zes kamerorkestjes op, zo erg zal het er dus niet zijn geweest. Het getto van Warschau had zelfs een eigen band met muzikanten en zangers die zich de Ghetto Singers noemden.'

'Wat is er met de muzikanten en de zangers gebeurd?'

'Allemaal levend vergast nadat zij waren uitgezongen,' zei Peeters.

Eerst werd de identiteit van de bokser op de computer ingevoerd in het Centraal Signalementenblad, om na te gaan of er een opsporingsbevel tegen hem was uitgevaardigd en hij eventueel moest 'brommen' voor 'eerdere' feiten. Tony Bambino vulde in drievoud de nodige formulieren in die horen bij het dagelijkse politiewerk.

De commissaris schraapte zijn keel. De hoogste tijd om met de ondervraging te beginnen.

'Schoenmaat?'

'Ik draag schoenen maat 42.'

'Dan willen wij je een paar vragen stellen.'

'Waarover?'

'Ga zitten.'

Met zachte hand werd Jungle Johnny door de speurders neergedrukt op de 'stoel van de verdachten' die nog warm was van het brede achterwerk van de Rus.

'Niet liegen, boxeur,' zei Sofie Simoens.

'Wat moet ik zeggen?' vroeg de bokser.

'Alles wat je weet.'

'Ik weet niks, ik zal rap uitgepraat zijn. Ik meet 1 meter 72, weeg 95 kilogram en mijn cholesterol staat op 230. Nog iets dat je wil weten, madam?'

'Tiens-tiens, de slimste van de klas,' zuchtte Sofie Simoens. 'Dat wordt enkele reis Begijnenstraat.' Zij ging voor de computer zitten. Op het toetsenbord tikte zij *Voorwerp: verhoor. Feit(en): medeplichtig aan moord. Toegezonden aan de Onderzoeksrechter te Antwerpen en de Hoofdcommissaris van de Gerechtelijke Politie. Wij, officier van de gerechtelijke politie, hulp-officier van de Procureur des Konings, horen ten burele de genaamde...* waarna zij de naam en het adres van de bokser invulde op het proces-verbaal, gevolgd door de vaststelling Hij ver-klaart in het Nederlands: *U gaat mij horen over een zaak die tegen mij aanhangig zou zijn...* De lage namiddagzon viel met een grijs waas op het computerscherm en Sofie kon haar eigen tekst niet meer lezen.

'Als ik spreek, ben ik dood,' zei de bokser.

'Vermoord?'

'Ja.'

'Door wie?'

'Zwijgen is goud.'

'Door wie, boxeur?'

Peeters ging in zijn oude draaistoel zitten, met zijn voeten tegen de rand van de tafel. Zijn haar hing in vette pieken voor zijn ogen. Hij had zich in twee, drie dagen niet geschoren. De lege holster van zijn dienstpistool bengelde over de leuning van de draaistoel. De commissaris bladerde in zijn notitieboekje en herlas enkele aantekeningen. Hij fronste zijn wenkbrauwen en trok een diepe rimpel in zijn voorhoofd.

Deridder gooide een bruine enveloppe voor de neus van de bokser. 'Je houdt vol dat je niet in de buurt van de Keyserlei was?' vroeg hij met kleine pretoogjes. Hij haalde enkele kleurenfoto's op het formaat van een A4-tje uit de enveloppe en spreidde ze uit tussen de schrijfmachines die op hun zij gekanteld in het midden van de tafels stonden. Met rode balpen had Verswyvel grote cirkels rond het gezicht van de bokser getrokken.

'Ontkennen heeft geen zin,' zei Deridder.

'Wij zien wat wij zien. Foto's liegen niet.'

Voetenwerk! dacht Sofie Simoens. Hup hup hup!

Trekken met de ellebogen!

Er zaten nog meer foto's in de enveloppe. Met zijn afgebeten vingernagel tikte Deridder op een luchtopname van de Antwerp Tower.

'Je weet hoe dat gedrocht wordt genoemd?' vroeg Peeters.

'Door insiders?' vroeg de commissaris.

De bokser haalde zijn schouders op. Hij beet liever zijn tong af dan te praten.

Hij kijkt *zacht* uit zijn ogen, dacht Sofie Simoens.

Lief, zelfs. Misschien is het een fabeltje dat onderwereldfiguren koele kikkers zijn.

'De maffiatoren,' zei de commissaris.

'Je weet waarom?' vroeg Peeters.

De bokser schudde met zijn hoofd. 'Ik ben een klein Belgske,' zei hij. 'Ik weet niets, ik zeg niets, ik zwijg.'

'Al eens in de Begijnenstraat geweest, boxeur?' vroeg Deridder. 'Je krijgt daar zo'n klein appartementje met een pispot onder tafel en tralies voor het raam.'

De bokser zuchtte verveeld. 'Is 't hier bijna afgelopen?' vroeg hij.

De speurders kwamen dichterbij, stap voor stap, tot zij in een kleine kring rond hun slachtoffer stonden. Zelfs Ali speelde het spel mee. De ogen van de bokser flitsten van de een naar de ander. Hij werd bang en leek op James Cagney, een filmacteur van vroeger, maar dan met stoppelhaar op zijn hoofd. Peeters trok aan het touwtje en Hitler schopte met zijn benen en stak zijn linkerarm omhoog.

'In de ring geef je slaag of krijg je slaag,' zei Deridder.

'Hier delen wij de meppen uit,' zei Tony Bambino spottend.

'Een boksmatch is zoals een partijtje voetbal,' zei Deridder.

'Aanvallen is de boodschap,' zei Peeters. 'Verdedigen is zelfmoord.'

'Ik wil mijn advocaat bellen,' zei de bokser.

De speurders lachten hardop.

'Hij droomt, hij kijkt te veel weekendfilms op tv,' zei Tony Bambino. 'In Miami Vice gaat iedere drugssmokkelaar bij zijn advocaat uitjanken als de politie hem het vuur aan de schenen legt maar het is hier Miami niet, makker, we zijn hier godverdomme in Antwerpen.'

'Wel?'

'Eieren of jong?'

'Ik zeg niets,' zuchtte de bokser. 'Het spijt me.'

'Spijt is wat de koe schijt,' antwoordde Ali en de mond van Peeters viel wijd open.

'Ik zit met eenvoudige vragen en het enige wat ik verlang zijn eenvoudige antwoorden,' zei de commissaris.

'Mijn geheugen is een mailbox,' antwoordde Jungle Johnny. 'Als 't vol zit, zit het vol en kan er niets bij.' Hij sprak plots zo snel, dat Sofie Simoens alle moeite van de wereld had om zijn woorden in de juiste volgorde in het proces-verbaal te zetten. 'Karel Sijs uit Oostende was een neef van mijn vader. Mijn broer bokst, mijn zoon ook. Als straatvechtertje kreeg ik zoveel klappen, dat het piepschuim uit mijn neusgaten kwam. Maar de kracht van een bokser zit niet in zijn bokshandschoenen, die zit híér.' Hij wees naar zijn hoofd. 'En híér is alles oké. Op de Sinksenfoor gooide Sterke Jan een bokshandschoen tussen het volk en riep: *Wie niet waagt, niet wint!* Van de ene dag op de andere werd ik een Antwerpse attractie als catcher en kermisbokser, in een tent van hout en zeildoek met een draaiorgel naast de kassa. Ik demonstreerde er de dubbele nelson en was iedere avond de held van de *lutte* met den beer. Een echte grizzly, driehonderd kilo, en stínken, niet te geloven. Dat beest kreeg een heel suikerbrood voor het in de ring kwam, dan werd het zo mak als een lam. Over zijn klauwen droeg de beer leren handschoenen met ingebouwde condooms waarin namaakbloed zat van water, paraffine, suiker en zwarte siroop. Als die grizzly een klap tegen mijn kop gaf, stroomde het bloed van mijn schedel en brulde ik alsof ik stierf van de pijn, en de mensen maar roepen en tieren terwijl het bloed in het rond spatte en ik... ik stond daar, de onnozelaar van 't kermiskraam, met mijn billen bloot.' Zijn ademhaling stokte. Hij zuchtte en snoot zijn neus in zijn blote handen.

Ik stond daar ook, tussen het volk, dacht de commissaris. Aan de hand van mijn stiefvader. Ieder jaar gingen we één keer naar de Sinksenfoor. Eerst naar de baby met twee hoofden en de vrouw met olifantenpoten in het rariteitenkabinet van Dr. Spitzner—in een glazen kist aan de ingang lag de Schone Slaapster, die al honderd jaar schijndood was en nog vredig ademde, alsof zij elk ogenblik kon ontwaken—vervolgens naar de bokstent en ten slotte kochten wij een zak babelutten of smoutebollen met bloemsuiker in de feestzaal van Désiré De Lille. Achter het raam van de feestzaal hing een kartonnetje met de tekst INTERDIT AUX NORD-AFRICAINS in sierletters, zoals in de cafés en bars op 't Coninckplein. 't Is allemaal zo lang geleden, en toch lijkt het alsof het pas gisteren was. Na de kermis gingen mijn moeder en stiefvader stijldansen in café Tivoli, met een nummer op hun rug, en kreeg ik limonade en een stuk chocola om stil te zitten en te zwijgen.

De bokser likte aan zijn vingers en veegde zijn handen af aan zijn broek. 'Op mijn dertigste was ik krank geslagen en verloor al mijn haar,' zei hij moedeloos. 'Toen ik er veertig werd, was ik mijn tanden kwijt. Ik was vijftig jaar toen mijn vrouw er met mijn geld en mijn beste vriend vandoor ging. Daar stond ik, een halve eeuw oud, rijp voor het verzorgingstehuis, geen haar, geen tanden, geen geld, geen vrienden en geen vrouw. In de zomer werkte ik als redder in het openluchtzwembad van het Noordkasteel hoewel ik niet kan zwemmen en 's winters vond ik een job als parkingwachter bij Delhaize.'

Allemaal blablabla, dacht Ali. Praat voor de vaak.

Kut in pakjes, dacht Sofie Simoens.

Haal ik het groot geschut boven? Nu of straks? dacht de commissaris.

Deridder greep met twee handen de Gouden Gids, die in het midden van de tafel lag, en smakte het vuistdikke telefoonboek met een onvoorstelbare klap tegen de kop van de bokser. Zijn zware hoofd zakte voorover maar voor de rest bleef hij onbeweeglijk als een blok graniet. Op het telefoonboek zat een veeg bloed, dwars over een advertentie voor Star Taxi.

AG4, dacht Ali, gevolgd door AG5 en AG7.

'Slagen en verwondingen!' riep de bokser. 'Ik dien klacht in!'

'Breng hem naar beneden,' zei de commissaris.

'Laten wij hem sudderen in zijn eigen vet, chef?' vroeg Peeters.

Sofie Simoens beet in een boule de Berlin en een straal gele pudding spoot tegen het scherm van de computer.

In afwachting van zijn verdere ondervraging werd Jungle Johnny opgesloten in een van de elf cellen in de kelder onder het gerechtshof. Hij was rusteloos, nerveus, een vogel voor de kat, en hij kon zijn handen niet stilhouden. Knarsend en piepend zwaaide de metalen celdeur dicht.

Sleutels.

Sloten.

Bang!

Hij draaide en keerde in de kleine cel, dansend op zijn benen. Ongedurig liep hij heen en weer als een dier in een kooi, of zoals de beer in de bokstent. 'Een goeie jab, een linkse uppercut, een rechtse swing naar het lichaam...' mompelde hij tegen zijn schaduw en deelde linkse en rechtse stoten uit, 'BOEM!' riep hij, 'WHAAM! BLAMMM!' Hij ramde met zijn blote vuisten tegen de metalen celdeur, voorwaarts, achterwaarts, links rechts, als een metronoom, 'PAF PAF PADAF!', wegdansend van zijn denkbeeldige tegenstander als een beeldhouwer die een blok marmer te lijf gaat, 'BAMM BAMM!', links, rechts, 'RAM

BAM!', de grauwe cel kleurde rood van rondspattend bloed, de botjes in zijn vingers kraakten als krijt en in een laatste fatale explosie van brute kracht punchte de bokser met zijn bloedende vuisten op de betonnen slaapbank en tegen de betonmuren, hamerend zoals een vechtmachine, 'TAKTAKTAK! WHAAM! BAMM!', zonder ophouden hamerend en tegelijk lachend van waanzin, tot allebei zijn handgranaten ontploften in een waar bloedbad en de bokser uitgeput en uitgeteld door zijn knieën zakte op de kale stenen vloer en onbedaarlijk begon te huilen, met diepe snikken die opwelden vanuit zijn middenrif.

'Zeg schat, is het hier Blitzkrieg, of wat?' riep Whoopi Goldberg vanuit de cel ernaast.

Metalen celdeuren.

Open, dicht. Bang!

Uit enkele cellen klonk vet gelach.

Jungle Johnny was geen dommekloot, hij had snel begrepen dat alleen de bel voor de laatste ronde hem uit zijn lijden kon verlossen. Hij werd uit de cel gehaald. Peeters sleutelde handboeien om zijn polsen, achter zijn rug, en spande de metalen tanden zo strak aan, dat zij in zijn vel beten en de bokser het uitjankte van de pijn. Zijn vuisten waren rauw vlees, met de bleekbruine kleur van kalfslever. Bloed drupte van zijn kapotgeslagen vingers op de linoleumvloer. Tony Bambino scheurde een blaadje van de kalender en las op de keerzijde de mop van de dag. Twee aardappelen gekookt met kruidnagel was honderd jaar geleden de Viagra van de boeren. Dat was geen mop maar een les in geschiedenis. Laat de bokser zijn zegje doen, dacht de commissaris. Als hij is uitgepraat, kom ik in de ring en sla hem met één klap K.O.

'Stop een stinkbom in zijn kont, dan zal hij wel piepen,' zei Deridder.

'Je kan geen kant op, boxeur.'

'Ik wil naar huis.'

'Eerst vertellen...'

'Thuis.'

'Nee, boxeur...'

Jungle Johnny keek naar het plafond.

'Kijk naar ons, niet naar het plafond.'

'Ik moet plassen.'

'Doet het pijn, aan je blaas?'

'Een beetje. Het wringt.'

'Wat denk je, chef?'

'Eerst praten,' zei de commissaris.

Jungle Johnny begon te beven en te sidderen. Het was geen kwestie van uren of minuten maar van seconden. Zijn zenuwen stonden gespannen en zijn borst schokte op en neer. Hij kon geen adem krijgen.

'Boris had een privé-chauffeur,' zei Sofie Simoens.

'Een bodyguard.'

'Ra, ra, wie zou dat zijn?' vroeg de commissaris.

De bokser kraakte, en brak.

'Op een avond bokste ik tegen de Kampioen van Siberië. Hij ronselde personeel voor zijn patron—de kaïd, noemde hij hem—en zonder dat ik er erg in had, speelde ik privé-chauffeur voor de big boss van de Russen in Antwerpen,' zei Jungle Johnny. 'Hij nam mij in dienst omdat ik de stad ken als mijn broekzak. Zijn hoofdkwartier was de Antwerp Tower. Het was er alle dagen cinema, met kaviaar op ieder bureau en honderd flessen champagne in de koelkast, en het krioelde er van de Russische gangsters. In de gang stonden vier kaalgeschoren buffels naast iedere deur.'

'Welke buffels?'

'Bodyguards. Lijfwachten.'

'Klinkt schraal, wat hij vertelt,' zei Peeters. 'Er moet meer poeier in.'

'Geef hem Viagra,' zei Sofie Simoens.

'Dan staat zijn tong stijf in zijn broek binnen het half-uur,' antwoordde Tony Bambino.

'Hoe schrijf ik kaïd?' vroeg Sofie Simoens.

'Eén k,' zei Deridder.

'In Limburg ook?' vroeg Tony Bambino.

'Nee,' zei Sofie Simoens, 'in Limburg hebben wij geen kaïd.'

'Ken je die mop van de twee blondjes op 't Kiel?' vroeg Peeters. *''k Zen zjust m'n raaiexoam gon doeng, zei het eerste blondje. Allee en oe was 't? vroeg het tweede blondje. Nie goe, wer geboasd. Ik kom on da rongd pungt en d'er stod een bord me daartig oep, dus 'k raaie-kik daartig kiër rongd da rongd pungt. Ai, zei het andere blondje, verkiërd geteld, of wa?'*

Al de speurders en zelfs Ali proestten het uit.

'Ik moet plassen,' kreunde de bokser.

'Eerst praten, dan pissen,' zei de commissaris.

'Als 't moet, maken wij er een marathon van,' zei Peeters.

'Graag, want overuren worden dubbel betaald,' zei Deridder.

De bokser zuchtte. 'Boris was opgefokt door de cocaïne. Een door-en-door slecht karakter. Zonder boe of ba liet hij eerlijke mensen afschieten als konijnen. Zomaar, voor de kick. Hij maakte een snijbeweging over zijn keel en zei: Eraan! Hij wandelde een parfumwinkel op de Meir of de Keyserlei binnen en legde drie kogels op de toonbank. Dat wilde zeggen: betalen of het boeltje wordt in de fik gestoken. Als morgen het geld niet voor m'n deur ligt, snij ik je een vinger af! zei hij. Hij melkte iedereen uit. Wie niet gemolken wilde worden, die ging eraan.'

Zoals de bokser het vertelde, was het eigenlijk een wonder dat het zo lang had geduurd voor iemand had besloten om Boris met enkele welgemikte schoten af te maken. De Rus had zijn dood gezocht. Gesmokkelde sigaretten, mensenhandel, kunstroof, autodiefstal, goudsmokkel, valse en gestolen diamanten, afpersing, er was niets waar hij vies van was. Hij zette een BTW-carrousel met mobiele telefoons op, met Belgacom als voornaamste klant. Drugsgeld waste hij wit via het beruchtste wisselkantoor van het land, op het Falconplein. Grote sommen werden *gesmurft*, dat wil zeggen: opgesplitst in kleinere bedragen, en via Western Union naar alle hoeken van de wereld versast. Boris leefde in een roes, het was totale waanzin.

'Hij werkte overdag en 's nachts voerde ik hem naar zijn disco's en supermarkten, in een zwarte Scorpio met leren zetels,' zei de bokser.

'Niet te snel,' riep Sofie Simoens. 'Ik ben Ti-Ta-Tovenaar niet. Mijn vingers kunnen niet volgen.'

'Waar is de Scorpio?' vroeg de commissaris.

'In de Van Ertbornstraat, in de ondergrondse parking.'

'Parking De Keyser?'

'Nee, daarnaast, op 't Rooseveltplein.'

'Tegenover het atheneum?'

'Ja.'

'Checken, Sven,' zei de commissaris.

Deridder verliet onmiddellijk het lokaal.

'De drugs zitten in de voering van de zetels, gedroogd en verpakt in luchtdichte zakken,' zei Jungle Johnny.

'D-r-u-g-s?'

'Natuurlijk.'

'Welke drugs?'

'Al de shit die geslikt en gespoten en gesnoven wordt.'

'Maar... zijn goudwinkeltjes in de Pelikaanstraat dan?'

De commissaris deed alsof hij het in Keulen hoorde donderen.

'Drugs was de *biznes* van de patron.'

'Hier in 't stad?' vroeg Peeters.

Nee, in Singapore, dacht de bokser, maar hij slikte zijn woorden in.

'Je voerde Boris 's nachts naar de supermarkt, zeg je.'

'Welke supermarkt?' vroeg Tony Bambino.

'Den Aldi sluit om zeven en de Carrefour om acht uur,' zei Sofie Simoens en keek op haar horloge.

'Drugssupermarkten zijn dag en nacht open,' ant- ' woordde de bokser gelaten. 'Boris verborg schoendozen vol Amerikaanse dollars onder zijn bed. Iedere maand gaf hij een zak geld aan de koning van de portiers. Cash, gratis. In ruil verkocht hij drugs in disco's en dancings. Mag ik nu naar de wc?'

Zie hem daar zitten, dacht Tony Bambino. De sterkste man van 't land, met anderhalve kilo stront in zijn kont.

Dat is andere troelala, dacht Sofie Simoens, en trok haar neusje op.

'Asjeblief?' smeekte de bokser. Hij klemde zijn billen tegen elkaar.

'Laat maar lopen,' zei Tony Bambino.

'Dan zit ik met een natte broek.'

'Dat is ons probleem niet.'

De commissaris legde twee wijsvingers voor zijn mond, alsof hij zichzelf het zwijgen wilde opleggen. In zijn hoofd speelde een melodietje van heel lang geleden, uit de tijd van Tony Corsari en de opgehaalde schotbalken. Zijn rug deed weer zo'n pijn. Stresspijn, dacht hij. Voordat hij er aan kon denken om samen met Flora de *floor* te *managen*, zou hij zich beter door een kraker laten behandelen.

'Iedere ochtend om elf uur dronk Boris twee kopjes koffie bij Del Rey,' zei de bokser. Hij schokte met zijn schouders. Zij waren te breed voor zijn lichaam. Hij werd moe. De lolbroekerij van de speurders bracht hem in de war. Zij deden het opzettelijk, hij twijfelde er niet aan. Zij wilden hem tegenstrijdige verklaringen doen afleggen. 'Ik liep vier meter achter hem, met twee blaffers tussen mijn broeksband. Toen Boris in een plas bloed voorover stuikte—afgemaakt, heet dat in het milieu—had ik er de pest in want ik kon mijn blaffers niet trekken tussen al dat volk.'

'Droeg je vaak pistolen?'

'Altijd.'

'Heb je een vergunning?'

'Natuurlijk.'

'Had je schrik?'

'Iedere bokser heeft schrik in de ring. Schrik is geen schande.'

'Je stond niet in de ring, je was op straat.'

'De straat is erger dan de ring.'

'Waarom?'

'In de ring kan je slechts van één man klappen krijgen.'

De speurders wisten uit ervaring dat de bokser op het punt stond om door de knieën te gaan. Hij was rijp. Toch kwam zijn bekentenis totaal onverwacht. Alles spoot er ineens uit, zoals uit een fles bruisend mineraalwater waarmee heftig wordt geschud. Er is niets mis met zijn geheugen, dacht de commissaris toen hij was uitgepraat, Jungle Johnny heeft bloemkooloren maar zijn kleine hersentjes zijn niet tot moes gemept, zoals bij Cassius Clay of Mohammed Ali.

Het eerste wat hij had gezien, uit de hoek van zijn oog, was een gele schicht gevolgd door een knal en nog een knal. Uit kamer 102 op de eerste verdieping van het Hyllit Hotel stak de loop van een geweer. De kamer naast de E in

276

de lichtreclame van HOTEL, voegde hij eraan toe, ter ver-
duidelijking. Erg vond de bokser het niet, dat Boris dood
was. Toen hij nog leefde, liep hij al met de dood in zijn
schoenen. Een halfuur na het laatste schot verliet iemand
het hotel via de nooduitgang, hij had het met eigen ogen
gezien. Nee, groot was hij niet, commissaris, ook niet
klein, 1 meter 75 of zoiets. Normaal. Hij droeg een uniform. Geen uniform van de politie, nee, een *bruin* uniform. Of ik hem kende? De bokser haalde zijn schouders
op. Natuurlijk kende hij hem. Een zekere Daenen of
Daelens of zoiets, een prutsventje en een Jan-mijn-klo-
ten. De wereld is klein, commissaris.

'De vader van Cindy?'

'Hoe weten jullie dat?' vroeg de bokser verbaasd. 'Kennen jullie Cindy ook?'

Hocus-pocus Zweinstein! dacht de commissaris.

De verdachte hing als een opgewarmd lijk tussen de
touwen. Hij zweette als een rund. Dit was een match die
hij nooit kon winnen. Zijn neus jeukte en hij kon zich
niet krabben want zijn handen waren geboeid achter zijn
rug. Zelfs met zijn schouder kon hij het angstzweet niet
van zijn voorhoofd vegen, hoe lenig hij ook was.

De commissaris trok de telefoon naar zich toe en draaide het binnenpostnummer van het technisch labo onder
het dak van het gerechtshof. 'Waar bevinden zich de lege
bierblikjes uit Park Den Brandt? König en Cara Pils,
indien ik me niet vergis. Goedkoop spul.' Terwijl de
laborant zijn papieren raadpleegde, maakte de commissaris aantekeningen op een blocnote. 'Klopt, de blikjes
die werden gevonden naast het lijk in de vijver,' zei hij. 'In
de kelder, bij de overtuigingsstukken? In een vuilniszak?
Goed. Vergelijk de vingerafdrukken op de blikjes met
vingerafdrukken in het Hyllit Hotel. Kamer 102. Nu,
meteen. Bel mij terug. Ik blijf op kantoor.'

Deridder kwam uitgelaten het lokaal van de speurders binnen. 'Bingo met een grote B, chef.'

'De Scorpio is gelokaliseerd?'

'Ja.'

'In de ondergrondse parking?'

'Ja. De auto wordt weggetakeld.'

'Naar de politiekazerne op de Luchtbal?'

Deridder knikte.

De commissaris keek de bokser vriendelijk aan. 'Jij bent naar Lourdes geweest, zeker? Op bedevaart?' vroeg hij.

'Of naar de hoeren in de Schippersstraat,' lachte Peeters.

'In Engeland gaan tweeënveertigduizend mannen iedere dag naar de hoeren,' zei Sofie Simoens. Zij rolde met haar ogen. 'Hoerenlopen is er de nationale sport.'

'Mag ik nu plassen?'

'Natuurlijk, boxeur.'

'Iedereen moet plassen, op tijd en stond.'

Sofie Simoens had de woorden van Jungle Johnny in een proces-verbaal gegoten, met alles erop en eraan, volgens de regels van de kunst. Met haar cowboylaarsjes van slangenleer zat zij verstrengeld in het kluwen van elektrische kabels dat onder de tafels lag. Zij tikte de vertrouwde slotzinnen, die nooit veranderden. *Van dit proces-verbaal wordt een afschrift aan betrokkene gegeven. Het verhoor eindigde om 18.25 uur.* Een document van vier pagina's gleed uit de printer. AFSCHRIFT stond op de eerste pagina met daaronder PRO JUSTITIA, in onsympathieke zwarte letters, en NAVOLGEND PROCES-VERBAAL en GERECHTELIJKE POLITIE bij *de Parketten* ANTWERPEN met de datum en het dossiernummer. De dienstvakken *Afschrift(en), Labo Nr.* en *Aanw.24-u* had zij niet ingevuld. Zij herlas het proces-verbaal. Het leek eerlijk gezegd meer op een slecht schoolopstel dan op het letterlijke verslag van een politieverhoor.

... die na lezing volhardt en (niet) tekent... stond op de vierde en laatste pagina onderaan. De bokser tekende niet, hoewel hij niets te verliezen had en alles te winnen.

Ook de speurders liepen op hun laatste benen. De schemering viel, het werd avond. In het lokaal overheerste de geur van slechte adem. Ali zette een raam op een kier. Op dit uur van de dag was er geen verkeer op het kruispunt van de Justitiestraat met de Anselmostraat en de Paleisstraat. Het asfalt was nat en spiegelde met een olieachtige glans. De commissaris trok de deur open en keek in de gang.

'Pas op met de bokser, commissaris,' zei de telefoonwacht.

'Waarom?'

'Een sluwe vos. Hij is zo glibberig als een pasgebruikt condoom.'

'Ken je hem?'

'Wie niet? Trek zijn T-shirt over zijn hoofd en laat zijn broek op zijn enkels zakken, dan kan hij er niet al lopend vandoor gaan. Knoop de veters van zijn basketbalsloefkes aan elkaar.'

Twee rijkswachters in uniform begeleidden de bokser naar de toiletten. Hij stond onwennig voor de plasbak, met zijn geboeide handen op zijn rug, en vroeg om de handboeien los te maken.

'Geen sprake van.'

'Trek dan mijn broek omlaag.'

'Ben je gek?'

Langs onverlichte trappen werd Jungle Johnny door een doolhof van donkere gangen naar de groezelige catacomben onder het gerechtshof gebracht. Cipiers rammelden met sleutelbossen. De bokser kreeg een papieren broodzak waarin vier sneden witbrood zaten, zonder boter of margarine, enkele plakjes boterhamworst en een kartonnetje Cécémel. In de cel stonk het naar warme urine, want de bokser had natuurlijk in zijn broek geplast.

ACHT... NEGEN... TIEN... OUT!

De thermos van de commissaris was leeg. Gelukkig hebben wij de boxeur bij zijn radijzen, dacht hij, anders was alle moeite voor niets geweest. Hij trok aan het touwtje van Hitler en terwijl de Führer met zijn benen spartelde, knipte hij het licht uit. In de toiletten splashte hij een handvol koud water in zijn gelaat. Het gerechtshof was duister en leeg.

Hoewel de verklaringen van Jungle Johnny overeenstemden met de vaststellingen van de wetenschappelijke politie—op basis van de baan die de fatale kogels hadden afgelegd, werd berekend waar slachtoffer en schutter zich precies bevonden—verscheen hij voor de onderzoeksrechter die à charge en à décharge—ten laste en ter ontlasting—zou oordelen of er voldoende elementen waren om hem in voorhechtenis te nemen. Zij stelde zich hard op. Zelfs tranen konden haar niet vermurwen. Jungle Johnny werd in verdenking gesteld als medeplichtige en aangehouden. 'Zet hem op secreet,' beval Veerle Vermeulen. 'Hij mag in de gevangenis met niemand contact hebben, tenzij met zijn advocaat.' De bokser werd in een dievenwagen gestopt en afgeleverd in de ziekenzaal van de gevangenis, een soort mini-ziekenhuis met tralies voor de ramen. De tralies tekenden donkere schaduwen op de witte muren. Eindelijk werden zijn handboeien losgemaakt.

'Ik ben helemaal nat vanonder,' jankte hij.

'Laat eens voelen,' zei de rijkswachter en hij kneep keihard in de ballen van de bokser.

'Mag ik ook eens voelen?' vroeg de tweede rijkswachter.
'Blijf van mijn lijf, vuil janet!'

'Troost je, makker, de Begijnenstraat is beter dan Vorst,' suste een cipier die een witte kiel droeg. 'Daar is zelfs geen geld voor wc-papier.'

Wc-papier? Waar die gast zich druk over maakt, dacht de bokser.

'Weet je wat dat kost aan de staat, één rol wc-papier per man, per dag?'

Klaarmaken voor de wandeling! riep een anonieme stem door de intercom.

De commissaris was moe en reed naar huis. Genoeg voor vandaag, dacht hij, mijn werkdag zit erop. Zelfs in de diepe kussens van de dienstauto had hij last van knagende pijn in zijn rug. Kraken, dacht hij, zo rap mogelijk. Overal in huis kleefden gele en roze Post-It-papiertjes waarop Marie-Thérèse berichtjes en boodschappen had geschreven. *Rijstpap* op de koelkast herinnerde de commissaris eraan dat in de koelkast een bord rijstpap met saffraan en bruine suiker stond. *Tanden poetsen!* stond op de spiegel in de badkamer en op de salontafel *Vanavond Weight Watchers, poesje!* gevolgd door een uitroepteken met lachende ogen en een neus en een mond.

De commissaris wreef over zijn voorhoofd. Het was heel stil in het appartement. Als hij goed luisterde, kon hij het kwaken van de kikkers horen in het Galgenweel. Hij voelde zich koortsig. Een goeie grog en vroeg in bed vanavond. Hij legde de gele accordeon van zijn grootvader over zijn knie en stak zijn polsen tussen de riemen. Zo'n klassieke Crucianelli met toetsen van parelmoer, dat wordt vandaag niet meer gemaakt, dacht hij. Links zes rijen bassen, rechts het klavier met zang en akkoorden.

Hij trok lucht in het instrument en in de invallende duisternis speelde de commissaris op het gehoor een melodietje na dat hij zich haarfijn herinnerde van de zondagmiddag op Radio Luxemburg, bijna veertig jaar geleden. Hij was vergeten de gordijnen dicht te trekken en keek naar buiten, naar de avondschemering.

De volgende ochtend ontwaakte de commissaris met barstende hoofdpijn. Zijn rug was stijf als een plank. Hij kon zijn armen niet bewegen en sloeg in paniek. Marie-Thérèse legde natte doeken op zijn voorhoofd en loste twee tabletten Asprobruis op in een half glas water. Bij een natuurgenezer op Linkeroever kocht zij groene homeopathische klei, vier klompen van vijf kilogram elk, die op kasseistenen leken. Zij maakte een modderbad klaar. De commissaris zakte tot onder zijn kin in de modder en schrok pas wakker toen de klei was verhard tot beton. Zijn vingers en zijn tenen tintelden alsof zij vol naalden staken en de pijn straalde vanuit zijn rug naar zijn bekken en zijn ballen.

'Ik ben bang, poesje.'

'Bang? Zo'n sterke vent? Waarom?'

'Weet ik niet.'

'Kop op, Sam!' zei Marie-Thérèse.

Hernia, dacht hij, of botkanker. Osteoporose, misschien. Ik ben voor het leven verlamd. Onder een hete douche brak het homeopathisch beton van zijn rug. De brokstukken verstopten de afvoer. Hij strompelde naar de keuken en liet zich op de koele tegels vallen. Marie-Thérèse kon het niet langer aanzien. Zij sleepte de commissaris naar de achterbank van de Opel Vectra en reed naar een kraker in Putte.

'Hoe vaak hebben jullie seks?' vroeg de kraker.

'Normaal tien keer per dag,' antwoordde Marie-Thérèse lachend. 'Sedert mijn man sukkelt met zijn rug... maar acht keer.'

'Schoenen en kousen uit,' zei de kraker rustig.

'Waarom?'

'Zwarte magie.'

'Ben ik er erg aan toe?'

'Een wrak, commissaris. Puur stressvlees. Je hebt de fysiek van een oud wijf.'

Hij strekte zich uit op de behandeltafel. De kraker prikte geparfumeerde wierookstaafjes onder de nagels van zijn grote teen. Om de staafjes was een soort pijptabak gewikkeld. Met een lucifer stak hij de tabak in brand en onmiddellijk begon de commissaris rustiger te ademen. Heel vreemd was dat, hij straalde van geluk en het leek alsof hij van de wereld gleed. Het kon hem allemaal niet meer schelen. Niets kon hem nog schelen. Moord of geen moord, de pot op. Na een halfuurtje was de tabak opgebrand en waren de staafjes kromgetrokken. In het kabinet hing een zoete geur van patchoeli en andere oosterse parfums.

De kraker ging zijn patiënt met de grove middelen te lijf. Hij nam de commissaris in een wurggreep en trok met een krakend geluid zijn geblokkeerde wervelkolom recht. Mijn hoofd breekt van mijn romp, dacht de commissaris, mijn hersenen ontploffen. Hij voelde zich onmiddellijk een stuk beter.

Verlost van zijn rugpijn maakte de commissaris een lange wandeling langs de Schelde, in het licht van de ondergaande zon. Hij had er behoefte aan om alleen te zijn, met zichzelf en zijn gedachten. Leven is sterven, verzuchtte Hamlet vierhonderd jaar geleden, en de rest is stilte. Over het water hing een ijle mist, die op damp leek. De toortsen van de petrochemie vonkten als fakkels. Nerveus beet de commissaris op een duimnagel. Zelfs de Schelde stinkt anders dan vroeger, dacht hij. Meeuwen zeilden over het kabbelende water, miauwend als jonge katjes. Hij rilde en kroop dieper weg in zijn leren jekker uit Hollywood. Eén keer was hij ermee naar het gerechtshof geweest. Eén keer en nooit meer. Tytgat dacht dat hij sandwichman speelde voor een nieuwe film van Disney en zijn eigen speurders hadden hem achter zijn rug uitgelachen. Hij liep over het slik en hoorde het suizend, zingend geluid van de slikgarnalen, het blaaswier en de zeedruiven, die eigenlijk kleine kwalletjes zijn. Een stevige bries speelde met de meeuwen alsof het vodjes papier waren en op het achterschip van een plezierjacht wapperde een Belgische vlag. De adem van de commissaris verdampte tot een wollige pluim. Het zou spoedig Allerzielen worden. Begraafplaatsen zullen geuren naar chrysanten en dorre blaren en bolsters zullen kraken onder de voeten van rouwende families. Het werd avond. De commissaris luisterde naar het speelse carillon van de kathedraal dat werd overstemd door loeiende politiesirenes. De skyline van de stad blijft het allermooist van op Linkeroever, dacht hij, bij valavond, in alle seizoenen, maar vooral in de herfst. De stroom glinsterde als vloeibaar karmijn, dat de roodste kleur is in de natuur omdat zij is gemaakt van vers bloed. De beroemde lichtjes van de Schelde kreeg de commissaris er gratis en voor niks bij.

In plaats van op zijn stappen terug te keren en naar huis te gaan, nam hij een taxi naar het gerechtshof. Zomaar, ineens. Omdat hij de zenuwachtigheid van de grote dagen voelde opkomen. Het was een *gevoel*, een gewaarwording, de commissaris had er geen woorden voor, maar van één ding was hij heel zeker: zijn gevoel had hem nooit bedrogen of in de steek gelaten. Geen hond op straat. Alleen de ramen van de speurders aan de kant van de Justitiestraat waren verlicht. De gang was kaal, somber, het hok van de telefoonwacht was leeg. Deridder zat in de draaistoel van Peeters. Hij gespte een schouderholster om en liet zijn dienstpistool—een sportieve Browning 9 mm Parabellum, goed voor dertien ballen in de lader—in de holster glijden. Op de politieschool had hij geleerd dat de aanduiding 'Parabellum' een samentrekking was van de twee laatste woorden uit de Latijnse wapenspreuk *Si vis pacem para bellum*, wat letterlijk vertaald *Wie vrede wenst, bereidt zich voor op oorlog* betekent, maar dat was hij allang weer vergeten. De kolf van het pistool voelde koel aan in de warmte van zijn hand. Hij was gekleed in zijn zwartleren motorbroek en een wit onderlijfje van Damart en droeg dezelfde basketters als de bokser, maar in een andere kleur. Typisch Deridder. Als hij iets van een ander mooi vond, wilde hij het ook hebben.

Peeters stapte uit de dienstlift en de andere speurders proestten het uit van het lachen. Zijn haar was geblondeerd en in krullen gelegd, zoals Jean-Marie Pfaff.

'Gekrulde haren, gekrulde zinnen,' spotte Sofie Simoens.

'Eén ding hebben Hitler en Jean-Marie Pfaff gemeen,' zei Tony Bambino.

'Wat?'

'Winden laten langs hun gat!'

'Belachelijk,' zei Peeters nors. Hij geeuwde en trok zijn mond zo ver open, dat zijn collega's in één oogopslag konden zien wat hij die avond had gegeten.

Tony Bambino keek op zijn horloge en scheurde het blaadje van de kalender. Op de keerzijde was de mop van de dag afgedrukt. Op een internationaal ruimtevaartcongres zitten een Amerikaan, een Fransman en Steve Stevaert aan dezelfde tafel. "Binnenkort sturen wij een raket naar Mars," zegt de Amerikaan. "Wij sturen er een naar Jupiter," pocht de Fransman. "Wij vliegen naar de zon!" zegt de Limburgse politieker trots. "Onmogelijk want een raket naar de zon smelt van de hitte," antwoorden de Amerikaan en de Fransman in koor. "Bijlange niet," zegt Steve Stevaert, "wij vliegen alleen 's naaachts." Hij wierp de mop in de papiermand en peuterde met een lucifer tussen zijn tanden. Uit zijn schouderholster stak de kolf van zijn Browning. Sofie Simoens tikte een proces-verbaal. Zij hamerde op de toetsen alsof haar leven ervan afhing. Met de nagel van zijn duim krabde Deridder verhard snot van het scherm. In het midden van de tafels stonden de drie oude elektrische schrijfmachines op hun kant. Museumstukken. Zij werden bijna niet meer gebruikt, tenzij in noodgeval. Peeters was nerveus en pafte de ene sigaret na de andere.

'Hoe lang ben jij bij de politie, Sven?' vroeg de commissaris.

'Anderhalf jaar.'

'En jij, Sofie?'

'Een jaar of zes.'

Te lang, dacht zij, veel te lang.

'Is er iets, chef? Slecht nieuws?' vroeg Deridder.

'Als een boodschapper slecht nieuws bracht, hakten de oude Grieken zijn hoofd eraf,' zei Sofie Simoens.

Peeters krabde in zijn blonde krullen. 'Mijn dokter beweert dat een man vaker mishandeld wordt dan een vrouw,' zei hij en schroefde de dop van een halveliterfles Coca-Cola Light. 'Vorige week werd in 't Middelheim een sukkel binnengebracht met twee gebroken knieschijven en een verhakkelde penis. Hij was verkleed als Zorro. Wel, vriend, wat is er gebeurd? vroeg de dokter. Zwijg stil, zei

de man, mijn vrouw komt alleen klaar als ik van de kleerkast in bed spring met een cape over mijn schouders en
een masker voor mijn ogen. Van de kast gevallen natuurlijk, met een erectie van hier tot in Tokio.'

'Hoor je dát, Ali?' vroeg Tony Bambino.

'Zo'n erectie, zeg! Van hier tot in Tokio!' zei Sofie
Simoens. 'Nam hij Viagra?'

'Wie? Abdoel?' vroeg Peeters.

'België is een slecht land met slechte mensen,' snauwde
Ali. 'Ik—ik ben een islamiet en een Arabier en daar ben ik
trots op. Ik leef als een moslim en respecteer de vasten. Ik
rook en drink niet en vloek in het Arabisch. Maar ik ben
óók een Belg en daarom eis ik dezelfde rechten en plich-
ten als iedere andere Vlaming.'

'Abdoel is in zijn gat gebeten,' lachte Peeters.

'Ik ken een verdomd goeie mop, in 't Brussels,' zei Tony
Bambino. 'Twie Brusseleirs zijn op stap en ineens zegt
den ene teige den andere: "'k Geluuf da 'k 't schaait em, 'k goen in
dei kafei binne springe, want annes es 't in man broek." "Haaft a leever
nog e wa d'in," antwoordt zijn copain, "want daddes e'n boegnoellekafei." Een boegnoellekafei is een vreemdelingencafé.
Bon, zijn maat kan niet wachten en gaat het café binnen.
Twie meneute later komt 'em buiten met twie blaa uuge
en een bloetnuis. "Awel...hedde doe eet miszeit?" "Mo neie," antwoordt zijn maat, "'k zaain binne gegoen en 'k em just gevroegd:
Ma 'k kakke?"'

'God zal je roosteren in de hel,' siste Ali.

'Zeg eens eerlijk, Abdoel, wat hebben kameeldrijvers
hier eigenlijk te zoeken, in ons prettig groen landje?'
vroeg Peeters. 'Hier zijn geen kamelen, tenzij in de Zoo.'

'Er is een stervende walvis aangespoeld in Blankenberge,'
zei Sofie Simoens. 'Haast je, Peeters, ze hebben iemand
nodig met een groot bakkes, om mond-op-mondbeade-
ming toe te passen.'

Peeters verslikte zich en de frisdrank spoot uit zijn neusgaten.

'Alles went,' zuchtte Sofie Simoens, 'behalve een vent.'

'Het staat geschreven en gedrukt dat je klaarkomt als je rukt,' proestte Peeters.

Sofie Simoens hield niet van verstelbare schouderholsters met metalen gespen. Haar borsten zaten in de weg. Zij droeg *twee* holsters aan haar gordel, één links en één rechts, zoals een cowboy in een Amerikaanse film. In de rechtse holster zat een handig revolvertje dat slechts 610 gram woog. Zij hield van dat wapen, hoewel de ruimte tussen de trekker en de trekkerbeugel te krap was om te schieten als het koud was en zij handschoenen droeg. De linkerholster was bestemd voor haar 'officiële' dienstwapen.

De commissaris liep nerveus heen en weer. Hij keek op zijn horloge en zuchtte. Hier gaan we, dacht hij. 'Sven neemt poolshoogte in Park Den Brandt. Observeren, fotograferen en eventueel achtervolgen. Neem een nachtkijker met infrarood licht mee. Doe niets op eigen houtje, neem zelf geen initiatief. Als er inderdaad een moordenaar in de buurt rondzwerft, zoals ik vermoed, dan trommelen wij "de botinnekes" op—het Bijzonder Bijstands Team—en zetten het park op stelten. Hij is ons één keer ontsnapt, géén twee keer.'

'Wees voorzichtig, Sven,' zei Sofie Simoens.

'Kogels zijn gevaarlijk,' zei Peeters.

'Vooral echte kogels,' zei de commissaris.

'Ik wil je niet verliezen, Sven.'

'Maak je geen zorgen.'

'En ik? Wat doe ik?' vroeg Sofie Simoens.

'Jij lokt Bastiaens in de val. Slaat hij toe, dan klapt de val dicht. Hij kan geen kant uit.' De commissaris aarzelde.

Hij zocht naar de juiste woorden. 'Maak je geen zorgen, Sofie, ik zorg ervoor dat je voldoende back-up krijgt, er kan niets mislopen. Peeters zit vermomd in een taxi twintig meter verderop en Tony Bambino doet alsof hij een zattemannenroes uitslaapt in een hotelletje tegenover de tunnel. Zelfs als hij níét undercover gaat, ziet hij eruit als een zwerver en een schurk. Onze vriend Ali speelt voor ruitenwasser. Ruiten wassen, daar is Ali heel goed in. De rijkswacht houdt mee een oog in het zeil en de liftdeuren in de tunnel zijn beveiligd met fotocellen. Overal hangen camera's. Voor één keer mag je filmster spelen, Sofie. De veiligheidsdienst in de controlekamer volgt alles op groot scherm. Hoe meer back-ups hoe beter. Er hebben nooit zoveel mannen achter je kontje gelopen.'

Daar zou ik niet zo zeker van zijn, dacht Sofie Simoens.

'Je wil toch lokaas zijn, Sofie?'

'Ja.'

'Ik ben er zeker van dat niet al de vrouwen die zijn verkracht ook aangifte hebben gedaan bij de politie,' zei de commissaris. 'De meeste vrouwen zwijgen, uit schaamte voor buren en familie. Zij willen hun naam niet in de krant.'

'Welke kleren trek ik aan?'

En avant la musique! dacht zij.

'Geen sexy lingerie. Zeker geen jeans.'

'Rok en bloes?'

'Hoge hakken, liefst.'

'Pas op of de zedenpolitie arresteert je,' zei Deridder.

'Wat doe ik als hij zijn dinges in mijn dinges steekt?'

'Doe gewoon, dan roep je heel 't spel bijeen,' lachte Deridder.

'Niet twijfelen, denk aan eieren,' zei de commissaris.

Zij trok aan haar paardenstaart en zuchtte.

Makkelijker gezegd dan gedaan, dacht zij.

'Weet je wat ik mij afvraag?' vroeg Peeters nadenkend. 'Waarom zo'n man uitgerekend in de voetgangerstunnel toeslaat.'

'Omdat een tunnel een universeel symbool is voor een vagina,' antwoordde Tony Bambino. 'Geheimzinnig, mysterieus, je daalt erin af en weet niet wat je beneden te wachten staat. Een tunnel symboliseert verborgen verlangens. Voetgangerstunnel = voetgangersvagina, in de ogen van een verkrachter.'

'Als een vagina een tunnel is, wat is mijn erectie dan?' vroeg Peeters.

'De dood,' zei Tony Bambino zonder aarzelen. 'Een erectie is symbool voor de dood omdat de dood alles wat leeft hard en stijf maakt.'

Onze huisfilosoof spreekt, dacht Deridder.

'Let in de eerste plaats op zijn broek, Sofie,' zei de commissaris. 'Een beroepsverkrachter draagt nooit een strakke broek. Zeker geen jeans, eerder een jogging. Hij krijgt een eerste erectie en misschien zelfs een orgasme tijdens de voorbereiding van zijn daad, terwijl hij zijn slachtoffer begluurt, en daarna nog eens, als hij toeslaat. Jeans zouden stroppen en pijn doen, een jogging is ideaal. Dr. Fradler meent trouwens dat de verkrachter waarschijnlijk een sufferd en een slappeling is, een frotteur die De Lijn nodig heeft om klaar te komen. Op bus of tram zoekt hij vrouwelijk gezelschap op, liefst groot en stevig, één brok vrouw. Hij gaat er zo dicht mogelijk bijstaan en als zij per ongeluk twee keer met hun wimpers knipperen, zit hij met een slijmklodder in zijn jogging.'

'Hierna zal ik nooit meer kunnen neuken,' zuchtte Sofie Simoens en haar ogen gloeiden in haar gezicht. Was het van spanning? Of van angst? Nooit zou iemand het weten, want zij nam zich voor er met niemand over te praten. Nu niet, en nooit.

'Trek het je niet aan, Sofie,' zei Tony Bambino. 'Neuken is zoals zwemmen. Als je 't eenmaal hebt geleerd, verleer je 't nooit meer.'

'Zwijg mij van *zwemmen*!' riep zij heel luid.

'Waar is den Djim eigenlijk?' vroeg Peeters.

'Thuis,' zei de commissaris, 'met een depressie zo groot als een huis.'

Deridder trok een nieuw type kogelwerende vest over zijn onderlijfje. Het was een model van Zwitsers fabrikaat, x-large, dat korter was dan de oude vesten en tien centimeter boven zijn broeksriem kwam, zodat het niet werd omhooggedrukt als hij ging zitten. Amerikaanse vesten zijn minder dik en daardoor soepeler om dragen, maar omdat zij een andere norm hanteren—44 mm inbeuking tegenover 20 mm in de Benelux en Duitsland—zijn uitwendige letsels bij een frontaal schot meer regel dan uitzondering. De korte kogelwerende vesten hadden als groot nadeel dat de buik onbeschermd bleef. Een schot in de borst is geen lachertje, maar een kogel in de buik is dat ook niet.

Eerlijk, ouderwets politiewerk, dacht Tony Bambino.

'Roep mij als alles in de soep draait en iemand van jullie m'n hoofd wil afhakken,' zei de commissaris met een lachje.

'Veel geluk, Sofie,' zei Peeters.

'Jij ook, Sven,' zei Tony Bambino.

'Jullie zijn mijn kinderen,' zei de commissaris. 'Vergeet dat nooit.'

'Dank je, chef.'

'Bel ik je straks, Sofie?' vroeg Deridder.

Nee, dacht zij, niet doen.

Niet doen. Laat mij even met rust.
'Tot morgen dan.'
'Tot morgen.'

Vanuit haar kleine keuken had zij een prachtig uitzicht over de plantentuin en de huizen met platte daken en glazen koepels. Naast de kast hing een filmposter van *La Dolce Vita* en een kalender van gevlochten bamboe, met een gekleurde tekening van een draak en een slang die de liefde bedrijven, althans daar leek het op, en de naam van een Chinees restaurant in de Statiestraat. Uit de radio klonk zachte klassieke muziek en een geparfumeerde kaars gaf geur en kleur aan het keukentje. Na vier minuten en vijf seconden liep de reiswekker af en viste Sofie Simoens met een soeplepel twee eieren uit het kokend water. Het oog van een mens is glasachtig en voelt precies hetzelfde aan als het wit van een zachtgekookt ei, had de commissaris gezegd. Flink duwen en zij spatten uit elkaar. Ogen en eieren. Ze wierp de harde schaal in de afvalemmer en ging aan tafel zitten. Rolde de warme eieren in haar zachte handen, alsof het de ogen van de verkrachter waren. Hield de adem in. Niet kijken, had de commissaris gezegd, niet kijken. Duimen vooruit. Zij legde haar vingers rond de eieren en keek naar de platte daken en de glazen koepels en duwde haar duimen met alle kracht dwars door het hoornvlies in het wit van zijn ogen en het eigeel spatte naar alle kanten tegen de filmposter en de kalender en het raam en beschaamd over haar eigen dwaze gedachten draaide Sofie haar hoofd weg.

Zij stopte haar lievelingsrevolver in haar handtas.

Laat maar komen, dacht zij.

Ik ben er klaar voor.

Vollemaan. Mist tussen de bomen, laaghangend, in nevels en slierten, alsof het park berookt was. Toxische gassen stegen als kwalijke dampen uit de brakke, blauwzwarte vijver. Hij rook de geur van de pissijnen in het midden van het park. Het grasperk voor het kasteel was berijmd. Doodse, dodelijke stilte. Deridder luisterde naar zijn eigen hartslag. Hij schrok ervan. Hij schrok ook van zijn eigen schaduw. Zocht zich een weg onder de heldere sterrenhemel, op de tast, struikelend over boomwortels die zich als grillige darmen over het bospad kronkelden. Dacht aan zijn tienerjaren, toen hij werd geplaagd door angstdromen over bomen en bossen. Zijn ouders stuurden hem naar een kinderpsycholoog, iedere woensdagmiddag van vier tot vijf. Bossen en parken zijn klassieke symbolen voor schaamhaar, zei de psycholoog. Een boom is een testikel, twéé bomen zijn twéé testikels. Scherpe voorwerpen in dezelfde droom verbeelden het mannelijk geslacht, de penis, en vooral snijden—opensnijden, kapotsnijden—net zoals iedere vorm van nachtelijke lichaamsbeweging—dansen, joggen, of woelen in bed—bij jongens en meisjes een typisch wensdroomsymbool is voor neuken, om het maar eens cru te zeggen. Woelt uw zoon in bed? had de kinderpsycholoog gevraagd en zijn moeder kreeg bijna een hartaanval. Schaamhaar, testikels, neuken. Wat moest hij daarvan denken?

De bleke ronde maan was gevlekt, alsof er roet op lag. Zijn hart ging als een razende tekeer. Hij kon de geluiden niet thuisbrengen die uit het duister en de stilte op hem af kwamen. Raakte het spoor bijster in de wirwar van grachten en greppels. Zag niets. Hijgde. Zijn adem verdampte in de koude, nevelige nachtlucht. Hij klemde zijn vingers met twee handen om de kolf van zijn dienstpistool. Eén patroon in de kamer, waardoor het afvuren met één tot twee seconden werd versneld.

Aan het eind van een open plek in het park achter de vijver, half verscholen tussen de takken van een beuk, stond den Bloten David als een veldheer op zijn stenen sokkel. Vijf en een halve meter hoog. Zijn rechterhand hing als een koolschep langs zijn lichaam. De verhoudingen zijn verkeerd, dacht Deridder, dat is geen mens maar een God. Zijn penis zat zedig achter een vijgenblad. Zou God óók *snijden* en *neuken* in zijn dromen, om het maar eens cru te zeggen?

Zijn voeten verzakten in dampend, vlokkig mos. De geur van vermolmd hout, van verrotting. Met de toppen van zijn vingers betastte hij de schors van de bomen. Glad, zijdeachtig. Hij dacht aan Sofie, en aan Sandra. Ik hou van Sofie zoals ik van Sandra hou, dacht hij. Het is waar, hij liep als een hondje achter hun kontje maar erg vond hij dat niet, hij liep graag achter kontjes en Sofie had een eersteklas kontje. Sandra ook, trouwens. Eens Miss België, altijd Miss België.

Donker, en koud. In de ontbijtzaal van Hotel Zeezicht boog Tony Bambino zich over een instantsoepje van Royco, in een beker. Ik hou van soep, dacht hij, ik kan drie keer per dag soep eten, maar zwijg mij over *moderne* soep. Pompoensoep! Paprikasoep! Soep van Thais gras! Dat is geen soep, dat is een modeverschijnsel. Hij staarde uit het raam naar de stroom die bloedrood kleurde, of beter gezegd: wijnkleurig, alsof alle sterkedrank van heel 't stad erin was leeggegoten. Zijn ogen stonden vermoeid. Een speurder brengt negentig procent van zijn tijd door met wachten en van wachten wordt een mens moe. Luisteren, wachten, luisteren. Altijd hetzelfde liedje. Voor wat, hoort wat, dacht hij en bestelde een bolleke, met twee vingers schuim, want hij had dorst gekregen van zijn

soep. ...*Alles in orde?* Zijn walkietalkie kraakte. *Alles in orde?*...
Alles in orde, chef, alles in orde. Op de hoek van de straat
boog een vrouw zich over het trottoir. Zij had een dweil in
haar handen en liep op varkenspootjes. Een nachtelijke
verkoper van bloemen die cafés en bars afdweilde—een
Pool of een Kosovo, in ieder geval iemand zonder verblijfsvergunning, dacht Tony Bambino—probeerde haar
een roos te verkopen. De stengels van zijn bloemen waren
in zilverpapier gewikkeld. Oppassen, dacht Tony Bambino, genoeg is genoeg. Hij kende zichzelf. Na anderhalf
bolleke zou hij poepeloeretureluut zijn. Maar een mens
kan niet op één been staan. Hij liet zijn glas nog eens vol-
schenken. *Kili kili watch watch, ké um ken ké ala,* neuriede de
Pool zonder verblijfsvergunning. *Ali a tsalma, a tsalma poli
watch.* Zeezicht had trouwens geen zicht op zee maar op
de Schelde.

Voor het eerst in haar leven liep Sofie Simoens op hoge
hakken. Zij droeg ook voor het eerst zwarte nylonkousen
en een Schots minirokje met plooien. Jarenzestigachtig,
dacht zij, hoerenkleren. Als de wind onder het rokje waaide, was het net cinema. Zij droeg een bodystocking onder
de nylonkousen, voor extra bescherming. Om haar hals
had zij een zijden sjaaltje geknoopt, dat flapperde in de
wind. Zij lichtte haar rokje op om haar nylonkousen recht
te trekken. De nijdige wind blies een warreling van dode
blaren over de kaaien. Het was bitter koud, zo vroeg op de
ochtend, in de steegjes tussen de huizen. Waar zijn zij
's nachts, de clochards die overdag de Groenplaats onveilig maken? vroeg Sofie Simoens zich af. Hebben zij een
bed om in te slapen? Een dak boven hun hoofd?
    Tussen haar borsten kleefde een bandopnemertje met
een richtmicrofoon, wat een toelaatbare opsporingsme-

thode was volgens een ministeriële omzendbrief van 24 april 1990. De purperen draagtas over haar schouder stond wijd open. Haar .38 met vijf kogels in de trommel zat weggemoffeld onder papieren zakdoekjes.

In de nachtzwarte hemel hing een bleke ronde maan, ongeveer op dezelfde plaats waar aan het eind van iedere dag de zon ondergaat. Warme lucht loeide met een brullend geluid uit een rooster in het asfalt en toch was het koud in de vierkante koepel op straatniveau, die door de techniekers van de voetgangerstunnel 'de luifel' werd genoemd. Haar tanden klapperden. Haar handen waren koud, haar neus was koud, haar voeten waren koud. Sofie Simoens droeg een kort gevoerd bontjasje, dat zij van een vriendin had geleend, en een T-shirt met een foto van Nelson Mandela. Geen beha. Zij verzwikte haar enkels en vloekte binnensmonds. Bij iedere stap die zij zette, wipte haar opgesnoerde boezem een halve meter omhoog. De houten roltrap van de Firma Jaspar dook met een malend, krakend geluid in de schacht van de tunnel. Op de middenleuning stonden rode alarmknoppen, twee aan twee op vier plaatsen, acht alarmknoppen in totaal. *In geval van gevaar-INDUWEN* stond ernaast. *Misbruik wordt BESTRAFT.* Op de tunnelwand was reclame voor VAT69 geschilderd, zwart op witte fond. Sofie Simoens verveelde zich en las de opschriften op huizen en gevels. Op een magazijn met torentjes en kantelen op de hoek van de Plantinkaai was de oude benaming ENTREPÔT DU CONGO in de rode steen gebeeldhouwd. Een felle windstoot waaide van Linkeroever door de tunnel onder de stroom naar rechteroever en rammelde met deuren en glazen panelen. Uit de gleuf van een papiermand stak een leeg flesje Bacardi Breezer. Het verbaasde Sofie hoe weinig mensen op dit uur van de nacht van de tunnel gebruik maakten. Af en toe een fietser met een BMX. Een oude hippie met twee honden. Een vroege bediende die pufte aan een pijp en een slaperige groep wielertoeristen met truitjes van Faema, Palmans-Collstrop, Buckler en Romy Pils.

'Een hoertje?' vroeg een fietser.

'Zou kunnen,' antwoordde de bediende.

'Zij denkt dat zij B.B. is,' zei de oude hippie.

'Wie?'

'Brigitte Bardot.'

Wielerterroristen, glimlachte Sofie Simoens.

Onder de luifel hing de stank van stront en urine. Verf bladderde van de muren. Zou de tunnel een beschermd monument zijn? vroeg zij zich af. Ze voelde zich slaperig. Om wakker te blijven, sloeg zij met de vlakke hand op allebei haar wangen en sprenkelde een vleugje parfum achter haar oren. *Hotel anno 1875* las zij op de gevel van Hotel Zeezicht. Zij zuchtte en keerde op haar stappen terug. Herfstbladeren hoopten zich op voor de liftdeuren. Café Pitstop. *Rombouts Koffie*. Rolluiken werden opgetrokken. Aan de overkant van de straat dampte een rookpluim uit de uitlaat van een Toyota-busje van Taxi Metropole. *Dobbel Palm*. Ali sukkelde over het basketpleintje, onder de kalende bomen, met een ladder over zijn schouder en een emmer met zeemvellen in zijn vrije hand. Op het Zuiderterras gingen lampen aan. Sofie Simoens kreeg het koud. Het bloed trok weg uit haar vingers. Zonder nadenken graaide ze naar de wollen handschoenen in haar tas en trok de handschoenen aan. Komt hij of komt hij niet? Het leek wel een quizvraag. Komt hij? Komt hij niet? Zij keek op haar horloge en ging voor de grap tussen de liftdeur en de beveiligingscamera's staan en trok zotte snuiten naar de techniekers in de controlekamer. Zij zien mij toch niet, zelfs de beste veiligheidscamera's hebben een dode hoek, dacht zij. Zou de verkrachter nog lang op zich laten wachten? *Keramiekfabrieken van Hemiksem en van de Dijle* stond op een witte tegel in de tunnelkoker. Verboden te roken, te roepen, te springen, rumoer te maken, te spuwen of gevaarlijke stoffen te vervoeren. LEVENS-GEVAAR VERBODEN TOEGANG op een deur die aan alle kanten met triplex was dichtgetimmerd. Een politiesirene verstoorde de stilte. Sofie Simoens keek naar zichzelf in het spiegelend glas van de luifel en miste haar paardenstaart. Zij vond dat zij op Julia Roberts in *Pretty Woman* leek. In het hoerig spiegelbeeld met loshangend haar en valse wimpers en geverfde vingernagels herkende zij niets van zichzelf en zeker niet de zelfverzekerde speurder in strakke jeans met cowboylaarsjes van slangenleer.

Wat 'n wijf, dacht zij.

Een echt koerspaard.

Scheldewater klotste tegen de kaai. Geen nacht meer, en evenmin ochtend. Achter een ijzeren hek naast de betonnen waterkeringsmuur stond een taxibusje met draaiende motor. Op het dashboard kraakte en piepte een walkietalkie. Peeters wachtte en luisterde. Uit verveling bewonderde hij de strakke architectuur van het tunnelgebouw. Daarna bestudeerde hij de zwarte hemel, die werd ingekleurd met paars en blauw aan de rand en in de hoeken. Hij was warm ingeduffeld, in zijn anorak die stijf stond van de smeerlapperij, en draaide het zijraampje open. Een vroege jogger liep over het fietspad van 't Eilandje naar Petroleum-Zuid. Op enkele parkeerplaatsen stonden containers en graafmachines. Straatlampen wierpen een gele schijn op de klamme straatstenen. Een combi van de rijkswachtkazerne in de Korte Vlierstraat reed van het Steen of het 'Walt Disney-kasteeltje' langs de

Kloosterstraat naar de Hobokense Polder. *Hoor je mij?* *Hallo, hallo? Eentweedrie, eentweedrie. Hallo, hoor je mij?* Peeters vouwde zijn handen in zijn schoot. Ja, chef, ik hoor je, 't is al goed. Onder zijn jas hield hij zijn pistool in de aanslag. Verlaten straten. Op dit uur was de stad zo stil, dat hij de vissen hoorde zwemmen in de Schelde. Peeters knikkebolde. Zijn hoofd werd zwaar. Onder een hangar knaagden ratten met lange snorharen aan een witte vuilniszak ...voor restafval... met... de... op... druk... STAD... ANT... W... ER... P... EN. Zijn ogen vielen dicht. Hij zakte scheef onderuit, zwaar ademend en zacht snurkend.

Deridder drong dieper in het park door, struikelend over wortels en stronken en verstrengelde takken, tot aan het eind van een duistere dreef die geurde naar lavendel en rododendron. Hij kreeg er geen kick van om in camouflagekleren door het bos te sluipen, zoals sommige dokters en advocaten die er grof geld voor betalen, integendeel, hij was bang dat de wortels hem zouden vastgrijpen en onder de grond trekken. Hij werd zo nerveus, dat zijn ballen er pijn van deden. Zijn ballen of zijn billen? Allebei, eigenlijk. Van sommige bomen waren de bladeren donker en glad en ze glansden in het maanlicht. Ochtenddauw drupte geruisloos van zwarte takken. Over de vijver lag een zilveren glans. In het maanlicht zag hij dat iemand, lang geleden, NICHT FÜR JUDEN in een houten bank had gekrast. Deridder klemde zich vast aan zijn dienstpistool. Hij was blij dat hij zich niet geschoren had, een stoppelbaard voelt warmer aan dan een gladde kin. De lucht was scherp als glas en sneed in zijn longen. In de schors van een inlandse eik was een jaartal gesneden, 1940, met een hakenkruis ernaast, één meter boven zijn hoofd, want sedert 1940 waren de bomen serieus gegroeid.

Er bewoog iets aan zijn linkerkant, takken zwiepten heen en weer, er was geen twijfel mogelijk, er bewoog iets, een schaduw maakte zich los uit de zwartheid van de nacht en op dat ogenblik tuimelde Deridder over struikeldraad die tussen twee bomen was gespannen. In zijn val haalde hij één keer de trekker van zijn Browning over en voor het eerst in zijn leven was de speurder er van overtuigd dat hij op een levend wezen van vlees en bloed schoot en niet op een maquette van karton zoals op de schietstand in de politieschool. Met honderdduizend toeren per minuut draaide de kogel door de loop van het wapen en schampte fluitend af op de hals van den Bloten David en plaaster en kalk vlogen als popcorn in het rond en de kogel boorde zich in de bast van de beuk.

'Godver!' vloekte Deridder.

Zijn handen beefden.

Ik ben een ramp met een vuurwapen, dacht hij.

In het koetshuis links van het kasteel ging een lamp aan.

Maan en sterren weerkaatsten in de vijver.

Nog twaalf kogels.

Hij lag plat op zijn buik, met armen en benen gespreid. In het koud doods nachtlicht ontwaarde hij tussen de struiken en de bomen twee Duitse bunkers die door de bezetter in het park waren gebouwd, in de oorlog van '40-'45, met muren van twee meter dik spanbeton, dat als een trampoline zou meeveren indien er bommen op zouden vallen. Het beton was gewapend met staaldraad dat als roestige pieken omhoogstak uit kapotte stukken. Eerst dacht Deridder dat het geen bunkers maar bosolifanten waren, van tweeduizend kubieke meter elk, die zich in de Tweede Wereldoorlog in het park hadden ingegraven, zodat alleen hun rug uitstak boven het herfstgoud van dode blaren. HITTLER IS GOTT stond op een van de bunkers, HITTLER, GOTT, tweemaal met twee T's. Onder de dansende graffiti waren in elkaar gestrengelde penissen geschilderd in de vorm van een hakenkruis. Wie was Hittler ook alweer? dacht Deridder. Een schilder? Nee, dat was Picasso. Een schrijver? Nee, dat was Jef Geeraerts. De kapitein van de Duitse *Mannschaft*? Hij wist het niet meer. Een wolk dreef voor de maan. Hoe meer hij gewend raakte aan de stilte, hoe meer hij overdonderd werd door het geruis van nachtelijk verkeer op de Ring en de Singel, een eentonig raspen en ruisen, als van metaal op metaal. Hij maakte zich klein tussen het gebladerte en het grillige onderhout. Niemand in het park. Niets, niemand. Stilte. Met zijn vingertoppen raakte hij de rug van een betonnen olifant en onmiddellijk trok hij zijn hand terug.

De olifant was begroeid met mos en onkruid.

Hij stak zijn slurf omhoog.

Er walmde rook uit.

Achter de bomen, in de Della Faillelaan aan de rand van het park, stond het hoofdkwartier van de Gestapo. Huisnummer 21, in die tijd. Het grijze huis was oud en vervallen en zat ingeduffeld in een wolk van mist. Deridder kende de oorlog slechts van horen zeggen— horen zeggen, horen liegen—en van de film natuurlijk, hij had *Saving Private Ryan* en *Schindler's List* gezien, en hij probeerde zich de grueltaferelen voor te stellen die zich hadden afgespeeld aan de rand van het park.

September 1943.

Laarzen kraakten op grint, zoals in de film, met een soundtrack van fluitende kogels en ontploffende granaten. In het Jeugdtheater stond *Hans en Grietje* op het programma. Een joods meisje uit Antwerpen kreeg een nieuwe identiteitskaart, met een nummer en een stempel. *JOODJUIF*. Na middernacht stopte een vrachtwagen voor haar ouderlijk huis. Gebonk op de voordeur, zoals in de film. *Aufmachen! Aufmachen!* Het meisje werd in een verhuiswagen naar de Della Faillelaan gebracht. *Schnell, schnell! Antreten! Schnell!* Zij mocht niet zitten en bleef de hele nacht rechtop staan, in een open paardenstal. Een beker lauwe koffie van gebrande eikels om vier uur. Daarna werd zij in een kist met gaten gestopt en halfdood gemarteld en op transport gezet naar Auschwitz in Polen. Zij werd ontluisd, ontsmet, kaalgeschoren, schaamhaar en okselhaar werden weggeschoren, zij had geen schoenen en wikkelde vodden en zwachtels om haar voeten. *Moeder, ik worde zo gansch stil als ik aan U denk,* schreef zij vanuit Auschwitz. Prikkeldraad, grijze nevel. Regen, wind, sneeuw. Wat ruikt hier zo raar? *Achtung!* Dag en nacht stond zij in de rij of zat opgesloten in een isoleercel. *Jawohl!* Het joodse kamporkest speelde marsmuziek. In een van de barakken lagen vijftigduizend jutezakken met schaamhaar. Het Antwerpse meisje maakte er hoofdkussens mee voor Duitse frontsoldaten. *Befehl is Befehl!* Aan de horizon lagen smeulende lijken op een metalen grill. Zij knisperden en stoofden als vlees op de barbecue. Op het programma van de Vlaamsche Opera stond *Het land van de glimlach* van Franz Lehar, een luchtige operette, laatste voorstelling om zeven uur, iedereen thuis voor het donker.

Zo is het gebeurd.

Ongelooflijk, dacht Deridder.

Alsof hij het zelf had gezien, met zijn eigen ogen, zoals in een oude film in kleur, en toch was het pas vijfenvijftig jaar geleden.

Maar die HITTLER met twee T's, wat kwam die erbij doen?

Op de gepantserde stalen bunkerdeur van anderhalve ton kleefde een kopie van een vergeeld Bericht aan de Bevolking dat wild flapperde in de wind. *Namens de Feldkommandantur te Antwerpen, breng ik ter kennis dat op huisgevels, ramen of afsluitingen geen Duitsch-vijandige opschriften, van welken aard ook, mogen voorkomen. De Gouverneur, J. Grauls.* Deridder grinnikte. *Natürlich* niet, dacht hij en wrikte met handen en voeten de pantserdeur open. De roestige hengsels knarsten en kraakten. Hij zette zijn voeten schrap en trok uit alle macht, met twee handen. Hij kreeg er nauwelijks beweging in. Onder een schietgat van vijf bij tien centimeter hing een emailplaatje met de tekst KEIN LICHT BEI GEÖFFNETER SCHERTE, in een typisch Duitse oorlogsletter. Deridder wist niet wat *Scherte* betekent, hij sprak alleen kartoffelduits. *Kein* probleem, dacht hij. In de bunker brandde licht. Het was warm tussen de betonnen muren, *überhaupt* warmer dan buiten. Hij stond in een afgedankte machinekamer van twee bij twee meter. Tijdens de oorlog stond er een dieselmotor, om zuivere lucht in de bunker te blazen, een eigen waterpomp, en zelfs een elektriciteitscentrale. Uit muren en plafond staken de roestige, afgeknakte holle pijpen en buizen van de centrale verwarming van het bunkercomplex. De machinekamer was bekleed met witgele muurtegels, identiek aan de tegels in de voetgangerstunnel, wat normaal was, want zij kwamen eveneens uit de Keramiekfabriek van Hemiksem en van de Dijle. Na al die jaren hing nog steeds de scherpe geur van machinevet in de kale ruimte. Dwars door de bunker, in de lengterichting, liep een smalle gang waarop zes metalen deuren uitkwamen. Vier ervan waren vergrendeld en aangevreten door vocht en roest.

Twee deuren stonden op een kier.

'Wie is daar?' riep iemand.

Deridder antwoordde niet.

Achter de eerste deur bevond zich het douchelokaal. Het werd de jongste vijftig jaar als schijthuis gebruikt door joggers en homo's. De tweede deur gaf toegang tot een kale vierkante cel van gewapend beton, met gekalkte muren. Alleen het plafond was beplakt met mahoniehout waarvan dure doodskisten worden gemaakt. Er stond weinig meubilair in de cel: een veldbed en een bruinge-vernist bureau waaraan veldmaarschalk Rommel zat toen hij op 3 januari en 27 maart 1944 als bevelvoerder van de Duitse troepen een werkbezoek bracht aan de bunkers in het park. De ouderwetse telefoon op het bureau was een echt museumstuk en was niet aangesloten. Op het veld-bed lagen bundeltjes Engelse ponden, Amerikaanse dol-lars, peseta's, guldens en Belgische franken, met elastiek-jes rond. Zij zaten half verstopt onder een grauwe soldatendeken. De vloer van de cel was van schraal beton, met een dikke laag oude kranten als kamerbreedtapijt. Een gesneden brood, slaaptabletten, verpakkingen van Prozac, autosleutels, aardappelschillen en rottend fruit, halflege melkkartons, versleten boodschappentassen, lege verpakkingen van roomijs, chips en melkchocolade en voor driekwart leeggedronken flessen met bodempjes goedkope triple-sec, whisky en Jonge Duys van den Aldi slingerden in het rond. De flessen zaten volgepropt met sigaarstompjes en half opgerookte sigarettenpeu-ken. Enkele literflessen mineraalwater van de Colruyt waren tot de rand gevuld met urine. Op een rek boven het bureau lag een witgeschilderde helm, met een gat erin, en de letters R.I.P. in echte rode verf. *Rust In 't Putteke.* Naast het veldbed lagen twee kalasjnikovs met een vouwkolf, enkele laders van dertig en zestig kogels, een dubbel-loopsgeweer voor de eendenjacht, twee .38 Colt Cobra's met ultrakorte loop, enkele Beretta's, een paar vleesmessen uit een restaurantkeuken en een klassieke Mauser M96. Op het bureau stonden bierblikjes van König en Cara Pils.

Er hing een dichte wolk van sigarettenrook.

Deridder schrok.

Hij was gewaarschuwd, en toch... Als er één man was die hij niet had verwacht, niet hier, op deze plaats, dan was het zonder enige twijfel de vroegere nachtwaker van de Boerentoren. *De gebogen gestalte zigzagde over de platte daken, in zijn onderbroek en op sokken. De plotse regen maakte alles week en glibberig. Eigenlijk was het een koddig gezicht, een naakte man in het holst van de nacht die oplost in de regen en verdwijnt in de duisternis.* Opnieuw zag hij het zó voor zich, hoe de nachtwaker aan zijn aandacht was ontsnapt in de meest verloederde wijk van de oude binnenstad.

Mensen kunnen elkaar niet ontlopen, dacht hij.

Daelemans, Emiel zat op de rand van het veldbed en warmde zijn handen aan een potkacheltje. Met de punt van een bajonet schraapte hij het vuil van onder zijn vingernagels. In zijn schoot lag een foto van Cindy, als kleuter, met kort wit haar en grote ronde ogen. Tranen rolden op de foto. Hij leek suf, alsof hij knock-out was geslagen, en zette de halve fles Jonge Duys aan zijn mond en dronk ze in één teug leeg. Hij droeg een Amerikaanse onderbroek met lange pijpen tot aan de enkels. Longjohns, heetten zij vroeger. Over zijn schouders hing een zware loden jas. In de zijzakken zaten bakstenen. Hij zat met één oude sok en één blote voet in slijklaarzen en was ongewassen en ongeschoren. Een kapotte bril hing aan één oor over zijn bloedend gezicht.

Hoe heet zoiets in gerechtstaal? dacht Deridder.

In corpus delicti, op heterdaad betrapt.

'Eindelijk,' zuchtte de nachtwaker. 'Kom je mij halen, of wat?'

Sofie Simoens spitste haar oren. Knipperde met haar valse wimpers. Ze keek nerveus op haar horloge. Hij komt niet, dacht zij. Hij komt wel, hij komt niet. Hij komt. Hij komt niet. Zij geeuwde. De maan werd troebel en melkachtig en de hemel verkleurde tot het soort blauw dat mensen van vroeger *bleu d'Anvers* noemen. Antwerps blauw. Hij komt, hij komt niet. Zij maakte een kruisteken. *Bid voor mij, Sven.* Een bloemenverkoper met een afgetraind lichaam, in een dikke trui en een muts die hij over zijn ogen had getrokken, kwam in de luifel en nam de roltrap naar beneden, naar de ondergrondse tussenverdieping die de techniekers 'de middenput' noemen. Sofie slaakte een zucht van opluchting. Een van m'n back-ups waarschijnlijk, dacht zij, een agent in vermomming. *Undercover*, heet dat in politiefilms. Zij zweette onder haar oksels. In de buik van de tunnel rinkelde een alarmbel. Het malen en kraken hield onmiddellijk op en de roltrappen vielen stil.

'Een bloemetje voor mevrouw?'

Zij glimlachte.

'Mooie roosjes, geen geld.'

De bloemenverkoper droeg een grijze joggingbroek.

'Eigen kweek,' zei hij lief. Zijn tanden kraakten. 'Of heb je liever een klap op je kop?'

Haar dijen trilden, zij durfde niet bewegen.

Nooit eerder was Sofie Simoens zo bang. Zij trok haar neusvleugels wijd open, zij was radeloos, zij wist niet wat zij eerst moest doen, in plaats van de goede raad van de commissaris te volgen en met haar duimen het eigeel uit zijn ogen te laten spatten of met één ruk zijn ballen van zijn lijf te trekken, zoals zij op de politieschool had geleerd, grabbelden haar nerveuze vingers in de draagtas over haar schouder naar de veilige, vertrouwde kolf van haar lievelingsrevolvertje.

Bastiaens lachte. Want hij was het, en niemand anders. Zij waren één en dezelfde persoon, de slager en de badmeester en de verkrachter. Zelfs roosjes verkopen was een van zijn vermommingen. Hij blies zijn rotte adem in het gezicht van Sofie Simoens. Hij had de kille, levenloze ogen van een vis. Zijn hand greep onder haar Schots rokje en rukte haar panty en de bodystocking en haar slipje omlaag en met de andere hand drukte hij haar hoofd achterover en kneep hij haar keel dicht. Zijn hand rook naar chloorwater en wonderolie. Zij heeft blauwe ogen, dacht hij, ik wist het. Dat was goed gezien van hem, door het glasraam onder water in het zwembad van Wezenberg. Hij hield van blauwe ogen, bijna evenveel als van échte blondines, geen namaakblond uit flesjes Clairol of Garnier. Rode rozen met de stengel in een koddig wikkeltje van zilverpapier lagen over de roltrap verspreid, van boven naar beneden, en stuiterden naar de middenput.

Dénken, dacht Sofie, *dénken.*

Zij kon niet denken.

Haar tanden klapperden op elkaar.

'Vuil meisje!' siste hij.

Hij drukte zijn knie tussen haar dijen.

Sofie kneep haar ogen dicht. Alles werd donker. Zij verstijfde, zij was bang, haar ademhaling stokte, tranen sprongen uit haar ogen. Angst, panische angst. Zij riep om hulp maar er kwam geen klank uit haar keel. Sofie was radeloos. Hij breekt mij in stukken, dacht zij, en zij werd dizzy en duizelig. Pas toen zij de zoete smaak proefde van haar eigen bloed, drong tot haar door dat alles een kwestie was van nu of nooit en leven of dood.

'Ik kan niet ademen,' snikte zij.

'Dat is de bedoeling,' grijnslachte hij.

Zijn penis bonkte als een voorhamer tegen haar schaamhaar.

Zij wroette en graaide in haar tas en rukte de revolver van onder de zakdoekjes en de gebruikte Kleenex en klemde de kolf in de palm van haar hand maar kreeg haar vinger niet tussen de trekker en de trekkerbeugel, de ruimte was te krap en haar vinger was te dik, het wilde niet lukken, nee, het wilde goverdomme niet lukken, wat nu... wat nu... en net op het ogenblik dat zij er zich rekenschap van gaf dat zij *handschoenen* droeg, tegen de kou, wollen *gebreide* handschoenen, kromp Bastiaens kreunend en neuzelend ineen en verslapte zijn greep om haar hals, hij kreeg de slappe lach en rukte haar tas van haar schouder en liep zwijmelend weg. Niemand had iets gehoord, niemand had iets gezien. Geen getuigen. In een hoekje van de luifel zakte Sofie Simoens op de grond. Haar T-shirt was gescheurd en vlekkig sperma droop als snottebellen uit de neus van Nelson Mandela. Waar is Tony? Waar is Ali? Waar is Peeters? Waar is mijn back-up? Sofie huilde zoals zij nooit eerder in haar leven had gehuild, tot alle tranen waren opgebruikt en er geen tranen meer over waren.

De voetgangerstunnel heet officieel 'Sint-Annatunnel' en is een gietijzeren koker die dertig meter onder de blauwe steen van de kaaimuren is ingegraven in het slijk onder de Schelde. Op *rechteroever* hangen bewakingscamera's die kleurbeelden doorstralen naar een controlekamer op *Linkeroever*, helemaal aan het andere eind van de tunnel, op een afstand van 572 meter ondergronds van het toegangsgebouw.

De controlekamer op Linkeroever was uitgerust met een muur van tv-monitors.

'KIJK! DAAR!'

'Wat?'

'Monitor 3. Weer een verkrachting.'

'Bel de politie,' zei een technieker.

'Zelf kunnen wij niets doen,' zei de tweede technieker.

'Meer zelfs, wij *mogen* niets doen.'

'Zou het dezelfde gast zijn van de vorige keer?'

'Waarschijnlijk.'

'Morgen staat hij in de gazet,' zei de eerste technieker.

'Zijn mokkel ook. Mooie blonde stoot.'

'Hij pakt altijd blondjes.'

'Ik denk dat het die zottin is.'

'Die een halfuur geleden snuiten stond te trekken voor de camera?'

Na enkele seconden toonden de monitors een dood shot van het interieur van de liften aan weerszijden van de tunnel.

'Verdomd, ik vind het nummer van de politie niet.'

'In de blauwe farde.'

'Welke blauwe farde?'

'Laat maar, hij is al weg.'

Zo, dat was het dan. Het is de taak van de gerechtelijke politie om feiten vast te stellen en op papier te zetten en eventuele verdachten voor te leiden en daar hielden de speurders zich aan. Daelemans, Emiel werd afgeleverd in het gerechtshof. Geen levende ziel in de gang. Alle lichten gedoofd, niemand op de banken. Alleen de speurders van de moordbrigade waren op post. Deridder kreeg schouderklopjes en liep met zijn hoofd in de wolken. Hij was de held van de nacht. Peeters, Ali El Hadji en Tony Bambino leunden beteuterd tegen de pasgeschilderde muur van het verhoorlokaal, alsof zij in straf stonden, zoals vroeger op school. De nachtwaker zat tegenover de commissaris, op de harde en ongemakkelijke 'stoel van de verdachten', en borg zijn hoofd in zijn handen. Hij had zijn vingernagels tot op het bot afgeknaagd. Hij droeg geen handboeien. De commissaris stak zijn lippen vooruit en schraapte zijn keel. De eerste vraag is altijd de moeilijkste.

'Naam?'

Zomaar, voor de vorm.

'Daelemans, Emiel.'

Eerst z'n familienaam, dan z'n voornaam. Op z'n Vlaams. Doen ze in geen enkel land ter wereld, dacht Peeters. Behalve in China en Hongarije. Maar dat zijn geen mensen die daar wonen.

Dat zijn Chinezen.

Of Hongaren.

'Waar was je maandag om 11 uur?'

'*Vorige* week maandag,' zei Peeters.

Geen antwoord.

Volgende vraag.

Geen antwoord.

'Wel, Emiel?' zei Peeters. 'Alibi vergeten?'

'Kust-mijn-kloten, rotflikken!'

De commissaris schroefde de dop van zijn thermosfles en schonk een beker zwarte koffie in, koud en verschaald, en zonder melk en zonder suiker.

'Drink een slok koffie, Emiel,' zei hij. 'Er staan je moeilijke uren te wachten, dat geef ik je op een briefje.'

Hij bladerde in zijn *Wetboek van Strafrecht. Wetboek 8 juni 1867 Strafwetboek,* las hij hardop. *Titel* VIII, *Hoofdstuk* I, *Afdeling* I, *Art. 393: Doden met het oogmerk om te doden wordt doodslag genoemd. Hij wordt gestraft met* [opsluiting van twintig tot dertig jaar].

Art. 394: Doodslag met voorbedachten rade wordt moord genoemd. Hij wordt gestraft met [levenslange opsluiting]. De commissaris gespte zijn oude schoolboekentas dicht.

'Laten wij het eens hebben over...'

'Ik heb niets gedaan.'

'Niets?'

'Dan mag je naar huis en heb je niets te vrezen,' zei Peeters.

De nachtwaker maakte een gebaar alsof hij een vervelende vlieg wegsloeg.

'Waarom verstopte je je in het park?' vroeg Deridder.

'Ik háát strontvliegen.'

'Zullen we van voor af aan beginnen, Emiel?' vroeg de commissaris.

'De klok tikt, Emiel.'

'Stop met die flauwekul!' zei de nachtwaker.

'Nee, Emiel, wij stoppen niet. Wij beginnen pas.'

'Ik heb hoofdpijn. Jullie vragen te veel.'

'Vragen is ons beroep, Emiel.'

'Geef hem een aspirientje, Ali.'

'Vertel gewoon wat op je lever ligt,' zei Tony Bambino.

'Recht voor z'n raap.'

'Welke raap?' vroeg Deridder lachend.

'Ik zeg niks.'

'Ook goed. Welke schoenmaat heb je?'

'42.'

Klopt als een bus, dacht de commissaris.

'Trek je laarzen uit, Emiel.'

'Mijn laarzen?'

'Ja.'

'Waarom?'

'Niet lullen, vent,' zei de commissaris. 'Doen wat ik vraag.'

In zijn sok zat een gat van vijf centimeter.

Peeters kneep zijn neus dicht en hield een meetlint tegen de voetzool van de nachtwaker. '25,7 centimeter,' zei hij.

'Hoe groot ben je?'

'Eén meter tweeënzeventig.'

'Op blote voeten?'

'Ja.'

'Bid een weesgegroetje, Emiel,' merkte Tony Bambino plagerig op.

'Schijt in uw eigen hoed!' siste de nachtwaker en hij stak zijn vinger uit.

Het was geen toeval dat Tony Bambino van zichzelf vond dat hij de smerigste flik ter wereld was. Hij ontplofte ineens, zomaar, zijn vuist schoot uit en WHAMM! BAMM! SLAMMM! knalde tegen het voorhoofd van de nachtwaker die van zijn stoel tuimelde en plat op zijn gezicht viel.

'Oh, pardon, ik sloeg naar een strontvlieg,' zei Tony Bambino nonchalant.

'Je hebt je geen pijn gedaan?' vroeg de commissaris.

Ali wendde zijn hoofd af.

De nachtwaker kroop overeind.

'Als je nog eens naar me wijst, breek ik je vinger eraf en stop hem in je kont,' zei Tony Bambino cool.

'Dan zit je pas écht in de shit,' lachte Peeters.

Daelemans, Emiel keek naar zijn handen. 'Ik hield van Cindy. Ook toen zij een klein meisje was en bij haar moeder-van-mijn-kloten woonde.'

'Had Cindy een stiefvader?'

'Ieder jaar een andere.'

Het verhoor nam een vreemde wending.

'Ik ben tweeënveertig jaar en zie mij hier zitten,' zuchtte de nachtwaker. 'Ik kan zelfs geen vrouw krijgen, als ik er niet voor betaal.'

'Wat doe je dan?'

'Met het vuistje?' vroeg Peeters. Hij maakte wilde trekbewegingen in de lucht.

'Ik ga naar de Schippersstraat.'

'Naar de hoeren?'

'Ja.'

Heeft hij het over *mij*? dacht Peeters.

'Mag ik roken?' vroeg de nachtwaker.

'Straks.'

'Trek je jas uit, Emiel,' zei de commissaris.

'Mijn jas?'

'Ja.'

'Waarom?'

'Daarom!'

'J-A-S! U-I-T!' brulde Tony Bambino in het oor van de nachtwaker.

Hij wankelde op zijn benen. De loden jas plofte van zijn schouders. Hij droeg er een geruit hemd onder, met opgerolde mouwen. Hij had zich een week niet gewassen en zijn kleren stonken naar tabak. Dikke blauwe aders liepen over de binnenkant van zijn armen. Hij was graatmager, alsof hij ondervoed was.

'Hemd uit.'

'Waa...?'

'Uit! Uit!'

'Tiens, tiens, blauwe plekken,' zei de commissaris.

'Bloeduitstortingen. Op zijn rechterschouder,' lachte Peeters.

'Hoe kom je dááraan, Emiel?'

'Ik ben gevallen.'

'Gevallen?'

'Ja.'

'Op je schouder?'

'Ja.'

'Je *rechtse* schouder?'

'Ja.'

'Hoe valt iemand op zijn rechterschouder, Emiel?'

'Ik had gedronken.'

'Gedronken?'

'Ja.'

'Warm water, zeker?' vroeg Peeters.

'Hij heeft brandwonden op zijn onderarm,' zei Deridder.

'Toevallig zijn *rechteronderarm*,' zei Tony Bambino.

Die middag had de moordbrigade twee zeer nauwkeurige rapporten ontvangen. Het eerste rapport was een psychologisch profiel opgesteld door Dr. Fradler. Het tweede rapport was afkomstig van het technisch labo en had betrekking op een aantal onderzoeksdaden waar de commissaris de voorgaande dagen met nadruk om had verzocht. *Tussen het overhalen van de trekker van een geweer en het afgaan van het schot verlopen precies 7 milliseconden. 0,2 seconden nadat de kogel de loop heeft verlaten, voelt de schutter de terugslag van het wapen. Door de gasdruk kan de terugslag zo geweldig zijn, dat een ongeoefende schutter er het evenwicht bij verliest,* stond er. 'Ik ben geen scherpschutter, Emiel,' zei de commissaris, 'maar ik heb genoeg technische bagage om te weten dat een beginnend schutter zijn schouder uit de kom schiet omdat hij de kolf *niet* klemvast tegen zijn schouder zet of een geweer gebruikt zonder rubberkussen op de kolf. Zal ik er een dokter bijhalen om naar de bloeduitstorting op je schouder te kijken? Of nemen wij eerst vingerafdrukken?' Hij wist waar hij mee bezig was en maakte zich geen zorgen. Daar stond het, zwart op wit, onderaan in het midden. *Vingerafdrukken: Bierblikjes (König + Cara Pils) = Hotel-*

kamer (102) = bedsponde + trapleuning Crime Scene Berchem = Identiek (!!). Met een dubbel uitroepteken. Het labo had sigarettenpeuken uit de drugssupermarkt in Berchem en uit de bunker voor vergelijkend DNA-onderzoek naar het Nationaal Instituut voor Criminalistiek en Criminologie in Neder-over-Heembeek gezonden. De rest was blabla, véél te wetenschappelijk. De commissaris bladerde verder tot de laatste pagina en klapte het rapport dicht.

De oogjes van de nachtwaker werden heel klein.

'Zal ik nog iets voorlezen? Of heb je liever dat ik een sprookje vertel?' vroeg de commissaris minzaam.

Hij kan geen kant op, dacht hij.

'Je bent een vogel voor de kat, Emiel,' zei Peeters.

'We gaan je vierendelen.'

'Je kippenborst opensnijden.'

'Eruit halen wat erin zit.'

Veel kan dat niet zijn, dacht Ali.

Stront en darmen.

De nachtwaker zuchtte. Hij had het begrepen. Hij slikte en zijn adamsappel wipte op en neer. 'Toen Cindy zestien jaar werd, kreeg ik mijn dochter terug. Die dag begonnen de problemen. Zij praatte tegen een asbak en stopte peuken in haar mond. Cindy wilde niet volwassen worden. Haar maandstonden stopten, maar toch ging zij werken. Voor de Rus, ja, in een van zijn goudwinkeltjes. Hij neukte mijn dochter hoewel zij een mannenhaatster was. Maar toen zij per ongeluk een paar gouden ringen uit zijn strontwinkel meenam, om er verdomme een shot mee te kopen in zijn *eigen* drugsmagazijn, zette hij haar op staande voet aan de deur. Ik ben geen onnozelaar, commissaris. Ik wist dat zij een junkie was en haar vergif bij die Texas Rakkers in Berchem kocht. Zij snoof zelfs ether. Wie wind zaait, zal storm oogsten, dacht ik. Oog om oog, tand om tand. Eerst legde ik de Rus neer. Ik had er drie schoten voor nodig. Ik was toch bezig en ik was goed opgefokt, dus maakte ik die kloothommels in Berchem ook van kant. Moeilijk was dat niet, zij waren zo traag en zo stoned, dat zij allemaal scheel uit hun ogen keken. De eerste moord was wraak, commissaris, de rest was woede. Gewoon dolle blinde woede. Als je tandpijn hebt, ruk je je kaken van je kop van ellende, maar zodra de pijn stopt, is het gedaan met de ellende. Ik kreeg tandpijn van dat soort mensen. Ik ben blij dat zij dood zijn.'

'Je hebt geen spijt?'

'Ik?'

'Wie anders, kloefkapper?' vroeg Deridder.

'Ik niet,' zei Peeters.

'Ik ken geen spijt. Als kind droomde ik ervan beroepsmoordenaar te worden, commissaris. Wel, ik heb mijn droom waargemaakt. Waarom zou ik spijt hebben?'

'Was je bang?'

'Bang?'

'Ja.'

'Ik? Ik ben van niets of niemand bang.'

'Ook niet van de gevangenis?'

'Iedereen sterft. Broekschijters en kloefkappers ook.' Hij staarde naar de grond. 'Ik slik iedere dag vijfendertig pillen,' zei hij zacht. 'Voor mijn lever, voor mijn nieren, voor van alles en nog wat. Ik leef niet lang meer.'

Het werd stil in het lokaal.

De waarheid was eruit, eindelijk.

De nachtwaker trok zijn linkerbeen op en liet een blubberwind.

'Dat kwam van diep,' zei Peeters.

'Van diep en van ver,' zei Tony Bambino.

'Last van winderigheid?' vroeg Deridder.

Nee, van nattigheid, dacht Ali.

'Ik heb de schrik van Antwerpen van kant gemaakt, een supercrimineel, en *zes* dolgedraaide junkies afgeslacht. De brave burger slaapt op twee oren en kan opgelucht ademhalen. Dankzij mij,' zei de nachtwaker. 'In plaats van mij in Hotel Prison te stoppen, verdien ik een standbeeld en een eremedaille op het stadhuis, uit handen van de burgemeester zelf. De stad is mij *alles* verschuldigd.'

'Je laat niet alleen blubberwinden door je *kont*, Emiel, maar ook door je *mond*,' merkte Tony Bambino op.

'Ik denk dat wij ons vergissen,' zei de commissaris. 'Ofwel zijn wij de tel kwijt. Volgens onze telling waren er geen zes maar slechts *vijf* junkies in Berchem.'

'Vijf en een baby. Een meisje. Leda heette zij, geloof ik.'

'Mooie naam,' zei de commissaris.

'Leda legde eieren,' zei Deridder ernstig.

'*Koninklijke* eieren, zoals Paola.'

'*Wind*eieren,' zei Deridder en de speurders schaterden het uit.

'Leda was geen junkie.'

'Een kind van een junkie is een junkie.'

De commissaris sloeg opnieuw zijn Wetboek van Strafrecht open. *Art.396: Doodslag gepleegd op een kind bij de geboorte of dadelijk daarna wordt kindermoord genoemd,* las hij hardop. *Kindermoord wordt naargelang van de omstandigheden gestraft als doodslag of als moord.* 'Je zal een tijdje moeten brommen, vriend,' zei hij en toetste het privé-nummer van de onderzoeksrechter in.

De zaak was rond.

'Maak je zakken leeg, Emiel,' zei Tony Bambino.

In de zijzakken van zijn loden jas zaten twee bakstenen. 'Om Cindy achterna te springen. Kopje-onder en als een baksteen naar de bodem,' zei de nachtwaker. Hij legde de

317

bakstenen naast elkaar op het bureau van de commissaris. Uit zijn binnenzakken viste hij vier donkere brillen op, twee vuile zakdoeken, drie aanstekers, een gekreukt half-leeg pakje Belga, een doos patronen voor een jachtgeweer en vier portefeuilles—van de Turk, de Franse toerist, de kelner met zijn platvoeten en van de neger uit Paramaribo—met in totaal een half miljoen aan baar geld. Uit zijn longjohns haalde hij een handvol kredietkaarten, enkele telefoonkaarten en een paar cheques.

'Dat wordt vijf dagen naakte cel,' zei Peeters.

'Och, ik moest toch íéts meenemen,' antwoordde de nachtwaker.

'Eén vraag nog,' zei de commissaris.

'*Shit*. Wéér een sprookje?' vroeg de nachtwaker.

'Je ging in Berchem als een echte Rambo tekeer en in de bunker lag een heel oorlogsarsenaal—revolvers, geweren, zelfs handgranaten en granaatwerpers. Waar komt dat allemaal vandaan?'

'Beste vriend, op welke planeet leven jullie?' vroeg de nachtwaker. 'Bij de overtuigingsstukken onder de vloer van het gerechtshof liggen genoeg wapens om heel Beiroet stormenderhand in te nemen. Geloven jullie echt dat daar nooit iets verdwijnt? Met geld koop je de boter, commissaris. Vertel mij wat je nodig hebt en ik zorg ervoor dat je het krijgt.'

De commissaris keek naar buiten. Weer een grauwe dag. Regen gleed van de ramen. *Homo homini lupus*, zeiden de oude Romeinen. De mens is een wolf voor zijn medemens. Hij sloeg het psychologisch daderprofiel van Dr. Fradler open en dacht aan de donkere kamer met het krakend parket en de bronzen naakten in antieke toonkasten en dressoirs. *Vaak heeft een psychopaat in de assisenzaal een serene blik in de ogen*, schreef de gerechtspsychiater. *Hij is* gewend aan doodsangst en voelt zich goed, hij heeft gedaan wat hij dacht dat hij moest doen—mensen vermoorden—en verwacht dat de gevangenis hem zal beschermen tegen zichzelf en tegen de maatschappij. In een begeleidende nota gaf Dr. Fradler het klassieke voorbeeld van Hébrant die een paar vrouwen het hoofd afhakte en voor de rest van zijn leven in de gevangenis vloog. Op zijn identiteitskaart liet hij als beroep 'gevangene' noteren. Na zeventien jaar hechtenis werd hij vrijgelaten. Nadat hij de poort van Leuven-Centraal achter zich dichtsloeg, kocht hij in de Brico een hakbijl. Hij kwam op straat een vrouw tegen en sloeg haar hoofd eraf. Onmiddellijk terug naar de gevangenis. Als een gelukkig man overleed Hébrant aan een hartaderbreuk in zijn cel. De commissaris zuchtte en sloeg het daderprofiel dicht. Het gerechtshof kwam tot leven. Voetstappen en gestommel op de gang. In alle lokalen rinkelden telefoons. De commissaris legde het verslag op de grote hoop, bij al die andere dossiers, en keek op zijn horloge. Hij had te veel bloed gezien de laatste tijd, te veel slechte mensen. Ik moet orde brengen in de wanorde en de chaos, dacht hij. De telefoonwacht prutste aan de volumeknop van zijn transistor en Love Me Tender galmde door de gang. Zachtjes zong de commissaris het nummer mee, met de stem van Elvis. Hier is alles mee begonnen, dacht hij. Weet je 't nog, Sven? Hij zuchtte en wreef de vermoeidheid uit zijn ogen. De commissaris voelde zich bevrijd. Hij genoot ervan dat hij in zijn eigen zwakheden de zwakheden van anderen herkende. Eigenlijk had hij op dat ogenblik liefst alleen aan een hoektafel gezeten, in de Brasserie Dauphine, om alleen te zijn met zichzelf en zijn gedachten.

'Je kan roken. Als je wil,' zei Peeters, die zelf een sigaret rolde.

De nachtwaker peuterde een Belga uit het gekreukte pakje.

Ali zette het raam op een kier.

'Sven, doe mij een plezier, haal m'n krant en loop even binnen bij Panos,' zei de commissaris.

Peeters legde zijn zelfgerolde sigaret over de rand en sloeg Pats! met zijn vlakke hand op het tafelblad. De stinkstok wipte omhoog en maakte een dubbele salto en de speurder hapte ernaar en...

... *náást*.

De sigaret viel op de grond.

De deur zwaaide open.

Een rijkswachter in uniform haakte een paar handboeien van zijn gordel, keek rond in het lokaal en zei: 'Wie is de volgende klant?'

'Kom ik op televisie?' vroeg de nachtwaker opgewekt.

Wie Geel zegt, denkt aan de zotten van Geel. De straat tegenover de winkel met de lichtbak SLAGERIJ BASTIAENS in sierletters op de gevel boven het winkelraam was inderdaad een gekkenhuis. Agenten in uniform en speurders van de lokale recherche beukten met blote vuisten op deuren en luiken. Een deel van de straat was afgespannen met blauw politielint. Gepantserde overvalwagens van het merk Iveco en politieauto's met draaiende motor en gillende sirenes sperden al de toegangswegen af. Met klapperende wieken hing een politiehelikopter boven de serre en een tweede helikopter die was ingehuurd door VTM schoot vanuit de lucht sfeerbeelden van het stadje, dat bruusk uit zijn dromen was gerukt en werd ondergedompeld in een nachtmerrie.

'Actie! Actie! Actie!' riep een commissaris van de plaatselijke politie. Als een filmregisseur gaf hij aanwijzingen door een megafoon die hij als een toeter voor zijn mond hield.

Een hulpagent wreef de slaap uit zijn ogen en deelde verse koffie rond, in witte bekertjes. De koffie kwam uit twee thermosflessen die op de achterbank van een grijze Opel Astra stonden, want het gerechtelijk labo van Turnhout beschikte niet, zoals de collega's in Antwerpen, over een 'moordbus' die naast het technisch materiaal voor de assistenten ook een koffiezetapparaat vervoerde.

Bastiaens holderdebolderde door het kille atelier met de vleesmessen en beenzagen en de lillende kalfslevers en worsten voor het Bal van de Burgemeester en trok onderweg al zijn kleren uit, die hij gewoon liet vallen waar ze vielen, zijn muts, zijn dikke trui, zijn grijze jogging, voorbij de vrieskamer vol diepvriesvarkens en ingevroren achterkwartieren van honderd vijfenveertig kilogram, hij schopte zijn schoenen uit en holde door de warme serre, voorbij het stenen beeld van de engel die water spuwde, voorbij rozenstruiken met verleidelijke namen als Lilli Marlene en *Schwarze* Weduwe, hij trok zijn sportsokken uit en spurtte voorbij de lichtgevende Disco Dancer, zijn blote voeten pletsten op de harde ondergrond, zijn tong hing uit zijn mond en uit zijn keelgat gorgelden wanstaltige, onverstaanbare klanken. *Halt! Hier begint het Rijk van de Dood!* Met een schurend geluid schoof hij de grendels van het tuinhuisje. Er kleefde gestold bloed aan en restjes van kalfsvlees en filet américain.

Mijn Chinese vaas, waar is mijn Chinese vaas?

Godverdomme, da's waar ook, zij is ervandoor met een makak. De gatlikker heeft mijn wijf en mijn Chinese vaas en mijn zwart geld meegenomen.

De telefoon bleef rinkelen, hij werd er gek van.

Gek? Niks erg, dacht hij, half Geel is zot en gans Geel is halfzot.

En ik?

Ik ben helemaal zot.

De vier wanden van het tuinhuisje waren van onder tot boven behangen met afgebleekte, witte schedels van wilde dieren. Er zaten spiegeltjes tussen geklemd, in alle grootten en vormen, holle en bolle spiegels, toverspiegels, scheerspiegels, zilveren sierspiegels en scherven van spiegels die hij had bijeengezocht en opgeraapt tussen het groot vuil in het containerpark. In de verste hoek hing een ingelijste foto van paus Pius XII met zijn scherp gelaat. Hij droeg een bril en had een gouden tiara op zijn hoofd. Op een ereplaats in het midden van het plafond bengelde een reusachtige holle schedel van een nijlpaard. De schedel was dubbel zo groot als alle andere schedels en had brokkelige maaltanden als verweerde kasseistenen. Twee ivoren slagtanden staken dwars door een onderkaak die van gewapend beton leek.

'Een geschenk van het Afrikamuseum in Tervuren,' zei de slager tegen zichzelf. Zijn ogen gloeiden als butaanbranders. 'De schedel ernaast is van een Bengaalse tijger en daarnaast hangt een mannetjesgorilla. Gekocht van de Zoo in Antwerpen, die dode beesten verkoopt aan wie het meest biedt. Hoe zeldzamer, hoe duurder. Ik-heb-zelf-de-schedels-ontvleesd-en-gebleekt.'

Bloed ruiste door zijn hoofd.

De hele wereld is gek, dacht hij.

Alles, iedereen.

En ik, dames en heren beste sportliefhebbers, ik ben de grootste gek van allemaal.

Itsy bitsy teeny weeny yellow polka dot bikini.

Alles bonkte in zijn hoofd, met ruis en storingen.

Jezus werd voor zijn rechters gesleept.

—Bent u de koning der Joden? vroeg Pilatus.

—Dat ben ik! zeide Jezus.

Hij zag zichzelf honderdvoudig weerkaatst in de spiegels en scherven overal om zich heen, alsof hij was verdwaald in de doolhof van zijn eigen spiegelpaleis. Wie ben ik? vroeg hij aan zijn spiegelbeelden. IK? Wie is ik? Ik is een ander. Ik is twee 'ikken', of misschien wel drie, de slager en de badmeester en... en....

—Ik ben de moordenaar niet, zei de slager.

—Ik ben het! riep de badmeester.

—Ik ben de verkrachter niet, zei de slager.

—Ik ben het! riep de badmeester.

Eén en dezelfde persoon.

IK ben WIJ en WIJ zijn ONS.

Hij was alleen en toch waren zij met z'n tweeën.

De enige echte beulen, dat zijn WIJIJIJIJIJ!!! Wij hoeren en boeren en moorden en verkrachten dat het een lieve lust is. Ach, wat doet het ertoe? Dood is dood.

De melodie van de dood. Is dat geen wondermooie muziek?

Het was ondraaglijk warm in het hok. In de vier hoeken slingerden botten en beenderen, zoals in een knekelhuis. Naast het nijlpaard en de Bengaalse tijger hingen schedels van paarden, koeien, kalveren, van varkens en zebra's, twee wolfshonden, een grizzlybeer, van schapen en rammen met gekrulde hoorns, zelfs een dwergantiloop of twee, enkele zwerfkatten, een fokstier met afgezaagde hoorns, het pantser van een zeeschildpad met een stuk ruggenmerg er nog aan, het karkas van een toekan met een gele snavel, kleine schedeltjes van muskusratten, drie vossen, het scheenbeen van een mammoet en de broze geraamten van tamme aapjes en Siamese poesjes. Tegen de verste wand, naast een vierkante houten kist, stond een werkbank die overplakt was met dikke lagen krantenpapier. Er lagen dode ratten en muizen en scharen en beitels en een hersenkrabber en de bloedende kop van een paard met opgekrulde lippen en grote matte ogen die op zwarte pingpongballen leken. De kop was in het midden van de hals van het lichaam gesneden. Een paard is groot maar dat het *hoofd* van een paard, zonder lichaam, zo immens groot kan zijn, daar staat niemand ooit bij stil. Er sijpelden gele vetten uit. Zoemende vleesvliegen met een volgevreten achterlijf kropen in de oren en de neus van het paard.

'Straks blijft enkel een kale schedel over,' lachte de slager grijnzend.

'Onze beestjes hebben honger,' antwoordde de badmeester. 'Aaskevers hebben *altijd* honger.'

Zij schoven het deksel van de vierkante kist en een walgelijke graflucht sloeg als een stinkbom in hun gezicht. Driehonderdduizend glimmende aaskevers kropen op harige zwarte poten over een bed van mos en mest en gistend, rottend vleesafval en tastten met trillende voelsprieten in de warme rotte lucht. Vette larven wurmden zich tussen het afgeknaagde skelet van een goudhaantje en de kaalgevreten lederhuid van een dode dwergkrokodil afkomstig uit de Zoo van Antwerpen. De maden en larven hadden de slijmkleur van verse etter. De kop van het paard plofte in de kist, op de broze skeletten van kleine knaagdieren. Onmiddellijk stortten de aaskevers zich op hun nieuwe prooi en in een minimum van tijd scheurden zij met hun krachtige bovenkaken het kadaver aan flarden. Smurrie en gelei en eigeel vloeiden uit de zwarte pingpongballen tot van de ogen slechts twee slappe slijmvelletjes overbleven die leken op pasgebruikte condooms.

'Hister *cadaverinus* uit Azië, de enige echte doodgravers, met de dikste achterdijen van alle aaskevers,' glunderde de slager. 'Een varkenspoot wordt in een halfuur *kaltge-stellt*. En nadat de maden zich hebben volgevreten in kleine lichaamsopeningen zoals het oog en het oor en de aars verpoppen zij zich en worden blinde kevers met een scherpe reukzin die hen als een magneet naar de geur van dood vlees trekt. Geen onderhoud en nooit afval want dode aaskevers worden onmiddellijk door hun soortgenoten opgevreten.'

Hij praatte tegen zichzelf en tegen zijn andere ik omdat hij niet meer wist wie hij zelf was. Werkelijkheid en verbeelding liepen in elkaar over. Wie was hij? Was hij slager? Was hij badmeester? Verkrachter? Kweker van rozen? Van aaskevers? Een moordenaar? Hij wist het niet meer. Hij was alles en iedereen tegelijk en als hij het zelf niet meer wist, hoe konden anderen het dan weten?

'Eigenlijk doen aaskevers heel hun leven maar twee dingen: vreten en neukkken, net zoals de meeste mensen, HAHAHA,' lachte de slager. Hij nam een handvol kevers uit de kist en onmiddellijk kotsten zij hun maaginhoud van halfverteerd rottend vlees op zijn hand wat gloeiende brandwondjes gaf die nooit zouden genezen.

'Ik steek mijn *twee* handen erin,' zei de badmeester grinnikend.

'Er zal je niets gebeuren,' antwoordde de slager. 'Onze kevers zijn fijnproevers, zij lusten enkel dood vlees.'

De hersenen van een normaal mens wegen anderhalve kilogram en bestaan voor een derde uit vet. Die van een paard wegen slechts zeshonderd vijftig gram. Zij werden binnen enkele minuten volledig weggevreten door de driehonderdduizend aaskevers.

De eerste nicotinevlekken van de schedel werden zichtbaar.

Walgend wendde de slager het hoofd af.

Gruwelijk, dacht zijn andere ik.

'Ken je de mop van de paus die klaagde over jeuk in zijn onderbroek?' vroeg de slager.

'Nee, die ken ik niet,' antwoordde de badmeester.

'Zijne Heiligheid ging op consult bij de dokter van het Vaticaan die vaststelde dat de paus geplaagd werd door schaamluizen als gevolg van gggeslachtsgggemeenschap. Sssschaamluizen? riep de paus. Je vergeet wie ik ben! De paus van Rome! De vertegenwoordiger van de *Heer* mijn *God* op aarde! Dan zijn het geen schaamluizen maar lieveheersbeestjes, antwoordde de dokter onverstoorbaar.'

Zij lachten in de spiegels en trokken hun gezicht in een afschuwelijke grijns. Wie verkracht wordt, heeft erom gevraagd, dachten zij en rochelden in hun zweterige handen. Vanuit de spiegels keken zij naar zichzelf maar zij herkenden zichzelf niet.

'Nu zijn wij aan de beurt,' zei de slager.

'Hoe bedoel je: *wij*?'

'Jij en ik.'

'Jij eerst of ik eerst?'

Zij zochten het antwoord in de spiegels.

'Ik?'

Een andere spiegel.

'Of jij?'

Weer een andere spiegel.

'Jij eerst?'

'Samen! ... en die ganse Welt kan unsere kloten kussen!' riepen alle spiegels tegelijk.

Er is een tijd van komen en gaan.

Hun tijd van gaan was gekomen.

De slager kneep zijn ogen dicht. Aan de binnenkant van zijn oogleden keek hij naar de film van zijn waanzinnige gedachten. 'Vlees is vergankelijk. In Duitsland wordt de naam van de dode uit zijn hemden geknipt, omdat hij anders een vampier zou worden, en in Roemenië stopt de doodgraver wierook onder de tong van een lijk om te beletten dat het de namen van familieleden zou voortvertellen aan de duivel,' zei hij grijnslachend. 'Dat is allemaal zo gewoon, zo voorspelbaar. Wij doen het anders: wij hakken onszelf in stukjes en als onze botten ontveld en ontvleesd zijn en gebleekt in zuurstofwater, stellen wij ze tentoon en hangen een naamkaartje aan onze schedel, HAHAHA.' De woorden gorgelden uit zijn slokdarm.

'Onszelf tentoonstellen?' vroeg de badmeester. 'Hoe doen we dat?'

Daar moest de slager geen twee keer over nadenken.

'Kijk, zo,' zei Bastiaens. Hij nam zijn gebit uit zijn mond en smeet het bij de rommel en de handtassen in de hoek. Daarna rukte hij zijn haarstukje af. Zijn ogen schoten van Pius XII naar Christus aan zijn kruis. 'Waarom hebt Gij ons verlaten?' kermde hij. De paus bleef stom en Christus antwoordde niet. Hij graaide in de schoudertas van Sofie en rommelde vloekend tussen gratis parfumstaaltjes en Kleenex en lippenstift en tubes met handcrème en vaginale zalf en haalde er voorzichtig de zilveren .38 Smith & Wesson LadySmith uit. Teder en eerbiedig aaide hij het wapen, alsof hij er verliefd op was. Vijf kogels in de trommel. *Maar* vijf. Hij snuffelde aan de ebbenhouten kolf en jongleerde de revolver van hand naar hand, van zijn rechterhand—die de hand is van God—naar zijn linkerhand, de hand van de duivel, over en weer en over en weer, linkerhand, rechterhand, duivel, God, duivel, God, linker, rechter, en met de hand van de duivel zette hij de loop van de revolver tegen het onderste kootje van zijn rechterpink en haalde de trekker over. BANGGG. Bloed spatte in het rond. Met grote verwonderde ogen staarde hij naar zijn hand. Drie vingers, één duim. Hij lachte met een triomfantelijke grijns en zette de bebloede loop van de revolver tegen zijn middenvinger. BANGGG. De verhakkelde stompjes trilden van pijn. 'Jakkes, eraf!' riep hij en lachte zich halfdood. 'Jack de Ripper hakte zijn slachtoffers ook aan stukken!' Hij verslikte zich en schraapte zijn keel en met zijn tong rolde hij de rochel in zijn mond heen en weer, dan spuwde hij de groene fluim op de werkbank tussen de messen en scharen en beitels. BANGGG BANGGG. De kogels verbrijzelden zijn vingers en de scherven en spiegels en de tiara van Pius XII en een spray van kleine blauwige bloedspatjes wolkte op de afgebleekte schedels van de mannetjesgorilla en de Bengaalse tijger en op de holle hersenkas van het nijlpaard uit het Afrikamuseum in Tervuren dat wild aan het plafond heen en weer zwiepte. Eén kogel, één. Géén vingers, géén. Het leek alsof hij de hand van God door zijn eigen gehaktmolen had gedraaid. De scherpe geur van verbrand kruit mengde zich met de walgelijke stank van het rottend paardenvlees. Hij tuurde over de korte loop van het wapen naar het skelet van een dwergkrokodil en zag zichzelf en al zijn andere 'ikken' in stukken en brokken weerkaatst in de scherven van de spiegels. Een oor, een halve arm, de bloedrode stompjes van zijn vingers, een splinter van zijn schedel. Tranen vloeiden als bloed uit zijn ogen. Hij mompelde onverstaanbare klanken die op een Kempens dialect leken maar het begin waren van zijn doodsreutel. 'Banggg!' brulde hij. Mikte op de wolfshond. 'Banggg!' Op de muskusratten. 'Banggg!' Vleesvliegen zoemden om zijn bloedende hand en aangezogen door de geur van dood vlees zwermden de aaskevers met hun scherpe reukzin met driehonderdduizend tegelijk uit de houten broedkist en stortten zich op hun slachtoffer.

In Melsbroek steeg een helikoper op van het type McDonell-Douglas. Hij haalde een snelheid van tweehonderd vijftig kilometer per uur en zou in minder dan tien minuten boven Geel hangen. De heli van VTM cirkelde over de huizen en straalde beelden door naar de regiekamer, zoals bij een wielerwedstrijd. Agenten in brandvertragende overalls legden hun kogelwerende schilden af en volgden de gebeurtenissen vanuit de combi's. Uit den Iveco van vijf ton sprongen tot de tanden gewapende rijkswachters van het Speciaal Interventie Eskadron die zich klaarmaakten om de winkel te bestormen.

Ze hadden hem, boeken dicht.

In het atelier rinkelde de telefoon.

Bijna. Bijna is het ermee gedaan, dacht hij.

Alleen God en ikzelf weten wanneer ik ermee ophoud.

Er zat nog één kogel in de trommel.

Eén schot.

De slager drukte het wapen boven op zijn kale hoofd in het midden van zijn schedel en bedacht zich en stak de hete loop van de .38 in zijn schijtgat en haalde de trekker over en BAAANGGG kronkelend en huiverend boorde de laatste kogel zich van onder tot boven dwars door zijn lichaam.

Er ging een nacht voorbij, en een dag, en nog een nacht. Weer ontwaakte de stad. In de Anselmostraat claxonneerde een dievenwagen tweemaal. Het was het afgesproken sein voor de cipiers van de wachtcellen om de poort onder het gerechtshof open te zetten, zodat den Iveco kon binnenrijden om zijn passagiers af te leveren. Herfstwind kraakte in de takken van de bomen. Eigenlijk is het ongehoord dat Maigret zelfs niet met de auto kon rijden, dacht de commissaris. Toegegeven, dat was in de tijd toen champetters met snerpende fluitjes de straten onveilig maakten en processen-verbaal in drievoud werden getikt, met carbonpapier, op hoge schrijfmachines op bijzet-tafeltjes die op wieltjes door de gangen van de Quai des Orfèvres werden gerold. Die wereld is voorgoed voorbij, en wat is ervoor in de plaats gekomen? Maigret in een Opel Vectra, stel je voor.

De telefoonwacht stopte vier nieuwe batterijen in zijn transistor. Hij trok de antenne uit en draaide aan de volumeknop en een meezinger van Jimmy Frey golfde in slowmotion door de gang met strijkers en blazers en een achtergrondkoortje en alles erop en eraan.

BRENG DIE RO—ZEN NAAR SA—ANDRA

EER ZE DE STAD VERLAAT

BRENG DIE ROZEN NAAR SANDRA

'T IS MISSCHIEN NIET—TE LAAT

Een oude plaat, er zat sleet op.

Flora tippelde door de gang. Voor de verandering liep zij niet op roze maar op blauwe satijnen muiltjes met pluizige pomponnetjes.

De telefooncentrale rinkelde.

'Vroeger zongen de mensen toch beter,' zuchtte Flora.

'Wablief?' riep de telefoonwacht in de hoorn.

In de toiletten veegde zij met een droge vod het stof van de muren. Er waren twee wc's, een propere voor *Heeren* en een minder propere met het opschrift *Dames*. Flora trok een deurtje achter zich dicht en knoopte haar stofjas los. De tijden veranderen, dacht zij en klapte de bril omlaag.

'Hoort!' riep de telefoonwacht en hij stak zijn wijsvinger op. 'Flora plast!'

De commissaris legde zijn voeten op tafel. Zijn schaduw viel over de vloer en weer herkende hij er de lange gestalte in van Kafka, maar dan zonder de flaporen. Met een elegant gebaar streek hij een donkere bles van zijn voorhoofd. Zijn regenjas hing dubbelgevouwen over de leuning van zijn stoel. Hij verveelde zich en keek er al naar uit, naar wéér een échte moord met écht bloed en échte tranen. Zelfs de hemel weende, want hoewel de zon scheen, fluisterden enkele regendruppels tegen de ramen. Laat maar komen, dacht de commissaris en hij bladerde in zijn krant. Eerst las hij de overlijdensberichten. Moord en seks op de voorpagina, daar krijgen de mensen nooit genoeg van. Zijn oog viel op een buitenlands berichtje. *Bokser uit onderwereld van Moskou door sluipschutter neergekogeld voor Turks badhuis.* Interessant, dacht hij, héél interessant. Hij nam een grote schaar en knipte het artikeltje uit. De ontploffing op de E17 was een fait-divers geworden en verbannen naar het gemengd nieuws op pagina negen rechts onderaan. BABY GESTOLEN, blokletterde de krant even verderop. Weten wij eigenlijk wat dat is, een *mens* gestolen? De commissaris zuchtte en kneep zijn ogen dicht. Langzaam dommelde hij in.

Eind goed, al goed.

Zijn telefoon stotterde twee, drie keer, aarzelend.

Stilte.

Tik, tik, tik.

Meer stilte.

Dan begon het toestel nerveus te zoemen.

Wie zou dat zijn, op dit uur? vroeg hij zich af.

Voorzichtig nam hij de hoorn op.

'S...S...Sam...Sammm...!' reutelde de stem van Max en de lijn viel dood.

De commissaris werd lijkbleek.

Van STAN LAURYSSENS zijn bij
dezelfde uitgever verschenen:

ZWARTE SNEEUW

Zwarte sneeuw is de eerste aflevering in deze reeks van bloedstollende en filmische thrillers. Plaats van de actie is de stad aan de stroom,
waar de regen klettert op grauwe daken en de onvervalste speurders
van de Antwerpse moordbrigade de meest bizarre zaken trachten op te
lossen.

Een man in het zwart sluipt tussen vervallen huizen. Zijn
schoenen slieren over de natte straatstenen. Roos de
Moor, die haar brood verdient met het kopiëren van
schilderijen, slaakt een ijselijke kreet. Haar gruwelijk
verminkte lichaam hangt aan een antieke vleeshaak in
haar atelier, waar het door speurders van de moordbrigade wordt gevonden. Uit café Zanzibar klinkt een weemoedige stem die *Que Sera Sera* zingt, terwijl uit het
Lobroekdok het verminkte lijk van een travestiet wordt
opgevist. Is dit het begin van een ijzingwekkend spel dat
een seriemoordenaar speelt met de speurders?

'Zijn thrillerdebuut is niet om naast te kijken.'
– DE MORGEN
'Een spetterend en dynamisch verhaal.' – KNACK
'Lauryssens chargeert en overdrijft, wisselt
intimistische, bijna filosofische stukken af met absurde
dialogen.' – DE STANDAARD

Dode lijken

Dode lijken, *het tweede boek in deze reeks bloedstollende en filmische thrillers. Plaats van de actie: de stad aan de stroom, waar het asfalt smelt in de straten en de speurders van de Antwerpse moordbrigade bij nacht en ontij het ene raadsel na het andere oplossen.*

Bamm! Bamm! Twee schoten van dichtbij, kort na elkaar, zoals in een Amerikaanse film. Zij lag onder een straatlamp en bloed spoot als een fontein uit haar lichaam. Hij bleef maar schieten, drie kogels per seconde, een ballet van kogels, tot de lader leeg was en zijn pistool klikte. De nacht was zo warm, dat de lucht ervan trilde. Aan de andere kant van de stad schoot een steekvlam omhoog tussen geparkeerde auto's en met een geweldige knal spatte het Fiatje van Miss België uiteen in duizend brandende stukken. In het lokaal van de gerechtelijke politie trokken de speurders een kogelvrij vest aan. De tafel lag vol revolvers en pistolen. 'Excuseer, ik voel mij naakt zonder mijn blaffer,' zei Sofie Simoens. De nieuwe speurder droeg strakke jeans en cowboylaarsjes van slangenleer.

'Genieten deed ik echt van het werk, of beter nog het gepraat in de recherchekamer. Daar vooral merk je dat Lauryssens oog en oor heeft voor zijn personages en ze ook tot leven brengt. [...] *Dode lijken* is een waardig vervolg op Lauryssens' thrillerdebuut *Zwarte sneeuw*, dat vorig jaar terecht bekroond is met de Hercule Poirot-prijs.'
– Knack

'Vlaanderens origineelste misdaadschrijver [...] een inventieve viersterren-thriller.' – Gazet van Antwerpen

OP ZOEK
NAAR
SPANNING?

En u wilt op de hoogte blijven van
de nieuwe Manteau-thrillers?
U ontvangt graag regelmatig onze
SPANNENDE NIEUWSBRIEF?

Mail dan uw naam, telefoonnummer en e-mailadres naar:
spannendeboeken@standaarduitgeverij.be

Manteau
THRILLER